Knaur

Von Olov Svedelid ist außerdem erschienen:

Der Tag des Gerichts

Über den Autor:

Olov Svedelid, geboren 1932, veröffentlichte 1964 sein erstes Buch, dem seither mehr als neunzig andere verschiedenen Genres gefolgt sind, u. a. historische Romane und Kinderbücher. Berühmt geworden ist Svedelid durch seine Polizei- und Detektivromane, die ihn beim schwedischen Lesepublikum zu einem der populärsten Autoren gemacht haben. Seit 1972 sind rund zwanzig Romane um den Fahnder Roland Hassel erschienen, den Helden des vorliegenden Romans.

Olov Svedelid

Wiedergänger

Roman

Aus dem Schwedischen von
Erik Gloßmann

Knaur

Die schwedische Originalausgabe erschien unter dem Titel
»Gengångarna« im Bokförlaget Forum, Stockholm.

Besuchen Sie uns im Internet:
www.knaur.de

Vollständige Taschenbuchausgabe 2002
Droemersche Verlagsanstalt Th. Knaur Nachf., München

Umschlaggestaltung: ZERO Werbeagentur, München
Umschlagabbildung: Photonica, Hamburg
Satz: Ventura Publisher im Verlag
Druck und Bindung: Nørhaven Paperback A/S
Printed in Denmark
ISBN 3-426-62121-5

5 4 3 2 1

Personen, Namen und Handlung des Romans sind frei erfunden; Ähnlichkeiten mit realen Personen und Ereignissen wären rein zufällig. Soweit zeitgeschichtliche Personen genannt sind, haben diese mit der Handlung des Romans nichts zu tun.

1.

Zu behaupten, er sei nervös gewesen, wäre stark untertrieben. Etwa so, als würde man die Cheopspyramide als die ägyptische Variante eines Ameisenhügels bezeichnen. Als ich die Tür öffnete, drängte er sich sofort herein, preßte sich an die Wand und stierte in den Korridorspiegel. Es schien einige Sekunden zu dauern, bis er sich erkannte, und das wunderte mich nicht. So entsetzt aufgerissene Augen hatte ich bisher nur in Stummfilmen gesehen.
»Ist die Tür zu?« erkundigte er sich mit bebenden Lippen.
»Das ist ja wohl selbstverständlich, daß ich die Tür hinter meinen werten Gästen schließe«, versicherte ich. »So hält es der Gentleman und also auch ich.«
»Ich meine, verschlossen.«
»Verschlossen und verriegelt, plombiert und gesiegelt.«
Er glaubte mir trotzdem nicht, sondern prüfte persönlich nach, bis er überzeugt war, daß ein Roland Hassel niemals lügt. Jedenfalls nicht so oft; nicht häufiger als ein paarmal in der Stunde. Er fuhr sich mit den Fingern durch das dunkle, graumelierte Haar und wischte den Schweiß am Hosenbein ab.
»Gott«, murmelte er. »Herrgott …«
»Wir können das Gebet auch im Wohnzimmer fortsetzen«, bemerkte ich. »Die Psalmen klingen dort besser.«

Ich geleitete ihn in den großen Salon, warf mich in meinen Lieblingsstuhl und legte die Füße auf meinen Lieblingstisch. Es war meine Wohnung, und ich machte mit meinen Füßen, was ich wollte, ohne jemanden um Erlaubnis zu fragen.

»Setz dich«, forderte ich ihn auf. »So wie du aussiehst, wirst du bald zusammenklappen. Und auf dem Sofa fällst du weicher.«

Mit einem Seufzer ließ er sich in die Kissen sinken. Er schwitzte so, daß ich ihn schon bitten wollte, den Kopf vom Polster zu nehmen, aber als Gastgeber hat man ja so seine Verpflichtungen.

Vielleicht würde er wirklich ohnmächtig werden. Krank genug sah er jedenfalls aus.

»Leider kann ich dir keinen Champagner anbieten, und Austern hatten sie im Laden nicht mehr. Ein Helles oder ein Mineralwasser könnte ich dir servieren.«

Er hörte mir nicht zu, und da gab es ja auch nicht viel zu hören.

Ich konnte Karsten Lund und seine schwachen Nerven nicht ernst nehmen. So sah ich ihn nämlich nicht zum erstenmal. Vielleicht war es noch nie so schlimm gewesen, aber er war ein Mann, der ständig zwischen den Wolken der Euphorie und dem Sumpf der Verzweiflung schwebte.

»Gott«, flüsterte er noch einmal vor sich hin.

»Der hat gerade zu tun, du mußt mit mir vorliebnehmen. Du hast mich angerufen und wolltest mit mir über etwas furchtbar Wichtiges reden. Ich hatte zwar keine Lust, dir meine kostbare Freizeit zu opfern, aber du hast ja förmlich in den Hörer geschluchzt. Also, laß hören. Ich bin ganz Ohr.«

Karsten hörte mich immer noch nicht. Er leckte sich nervös die Lippen, sein gehetzter Blick irrte über Wände und Decke.

Plötzlich sprang er auf, stürzte ins Schlafzimmer und schaute unter die Betten. Dann raste er in Elins Zimmer, aber auch zwischen den Plüschtieren war nichts Verdächtiges zu entdecken.

»Vergiß nicht den Herd in der Küche«, riet ich ihm. »In diesem Jahr sind die Leute klein. Das haben die Pariser Modehäuser so bestimmt.«

Er untersuchte das Badezimmer und ging sogar wirklich in die Küche, wo er sich ans Fenster stellte. Vorsichtig zog er die Gardine zurück und spähte in den Hof. Ich ließ ihn gewähren, aber nicht mehr lange. Bald würde Virena mit Elin heimkommen, und bis dahin wollte ich die Wohnung wieder Karsten-Lund-frei haben. Elin sollte wieder einmal die faszinierende Geschichte vom wandernden Hut zu hören bekommen, die sie so sehr mochte, und in der Wohnung herumlungernde, in kaltem Schweiß gebadete Journalisten konnten da nur stören.

Demonstrativ schaute ich auf die Uhr, aber es beeindruckte ihn so wenig, als hätte ich mich an der Nase gekratzt.

»Siehst du etwa Ratten?« erkundigte ich mich.

»Was?« murmelte er und stellte sich auf die Zehenspitzen, um eventuelle Schlupfwinkel auszuspähen.

»Angeblich ist das Haus total saniert worden. Wenn du etwas entdeckst, können wir vor Gericht gehen. Ich würde die Beute mit dir teilen.«

Er schlich zur anderen Seite des Fensters hinüber und studierte den Hof aus der neuen Perspektive. Obwohl er erst wenige Minuten bei mir war, hatte ich ihn schon satt. Ich ärgerte mich wie damals, als ich einen Zeugen Jehovas hereingelassen hatte.

Niemand wird mich für besonders fein halten, aber wie wirft

man Leute hinaus, ohne die Hände zu benutzen? Seinerzeit war es mir vorgekommen, als müßte ich bis Harmageddon lauschen. Als ich den Zeugen endlich los war, hatte er mir klargemacht, daß ich im letzten Gefecht auf der Seite des Bösen stehen würde, und ich versprach ihm, dann nur mit einem Katapult zu kämpfen.

»Setz dich endlich hin!« zischte ich.

»Was?«

»Wenn du dich über Gott oder wen auch immer ausquatschen willst, dann tu das woanders.«

Karsten seufzte tief und ließ sich wieder auf das Sofa fallen. Mit der Handfläche wischte er sich die Stirn trocken, die aber sofort wieder von Schweißperlen bedeckt war. Er öffnete einen weiteren Hemdknopf. Bald würde er mir mit nacktem Oberkörper gegenübersitzen. Das war keine ermunternde Aussicht.

Karsten Lund war ungefähr fünfundfünfzig Jahre alt und verbarg diese Tatsache nicht. Das aufgedunsene Gesicht zeigte, daß er schnell zur Flasche griff, wenn er Kummer hatte, aber wer tat das nicht? Er hatte ein Bierbäuchlein unter dem leger sitzenden Jackett, aber wer hatte das nicht? Seine buschigen Augenbrauen waren über der Nasenwurzel zusammengewachsen und hätten seinem Gesicht eigentlich ein gebieterisches Aussehen verleihen müssen, aber die wäßrigen Augen mit den dicken Tränensäcken ließen ihn mehr wie einen mitleidigen Betreuer von Heidenkindern erscheinen.

Die Nase war eine Kombination aus Sattel und Kartoffel und der Mund von mauliger Schlaffheit. Er trug seine billigen Sachen bereits so lange, daß sie jede Paßform verloren hatten, ohne jedoch richtig zerlumpt zu wirken. Und er war auch, wie

er aussah, ein Mann, der sich als journalistischer Kleinunternehmer durchs Leben wurstelte, ohne Sicherheitsnetz.
»Nun ja, Karsten«, sprach ich, »es ist mir wie immer ein ungetrübtes Vergnügen, dich zu sehen, aber verzeih mir, wenn ich sage, daß sogar Rapport mehr Abwechslung bietet.«
Er zuckte zusammen.
»Rapport?«
»Ja. Eine bekannte Nachrichtensendung im Fernsehen.«
»Haben die etwas gemeldet?«
»Die pflegen viel zu melden. Man sieht ein Standbild vom Gebäude der Vereinten Nationen, und dann redet einer über die Krisen.«
»Über uns?«
»Wer ist uns?«
»Wurde … mein Name genannt?«
»Wenn du so willst, ja, gestern. Aber die meinten wohl unsere schöne alte Universitätsstadt unten im Süden.«
Kein Lachen, nicht einmal ein Lächeln, aber das hatte ich auch nicht erwartet. Irgend etwas muß man ja von sich geben, um die Konversation in Gang zu halten.
»Es ist abscheulich«, murmelte er. »Schrecklich.«
»Erzähl mir mehr, aber am besten heute noch.«
»Schlimmer als schlimm.«
Genaueres brachte er nicht heraus. Er versank in Schweigen und inneren Betrachtungen, ab und zu schüttelte es ihn. Ich seufzte, um mir die Zeit zu vertreiben.
»Du, Lund«, sagte ich, »das hier erinnert mich stark an damals, als du diese aufrüttelnden Informationen über den Metzgerverband hattest. Da sollte auch die Welt unter- und alles zum Teufel gehen, und wenn ich mich recht entsinne,

hast du damals auch behauptet, es wäre schlimmer als schlimm. Was ist denn daraus geworden?«

Vielleicht hörte er mir doch zu, denn er brummte: »Das hier ist etwas anderes.«

»Allen bist du auf die Hacken getreten. Nichts hattest du überprüft. Was ist denn eigentlich aus der Zeitung geworden, die deine Artikel in Umlauf gebracht hatte? Ist sie in der Versenkung verschwunden oder konnte sie sich nach der saftigen Schadensklage noch einmal erholen?«

Er glotzte mich aus wäßrigen Augen an und wiederholte heiser: »Das hier ist etwas anderes.«

»Soso. Davon mußt du mich aber erst einmal überzeugen. Ich will dir noch verraten, daß du in Polizeikreisen unter dem Namen Münchhausen bekannt bist.«

Karsten Lunds Weg durch die Presse war von Prozessen gesäumt. Vor vielen Jahren hatte er einige feste Anstellungen gehabt, aber die Inhaber der Zeitungen hatten ihn schnell wieder hinausgeworfen, in einigen Fällen im wahrsten Sinne des Wortes. Immer war er gerade dabei gewesen, den großen Coup zu landen, immer war er es, der die großen Enthüllungen bringen würde. Wenn er mal einen Strafzettel wegen Falschparkens erhielt, konnte er eine Weltrevolution daraus machen, einen politischen Skandal mit Bestechungsgeldern und Schweizer Nummernkonten. Er schaffte es nie, Traum und Wirklichkeit, Wahrheit und Wunschdenken sauber zu trennen. Er entwickelte eine Phantasie in der Art kleiner Geschäftsleute, die beschließen, Kartoffeln unter der Bezeichnung »Heimische Feldfrüchte« direkt an die Haushalte zu verkaufen, und sich, während sie noch an ihren Visitenkarten drucken, schon Prospekte über Luxusjachten und Immobilien in Monaco bestellen. Nicht nur, daß sie das Fell verkaufen wollten, bevor sie den Bären geschossen hatten, sie boten es bereits an, während sie sich noch die Schnürsenkel zubanden.

Keiner zweifelte daran, daß Karsten es ehrlich meinte. Er log nicht bewußt, um sich sein täglich Brot zu verdienen, und zwischen den geplanten gewaltigen Serien lieferte er annehmbare und verkäufliche Artikel an die Provinzpresse. Für gewöhnlich konnte er bei der Präsentation seiner Projekte eine solche Intensität entwickeln, daß selbst derjenige, der wußte, daß seine Träume keine Substanz hatten, überzeugt war, diesmal eine echte Story geliefert zu bekommen.

Aber bei mir würde er es schwerhaben, seine Idee zu verkaufen. Ich war zu erfahren und bereits einmal auf ihn hereingefallen.

Das würde mir nicht wieder passieren. Ruda hatte mir damals so eine Standpauke gehalten, daß mir bei der Erinnerung daran immer noch die Ohren weh taten.

»Hallo! Karsten!«

»Was?«

»Bist du noch bei uns?«

Sein Blick irrte durchs Zimmer, und sein halboffener Mund verlieh ihm einen dümmlichen Gesichtsausdruck.

»Was? Ist denn noch jemand hier?«

»In wenigen Minuten werde ich es mit einem wandernden Hut zu tun bekommen, ganz zu schweigen von Herrn und Frau Gurke und dem kleinen Prick.«

»Wer ist Prick?«

»Ein kleiner schwarzer Hund. Er gehört nicht zu den schlimmsten der schlimmen. Eher zu den besten unter den guten.«

»Wovon sprichst du?«
»Von Wesentlichem. Und *Du*? Oder besser gesagt, worüber wolltest du eigentlich mit mir reden?«
Er erhob sich schwerfällig und tappte unsicher im Zimmer herum.
Nachdem er erneut forschende Blicke aus dem Fenster geworfen hatte, blieb er stehen und lehnte sich an das Bücherregal.
»Ich bin dir etwas schuldig«, sagte er leise.
»Du mußt mir nichts bezahlen. Ich habe keine Forderungen an dich. Geh zu einem anderen. Bei dir haben sicher viele Leute etwas gut.«
»Es geht um ... ja ... die Polizei muß es erfahren. Unbedingt! Wenn das nicht gestoppt werden kann, dann ... ja ... dann ist alles möglich.«
Also wieder einmal eine Katastrophe.
»Karsten, such dir einen anderen Polizisten. Auch unter ihnen gibt es viele, denen du etwas schuldest. In einigen Räumen bei uns sind die Wände dunkelbraun, weil du so oft verflucht worden bist.«
Ich meinte, was ich sagte. Ich hatte keine Lust, in irgend etwas hineingezogen zu werden, was über meine gewöhnliche, einfache Fahndungsarbeit hinausging. Für mich war die Hauptsache, daß der Tag verging und ich schnell nach Hause zu Virena und Elin kommen konnte. Nicht mehr aber auch nicht weniger. Mein ganz privater kleiner Stolz zwang mich, an einem Beruf festzuhalten, für den ich langsam schon etwas zu klapprig wurde. Rein äußerlich sah ich immer noch aus wie der alte Büffel Hassel, aber innerlich fühlte ich mich manchmal wie ein alter Hecht in einem trüben Gewässer, der an Verdauungsstörungen und wackligen Zähnen litt.

»Ich habe mich für dich entschieden. Das war das mindeste, was ich tun konnte.«

Jetzt verstand ich, mit welchen Problemen sich das erwählte Volk jahrhundertelang herumschlagen mußte. Irgend etwas wird einem zugemutet, und dann soll man auch noch dankbar sein. Karstens Hemd war schweißgetränkt und seine rosige Haut im Kragenausschnitt von einer dünnen, feuchtglänzenden Schicht überzogen.

»Das ehrt mich. Aber jetzt könntest du eigentlich gehen«, sagte ich.

Sein flackernder Blick bekam etwas Bestürztes.

»Was meinst du? Ich habe … es geht doch …«

»Du hast nichts, und ich weiß von nichts und habe keine Ahnung, worum es eigentlich geht. Du kommst her und schwitzt mir die Polster naß und zitterst wie ein Aal, aber wenn das alles ist, was du zu bieten hast, dann hau ab. Und zwar schnell.«

Mir war klar, daß ich mich hätte gewählter ausdrücken können, aber ich hatte einfach keine Lust. Vielleicht lag es daran, daß ich ihn nicht mochte. Er gehörte zu einer Sorte Mensch, auf die ich mich nicht verstand. Wie ein weißes Laken in der Nacht Insekten anzieht, konzentrierte er Scherereien, Krach und Verwünschungen auf sich. Man fühlte sich nicht wohl in seiner Nähe, als ob seine Selbstzerstörung ansteckend gewesen wäre. Ich ärgerte mich, daß ich ja gesagt hatte, als er bettelte, kommen zu dürfen. Hätte ich doch nur ein weißes Pestkreuz an die Tür gemalt.

»Du sollst es erfahren. Es ist nur so unklar.«

Aus der Innentasche zog er ein schwarzes Etui hervor, klappte eine Hornbrille auf und setzte sie sich auf die Nase. Dann

schaute er sich um und verstaute die Brille wieder. Er war ein Meister darin, sinnlose Gesten zu verwenden, aber das machte ihn nicht attraktiver.
»Laß mich entscheiden, was unklar ist. Das gehört schließlich zu meinem Job. Aber beeil dich. Ein neunzig Zentimeter großes Persönchen hat kein Verständnis dafür, wenn der liebe Papi versucht, einem Münchhausen die Wörter einzeln aus der Nase zu ziehen.«
In seiner Nervosität hatte er wahrscheinlich nur jedes vierte meiner Worte gehört und nicht einmal das verstanden. Manchmal wirkte er beinahe vernünftig, aber größtenteils kam er doch aus dem Mustopf.
»Münchhausen? Einer von den Deutschen?«
»Bestimmt war er Deutscher.«
»Da gibt es jetzt viele. Zum Teufel, Hassel, ich ...«
Plötzlich schien er etwas gehört zu haben, denn er stürzte zum Fenster und raffte die Gardine zur Seite. Wenn er Schritte gehört hatte, so hoffte ich, daß es die von Virena und Elin waren, aber es handelte sich offenbar um falschen Alarm, denn er ließ die Gardine wieder fallen.
»Hast du etwas zu trinken?«
»Wie schon gesagt, nur Wasser oder Helles. Das hier ist ein anständiges Haus, besonders wenn ich wie heute vergessen habe, ein paar ordentliche Getränke einzukaufen.«
»Wasser. Oder Bier. Wasser.«
Er stürzte ein großes Glas Wasser in einem Zug hinunter. Bestimmt würde der Schweiß nun noch heftiger perlen, aber egal. Das Wasser schien ihn zu stärken, und er holte tief Luft.
»Diese Organisation.«

»Ja? Komm, erzähl weiter.«

»Ich habe mich eingeschleust, habe sie infiltriert. Der Joker ...«

»Der Joker?«

»Ich habe mich versprochen«, berichtigte er sich hastig. »Auf alle Fälle ... ja, es war teuflisch von Anfang an, aber ich konnte mir in meinen wildesten Träumen nicht ausmalen, daß ... das, woran ich beteiligt war ...«

Es war, als wollte man einen Politiker dazu bringen, einen Wahlbetrug einzugestehen.

»Karsten, ich habe es satt. Ich habe es oft satt, aber jetzt ganz besonders.«

Er kroch näher heran zu mir, packte mich mit der linken am Hemd und legte mir die rechte Hand auf den Unterarm.

»Ich habe Angst, Hassel! Angst um mein Leben.«

»Das höre ich nicht zum erstenmal. Das haben schon viele gehört.«

»Verdammt, du hast doch wohl Augen im Kopf! Glaubst du, ich stehe hier und lüge?«

»Wenn du im Spiel bist, ist vieles möglich.«

»Hassel, zum Teufel ...«

Ich befreite mich aus seinen Händen. Nun ja, er war so verängstigt, daß man seine Furcht riechen konnte. Diese Sorte Gestank kann große Hunde zum Angriff bringen. Mich rührte sie nicht. Auch wenn mein ehemaliger Chef Ruda inzwischen selbstgemachten Wein trank und in Italien Mandoline spielte, wollte ich nicht noch einmal als ein Polizeitrottel dastehen. Der einstweilen zum Kommissar bestimmte Simon Palm war zwar mein bester Freund, aber er würde das sicher für eine Weile vergessen können.

»Entschuldige«, murmelte er so leise, daß es kaum zu hören war.
»Entschuldige, entschuldige, entschuldige. Gib mir noch eine Chance.«
»Bitte. Hier hast du sie. Kannst du sie sehen? Bald wird sie aus dem Fenster huschen und in den Himmel der Chancen eingehen.«
Karsten fand, daß die Hand nicht mehr ausreichte, und wischte sich die Stirn nunmehr mit dem Jackettärmel ab.
»Okay, ich werde mich zusammenreißen. Du wirst mir vielleicht nicht glauben, aber ich kann dir garantieren, daß alles die Wahrheit ist.«
Ich erwiderte lieber nichts. Seine Garantien waren so viel wert wie die Trostpreise an einer Losbude.
»Hassel, ich habe es getan, weil ich darüber schreiben wollte. Das war mein einziges Motiv. Du weißt ja, die Wallraffmethode. Es war nicht leicht, aber ich kann bluffen, wenn ich will.«
»Ich weiß. Erzähl weiter.«
Er hatte sich so weit erholt, daß er die Ironie in meiner Stimme bemerkte.
»Jetzt bluffe ich nicht! Die Zeit ist vorbei. Verdammt, wenn du dabeigewesen wärst bei dem, wozu sie mich gezwungen haben, dann würdest du nicht … ich meine … das sind doch keine Menschen!«
»Nee. Und was sind sie dann?«
Er glotzte mich an, atmete stoßweise und flüsterte heiser: »Wiedergänger!«
Endlich glaubte ich zu wissen, warum er nicht so recht mit der Sprache herauswollte. Er war mit der neuen Hexerei in Berührung gekommen, mit Teufelsanbetung und rituellen

Schlachtungen lebendiger Schweine, wo man Blut aus dunklen Gläsern trank und schwarze Messen und andere modische Rituale abhielt. Weil die Leute keinen Sinn mehr darin sehen, an einen Gott zu glauben, der nur schweigt, sind einige dazu übergegangen, seinen Widersacher zu verehren. In Schweden gibt es verschiedene Freizeithexen und Wochenendteufel, und sie schließen sich zusammen, um den obersten Satan anzubeten. Sie handeln nach englischem und amerikanischem Muster und sind inzwischen so zahlreich, daß sie Gewerkschaften bilden könnten, mit Lokal- und Landesverbänden, eigenen Konten, Kassierern und Vorsitzenden mit Repräsentationsfonds. Wir wußten von mindestens zwei Morden, die auf das Konto der Satansanbeter gingen, ohne jedoch Beweise in der Hand zu haben.

Natürlich war das ein gutes Thema für eine Artikelserie. Spannend und gruselig und so richtig gänsehautbildend. »Ich sah den Teufel mit der schwarzen Priesterin tanzen ...« Gleichzeitig wußte er, daß Polizisten ein mißtrauisches Volk sind und daß es nicht leicht sein würde, mich dazu zu bringen, an den Herrn der Unterwelt zu glauben. Von den gewöhnlichen, normalen Alltagsteufeln, mit denen wir uns herumzuschlagen hatten, gab es schon mehr als genug.

»Tja«, sagte ich und hörte selbst, wie abwimmelnd das klang, »wenn du dich an die Abteilung Volksbräuche des Nordischen Museums wendest, hast du wahrscheinlich mehr Glück mit deiner Story. Wassermänner und Elfen und ...«

Im Korridor klingelte das Telefon. Ich ging hinaus, aber Karsten würde wohl keine Probleme haben, sich die Zeit zu vertreiben. Inzwischen benutzte er beide Hände, um den Schweiß von der Stirn auf den echten Teppich und den Fußboden zu befördern. Bald mußte man wahrscheinlich Korkkissen verwenden, um durch die Wohnung zu schwimmen. Ich meldete mich mit meiner Telefonnummer und hörte eine sehr nette und wohlmodulierte Stimme.

»Spreche ich mit Herrn Hassel? Mit Kriminalinspektor Roland Hassel?«

»Ja.«

»Ich bitte um Verzeihung, daß ich so spät am Samstagnachmittag noch störe. Ich hoffe, Sie sitzen nicht gerade beim Essen.«

»Nein. Worum geht es?«

Er klang verdächtig wie der Vertreter eines Buchclubs, der einem eine Tasche in fröhlichen Farben, eine hübsche Uhr, ein Dutzend Laken und ein Autogramm der Königin anbot, wenn man sich als Mitglied einschrieb.

»Mein Name ist Martensson. Ich bin Servicechef der Traktorausrüstungs-AG. Wir haben unser Büro und unser Lager ganz in Ihrer Nähe.«

»Ja?«

»Wir leben davon, daß wir unseren Kunden schnellen Service garantieren. Unsere Dienstleistungen soll man jederzeit in Anspruch nehmen können, wenn man ein Ersatzteil benötigt, unabhängig vom Wochentag.«

»Und was habe ich damit zu tun?«

»Wir kommen nicht heraus mit unserem Servicetransporter. Ein Privatwagen steht vor unserer Firma geparkt und blokkiert die Ausfahrt.«

»Meiner ist es nicht. Der steht in der Garage.«

»Daran zweifle ich auch gar nicht. Ein Polizist würde sich sicher niemals eines solch schweren Vergehens schuldig

machen. Wir haben sogar auf beiden Seiten Schilder, die darauf hinweisen, daß die Ausfahrt Tag und Nacht genutzt wird.«
»Was wollen Sie denn nun eigentlich?«
Er lachte leise und sympathisch.
»Verzeihen Sie, daß ich ein bißchen umständlich bin, aber so wird man, wenn man ein großes Lager mit vielen Ersatzteilen in Ordnung halten muß. Ich konnte den Besitzer des PKW über das polizeiliche Kennzeichen ermitteln. Es handelt sich um einen Herrn Karsten Lund. Ich fand seine Nummer im Telefonbuch, und ein Verwandter von ihm sagte mir, daß er Sie besuchen wollte. Ist er möglicherweise da?«
»Ja, gewiß.«
»Darf ich vielleicht einige Worte mit ihm wechseln? Wir wären sehr dankbar, wenn er den Wagen wegfahren könnte. Ein paar Meter würden schon reichen, damit unser Transporter vorbeikommt.«
»Einen Augenblick.«
Ich legte den Hörer neben den Apparat und wandte mich an Karsten.
»Für dich.«
Er erstarrte und sperrte auf, was es in seinem Gesicht aufzusperren gab. Die Augen wurden groß wie Tennisbälle, der Mund klaffte, und die Nasenlöcher weiteten sich.
»Für-für mich?« stammelte er.
»Du hast dein Auto falsch geparkt.«
»Auto? Du lieber Himmel … Auto … das gibt es doch nicht …«
»Sprich mit Martensson darüber.«
Er schleppte sich in den Korridor, griff mit kraftlosen Fingern

nach dem Hörer und murmelte: »Hier ist Kars-Karsten Lund.«

Er lauschte nur einige Sekunden. Dann fiel der Hörer zu Boden.

Er lehnte sich gegen die Wand, und auch der letzte Rest Farbe war aus seinem Gesicht gewichen. Graubleich und elend stieß er heiser hervor: »Jetzt ist es aus mit mir!«

2.

Ich nahm den Hörer auf und lauschte. Niemand war dran. Martensson hatte wohl gesagt, was er über das Auto zu sagen hatte. Ein seltsam wimmernder Laut lenkte meine Aufmerksamkeit auf Karsten Lund. Er weinte jetzt, und die Tränen mischten sich mit den Schweißbächen.

»Ich will nicht sterben!« flüsterte er.

»Es reicht ja, wenn du den Wagen wegfährst.«

Er schüttelte langsam den Kopf.

»Du begreifst nicht! Du hast nicht die mindeste Ahnung!«

Schwerfällig ging er zur Tür, öffnete sie und tappte die Treppe hinunter. Die ganze Zeit schluchzte er. Ich lüftete gegen den Schweißgeruch und ließ das Fenster weit offenstehen.

Was hatte ich nicht begriffen? Ein weinender Mann bringt einen doch zum Nachdenken. Tränen waren eine Waffe, die er vorher noch nie angewendet hatte. Karsten Münchhausen hatte gefleht, war energisch geworden, hatte sich nicht um Gegenargumente geschert und vor allem ununterbrochen geredet. Der Karsten von soeben hatte kaum einen Ton herausgebracht. Hätte ich ihm helfen sollen, anstatt ironisch und abweisend zu sein?

Im Branchentelefonbuch schlug ich unter »T« nach. Es existierte kein Unternehmen namens Traktorausrüstungs AG. Ich runzelte meine bereits faltige Stirn. Sollte ich Simon anrufen? Andererseits war ja nichts weiter passiert, als daß er mich in Tränen aufgelöst verlassen hatte. Drittens war das nichts Ungewöhnliches für mich. Mit weinenden Menschen umgehen zu können, gehört zu den Berufsvoraussetzungen eines Kriminalisten. Viertens klebte sein Angstschweiß an meinen Wänden. Und fünftens vernahm ich endlich die bekannten und ersehnten Schritte im Hof. Virenas waren ein wenig zögernd, Elins dagegen eifrig trippelnd. Ich öffnete die Tür und breitete die Arme aus.

»Wer war denn das, der da aus unserem Eingang gerannt kam?« fragte Virena. »Der sah ja völlig verstört aus.«

»Das muß einer gewesen sein, der am hellichten Tag Gespenster sieht«, gab ich leichthin zurück. »Darf ich fragen, wie ihr den Tag verbracht habt?«

Elin hatte verschiedenes zu berichten, und danach folgte eine strenge Vorlesestunde. Wenn ich auch nur ein einziges Wort vergaß, erhielt ich einen wohlverdienten liebevollen Knuff als Strafe.

Endlich wurde es Schlafenszeit, und ich versprach, daß wir am nächsten Tag alle zusammen in das Freilichtmuseum Skansen gehen und uns die Tiere ansehen würden. Nun mußte ich schnell noch alle Tiere imitieren, an die ich mich erinnern konnte. Ich war nicht ganz sicher, wie ein Elch klingt, brachte dann aber doch eine Art Brüllen zustande, das gutgeheißen wurde.

Als Elin eingeschlafen war, deckte ich sie noch einmal richtig zu. Das war nicht notwendig, aber wichtig. Virena hatte Avocados, Kaviar, geröstetes Brot und Emmentaler auf den Tisch gebracht; die hohen Gläser versprachen gut gekühlten Moselwein. Das war das Stärkste, was ich trinken durfte, aber an-

derthalb Glas konnten einem angestrengten Magen nicht schaden, im Gegenteil.
»Das wird schön werden, am Montagmorgen zu dem Kurheim zu fahren«, sagte Virena. »Ich habe so viel Gutes darüber gehört.«
»Hauptsache, wir können zusammensein«, meinte ich. »Das macht zwei Wochen Mohrrübenkauen erträglich.«
Sie nahm einen Schluck Wein und blinzelte mir im Schein der beiden Kerzen zu. Ich bestand auf Kerzen. Ich, der Romantiker. Es sind immer wir Männer, die im Kino anfangen zu heulen.
»Es wird dir guttun, Roland. Du siehst ein bißchen abgekämpft aus.«
»Na, na, na. Ich bin immer noch geschmeidig wie ein Panther und stark wie ein Tiger.«
Sie verzichtete darauf, meine Dschungelbilder zu kommentieren, sie hätte ja darauf hinweisen können, daß es sich um einen Panther handelte, der schon bald als Pensionär durch die Gegend schleichen würde, und um einen Tiger, der ernsthaft über den Abschluß einer Pflegeversicherung nachdachte. Gegen neun Uhr klingelte das Telefon, und Virena vermutete, daß es ihre Schwester in Angermanland wäre, die sich ein wenig über den neuesten Großstadtklatsch informieren wollte. Aber nach ein paar Sekunden hielt sie mir den Hörer hin.
»Hallo, Hassel.«
Es war eine rauhe, bellende Männerstimme, die ich keinem meiner Bekannten zuordnen konnte.
»Wer ist da?«
»Du hattest heute Besuch von Karsten Lund.«
»Hatte ich?«

»Das war ein langer Besuch. Wir glauben, daß er etwas bei dir vergessen hat.«
»Wer ist ›wir‹?«
»Das spielt keine Rolle. Es geht jedenfalls um unser Eigentum. Wir können nicht zulassen, daß Karsten damit macht, was er will. Hast du es bei dir zu Hause?«
Das Gespräch hatte etwas Absurdes.
»Wenn es euer Regenschirm war, den er hier vergessen hat, kann ich dich beruhigen – morgen soll den ganzen Tag die Sonne scheinen. Wir sehen einer kleinen Warmfront entgegen. Obwohl es in Moskau bestimmt ziemlich kalt ist. Das war die Wettermeldung vom Tage.«
Der Mann keuchte in den Hörer. Virena schaute mich fragend an, und ich zuckte mit den Schultern.
»Hassel, wir meinen es ernst.«
»Das trifft sich gut. Ich mag keine Scherze.«
Es wurde immer lustiger. Die Reibeisenstimme bekam einen drohenden Unterton, aber das konnte mich nicht erschüttern.
»Wir wollen zurückhaben, was uns gehört. Ist das klar?«
Ich hatte es plötzlich satt. Es war Samstagabend, im Fernsehen lief ein akzeptables Programm, in der Thermoskanne war noch Kaffee, es gab Schokolade, um die Figur zu ruinieren, und auf dem Sofa nebenan saß eine Frau, die man lieben konnte, ohne daß die Sozialbehörden eingreifen würden. Es war ein Abend, an dem nichts Besonderes läuft und alles passiert, und warum sollte ich da herumstehen und mit unbekannten Figuren herumquatschen?
»Wenn du etwas von Karsten willst, dann frag ihn selbst.«
»Das haben wir schon getan. Er war ein bißchen zu schnell für uns.« Was er damit meinte, ging mich nichts an. Er ging mich

nichts an. Karsten ging mich nichts an. Die Welt vor meiner Wohnungstür ging mich nichts an.
»Dann sprich mit Martensson«, schlug ich vor.
Es dauerte einige Sekunden, bis er brummte: »Wovon redest du?«
»Von unserem alten Bekannten bei der Traktorausrüstungs AG. Es ist nicht schwer, mit ihm ins Gespräch zu kommen. Er ist eingesperrt und kann sein Lager nicht verlassen. Vielleicht rufst du Rotkäppchen an, die bringt ihm dann Kuchen und Wein.«
Ich legte auf. Unmittelbar darauf klingelte der Apparat erneut, aber ich zog den Stecker, und es wurde still in der Hasselschen Wohnung. Virena fragte nicht, worum es gegangen war, und ich erzählte ihr auch nichts. Es war Samstag, und ich hatte noch ein halbes Glas Mosel, um das Essen richtig zu genießen.
Am Sonntagmorgen frühstückten wir spät und spazierten dann durch Gamla Stan zur Fähre nach Djurgarden. Mutter, Vater und Kind, die Kleinfamilie wie aus der Illustrierten, die sich noch damit vergnügen kann, eingesperrte Tiere zu betrachten. Wir waren nicht die einzigen, die auf diese Idee gekommen waren. Die Fähre war voller erwartungsfroher Kleinfamilien, und die kurze Seereise erfrischte angenehm.
Es war einer dieser Maitage, wie sie fast ausschließlich in Volksliedern vorkommen. Die Sonne kitzelte die Erde, und die ganze Natur lächelte. An so einem Tag konnte man einfach keine schlechte Laune haben, man mußte lächeln und verzeihen.
Das Freilichtmuseum Skansen präsentierte den Tierbestand der ganzen Welt zum Beglotzen und Bestaunen, aber Elin in-

teressierten vor allem die umherhüpfenden Eichhörnchen und die Enten in einem der Teiche. Sie bekam einen Brotkanten und kicherte, als die Vögel ihr direkt aus der Hand fraßen.
Als Polizist entwickelt man eine Art sechsten Sinn. Man ist so daran gewöhnt, auf der Hut zu sein, daß man spürt, wenn einen einer von hinten anstarrt. Virena scherzte mit Elin und gab ihr noch weitere Brotstückchen. Ich drehte mich um. Tausende Besucher spazierten die Kieswege entlang. Einer von ihnen hatte mich beobachtet. Ich konnte es nicht beweisen, aber ich wußte es, weil ich es fühlte.
Ich entdeckte niemanden, den ich kannte. Da waren Männer und Frauen aller Altersklassen. Freundlich lächelnde Pensionäre, junge, verliebte Pärchen, Mütter und Väter und Millionen von Kindern, Japaner mit Kameras um den Hals, Deutsche mit Rucksäcken und kurzen Lederhosen, Touristen aller Art, einsame Menschen, die die Gemeinschaft genossen, aber alle waren sie mir fremd. Und trotzdem …
»Elin möchte ein Eis«, meldete sich Virena.
Wenn sie ein Eis wollte, sollte sie es haben. Papa hatte heute seine Spendierhosen an. Wir gingen zum nächsten Eiswagen, und ich spürte diesen bohrenden Blick im Rücken. Ich widerstand dem Drang, mich umzudrehen, und versuchte mir einzureden, daß es sich um reine Einbildung handelte. Es war bestimmt eine Berufskrankheit, ich war schon zu lange dabei. Ich fing an, Gespenster zu sehen. Mein Mißtrauen ging so weit, daß ich nicht einmal mehr an die Versprechen glaubte, die Steuern würden gesenkt.
Aber irgend jemand starrte mich an.
Obwohl es noch gar nicht so spät war, hatte sich am Eiswagen

schon eine lange Schlange gebildet, und ich konnte mich umschauen, ohne daß es auffiel. Elin hatte in einem Gebüsch ein paar Grauspatzen entdeckt und zog Virena mit sich. War es der mit dem buschigen schwarzen Schnurrbart, der mich beobachtete? Jetzt schaute er in eine andere Richtung, aber … Oder der ältere Herr mit den scharfgeschnittenen Zügen und dem graniten Kinn? Oder vielleicht die Frau, die an eine Laterne gelehnt stand und eine Zigarette rauchte? Das kleine Rattengesicht mit dem zurückgekämmten weißen Haar? Jeder konnte es sein. Und ich war sicher – einer war es.
Von den Enten konnte Elin gar nicht genug bekommen, und sie schrie jedesmal vor Vergnügen, wenn die gefiederten Körper ganz in unserer Nähe abtauchten. Vor den erwachsenen Bären, die auf den Hinterbeinen standen und kauten, hatte sie ein wenig Angst, aber die kleinen fand sie süß, und Virena gab ihr recht.
Ich ließ den Orientierungsplan wie aus Versehen fallen, bückte mich und sah mich schnell um. War da nicht ein dunkles Augenpaar direkt auf mich gerichtet? Aber andere Personen traten dazwischen, und ich war mir nicht sicher, zu wem die Augen gehört hatten.
Es konnten ja auch mehrere sein, um mich zu täuschen. Eine Gang junger Männer mit muskulösen Oberarmen und schwellendem Brustkorb? Sie hatten die glatten, ausdruckslosen Gesichter, die sich bezahlte Gorillas zulegen. Wenn sie Gefühle haben, dürfen diese niemals gezeigt werden. Es geht darum, genauso kaltherzig zu küssen wie zuzuschlagen.
»Nach wem schaust du denn die ganze Zeit?« erkundigte sich Virena.
»Nach keinem Besonderen. Ich dachte, ich hätte einen Typen

gesehen, der vor ein paar Jahren einmal bei uns gearbeitet hat, aber ich habe mich wohl getäuscht.«

Es wurde Zeit, etwas zu essen, und wir bewegten uns langsam und auf Umwegen in Richtung der alten Handwerkerstadt, wo es ein kleines, gemütliches Gartenlokal gab. Ich wollte eigentlich in ein richtiges Restaurant gehen, aber Virena meinte, das wäre zu teuer.

»Wir essen hier nur eine Kleinigkeit. Dafür holen wir uns lieber heute abend etwas Gutes aus dem Kühlfach.«

Wir saßen auf Gartenstühlen, aßen Fisch und tranken ein Helles dazu. Ich mußte an ein paar große Beefsteaks denken, die meinem Magen guttun würden, dabei fiel mir ein, daß ich mich für die nächsten Wochen auf Grütze und Linsen würde einstellen müssen. Ein großer Ernährungsschock stand mir bevor. Heute abend jedoch sollte es noch einmal ein schönes großes Beefsteak sein und dazu ein Glas Rotwein. Ich hatte mir den Urlaub auf alle Fälle verdient.

Stand da nicht einer in der Nähe des Eingangs und beobachtete uns? Ich war nicht sicher und versuchte, mir nichts anmerken zu lassen. Als ich den Blick das nächste Mal in die Richtung schweifen ließ, war die Person verschwunden. Ich begann, mich unwohl zu fühlen, wie wenn man spürt, daß eine Erkältung im Anzug ist.

Hatte »Martensson« irgend etwas mit der Sache hier zu tun? Oder der Mann mit der Reibeisenstimme? Beide vielleicht? Was sollte das heißen, daß Karsten zu schnell für sie gewesen war? War er ins Ausland geflohen? Das schien eine mögliche Erklärung zu sein.

Wenn er solche Angst hatte, brauchte er ja nur nach Arlanda zu fahren und das erste Flugzeug wohin auch immer zu nehmen.

»Woran denkst du«, wollte Virena wissen.
»Daran, wie schön es ist, hier in der Sonne zu sitzen und mit dir und Elin zu speisen.«
»Du sahst aber bekümmert aus.«
»Das ist angeboren. Als meine Mama mit mir schwanger ging, wurde sie von einem Polizisten erschreckt.«
Eine Stunde später traf ich wirklich einen Bekannten. Henrik Larsson, sechsundfünfzig Jahre alt, war aus einer offenen Anstalt geflohen. Hier saß er mit einer etwa gleichaltrigen Frau und trank Kaffee in einem Gartenlokal. Sie schienen glücklich zu sein und unterhielten sich lächelnd. Andere hätte er durch seinen unkleidsamen Bart und eine schlechtsitzende Perücke vielleicht täuschen können, aber ich hatte ihn in den vielen Jahren mindestens ein halbes dutzendmal festgenommen und kannte ihn wie einen Bruder. Er war einer der kleinen Diebe, die nichts anderes gelernt haben, als einzubrechen und zu stehlen und die Beute dann an einen Hehler zu verschleudern. Ein stiller Mann, der, wie ich wußte, in der Zelle indische Philosophie zu lesen pflegte.
Er wurde gesucht, und früher hätte ich mich wahrscheinlich auf ihn gestürzt und ihn auf das nächste Revier geschleppt. Ich hätte mich keinen Deut darum geschert, daß es Sonntag war und Frühling und warm und sonnig und daß ich mit meiner Familie unterwegs war.
Er stand auf der Fahndungsliste, und er wäre wieder hinter Gitter gewandert, und dann hätte Virena sagen dürfen, was sie wollte.
Das einzige, woran ich nun dachte, war, ob ich ihn eventuell auf ein Stück Kuchen einladen sollte. Schließlich gab es ja noch andere, die ihn verhaften konnten, oder er würde sich

selbst stellen. Entweder ich war träger geworden und weniger pflichtbewußt oder auch klüger. Eigentlich war es egal.
Immer mehr Leute strömten nach Skansen, und ich hoffte für das Museum, daß es den Frühling und Sommer über so bleiben möge, damit die Verluste nicht allzu hoch sein würden. Die knauserigen Behörden meinten ja, Skansen könne einen Teil der finanziellen Schwierigkeiten durch Sponsoring lösen. »Unsere neugeborenen Bärenbabies heißen Volvo und Pripps.«
»Warum drehst du dich dauernd um?« fragte Virena.
»Das habe ich gar nicht gemerkt«, antwortete ich wahrheitsgemäß.
»Was ist los mit dir?«
»Nervosität. Wenn man bald von Bohnensuppe und gekochtem Gras leben soll, brennt einem der ganze Körper.«
Das war eine blöde Erklärung, aber sie ließ sie gelten. Es wurde ein langer Nachmittag, und Elin vom Spielplatz wegzulotsen, erforderte diplomatisches Geschick von höchstem UN-Niveau. Sie freundete sich mit einem Lämmchen an, und ich verfluchte mich selbst zum hundertstenmal, weil ich keinen Fotoapparat mitgenommen hatte.
Nicht mehr nach hinten schauen. Nicht mehr an den denken, der mich beobachtet. Elin sah Elefanten und Wölfe und Luchse und Moschusochsen und mochte am liebsten eine weiße Taube, die sie auf ein paar Brotkrumen einladen konnte. Die Affen waren so lustig, wie Affen zu sein haben, und das Aquarium mit all seinen exotischen Fischen hochinteressant. Am Terrarium mit den Schlangen ging Virena schnell vorbei, und auch ich hatte keine Lust, mir die Reptilien anzusehen. Ich war solchen Biestern einmal so nahe

gewesen, daß ich bei ihrem Anblick immer noch ein ungutes Gefühl bekam.

Wir beschlossen den Tag in der Mondhalle. Speziallampen ließen die Nachttiere glauben, es wäre ihre Zeit, und sie sprangen herum und jagten in dem aufgebauten Terrain. Es herrschte ein seltsames, gespenstisches Licht da drinnen … Gespenstisch! Die Menschen in der Halle erschienen mit einemmal unwirklich. Karsten hatte von Wiedergängern gesprochen. Jemand stieß mich in den Rücken, ich hörte eine gemurmelte Entschuldigung, ein anderer stand dicht vor mir, und ich meinte, einen Geruch nach feuchter Erde wahrzunehmen. Wiedergänger, frisch aus dem Grab …

Ja, ich war wohl leicht überarbeitet. Ausgebrannt. Fertig. Die Tiere schwirrten in dem seltsamen, bleichen Licht umher, und die Gesichter der Menschen schienen Gespenstern zu gehören. Die Angst kroch aus ihrer finsteren Höhle, und ich hatte das Gefühl, mein Hemd verwandele sich auf der Brust in einen Panzer. Es war idiotisch. Verrückt. Aber irgend jemand da drinnen war hinter mir her, wollte mir etwas Böses antun.

»Ich warte draußen«, flüsterte ich.

»Wir sind auch gleich soweit«, wandte Virena ein.

»Nehmt euch ruhig Zeit. Ich stehe dann vor dem Eingang.«

Ich wollte einen Augenblick allein sein und lehnte mich an die Außenwand. Schluß mit den Phantasien! Es gelang mir, mich in den zehn Minuten Wartezeit einigermaßen zu erholen. Ich lächelte Virena entgegen und hoffte, daß es nett und glaubwürdig aussah.

»Ich mußte mal auf die Toilette«, erklärte ich.

Wir machten uns langsam auf den Heimweg. Es wurde allmählich Abend, man grüßte sich auf der Straße, und die

Biertrinker suchten nach ihren Kneipen. Im Komödientheater gab man ein Stück von Moberg, und die Leute standen in einer kleinen Schlange auf dem Bürgersteig, um noch Restkarten zu ergattern.

»Nächstes Jahr will Elin bestimmt ins Tivoli«, vermutete Virena.

»Wenn es um die Achterbahn geht, miete ich jemanden, der mitfährt.«

»Was bist du bloß für ein Polizist, der Angst hat, Achterbahn zu fahren?«

»Einer von der alten, vernünftigen Sorte, der etwas dagegen hat, wenn sich ihm der Magen umdreht.«

Die Fähre kam und spuckte eine Menge Leute aus, bevor wir an Bord gehen konnten. Es war immer noch warm, und die Frauen gingen in kurzärmeligen Blusen; für den Kenner ein schöner Anblick. Wir saßen an der Reling auf einer Bank und besahen uns die Gegend.

Elin war deutlich müde und würde bald einschlafen.

War es der brünette Mann, der Zeitung las? Komisch, daß er nie die Seiten umblätterte. Oder die beiden Frauen in den Dreißigern, die sich ein Stück entfernt gegenübersaßen? Frauen haben sich doch immer eine Menge zu erzählen. Warum schwiegen diese beiden die ganze Zeit? Der gebeugte Alte, der sich auf den Stock stützte – war er wirklich so alt, wie er scheinen wollte? Seine Hände wirkten kräftig, der Körper elastisch.

Die Fähre legte bei Skeppsbron an, und wir spazierten langsam zur U-Bahn.

Elin wollte getragen werden, und das kurze Stück würde ich gut schaffen. Um die Augen in meinem Rücken kümmerte

ich mich jetzt nicht mehr. Ich hatte Elin bei mir, und nur das zählte.
Die Drottninggatan wimmelte von Menschen, die den milden Frühlingsabend genossen. Als ich Kind war, war ein schwedischer Sonntag ein schwedischer Sonntag, unabhängig vom Wetter. Jetzt verwandelte sich Schweden in Südeuropa, wenn die warme Jahreszeit kam. Die Straßen wurden zu Treffpunkten, und die Drottninggatan war am beliebtesten. Die Leute ließen sich treiben, blieben stehen und unterhielten sich, trafen Bekannte, machten Pläne, waren zusammen. Der nächste Tag war ein Montag, aber dazwischen lag die Unendlichkeit. Die Jungen lebten mehr als je zuvor im Heute, und es gab Gründe, neidisch auf sie zu sein.
Es war sinnlos zu versuchen, meinen Verfolger zu entdecken. Bald würde ich zu Hause sein und mich einschließen können, und durch die Häuserwände können die Leute nur in Science-fiction-Büchern sehen. Virena gab am Tor den Schlüsselcode ein, und wir gingen durch die Einfahrt über den Hof zu unserem Aufgang. Das Haus war jetzt vollständig renoviert, und die Unternehmen hatten einen Hof gefordert und bekommen, der wie eine Piazza aussah.
Die Beleuchtung im Treppenhaus war defekt, aber das Licht der Flurfenster war hell genug. Virena schloß auf, und wir traten ein. Elin war eingeschlafen, wachte jetzt aber wieder auf, gähnte und ließ sich ohne Protest ausziehen. Ich holte die gefrorenen Beefsteaks aus dem Kühlfach und setzte den Tiegel auf. Nun noch ein bißchen Gemüse, ja, und eine halbe Flasche Rotwein fand sich tatsächlich noch im berühmten Hasselschen Weinkeller, ein 1918er Bordeaux, staubig und voller Spinnweben, den ich für ein Wahnsinnsgeld auf einer Auk-

tion in London gekauft hatte. Aber so bin ich eben. Wenn es um die Gaumenfreuden geht, ist mir nichts zu teuer.
»Ich weiß nicht …«, murmelte Virena.
»Was weißt du nicht?«
»Also, irgend etwas stimmt hier nicht. Riecht es nicht nach Tabak?«
Tatsächlich, sie hatte recht. Es roch nach Tabak. Ich öffnete das Fenster und sagte: »Die Lüfter funktionieren manchmal genau verkehrt herum und saugen Luft an.«
Ich war nicht ganz sicher, ob ich selber glaubte, was ich da sagte, aber es klang irgendwie überzeugend. Virena legte die Beefsteaks in die heiße Pfanne. Ich setzte mich auf das Sofa und nahm die TV-Fernbedienung zur Hand. Mein Blick fiel auf einen dunklen Schatten im Teppich. Er glich einem Fußabdruck. Ich befühlte ihn. Ein bißchen Erde. Hatte ich den Schmutz hereingetragen? Aber ich zog mir doch immer schon an der Wohnungstür Pantoffeln an.
»Hol deinen Schlafanzug«, ermahnte Virena Elin.
Es war das gewöhnliche Abendritual. Elin lief in ihr kleines Zimmer und kam mit den Pyjamateilen wieder. Im Fernsehen lief ein hysterisches Jugendprogramm, wo ein paar halbbekleidete Gestalten in einer Kiste hin- und hersprangen. Bestimmt war die Musik genauso nervend, aber die hatte ich abgedreht. Man soll seine Trommelfelle schonen, so gut es geht.
»Alter Faulpelz«, sagte Virena.
»Ja«, stimmte ich ihr zu, »aber damit ist es bald vorbei.«
Virena bat mich, das Abendessen zu übernehmen, und das schien mir eine lösbare Aufgabe zu sein. Dann hielt sie Elins Pyjamajacke hoch und zeigte mir ein paar rote Flecke.

»Nun hat sie schon wieder Nasenbluten. Das zweite Mal in diesem Monat!«
»Das geht vorbei«, meinte ich. »Das liegt in der Familie. Meine Nase sprudelte wie ein Springbrunnen, als ich klein war.«
Virena holte einen sauberen Schlafanzug für Elin und ging ins Bad, um Elin beim Waschen und Zähneputzen zu beaufsichtigen.
Elin kicherte nicht wie sonst, sie war wohl zu müde. Ich widmete mich den Beefsteaks und verwendete viel zuviel Butter, aber ich hatte meine trotzige Phase.
Das war doch etwas anderes als die Bohnen, die ich in den nächsten Wochen zu essen bekommen würde.
Es war auch nicht daran zu denken, Beefsteaks einzuschmuggeln.
»Sag Papa ›gute Nacht‹«, hörte ich Virena.
Wir küßten uns und schmusten ein bißchen, dann nahm Virena Elin an der Hand, um sie in ihr Zimmer zu bringen. Elin wollte nicht. Sie riß sich los und versteckte die Hände hinterm Rücken.
»Was ist los, mein Fräulein?« erkundigte sich Virena mit der weichen Stimme, die sie nur bekam, wenn sie mit Elin sprach.
»Faulpelz«, sagte Elin.
»Mach die Glotze aus. Ich geh mit Elin. Ich will kein Faulpelz mehr sein.«
Virena schaltete den Fernseher aus, aber Elin wollte immer noch nicht gehen. Virena lachte, nahm sie hoch und blies ihr in den Kragen. Das kitzelte so schön, daß Elin nicht länger widerstehen konnte. Ich winkte ihr zu, während ich den Tisch deckte. Elin schlang die Arme um Virenas Hals, wie um sich zu trösten, und sie gingen in das Kinderzimmer, wo nur die

kleine Pinguinlampe brannte. Ich summte vor mich hin, während ich die Weinflasche entkorkte. Das hier mußte …

»Roland!«

Was war das? Warum klang Virena so ängstlich? Ihre Stimme war unnatürlich hoch und gepreßt. Ich stürmte in Elins Zimmer. Virena hatte die Tagesdecke vom Bett genommen und auf den Boden fallen lassen.

»Das … das … das …«

Sie drückte Elin fest an sich, und ich folgte ihrem Blick in Richtung des Bettes, das nun von keiner Decke mehr verhüllt wurde.

Dort lag Karsten Lund. Das, was von ihm übriggeblieben war.

3.

Sechsunddreißig Alptraumstunden später saß ich zusammen mit Rolf Öhman, Sune Bengtsson und Pelle Pettersson in Simons Zimmer. Da Simon immer noch als Kommissar eingesetzt war, residierte er in Rudas altem, geräumigem Zimmer. Den Chefsessel füllte er schon ganz gut.

Die Kollegen von der Abteilung Gewaltverbrechen waren bei mir ein- und ausgegangen, hatten mich genervt, ausgepreßt, in Stücke gehackt, Informationen aus mir herausgesaugt und mich bis auf die Knochen durchleuchtet. Ich wußte nicht mehr, ob ich irgendwann geschlafen hatte, alles versank in einer Art sonderbarem, breiigem Nebel, in dem ich Fragen beantwortete, bis der Mund im Leerlauf lief. Ich hatte keine eigentlichen Kopfschmerzen, aber mir war, als steckte mein Kopf in einer Schraubzwinge und jeder, der wollte, könne ein bißchen kräftiger zudrehen.

»Trink Kaffee«, riet mir Simon aufmunternd. »Du siehst aus, als könntest du alle Stimulanzien der Welt brauchen.«

Er hatte den Kaffee selbst gebrüht, und der schmeckte anders als das Zeug aus Pulver und heißem Wasser aus dem Automaten. Es war stickig im Zimmer, obwohl Simon die Fenster weit aufgerissen hatte. Seine Glatze glänzte im Schein des Deckenlichts, das trotz des hellen Tages eingeschaltet war.

»Hast du heute mit Virena gesprochen?« fragte er.
Ich nickte müde.
»Es ist nicht schlecht in dem Kurheim. Sie und Elin haben heute einen langen Spaziergang gemacht. Gemütliche Zimmer haben sie auch.«
Das war nicht die ganze Wahrheit über unser Gespräch, aber mehr wollte ich nicht verraten. Wegen Elin hatte sich Virena zusammengenommen und sich nichts anmerken lassen, hatte die schon gepackten Taschen gegriffen und ein Taxi zu einem Hotel genommen.
Elin war so verschlafen gewesen, daß sie nichts gemerkt hatte, und am Montagmorgen waren sie in das Kurheim gefahren.
Ich hatte natürlich auf die Polizei warten müssen, und ich wußte ja auch, was für ein Karussell sich zu drehen beginnen würde. Die Wohnung war jetzt ein Tatort, und ich hatte mich nicht zu bewegen, bis alle Experten mit ihrer Arbeit fertig waren.
Das würde ein paar Tage dauern, und deshalb wohnte auch ich in einem Hotel.
»Roland, in diese Wohnung setze ich nie wieder einen Fuß, und du kannst mich auch nicht überreden. Elin und ich bleiben hier, bis du uns etwas anderes anbieten kannst. Wenn du weiter dort wohnen willst, dann ohne uns.«
»Virena, das kann doch eine Weile dauern, bevor ich …«
»Und wenn es ein Leben lang dauert, das spielt keine Rolle. Es gibt Wohnungen zur Untermiete, wo Elin und ich wohnen können.«
Im Klartext hieß das: Wenn ich die Wohnung nicht tauschen konnte oder wollte, würde ich in der Statistik wieder als

Alleinstehender auftauchen. Ich versicherte Virena, daß ich ganzseitige Annoncen aufgeben würde, um die Wohnung so bald wie möglich zu tauschen. Mein guter Wille schien sie jedoch nicht ganz zu überzeugen. Aber ich meinte es ernst. Warum sollte ich in einer Wohnung bleiben, wo gerade ein Mord geschehen war und wo es schon früher Morde gegeben hatte? Neben vielen anderen Gewalttaten. Es war auch keine gute Gegend für Familien mit Kindern, mitten in der City, mit allen herumstrolchenden Stadtwölfen vor der Haustür. Ich hatte schon ein paarmal versucht zu tauschen, aber nun gab es kein Zurück mehr.

»Du kannst heute nachmittag zu ihr fahren«, sagte Simon. »Wir brauchen dich nicht länger. Du kannst uns nichts Neues mehr erzählen.«

Ich starrte ihn an.

»Was zur Hölle meinst du? Ihr braucht mich nicht länger?«

»Du hast doch Urlaub.«

»Habe ich nicht. Das war einmal.«

»Aber Rolle, du ...«

»Ich bin hier und voll arbeitsfähig, und ich verlange, an den Ermittlungen im Fall Karsten Lund beteiligt zu werden. Du hast selbst gesagt, daß wir mit der Abteilung Gewaltverbrechen zusammenarbeiten.«

»In gewissem Sinne ja. Aber ...«

Das Wort ›aber‹ enthielt den längsten Vokal, den ich je gehört hatte. Er sollte andeuten, daß meine Behauptung, ich sei voll arbeitsfähig, eine gewaltige Übertreibung war, etwa wie wenn eine liberale Partei verkünden würde, sie wolle freiwillig in die Opposition gehen.

»Simon, da gibt es keine Diskussion. Du müßtest mich schon mit Polizeihunden von hier fernhalten.«
Das hatte nichts mit Pflichtbewußtsein zu tun. Es ging um etwas ganz anderes. Der Mörder oder die Mörder hatten ihr Opfer in Elins Bett gelegt. Wenn Elin nicht so verschlafen gewesen wäre, hätte sie vielleicht einen Schock für das ganze Leben bekommen.
Karstens Tod war zwar bedauerlich, belastete mich aber nicht so stark. Daß Elin jedoch einen psychischen Schaden hätte davontragen können, ließ mich rot sehen. Mein Motiv war reine und primitive Rachsucht, aber wenn mich die anderen lieber als einen pflichtversessenen Workaholic sahen, sollte es mir nur recht sein. Die meisten edlen Taten haben miese Motive im Hintergrund.
Simon hustete schwer und brummte, ohne mich anzusehen: »Nun denn. Wir können dich nicht zwingen.«
»Dann ist die Sache klar. Was wissen wir?«
Simon schlug eine schon recht umfangreiche Mappe auf und kramte in den Papieren.
»In dem Haus in der Drottninggatan, in dem du wohnst, sind sonst nur Firmen untergebracht. Es gibt natürlich einen Schlüsselcode, aber da die Firmen viele Besucher haben, gibt es für alle eine Wechselsprechanlage. Im Vorderhaus sitzt im obersten Stockwerk ein Serviceunternehmen. Dort wird sehr oft auch an Wochenenden gearbeitet. Etwa Viertel nach eins klingelte es, und jemand sagte: ›Hej, hier ist Lindgren von Sydsvenska Tegel im ersten Stock. Sei doch so nett und mach bitte mal auf. Ich habe meine Schlüssel zu Hause vergessen.‹ An der Sprechanlage war ein neu Eingestellter, der natürlich nett sein wollte und öffnete.«

»Wer hätte das nicht getan?« bemerkte Pelle.

Sunes Gesichtsausdruck verriet, daß er da anderer Meinung war, aber Pelle hatte wohl recht. Keiner rennt runter und läßt sich einen Ausweis zeigen, wenn man nur den richtigen Ton findet.

»Der Angestellte des Serviceunternehmens hat ausgesagt, daß der Mann ganz normal freundlich geklungen habe. Ein wenig entschuldigend, weil er ja Umstände machen mußte.«

»Was ist mit meiner Tür?« fragte ich. »Ich habe ein Sicherheitsschloß und verstärkte Türpfosten.«

»Im Hinterhaus war niemand. Du warst in Skansen, und die fünf Unternehmen hatten geschlossen. Sie konnten ungestört arbeiten.«

»Sie?« fiel ich ihm ins Wort.

Simon nickte und schaute auf ein anderes Blatt.

»Zwei Mann. Eine Zeugin gibt an, daß sie vor dem Tor zwei Männer gesehen hat. Einer bediente die Wechselsprechanlage. Sie hatten einen großen Pappkarton bei sich, auf dem so etwas wie ›Ein neuer Stuhl aus Anderstorps Stuhlfabrik‹ gestanden haben soll. Die Zeugin erinnert sich besonders gut, weil ihre Mutter aus Anderstorp stammt. Dafür kann sie nicht viel über das Aussehen der Männer sagen, außer, daß sie wahrscheinlich jünger als dreißig Jahre waren und prächtige Schnurrbärte trugen.«

»Bestimmt besonders echte«, murmelte Pelle.

»Genau. Auf alle Fälle sah sie, wie sie hineingingen. Mehr nicht, und sie konnte sich ja überhaupt nur wegen des Ortsnamens Anderstorp erinnern. Tja, so betraten die Herren also den Hof und steuerten Rolles Wohnung an. Die Tür meißelten sie regelrecht auf, sie hatten ja Zeit und waren, wie gesagt, ungestört. Keine Feinmechaniker, aber sie arbeiteten effektiv und wußten, was sie wollten.«

Einer hatte mich also überwacht und telefonischen Kontakt zu denen in der Drottninggatan gehalten. Während wir uns die Seehunde besahen, hatten sie meine Wohnungstür aufgebrochen.

Sie brauchten sich überhaupt nicht zu beeilen. Vielleicht hatten sie sogar einen Vorschlaghammer dabeigehabt. Simon klopfte sich nachdenklich auf sein Bäuchlein, ein sichtbares Andenken an all die guten russischen Mahlzeiten, die ihm seine Frau Nadja bereitet hatte.

»Unsere Gentlemen schleppen also den Karton, in dem sich wahrscheinlich ein Plastiksack mit dem zerstückelten Karsten Lund befand, in die Wohnung. Sie verstauen die Leichenteile im Kinderbett und breiten die Tagesdecke darüber. Dann verlassen sie den Schauplatz wieder. Sie verschließen die Wohnungstür und übermalen die Spuren, die der Meißel hinterlassen hat, mit brauner Türfarbe. Danach gehen sie sicher in eine Kneipe und feiern den ungewöhnlich gelungenen und gemütlichen Sonntag.«

Er sprach eintönig und scheinbar unbeteiligt, aber für uns, die wir ihn kannten, war gerade das ein Zeichen dafür, wie erregt er war. Die Mörder wollten mit der Leiche im Bett einen Überraschungseffekt erzielen, deshalb hatten sie ja auch die Spuren des Einbruchs an der Tür zu verbergen gesucht. Sie demolierten die Beleuchtung im Treppenflur, und so hatten wir nichts gemerkt.

Ich verstand Virena. Es ging nicht nur darum, daß sich eine Leiche in der Wohnung befunden hatte, sie mußte das Ganze als eine Entweihung unseres Heimes empfinden. So fühlen ja viele, bei denen eingebrochen wurde. Jemand war in ihre private Sphäre eingedrungen, und das tat beinahe physisch weh. Es waren Dinge berührt worden, die als unantastbar galten. Vielleicht sind Frauen in dieser Beziehung noch empfindlicher.

Vielleicht sind Männer in allem weniger sensibel.

»Hier haben wir ein besonders widerliches Obduktionsprotokoll«, seufzte Simon, der Rudas Abscheu gegenüber Eingriffen in den menschlichen Körper teilte. »Karsten wurde so brutal zerstückelt, daß schwerlich Profis am Werk gewesen sein können. Ich meine gelernte Metzger oder so.«

»Wenn nicht Profis sich als Amateure tarnen wollten«, gab Sune zu bedenken.

Simon nickte zustimmend.

»Das ist nicht ausgeschlossen. Aber noch wissen wir nichts. Lund starb an einem Herzinfarkt. Herzschlag, sagte man früher. Den Spuren auf der Haut nach zu urteilen, war er vorher mit einem schmalen Seil gefesselt worden. Andere Zeichen weisen darauf hin, daß sie ihm einiges zerschnitten haben, bevor ihn der Infarkt erlöst hat. Verdammte Scheiße!«

Er warf die Papiere auf den Tisch und wischte sich die Hand an der Jacke ab, als wären selbst die Akten blutgetränkt gewesen.

»Das also hatte mein Anrufer mit ›er war zu schnell für uns‹ gemeint«, sagte ich. »Karsten starb, bevor sie aus ihm herauspressen konnten, was sie wissen wollten.«

»Die Hauptfrage steht damit fest«, brummte Simon.

Alle schauten mich an.

»Warum brachten sie Karsten in Rolles Wohnung? Warum

nahmen sie ein so großes Risiko auf sich? Rolle erhielt einen Anruf, bei dem jemand ›unser‹ Eigentum zurückforderte. Karsten habe es bei Rolle ›vergessen‹. Das kann nur bedeuten, daß Karsten etwas in seinen Besitz gebracht hatte, das für jemanden so wichtig war, daß dieser oder diese vor einem Mord nicht zurückschreckten, um es zurückzuerhalten. Als das schiefging, zogen sie den Schluß, daß Rolle dieses Etwas hatte oder dessen Versteck kannte. Um was auch immer es sich handeln mag.«

»Ich habe keine Ahnung«, versicherte ich. »Karsten hat mir nichts erzählt.«

»Nein. Aber die glauben es. Die zerstückelte Leiche in deiner Wohnung sollte wohl eine Warnung sein. Wenn du ihr Spiel nicht mitspielst, kann es dir ebenso ergehen.«

Danach schwiegen wir erst einmal eine Weile. Sune und Pelle hatten zum erstenmal von den Umständen des Mordes und meiner Rolle in diesem Fall gehört. Die Zeitungen waren voll von saftigen Details über den sensationellen Fall gewesen, aber ich hatte sie nicht gelesen, nicht auf die Fragen der Reporter geantwortet, mir die Nachrichten im Fernsehen nicht angesehen.

Der Portier des Hotels verstand etwas von seinem Job; als die hungrigen Journalisten sich an ihn heranmachen wollten, liefen sie gegen eine Wand.

»Lund hat sich sein Schicksal selber zuzuschreiben«, meinte Pelle. »Mit ihm gab es doch nur Ärger.«

Pelles kupferglänzendes Haar war ein bißchen stumpfer geworden, seit wir uns zum erstenmal getroffen hatten, aber er strotzte vor physischer Energie und zappelte wie immer, wenn man ihn zwang, auf einem Stuhl zu sitzen. Sune Bengtsson dagegen hatte sich überhaupt nicht verändert; allerdings hatte er schon als junger Bursche ausgesehen wie ein Mann in mittleren Jahren, schmal, mit einem spitzen Mund, entstellender Brille und dünnen, glatten, zurückgekämmten Haaren von unbestimmbarer Farbe. Er trat an das offene Fenster und zündete sich eine Zigarette an. Er war Kettenraucher und hatte noch nie etwas von Krebs und Gefäßkrankheiten gehört. Von solchen Geschichten ließen sich auch nur schwache Geister beeindrucken, und Sune stand hoch über allen Schwachheiten. Wenn er irgendwann in seinem Leben einmal gelacht hatte, dann war das lediglich ein Zeichen seines Sarkasmus gewesen und hatte keinesfalls etwas mit Humor zu tun. Er war ein sehr einsamer Mensch, der Bridge und Schach spielte, ohne sich an seine Mitspieler zu erinnern. Dafür konnte er sich um so besser an die Reihenfolge der Karten und den Verlauf einer jeden Partie erinnern. Dieser Mann der Spielsalons hatte sich ein kleines Häuschen gekauft, wo er seine Wochenenden als Hobbygärtner verbrachte. Er war erzkonservativ, weil er keine Menschenkenntnis besaß, urteilte hart, weil ihm die Winkel der Seele ein Rätsel waren, und konnte nicht verzeihen, weil die Fähigkeit dazu nicht zu seinem geistigen Rüstzeug gehörte. Wenn jemand behauptete, es sei mehr oder weniger Zufall, auf welcher Seite des Gesetzes man landete, nannte er diesen einen Lügner.

Jedes Gesetz und jede Bestimmung mußte auf Punkt und Komma befolgt werden, und wer sich in der U-Bahn auf den für Behinderte reservierten Platz setzte, ohne einen entsprechenden Ausweis zu haben, galt für ihn als Krimineller. Als Spurenleser am Tatort war er unübertroffen und als Fahnder ein Bluthund.

»Was wissen wir über Lunds Lebenslauf?« fragte Simon.
»Rolf, kannst du bitte berichten, was du herausgefunden hast?«
Rolf Öhman war ein guter Mann für die Schreibtischarbeit und deshalb Rudas besonderer Schützling gewesen. Ein alter Groll meinerseits war Schuld daran, daß ich zu ihm eine gewisse Distanz aufgebaut hatte, wobei er sich jedoch nichts anmerken ließ. Er war zu Recht berühmt für seine saubere Arbeit, aber es fiel mir schwer, das auch einzugestehen, und ich begnügte mich immer mit ein paar Grunzern, wenn anerkennende Worte von mir erwartet wurden.
»Wenn man die letzten fünf Jahre betrachtet, dann ist sicher wichtig, daß er vor drei Jahren von seiner Frau Helga geschieden wurde. Sie ist zweiundfünfzig Jahre alt, achtzehn Jahre waren sie verheiratet. Sie haben zusammen eine Tochter, Viola, die jetzt zwölf ist und bei ihrer Mutter wohnt. Sie wohnen immer noch in der Wohnung im Atlas-Stadtteil, während Karsten zuerst mit einem Zimmer in einer Pension in Sundbyberg vorlieb nehmen mußte, bis es ihm gelang, eine eigene kleine Wohnung auf Söder zu finden.
Helga arbeitet halbtags als Kaltmamsell in einer großen Betriebskantine und verdient damit mehr als das, was Lund für den ganzen Tag mit nach Hause brachte. Seine letzten drei Steuererklärungen weisen Bruttoeinkommen unter fünfzigtausend Kronen aus. Er hatte keine Abzüge.«
»Fuhr er einen Wagen?« fragte ich.
»Nein. Vor zwei Jahren hat er seinen Volkswagen verkauft. Ansonsten soll er noch ein Moped gehabt haben. Ein altes Rex.«
Er lächelte, wie um zu zeigen, daß dies natürlich eine Neben-

sächlichkeit war, er sie aber dennoch ermittelt hatte. Er brauchte Anerkennung. Ich grunzte.

»Rolle glaubt, daß Karsten etwas mit Teufelsanbetern oder Satanisten und wie sie sich sonst nennen zu tun hatte«, verkündete Simon.

Ich begründete, warum ich das glaubte, und Simon fügte hinzu: »Es handelt sich hier natürlich nur um eine ziemlich vage Vermutung, aber wenn Rolle recht hat, dann werden wir es schwerhaben. Die Riten der Satanisten sind ja geheim, und die Teufelsanbeter prahlen auch nicht gerade mit ihren Taten. Sie gehören nicht zu unseren gewöhnlichen Kunden. Wir haben allerdings einen Experten für solche Sekten in der Abteilung Gewaltverbrechen, und der wird uns etwas zuarbeiten. Mal sehen, ob wir damit etwas anfangen können.«

Simon blätterte in den Papieren und fischte das Protokoll einer Vernehmung heraus, die die Kollegen mit mir veranstaltet hatten.

»Einen einzigen Namen haben wir oder besser gesagt, einen Decknamen. Lund hat sich einmal versprochen und den ›Joker‹ erwähnt. Öhman?«

Es war, als zeigte man dem Pawlowschen Hund seinen Futternapf. Reflexartig raste Öhmans Zeigefinger die Zeilen seines bisher nur handschriftlich vorliegenden internen Rapports entlang.

»Wir haben in unserer Kartei acht Personen, die ›Joker‹ genannt werden. Drei konnte ich gleich streichen, die sind inzwischen zu alt. Zwei Joker sitzen wegen Rauschgiftschmuggels und hatten lange keinen Ausgang. Ein Joker wohnt jetzt in Bollnäs und soll bei der Kommune arbeiten. Den können wir eigentlich auch abziehen.«

»Wer einmal gesessen hat …«, gab Sune mit seiner ein wenig schrillen, präzisen Stimme zum besten.
»Natürlich«, reagierte Pelle heftig. »Ruf doch bei der Verwaltung in Bollnäs an. Häng ihn an die erste beste kommunale Laterne. Hauptsache, die Reaktionäre bei der Kripo sind zufrieden.«
Sune schnaufte überlegen und widmete sich dem Tabak. Simon hatte nicht verhindern können, daß Sune in seinem Arbeitszimmer rauchte, aber durchgesetzt, daß er jedesmal brav das Fenster öffnete. Ruda hatte es immer verstanden, die beiden Streithähne auseinanderzuhalten; er verabscheute Konflikte in der eigenen Abteilung. Simon dagegen griff niemals ein. Wenn sie zanken wollten, dann durften sie. Er war nicht dafür, Gegensätze zu verbergen. Aber für diesmal hatte die Sache ein Ende, und Öhman konnte fortsetzen: »Es bleiben zwei Joker übrig. Joker Lindblom und Joker Akermark. Lindblom ist, wie ihr euch vielleicht erinnert, auf Betrügereien mit Postanweisungen spezialisiert. Ein Angsthase, ziemlich harmlos. Bleibt Akermark. Er wurde schon in der Schule Joker genannt, weil er seine Aufsätze mit G. Aker unterzeichnete. Daraus wurde dann Gaker und schließlich Joker.«
»Mein Gott, ist der wirklich mal in die Schule gegangen?« fragte Pelle.
Akermark war eine bekannte Figur, sowohl in der Fahndung als auch in der Abteilung Gewalt. Ein Typ in mittleren Jahren, der alle Argumente in den Fäusten trug. Er hatte keinen Stil und versuchte nicht einmal zu verbergen, daß er nur eine Sprache beherrschte – die der brutalen Gewalt. Man konnte ihn mieten, wenn man jemandem einen Denkzettel verpassen

wollte, und zugegebenermaßen verstand es Akermark, effektiv zu mißhandeln. Er hätte noch viel öfter hinter Gitter wandern müssen, aber es gelang ihm meist, Angst zu verbreiten, so daß es niemand wagte, ihn anzuzeigen. Wenn er einmal verurteilt werden konnte, dann nur, weil er auf frischer Tat ertappt worden war.
»Ich denke, wir können uns auf Akermark konzentrieren«, meinte Simon. »Wir fahnden nach ihm. Wo wohnt er?«
»Das wissen wir nicht«, antwortete Öhman, und es mußte ihm weh tun einzugestehen, daß er nicht allwissend war. »Als er vor einem Jahr entlassen wurde, gab er eine Adresse in Nacka an, aber dort hat er nie gelebt.«
Sune notierte den Namen in sein kleines schwarzes Buch und steckte es wieder in die Innentasche.
»Wenn ich ihn sehe, schnappe ich ihn mir. Mehr Zeit werde ich nicht haben, um mich mit dem Fall hier zu beschäftigen.«
»Denk daran, daß es hier auch um deinen Kollegen Rolle geht«, erinnerte Simon leise.
Sune stopfte eine neue Zigarette in das Mundstück. Sein rechter Mundwinkel mußte sich richtig verlassen vorkommen, wenn einmal keine Kippe darin steckte.
»Was hat das denn damit zu tun? Genießen Polizisten bei uns Vorrechte?«
»Darum geht es nicht. Okay, nun wissen wir, wie die Sache aussieht. Ich halte euch auf dem laufenden, und wenn ihr euch ein bißchen anstrengt, um den Joker schnell zum Verhör zu bringen, laß ich euch ohne Disziplinarverfahren davonkommen, ha ha. Rolle, du bleibst bitte noch einen Moment.«

Die anderen gingen, und Simon und ich setzten uns einander gegenüber. Er war jetzt der Chef, und ich gehörte immer noch zum Fußvolk, aber das hatte nichts zu bedeuten. Wir hatten zu viele nächtliche Stunden mit gähnend langweiligen Überwachungsaufträgen gemeinsam verbracht und deshalb keinen Sinn mehr für Formalitäten.

»Wann kann ich wieder in die Wohnung?«

»Die Kollegen sind wohl bald fertig. Spätestens übermorgen. Wie hat Virena die Sache aufgenommen?«

»Sie hat schon glücklicher ausgesehen.«

»Sei vorsichtig. Fährst du heute abend nach Skebo?«

»Nein. Ist noch zu früh. In ein paar Tagen vielleicht. Sie braucht ein bißchen Abstand zu der Geschichte hier.«

»Dann um sieben.«

»Was? Um sieben?«

Er lächelte breit.

»Du ißt bei uns. Ich will mit meinen Leuten kein Risiko eingehen. Man weiß ja, wie sich Strohwitwer benehmen. Hungrig und durstig gehen sie in die nahe gelegene Kneipe, man trinkt und schwätzt, und dann beginnt das Tanzbein zu zucken, und man stürzt in die nächste Diskothek, und dann kommt der letzte Tanz, und man bringt sie nach Haus, und dann wacht man auf und hat einen Kater, und dann folgen die Verhandlung und die Feststellung der Vaterschaft und zum Schluß die Alimente. So ist es für alle Beteiligten das beste, wenn ich dich von Anfang an im Auge behalte.«

»Na gut, dann komme ich eben zu euch, aber eigentlich hatte ich mich ja schon auf die feinsten Schuppen der Stadt eingestellt und mein bestes Hemd in die Reinigung gebracht. Aus irgendeinem Grund fliegen die Blondinen darauf. Das ist

manchmal regelrecht belastend, wenn sie mir in Trauben um den Hals hängen.«
Er grinste, und ich grinste. Da gab es nichts zu grinsen, aber wir grinsten trotzdem, so gut waren wir drauf. Den feinsten Schuppen der Stadt näherte ich mich natürlich nur, wenn sich eine gesuchte Person dort im Küchenherd versteckt hatte.
»Um sieben dann. Ich freu mich.«
»Hat schon jemand mit Karsten Lunds Frau gesprochen?«
»Ich glaube nicht, daß unsere lieben Kollegen von der Abteilung Gewalt das noch geschafft haben.«
»Okay, das übernehme ich. Hast du die Adresse?«
Er schaute in den Papieren nach. »Völundsgatan sieben. Wer war denn Völund? Bestimmt irgendein alter abgedankter Kommunalpolitiker.«
Ich seufzte hörbar. »Diese ungebildeten Polizeitrottel! Völund war der göttliche Schmied in der alten nordischen Göttersage.«
»Dafür kann man ihn sicher nicht belangen. Findest du nach Spanga oder brauchst du einen Wegweiser?«
»Zünde ein Feuer an. Ihr da draußen in der Provinz verständigt euch doch sicher über Rauchsignale.«
Als ich das Polizeigebäude verließ, fühlte ich mich ein wenig besser. Manchmal braucht man nicht mehr als eine kleine Frotzelei mit einem Freund, den man mag und gleichzeitig schätzt, um die schwarzen Wolken am Horizont in graue zu verwandeln. Das mit Virena würde in Ordnung kommen. Das mit der Wohnung auch. Und sogar um den Weltfrieden war mir nicht mehr bange.
Aber jetzt wurde ich wirklich müde. Ich sollte versuchen, noch ein paar Stunden zu schlafen, bevor ich in den Stadtteil

Atlas fahren würde. Und wenn ich verschlief, bis es Zeit war, die gefahrvolle Expedition in das unerforschte Spanga anzutreten, machte das auch nichts.

Ich hatte keine Lust zu laufen, doch mein Auto stand zu Hause in der Garage, so daß ich ein Taxi nehmen mußte. Ich lehnte mich ins Polster zurück, schloß die Augen und merkte, wie ich sacht in das behagliche Reich des Schlafes einging, richtete mich aber schnell wieder auf und schaute über das Wasser zum Stadshuset hinüber, wo sich schon jede Menge Touristen herumtrieben.

Das Hotel lag auf Östermalm. Ich stellte mich vor die Glastür und machte dem Portier gegenüber eine fragende Geste. Er schüttelte kaum merklich mit dem Kopf. Es waren also keine Journalisten in der Nähe. Ich dachte an das weiche Bett, und mein Körper begann sofort, sich zu entspannen. Er gab mir den Schlüssel.

»Du hast einen Brief bekommen. Von einem Kurier überbracht.«

Es handelte sich um einen großen, gefütterten, gelben A4-Umschlag, der verklebt und vernietet war. Mein Name stand in großen roten Druckbuchstaben darauf. Ich drehte ihn um. Kein Absender.

Oben im Zimmer wusch ich mir das Gesicht und trank gierig von dem eiskalten Leitungswasser. Dann legte ich mich hin und atmete tief. Der Brief.

Ich sollte wohl hineinschauen, bevor ich einschlief. Es bereitete mir Mühe, ihn aufzubekommen, und so riß ich einfach eine Kante ab. In dem Umschlag befand sich nur ein einziges Blatt. Es war ein großes Foto von Karsten Lund. Er starrte mit vor Schreck geweiteten Augen direkt in die Kamera. Als das

Bild gemacht wurde, hatte er offensichtlich noch gelebt, wenn auch nicht mehr lange, wie die blutigen Schrammen zeigten. Über das Schwarzweißfoto hatte jemand mit Rotstift geschmiert: »Du weißt, worum es geht! Nächstes Mal bist du dran! Oder dein Weib oder das Kind … Martensson von der Traktorausrüstungs AG.«

4.

Ich fuhr die Lokstallsgatan in Richtung Atlas entlang und war überzeugt, daß ich nicht beschattet wurde. Der Portier hatte mir einen Hinterausgang gezeigt. Danach hatte ich über eine Viertelstunde in einer Toreinfahrt gewartet. Anschließend war ich mit einem Taxi nach Vasastan gefahren und hatte ein Haus betreten, das nur Polizisten und Taxifahrer kannten. Man konnte nämlich durch eine Haustür hineingehen und es durch eine ganz andere wieder verlassen. Dann nahm ich die U-Bahn bis zum St. Eriksplan, lief durch den Vasapark und erreichte die Torsgatan.

Es war nicht das erstemal in meiner bisherigen Polizeikarriere, daß man mich verfolgte, aber das absolut unbehaglichste. Bisher hatte ich immer wenigstens ungefähr gewußt, wer meine Feinde waren, aber diesmal handelte es sich um namen- und konturenlose Wesen, die immer und überall waren. Und daß sie es ernst meinten, war wohl durch das Beispiel Karsten Lunds überdeutlich geworden.

Wiedergänger! Tote, die umgingen und den Lebenden den baldigen Tod verkündeten.

In diesem Falle waren es gewiß höchst lebendige Personen, die mich jagten, um etwas zu bekommen, das ich nicht kannte. Sie waren bereit, dafür über meine Leiche zu gehen. Ich war das gesamte Gespräch mit Karsten Lund in Gedanken

noch einmal durchgegangen, um irgendeinen Anhaltspunkt zu finden, aber Fehlanzeige.
Jedes Wort, jedes kleine Zittern der Stimme war protokolliert und mit acht Durchschlägen abgeheftet worden. Er hatte gesagt, was er gesagt hatte, und nicht mehr. Aber das würde mir Traktor-Martensson niemals abnehmen.
Atlas ist für den richtigen Stockholmer eine unbekannte Gegend, irgendein Nest am Rande der Stadt, wo nichts geschieht und scheinbar nichts geschehen kann. Eine kleine Welt für sich, im Schatten der St. Eriksbron, zwischen See und Eisenbahngleis. Atlas wird zum See hin von einer niedrigen Mauer begrenzt, die vielleicht verhindern soll, daß die Häuser in den alten, schlammigen Fluten versinken.
Hier hatten sich einst die Atlas-Fabriken befunden, die, wie man seinerzeit behauptete, den Arbeitern vorbildliche Bedingungen boten. Man produzierte unter anderem Material für die Eisenbahn.
In den zwanziger Jahren wurden die Werkhallen zu eng, und man zog nach Nacka, wo es mehr Platz für Erweiterungsbauten gab. Die alten Fabriken wurden abgerissen und dafür Wohnblöcke gebaut, die sich wohl seitdem kaum nennenswert verändert haben. In die Ein- und Zweizimmerwohnungen zogen vor allem junge Leute ein, und bald gehörte Atlas zu den kinderreichsten Stadtteilen. Die Kinder wuchsen heran, wie es Kinder zu tun pflegen, und verließen bald Ma und Pa, um eigene Familien zu gründen. Die Eltern blieben zurück.
Heute ist Atlas die Gegend der Rentner. Denen gefällt es dort, weil sie alles noch aus ihrer Kindheit kennen, und außerdem riecht es so schön nach Kleinstadt, was man in reiferen Jahren

durchaus als wohltuend empfinden kann. Während ich die Atlasgatan entlangschlenderte, erinnerte ich mich an die ein, zwei Besuche, die ich diesem Teil der Stadt bisher gemacht hatte. Hier war nichts gewesen, das mich hätte locken können. Kein Kino, um nach Karten für Humphrey-Bogart-Filme anzustehen, kein Theater, um am Bühneneingang nach Autogrammen zu jagen, kein Tanzboden, um Links-Rechts-Wechselschritt-und-halbe-Drehung zu praktizieren, keine kleine Kneipe, um sich den ersten Rausch anzutrinken, kein Park, um darin Küsse zu stehlen, keine Treffpunkte, wo man herumhängen und nichts tun konnte. Hatten hier einmal Mädchen in meinem Alter gewohnt? Sicher, aber wenn ich mich recht erinnerte, flatterten die hübschesten Schmetterlinge an anderen Stellen.
Das wahre Leben spielte sich auf der dynamischen St. Eriksgatan und in den Häuservierteln rundherum ab, zwanzig Meter über Atlas. Unten in der Senke am See war es still wie in einer Kapelle. Aber dort oben brauste das Leben.
Ich kam zur Völundsgatan. Drei massive Häuserblöcke bildeten zur Atlasgatan hin einen halboffenen Hof. An den Flanken standen zwei anonyme Fünfgeschosser ohne Balkons, dafür aber mit eingezogenen Balustraden im obersten Stockwerk. Sie waren mit den ängstlich-dumpfen Farben verputzt, die man früher wählte, um ja niemanden zu verärgern.
Das querstehende Haus war ganz anders. Eine schräge Fassade zur Rechten war frisch verputzt, mit tiefroter Farbe, die wie eine Fanfare wirkte. Die Wohnungen erhoben sich neun Stockwerke hoch bis zur St. Eriksgatan hinauf. Hinter dem Haus befand sich eine der drei überdachten Treppen, die Atlas mit der tosenden Großstadt verbanden. Die Treppe wirkte mit

ihren Pfeilern und der dekorativen, mäanderhaften Windung irgendwie griechisch-antik.
Ganz rechts auf dem Dach sah man eines jener irrationalen Details, die ein Bauwerk unverwechselbar machen: einen achtkantigen, schwarzen, offenen Turm, gekrönt von einem weiteren, ebenfalls achtkantigen, schmaleren, grünspanfarbenen Türmchen mit zwei unterschiedlich großen Kugeln auf der Spitze. Der Turm hatte ganz sicher niemals zu etwas Praktischem benutzt werden können, sondern war ausschließlich zu dekorativen Zwecken errichtet worden. Es lebe der Architekt!
Während ich die Hausnummer sieben ansteuerte, mußte ich daran denken, daß in diesem Haus Anfang der dreißiger Jahre der berühmte Atlasmord begangen worden war. In jener an Sensationen armen Zeit war das ein Ereignis, über welches man noch jahrelang sprach, und ich erinnere mich, wie meine Eltern den Fall mit Bekannten diskutierten. Es gab da nämlich ein paar kribbelnde Einzelheiten.
Ein fröhliches und schönes, attraktives Straßenmädchen, ungefähr dreißig Jahre alt und ›Skanska Lilly‹ genannt, wurde von einer Freundin tot aufgefunden. Diese hatte, nachdem sie vier Tage lang nichts von Lilly gehört hatte, den Hausmeister alarmiert. Lilly lag nackt auf einem Sofa, lediglich mit einem Paar langer schwarzer Stiefel bekleidet. Die Wohnung war pedantisch saubergemacht und aufgeräumt. Der Mörder wurde niemals gefunden, obwohl die bizarrsten Personen vom Rande der Gesellschaft verhört worden waren. Eine idyllische Zeit!
Heutzutage würde Skanska Lillys Schicksal bestenfalls eine Notiz zwischen ›Schlechtes Jahr für Futterrüben‹ und ›Geld-

strafe für Dompropst – bespuckte weiblichen Pfarrer‹ hergeben.
Ein älterer Mann kam aus der Haustür, und ich konnte gerade noch meinen Fuß dazwischenhalten, bevor sie wieder zufiel. Im Zeitalter der Schlüsselcodes ist es wichtig, eine Gelegenheit abzupassen, um ins Haus zu gelangen. Der Alte schielte mich mißtrauisch an, aber ich grüßte ihn wie einen Bekannten, und mit einer zögernden Handbewegung akzeptierte er, daß ich wohl irgendwie in dieses Haus gehörte.
Im Hausflur blieb ich stehen und betrachtete die große Malerei auf der gegenüberliegenden Wand. Ganz unten gab es ein Schild mit der Aufschrift: *Klara sjö von der St. Eriksbron aus – 1928.* Das Bild zeigte den See, wie er damals gewesen sein mußte, voller offener Schleppkähne, Hausboote und anderer Nutzschiffe. Kein Paradies für Freizeitpaddler. Zur Rechten sah man den Kai mit großen Sandhaufen, dahinter niedrige Gebäude und einen Turm, der mit *Kalk, Kies* und *Zement* beschriftet war. Das muß lange vor meiner Schulzeit gewesen sein, denn ich erinnerte mich nicht daran, obwohl ich als Junge viel mit dem Faltboot unterwegs gewesen war. Da gab es Fabrikschornsteine und an Land gezogene Boote. Zur Linken beschrieben das Seeufer und die parallel verlaufenden Bahngleise einen weichen Bogen, und dahinter lagen die Mietshäuser und Kirchtürme. Eine gelungene Darstellung in natürlichen, manchmal etwas kräftigeren Farben.
Im Treppenaufgang hing ein weiteres Bild ähnlicher Größe. Es war mit *Gamla Atlas* beschriftet und zeigte das Fabrikgelände mit hohen Schornsteinen und einem Gewirr verschiedener Gebäude, die als Produktionsstätten oder Lager dienten. Links eine Brücke mit eisernen Bögen, über die täglich wohl

Tausende zur Arbeit gegangen waren. Auch ein paar Bäume konnte ich am Bildrand entdecken, für die Arbeiter vielleicht die Erinnerung an ein paar wenige Urlaubstage im Jahr, und hinter der Fabrik undeutlich skizziert die Häuserreihen der Stadt. Wichtig aber war die Arbeitswelt. Die Farben waren bleicher, und über den Himmel rollten dunkle, schwere Wolken, als ob Atlas in übertragener Bedeutung eine Katastrophe drohte. Wie hieß der Maler? Die Signatur war kaum zu entziffern, ich deutete sie als *O. Paulin.*

Ich gab ihm im stillen ein Lob. Er hatte sein Handwerk verstanden.

H. Lund wohnte ein paar Stockwerke hoch, und ich trabte die gewundene Zementmosaiktreppe hinauf. Ab und zu blieb ich stehen, um Atem zu schöpfen. Eigentlich sollte ich noch in meinem Hotelbett liegen und ausruhen, aber das Foto von Karsten hatte mir den Schlaf vertrieben. Ich war kein Typ aus Stahl mehr, eher aus Blei, aber Metall ist eben Metall.

Auf jeder Etage wohnten sechs Familien in den für Atlas üblichen Kleinwohnungen. Die Türen waren aus heller Eiche und ebenso gut gepflegt wie das Haus im ganzen. Rentner halten auf Ordnung, wo sie wohnen. Ich klingelte und hoffte im stillen, daß jemand zu Hause sein möge. Als Fahnder vermeidet man es, vorher anzurufen und seinen Besuch anzukündigen. Man weiß nie, was in der Zwischenzeit passieren kann.

Ein Mädchen mit bleichem, sommersprossigem Teint öffnete. Sie hatte ein Gesicht, in dem man schon jetzt nicht mehr lesen konnte. Später, als erwachsene Frau, würde man sie als rätselhaft bezeichnen.

»Ist deine Mutter zu Hause?«

»Für wen?«

»Roland Hassel. Kriminalinspektor.«

Das Mädchen studierte meine ID-Karte und schloß die Tür, bevor sie ihrer Mutter die sensationelle Nachricht weitergab. Es dauerte ein paar Minuten, bis sie wieder aufmachte, und zwar so weit, daß ich hineinschlüpfen konnte.

»Sie sitzt in der Küche.«

Das Mädchen, offenbar Karstens Tochter Viola, verschwand in einem Zimmer, und ich mußte die Küche alleine suchen. Es war nicht schwer, ich ging einfach dem Bratenduft nach. Die Küche war klein, und wenn man dort essen wollte, mußte es eng werden, aber ich war ja nicht zum Mittag eingeladen und hatte daher keinen Grund zur Klage. Helga Lund saß am Tisch und rührte in einer gelben Plastikschüssel. Ich zückte meinen Ausweis, und sie nickte in Richtung des zweiten Stuhles, ohne ihre Tätigkeit zu unterbrechen.

Es war nicht schwer zu erkennen, wem Viola ähnelte. Helgas Gesicht war glatt und ausdruckslos, und die Lider bildeten wirkungsvolle Vorhänge für die Szenen, die sich wahrscheinlich in den hellblauen Augen abspielten. Auf den ersten Blick sah sie jünger aus als zweiundfünfzig, aber je länger man sie ansah, desto älter wurde sie. Sie schien eine kraftvolle Frau zu sein, die ihre Energien unter Kontrolle hatte.

»Zuckerplätzchen?« fragte ich.

»Tigerplätzchen.«

»Klingt gut.«

»Das Rezept steht in jedem Kochbuch.«

Ein nichtssagender Wortwechsel, der keinen Sinn hatte, aber irgend etwas mußte man ja sagen, wenn man ein Gespräch mit einer Frau führen wollte, die gerade ihren geschiedenen Mann verloren hatte. Wie schmeckten übrigens Tigerplätzchen?

»Es geht um Karsten. Es war meine Wohnung, wo er tot aufgefunden wurde.«
Sie rührte unbeirrt weiter und schaute nur ab und zu prüfend auf den Teig. Meine Eröffnung schien sie nicht sehr beeindruckt zu haben.
»So ein Ende habe ich ihm nicht gewünscht«, sagte sie mit gespielter oder auch echter Gleichgültigkeit. »Aber er hatte ja so viele Marotten.«
»Marotten?«
»Ein altes Wort für Spleen.«
»Erzähl ein bißchen von ihm.«
»Was soll ich denn erzählen?«
»Alles, wovon du glaubst, daß es mich interessieren könnte.«
Sie hörte nicht auf zu rühren, und ich bekam Lust, sie um eine Kostprobe zu bitten. Wenn meine Mutter Zuckerplätzchen backte, durften mein Bruder Torsten und ich immer die Teigreste aus der Schüssel kratzen, und ich konnte mich noch gut erinnern, wie herrlich das schmeckte. Aber sie wollte wohl selbst naschen und nicht noch ein anderes Leckermaul dazu einladen.
»Es war ein Fehler, ihn zu heiraten. Man lebt nur einmal, und ich habe mein Leben vergeudet. Mehr kann ich dazu nicht sagen.«
»Warum war es ein Fehler?«
»Alles Gold, was er mir versprochen hatte, wurde zu Asche. Er war ein Tagträumer und Lebenslügner; als Ehemänner sind solche Typen Katastrophen.«
»War es schwer, mit ihm zu leben?«
Sie stieß einen Laut aus, der wohl ein bitteres Lachen darstellen sollte.

»Er hat mich nie geprügelt, wenn du das meinst. Tagträumer sind keine Gewalttäter. Auch ich schlug ihn nie, obwohl es vielleicht besser gewesen wäre. Ich bin Realist, und Realisten können zu Mitteln der Gewalt greifen. Aber gleichzeitig bin ich zu beherrscht, um überzukochen.«
»Hast du dich selbst analysiert?«
»Ich weiß genau, welche Sorte Mensch ich bin. Ich handle nicht unüberlegt. Es gibt immer Gründe für das, was ich tue, und die kenne ich im wesentlichen.«
Sie hatte offensichtlich getan, was ich nie gewagt hatte. Ich fürchtete mich geradezu davor, in meinem Inneren zu graben, weil ich nicht wußte, was ich dort finden würde. Zwei Meter tief war ich vielleicht gekommen, aber viele Kilometer unbekannter Schichten von Gut und Böse standen mir noch bevor.
»In welcher Hinsicht war er denn schwierig?«
»Karsten war Fanatiker und ging in seinen Lebenslügen voll und ganz auf. Viola und ich hatten es nicht leicht. Es ist erniedrigend, wenn man kein Geld hat. Hier in dieser Wohnung bin ich geboren und auch geblieben, als meine Eltern früh starben.
Trotzdem bin ich kein Stadtmensch. Ich brauche ein bißchen Grün um mich herum. Karsten versprach mir eine Villa und einen herrlichen Garten und einen See und ein Boot und freien Himmel und saubere Luft. Und was wurde daraus? Ich sitze hier in meiner dunklen kleinen Zweizimmerwohnung, genauso arm wie damals, als ich ihn traf. Noch ärmer. Meine Jahre sind vergangen. Ich kann nicht einmal mehr meine Arbeitskraft zu Kapital machen.«
Es war klar, daß sie ihm nicht gerade ein Mausoleum errichten würde.

»Wie war euer Verhältnis nach der Scheidung?«
»Er rief manchmal an oder schaute auch mal vorbei. Meist wollte er mit Viola sprechen. Er und ich hatten uns nicht mehr viel zu sagen.«
»Hat er dir von seinen Projekten erzählt?«
Ihr schmaler Mund verzog sich zu einem schiefen Lächeln.
»Ich habe so viel über seine Projekte gehört, daß ich schon lange nicht mehr zuhöre.«
»Bevor er starb, hat er sich mit einer ganz speziellen Sache beschäftigt. Das war auch der Grund, warum er ermordet wurde. Hast du nicht vielleicht doch etwas aufgeschnappt?«
Zum erstenmal rührte sie ein wenig langsamer. Möglicherweise war das bei ihr ein Zeichen großer geistiger Anstrengungen.
»Alles würde anders werden, behauptete er. Er faselte von einer internationalen Superstory.«
»Meinte er ein Buch oder einen Artikel?«
»Ich weiß nicht. Aber jedenfalls sollten wir endlich im Geld schwimmen. Ich habe ihm kein Wort geglaubt. Wenn Lebenslügner über ihre Einkünfte reden, meinen sie Seifenblasen.«
Die Tochter kam mit einem Schulbuch unterm Arm herein.
»Ich geh zu Lena. Mathe ist schwierig.«
»In einer Stunde essen wir. Es gab Markknochen im Sonderangebot. Dazu trinken wir Leitungswasser.«
Die beiden bitteren Sätze zum Schluß waren offenbar für mich bestimmt. Viola verließ uns der mathematischen Logik wegen.
»Wie war er denn so in der letzten Zeit?«
Sie stand auf und sah nach, wie es den Markknochen in der Suppe ging. Wenn Simon mich nicht eingeladen hätte, wäre

ich gern noch zum Essen geblieben. So eine Suppe ist eine feine Sache, und Leitungswasser tranken wir zu Hause auch.
»Anders.«
»Wie anders?«
»Er veränderte sich schrittweise. Man kann sagen, was man will, aber früher konnte er mit all seinen grenzenlosen Lügengeschichten auch irgendwie unterhaltsam sein. Diesmal aber trocknete er gleichsam aus. Als er das letztemal hier war …«
»Wann war das?«
»Ungefähr eine Woche, bevor er getötet wurde. Er mußte sich auf der Toilette übergeben und murmelte etwas von Magengeschwüren. Er schien an der Grenze zum Nervenzusammenbruch zu stehen. Kein Wunder. Ich habe niemals verstanden, wie ein Mensch seines Kalibers es mit sich selbst aushalten konnte.«
»Hat er die Ursache dieser deutlichen Veränderung erwähnt?«
Sie wirkte plötzlich irgendwie vorsichtig und zögerte einen Bruchteil zu lange mit der Antwort. Das konnte bedeuten, daß sie sich um besondere Genauigkeit bemühte, aber ich hatte eher das Gefühl, sie wollte mir nun, da es brenzlig wurde, etwas verschweigen.
»Darüber weiß ich nichts.«
»Warum war er einem Nervenzusammenbruch so nahe?«
»Kann ich doch nicht wissen.«
»Du bist doch so gut im Analysieren. Was glaubst du? Irgend etwas muß er doch gesagt haben, um dir zu erklären, warum er erbrechen mußte.«
Sie sah mich durch ihre Haarsträhnen hindurch an.

»Ich weiß, was ich selbst denke und fühle. Um Karsten habe ich mich, ehrlich gesagt, nicht gekümmert.«
»Trotzdem warst du mit ihm verheiratet.«
»Ich glaube, für einen Fremden hätte ich mehr empfunden. Mit einem anderen Mann hätte ich es vielleicht zu Villa, Garten, Wasser und Himmel gebracht. Und zu einer funktionierenden Ehe. Das Zusammenleben mit einem Mann, den man verachtet, vergällt einem sogar die Liebe. Ich habe auf vieles verzichten müssen.«
Ich wollte schon antworten, daß ein Sondersonderpreis für Markknochen einiges kompensieren konnte, aber sie schien mir nicht bei Laune zu sein. Sie war wohl nie bei Laune.
»Sprach er nicht beim letztenmal davon, daß ihr, Viola und du, im Geld schwimmen würdet?«
Sie schnupperte an der Suppe und schnitt Mohrrüben hinein. Dann schaltete sie die Backröhre ein und wählte die richtige Temperatur für die mysteriösen Tigerplätzchen.
»Wenn er etwas von sich gab, hielt ich mir lieber die Ohren zu«, murmelte sie.
»Das war keine richtige Antwort.«
»Eine andere habe ich nicht.«
Und doch hatte sie sie. Ich fühlte es, aber ich konnte sie nicht aus ihr herauspressen. Sie wußte etwas, was ich nicht erfahren sollte, wieviel ich auch fragte. So war es oft bei Ermittlungen.
Die Leute haben ihre Geheimnisse, dagegen hilft kein Gesetz.
»War er in Begleitung, wenn er zu Besuch kam?«
»In diesem Loch hier haben mehr Personen doch überhaupt keinen Platz.«
»Das ist kein Loch. Das ist eine kleine Stockholmer Zwei-

zimmerwohnung in guter Lage, mit allem nötigen Komfort. Er mußte sich nicht schämen, jemanden mitzubringen, und du mußt dich nicht schämen, hier Besuch zu empfangen.«
Sie grinste böse.
»Du kannst dir gar nicht vorstellen, wie ich mich schäme. Hierher kommt niemand, und er hatte noch Verstand genug, lieber allein aufzukreuzen. Eventuelle Begleitung hätte er auf der Treppe warten lassen.«
»Darf Viola ihre Freunde denn nicht mitbringen?«
»Geht dich das was an?«
»Nee.«
»Dann halt's Maul!«
Sie war rot geworden im Gesicht und hatte sich offensichtlich nicht mehr ganz in der Gewalt. Klar, daß sie mich am liebsten von hinten sehen wollte, und ich hatte keinen Grund mehr, noch länger zu bleiben. Den Duft kochender Markknochen einzuatmen, ist nur begrenzt ein Vergnügen.
»Hat er etwas über einen Mann gesagt, der Georg Akermark heißt und Joker genannt wird?«
»Nein. Er wußte, daß mich seine Bekannten nicht interessierten.«
»Hatte er eine andere Frau?«
Jetzt wurde sie beinahe dunkelrot und holte tief Atem, wie um ihrer Stimme den Befehl zu geben, sich nicht zu überschlagen.
»Das kann ich mir nicht vorstellen, aber wenn es so gewesen wäre, hätte ich angerufen und sie gewarnt. Ein versautes Leben reicht schließlich.«
Ich stand auf, und wir sahen uns einen Moment lang in die Augen. Sie hatte etwas an sich, was ich nicht verstehen konn-

te, aber weibliche Psyche ist auch nicht unbedingt meine Spezialstrecke.
Immerhin war sie doch erst knapp über die Fünfzig und gesund und stark. Sie hatte noch einige Jahre vor sich, mit Möglichkeiten und Chancen und Lächeln und Sündenfällen.
»Du hoffst also, daß er jetzt in der Hölle schmort«, sagte ich schließlich.
»Ja. Aber nicht einmal das wird er vermutlich für mich tun. Er sitzt bestimmt auf einer Wolke und spielt Harfe.«
»War er religiös?«
»Eher scheinheilig. Er sagte immer, er hätte lieber Priester werden sollen. Schade, daß es damit nicht geklappt hat. Er wäre ein ausgezeichneter Mann der Kirche geworden. Wie oft er auch von der Kanzel gelogen hätte, niemand hätte es nachprüfen können.«
Ich legte meine Karte auf den Tisch und bat sie anzurufen, wenn ihr noch etwas einfiele, was ich wissen müßte. Sie versprach's.
Wir wußten beide, daß sie die Karte sofort in den Müll werfen würde, wenn ich gegangen war.
Ich trat auf die Völundsgatan hinaus und schlenderte langsam auf die Treppe zur St. Eriksbron zu. Es war eigentlich noch zu früh, um nach Spanga hinauszufahren, aber ich konnte ja die Palmschen Kinder unterhalten, bis mich Nadja an den mit russischen Speisen gedeckten Tisch rief. Ein kurzer Spaziergang zum Fridhemsplan würde meine Lungenflügel mit frischer Benzinluft, wohltuenden Abgasen und anderen nützlichen Giften füllen. Dann konnte ich die U-Bahn in die westlichen Gefilde der Stadt und anschließend den Bus in den Dschungel nehmen.

Was wußte sie? Was verschwieg sie? Was hatte Karsten ihr eigentlich erzählt? Hatte ihn seine überraschende religiöse Ader dazu gebracht, sich einer satanischen Sekte anzuschließen? Welche Rolle spielte der Joker? Der war doch eigentlich nur eine einfache Prügelmaschine, die man mieten konnte. Wer hatte ihn gemietet? War er Karstens Freund oder Feind? Meine Gedanken wanderten zu einem anderen Thema, das mich verzagen ließ. Zwischen Virena und mir gab es Spannungen, und wenn ich mich so plump anstellte wie gewöhnlich, konnte zerreißen, was uns verband. Obwohl sie meinen Beruf respektierte, bat sie mich schon seit Jahren, mir etwas anderes zu suchen. Es gab ihr zuviel Gewalt und zuviel Leid in meinem Job, als daß sie ihn hätte akzeptieren können. Und jetzt, da ich mich freiwillig an den Ermittlungen beteiligte, verfügte sie über genügend Munition, um eine ganze Flotte von Argumenten zu versenken. Aber was zum Teufel … Ich war ja ungefähr genauso alt wie Helga und hatte ebenso noch einige Jahre mit Sinnvollem auszufüllen, und was kann sinnvoller sein als das zu tun, was man kann? Außer der Familie natürlich, aber … Plötzlich fühlte ich eine Hand auf meinem Rücken und hörte eine klare Stimme: »Halt!«

5.

Viola Lund stand neben mir, mit dem Mathebuch unterm Arm, und sah mich durch die Ponyfransen hindurch an.
»Hast du auf mich gewartet?« fragte ich.
»Hier kann mich Mutti vom Fenster aus nicht sehen.«
»Willst du mit mir reden?«
»Ja. Du kannst mich ja auf ein Stück Kuchen einladen.«
»Zu Hause gibt es Essen, in exakt vierundvierzig Minuten.«
»Ich will ein Stück Kuchen.«
»Okay, wie du willst. Es ist gewiß nicht gut für meinen Ruf, wenn man mich bei Kuchenfreßorgien mit jungen und hübschen Mädchen sieht, aber ich gehe das Risiko ein.«
Sie lächelte nicht einmal – wer sollte auch über so einen Blödsinn lachen? Aber ich war überrascht gewesen und hatte von mir gegeben, was mir gerade auf der Zunge lag.
In Atlas gab es kein geeignetes Café, und so stiegen wir Seite an Seite die Treppen zur St. Eriksgatan hinauf. Wir überquerten die Brücke in Richtung Kungsholmen. Sie war ganz in Gedanken versunken, und ich widerstand der Versuchung, von all meinen Kindheitserinnerungen an diese Gegend zu faseln. Die wären für sie so interessant gewesen wie ein Bericht über das Stockholmer Blutbad von 1520. Was kümmerte sie das Kino Strand, wo immer die spannendsten Western liefen, oder die Konditorei, wo man aus einer kleinen persönlichen

Jukebox an jedem Tisch die neuesten Platten hören konnte, und jede Single kostete fünfundzwanzig Öre, oder die alte Baracke mit dem Keller, wo man …
»Thelins hat gutes Gebäck«, verriet sie.
Wir überquerten die Straße. Ja, dort hatte das Kino Metropol gestanden, wo man Filme für Erwachsene sehen konnte, ohne eine Kontrolle befürchten zu müssen, wo der Kartenabreißer wegsah, wenn man ihm eine Krone in die Hand drückte. In der Ecke stand immer Vicke und verkaufte Blumen, die er am selben Tag vom Friedhof gestohlen hatte, und …
»Wir gehen über die Fleminggatan«, erklärte sie mir.
In der Konditorei suchte sie sich ein enormes Sahnetörtchen und ein ebenso großes Stück Marzipankuchen aus und bestellte eine Limonade, während ich mich mit einer Tasse Kaffee begnügte. Als ich bezahlte, hätte ich ihr erzählen können, daß ich für diese Summe im nahegelegenen Kronobergskällare früher ein ganzes Menü für zwei Personen inklusive Drinks bekam. Aber das hätte sie wohl auch nicht sonderlich interessiert.
»Wenn du jetzt soviel ißt, hast du nachher zu Hause gar keinen Appetit mehr.«
»Mutti weiß schon, daß ich zu Hause kaum etwas esse.«
Hingebungsvoll widmete sie sich der Sahne und dem Marzipan. Sie wirkte erfahrener als eine gewöhnliche Zwölfjährige, die bei ihrer Mutter zu Hause wohnt. Die Zwölfjährigen allerdings, mit denen ich beruflich zu tun hatte, waren uralt. Viele von ihnen hatten schon alles gesehen, gehört und getan, und so blieb ihnen nur noch, die Zeit bis zur Rente hinter sich zu bringen.
Vor knapp einem Monat hatte ich einen Achtjährigen aufge-

griffen, der noch arglose Sozialassistenten in die Ausdrucksformen des Bösen hätte einführen können.

»Du hast das Wort«, ermunterte ich sie.

Sie leckte sorgfältig den Löffel ab und fischte eine Zigarette aus der Jackentasche. Ich blies ihr das Feuerzeug aus.

»Was soll das?« zischte sie aufgebracht.

»Idiot!«

»Was ist denn los? Darf man nicht mal eine rauchen? Das geht dich doch wohl gar nichts an.«

»Du stirbst an Krebs, bevor du vierzig Jahre alt bist. Ich will deinen Lungen gern noch eine kleine Chance geben.«

Langsam stopfte sie ihre Rauchutensilien wieder in die Tasche der dünnen Jacke.

»Vielleicht sollte ich wirklich aufhören«, sagte sie leise, »aber es schmeckt eben so gut nach dem Essen.«

Inzwischen fingen also die Mädchen mit dem Rauchen an. Die Jungen hielten sich eher zurück. Vielleicht gehört es zum langen weiblichen Emanzipationsprozeß, daß man sich ebenso dumm benehmen muß wie der Mann. Vom moralischen Standpunkt her wollte ich mich nicht äußern, aber wer einmal die Obduktion eines starken Rauchers mitgemacht hat, muß taub und blind und geistig minderbemittelt sein, um keine Lehren daraus zu ziehen.

Was moralische Standpunkte anging, war ich übrigens generell nicht kompetent.

»Wie gesagt, du hast das Wort und jede Menge Redezeit.«

»Ich habe gehört, worüber du mit Mutti gesprochen hast. Daß du Papa gefunden hast, als … als …« Tränen stiegen ihr in die Augen und rollten über ihr blasses Gesicht.

»Ja, so war es. Hast du ihn gemocht?«

Sie nickte und wischte sich das Gesicht mit der Serviette ab. »Er war immer gut zu mir. Was konnte er für Geschichten erzählen! Er war … wenn du verstehst … Sicherheit für mich.«
Sie war zwölf Jahre alt und frühreif, stand an der Schwelle zum Erwachsensein, aber andererseits war sie noch gar nicht so weit weg von Kinderbett und Teddybär. Wenn Karsten nach der Vermutung seiner Frau auf einer Wolke saß und die Harfe zupfte, konnte er jetzt mehr in Dur spielen. Ganz umsonst hatte er jedenfalls nicht gelebt.
»Gehst du zu seiner Beerdigung?« fragte sie.
Sie wollte, daß ich hinginge, und ich wollte mehr von ihr erfahren. Ich kam mir vor wie ein schlauer, hinterlistiger Fuchs. Ich nutzte ihren Verlust aus, profitierte von ihren Gefühlen. Aber so mußte es sein. Kinder zu trösten ist eine, einen Polizeijob zu machen eine andere Sache.
»Ich denke, ja«, log ich, ohne zu zögern. »Ich fühle mich ja irgendwie mit ihm verbunden.«
Sie lächelte leicht und dankbar und strich mit ihrer schmalen Hand kurz über meine schwielige Faust.
»Nett von dir. Dann sind wir schon zwei. Mutti geht im Leben nicht dahin.«
»Glaubst du nicht, daß er noch ein paar Freunde mehr hat?«
»Ich weiß nicht.«
»Du hast doch deinen Papa sicher auch einmal getroffen, wenn deine Mama nicht dabei war, oder? In der Stadt vielleicht? Er wollte doch sicher vor allem mit dir zusammensein, oder?«
Ihr Lächeln wurde breiter.
»Ja, das wollte er. Wir haben uns nämlich sehr gut verstanden.

Manchmal war ich in seiner Wohnung auf Söder. Einmal war ich auch draußen in Sundbyberg, als er dort wohnte.«
Sie widmete sich den Resten des Gebäcks auf ihrem Teller, und ich nahm noch einen Schluck Kaffee, fühlte aber, daß sich mir der Magen umdrehte, weshalb ich die Tasse schnell wieder absetzte. Ich hätte lieber Tee nehmen sollen.
»Das wollte ich nur wissen«, sagte sie. »Ob du zum Begräbnis kommst.«
»Der Joker kommt sicher auch.«
»Wer ist denn das?«
»Georg Akermark. Bist du ihm nie bei deinem Papa begegnet?«
»Da war ein Typ ... Wie sieht er aus?«
Ich versuchte, mich an Joker Akermarks Aussehen zu erinnern, beschloß dann aber, die harten Augen und den grausamen Zug um die Mundwinkel wegzulassen.
»Ungefähr fünfzig Jahre alt. Kräftiger Kerl. Mächtige Schultern, daß fast der Anzug platzt. Kurzgeschnittenes dunkles Haar, dicker Hals. Große Nase, einmal gebrochen, daher ein wenig schief.«
Sie sah nachdenklich auf ihren leeren Teller und spielte mit der Kuchengabel.
»Das könnte er gewesen sein. Ich hatte in der Schule ein paar Stunden geschwänzt und bin zu Papa gefahren, um mich ein bißchen mit ihm zu unterhalten, und da war dann dieser Typ. Er hatte eine schiefe Nase. Papa sagte, das sei Onkel Jojje.«
Da war also die Verbindung zwischen Karsten und dem richtigen Joker. Der Konditoreibesuch hatte sich gelohnt, ich konnte ihn den Steuerzahlern mit gutem Gewissen als Spesen in Rechnung stellen.

»Hat dein Papa mehr über ihn erzählt?«
»Nein. Aber er … der Onkel Jojje also … gab mir einen Zehner, damit ich mir etwas kaufen sollte. Obwohl …«
»Ja?«
Zögernd fuhr sie fort: »Obwohl er nicht besonders nett wirkte. Auch gegenüber Papa nicht. Als ob Papa Angst vor ihm hatte. Er lachte, als der Onkel mir das Geld gab, aber es klang nicht sehr fröhlich. Verstehst du?«
»Das war vielleicht nur Zufall. Warum sollte dein Papa denn Angst haben?«
»Ich weiß nicht.«
»Hat er dir einmal gesagt, daß er Angst vor jemandem oder vor etwas Bestimmtem hatte?«
»Nein, aber … er *hatte* Angst. Einen Monat später war ich wieder in seiner Wohnung, und da klingelte das Telefon, und er antwortete, und dann fing er an zu schwitzen und bekam eine ganz seltsame Stimme.«
Ich wußte, wie Karsten schwitzen konnte, das mußte sie mir nicht näher beschreiben.
»Seltsame Stimme? Soso. Was sagte er denn?«
Ich stellte meine Fragen ganz beiläufig. Wenn sie begriff, daß ich sie aushorchte, würde sie sich wie eine Muschel verschließen und sich klarmachen, daß man den Kerlen niemals trauen darf.
»Nichts Besonderes. ›Ja, ja‹ und ›Soso‹ und ›Gewiß doch‹ und so weiter.«
»Willst du noch ein Stück Kuchen?«
»Vielleicht noch so eines mit Sahne.«
Wenn es ums Essen ging, kannte sie offenbar keine Hemmungen, und ich holte noch einen Berg Kalorien sowie eine Fla-

sche Limonade. Dabei setzte ich mein wohlwollendstes Lächeln auf, wie ein Missionar, der das Ergebnis der Kollekte an ein gerade bekehrtes Negerlein verschenkt.
»Dein Papa konnte wunderbar schreiben. Er war ein tüchtiger Journalist. Ich kenne viele, die ihn beneidet haben.«
Sie leckte sich Sahnereste aus den Mundwinkeln und nickte zustimmend.
»Er hat mir beigebracht, wie man in der Schule bessere Aufsätze schreibt. Obwohl er so schlecht bezahlt wurde. Das hat er immer wieder gesagt.«
»Eigentlich hätte er reich sein müssen. Aber so ist das eben. Die Besten werden oft schlecht bezahlt, weil sie die Unabhängigkeit lieben und sich nicht binden wollen.«
Ich erzählte immer dümmeres Zeug, aber sie wollte es glauben, und so wurde es für sie zur Wahrheit.
»Ja, er wollte ganz frei sein. Das hat er gesagt.«
»Womit hat er sich denn in der letzten Zeit beschäftigt? Hat er dir etwas erzählt?«
»Hat er dir denn nichts erzählt?« Ich lachte kurz auf, um unsere Vertrautheit anzudeuten, denn wir hatten ja dasselbe Idol. Für sie war es der geliebte Papa, für mich der beste Freund.
»Er konnte manchmal etwas geheimnisvoll tun. Du weißt ja, wie das ist, wenn man an einer wichtigen Sache arbeitet, will man nicht darüber sprechen, bevor man nicht selbst Klarheit hat. Außerdem kann man sich ja auch mal verkrachen.«
Sie konnte natürlich nicht wissen, wie das ist, aber es klang so richtig erwachsen, und sie nickte unbewußt. Nun also auch noch diese Tour. Hassel, was warst du doch für ein cleverer Fuchs!
»Aber bei einer Tochter ist das ja etwas anderes.«

Was ich damit meinte, ließ ich offen.
Sie leckte die Gabel ab.
»Mir hat Papa auch nicht alles gesagt. Er hat an einer großen Sache gearbeitet und mir ein Reitpferd versprochen. Verdammt, ein eigenes Pferd – das wäre etwas!«
»Ich weiß. Das mit dem Pferd für dich, das hat er mir erzählt. Und sonst hat er nichts gesagt über seinen letzten Job?«
»Ich weiß nicht recht … Er sagte, ich solle Lehren aus der Geschichte ziehen. Ich habe keine Ahnung, was er damit meinte, aber er sagte, es sei wichtig.«
Das klang kryptisch. Ich wartete auf eine Fortsetzung.
Wohlerzogen hielt sie die Hand vor den Mund, als sie wegen der kohlensäurehaltigen Limonade aufstoßen mußte.
»Ja, das hat er gesagt. Und, daß ich mich vor … ja … Demonten in acht nehmen soll. Glaube ich.«
»Hat er vielleicht Dämonen gesagt?«
»Genau, so hieß das. Die neuen Dämonen. Was ist das?«
»Eine Art Geister. Vor denen hatte er Angst. Man soll ihnen aus dem Weg gehen.«
Sie grübelte intensiv, um mir, dem netten Onkel Roland, zu helfen. Ich zeigte die ganze Zeit mein nettestes Grinsen.
»Papa erzählte immer so viel, aber nie über das, womit er sich gerade beschäftigte. Als wir uns zum letztenmal trafen … war er so anders. Er umarmte mich und versprach mir dieses Pferd.
Aber … verdammt, wie war das noch mal … er hat noch etwas ganz Komisches gesagt … eigentlich gar nicht zu mir, sondern wie zu sich selbst, obwohl ich ja da war …«
Sie starrte zur Decke und konzentrierte sich.
»Gubben Loss lebt immer noch und hat viele Kinder bekom-

men. Das hat er gesagt. Er wollte nicht darüber sprechen, als ich ihn fragte, was das bedeuten sollte, sondern wiederholte, was er über die Demonten … Dämonen erzählt hatte.«
»Gubben Loss?« fragte ich ungläubig.
»Mm. Oh, verdammt … Mutti geht die Wand hoch, wenn ich nicht bald nach Hause komme. Tschüs dann. Vielen Dank für den Kuchen.«
Im nächsten Augenblick war sie verschwunden und rannte mit dem Magen voller Sahne und Marzipan der Markknochensuppe und dem frischen Leitungswasser entgegen. Das wenige, was sie mir berichten konnte, stimmte mit unseren Vermutungen Karsten betreffend überein, aber wer war der Dämon Loss? Wir würden wohl irgendeinen Universitätswissenschaftler oder Ingmar Bergman befragen müssen.
Als ich nach Spanga kam, wurde ich von einer wilden Kinderschar rücksichtslos zu Boden gerissen, bis Simon mich befreite und in eine etwas friedvollere Ecke der Zweieinhalbzimmerwohnung führte.
»Geht das hier jeden Tag so zu?« keuchte ich. Er lächelte stolz.
»Ja, ja. Hier ist immer was los. Viele Kinder soll man haben, und eng muß es sein. So habe ich es von Nadja gelernt, und sie hat vollkommen recht.«
Ich erzählte ihm von meinen Begegnungen mit den Frauen in Karstens Leben.
Gewiß, ich war eigentlich zum Essen eingeladen, aber uns Polizisten geht es wie den superreichen Finanzbossen: business before pleasure. Den Gubben Loss kannte er auch nicht, versprach aber, Öhman mit der Sache zu betrauen, und wenn es diesen Gubben Loss jemals gegeben hatte, dann würde Öh-

man uns Eltern, Kinder, Ehefrauen, Geliebte, Freunde, besondere Kennzeichen, Gewohnheiten, Schuhgröße und bevorzugte Farbe der Unterwäsche dazuliefern.

»Gut, daß wir wissen, daß Joker Akermark mit der Sache zu tun hat«, sagte Simon. »Wir suchen ihn, aber er scheint untergetaucht zu sein. Dafür haben wir Barbro Stridh ausfindig gemacht. Sie weiß nicht, wo er sich aufhält, und da sie ihren Lebensstil offenbar wirklich geändert hat, können wir ihr wohl glauben. Du kannst ja auch mal mit ihr reden.«

»Wann kann ich wegen des Wohnungstauschs annoncieren?«

»Sofort. Wir sind fertig, du kannst morgen früh wieder hinein. Das Haus wird bewacht und das Telefon abgehört.«

Er zwinkerte mir zu und knuffte mich leicht in die Seite. »Also sei vorsichtig, wenn du mit Virena telefonierst. Man weiß ja, wie die Strohwitwer so sind, und wenn ein paar junge, unverdorbene Kollegen mithören …«

Ich grinste zurück, aber nicht sehr überzeugend. Er hatte ja keine Ahnung, wie es zwischen uns stand. Wenn ich versuchte, ihr zärtliche Worte zu sagen, kam ich nicht einmal bis zum ersten Vokal. Trotzdem wollte ich nichts mehr, als ihr Verschiedenes zu sagen, was selbst einen nicht mehr ganz Jungen erröten lassen würde.

Nadja rief uns zu Tisch. Er war auf russische Art verschwenderisch gedeckt. Acht Kinder und drei Erwachsene saßen drum herum. Mit vollem Munde spricht man nicht – dieses Sprichwort schien in dieser Familie unbekannt. Simon achtete genau darauf, daß all seine Sprößlinge genug zu beißen hatten, und beim kleinsten half er noch ein bißchen nach.

Es gab Bier und Wodka. Ich nahm ein Helles und einen halben Fingerhut vom Schnaps und stippte jedesmal, wenn einer

Prost sagte, meine Zunge hinein. So machte es gar nichts aus, daß ich nicht mehr soviel vertrug wie früher.
Gegen Mitternacht nahm ich ein Taxi ins Hotel, satt und zufrieden und mit Nadjas Klage im Ohr, daß sie leider zu alt sei, ein neuntes Kind zur Welt zu bringen. Simon hatte allerdings sofort versichert, sie würden versuchen, der Natur ein Schnippchen zu schlagen. Virena und ich, wir hatten ja nur eine Tochter, und mehr Kinder sollten es auch nicht werden. Elin … Um diese Zeit schlief sie selbstverständlich, und ich sah ihr kleines Gesicht vor mir. Die Augen geschlossen, den Mund ein wenig geöffnet, atmete sie leicht wie ein Schmetterling. Ich mußte schnell mit diesem Fall zu Ende kommen. Und nach Skebo fahren, zu Elin und Virena.
Der Mann an der Rezeption bot mir die Abendzeitungen an, aber ich hatte keine Lust, sie zu lesen. Der Mord an Karsten war immer noch aktuell, stand aber nicht mehr auf der ersten Seite. Der Portier grinste auf eine gewisse Weise, als er mir den Schlüssel überreichte, und das Wort dafür fiel mir erst ein, als ich im Fahrstuhl stand. Durchtrieben, so nannte man das. Was hatte er für einen Grund, mich anzugrinsen, und dann auch noch durchtrieben?
Plötzlich spürte ich, wie müde ich war. Mein Körper sehnte sich nach der Matratze, und so riß ich mir die Kleider vom Leibe, kaum daß ich das Zimmer betreten hatte. Ich wusch mich schnell und mußte beim Zähneputzen so stark gähnen, daß ich fast die Zahnbürste verschluckt hätte.
Ich legte mich ins Bett, verschränkte die Hände im Nacken, sah eine Weile zu der graufleckigen Decke hinauf und ließ die Gedanken schweifen. Sie hatten keine Eile, sich durch die Windungen des Gehirns zu schleichen, und mir wurde klar,

daß auch sie den Pyjama anziehen und sich zur Ruhe begeben wollten. Ich knipste die funzlige Nachttischlampe aus und legte mich wie gewöhnlich auf die Seite.
Das mußte ein ziemlich altes Bett sein, denn es knackte und raschelte, sobald ich mich bewegte. War das gestern auch so gewesen? Ich konnte mich nicht erinnern, ich war wohl zu müde gewesen. Genau wie heute. Meine Glieder wurden schlaff, und ich streckte mich noch ein wenig aus, bevor ich versinken würde ins …
Ein Fuß! Was, zum Teufel … Mein Fuß berührte einen anderen Fuß, der sich von hinten näher schob. Plötzlich war ich hellwach und eiskalt. Ich tastete mit der Hand. Fand eine andere Hand.
Ich war nicht allein im Bett!

6.

Ich rollte aus dem Bett, knipste das Licht an und nahm eine karateähnliche Verteidigungsstellung ein. Ich spürte, wie mein Herz hämmerte und das Blut durch die Adern rauschte. Rote Kreise tanzten mir vor Augen.

»Wir wollen uns doch nicht prügeln! Ich weiß etwas viel Besseres. Komm wieder her zu mir, dann sag ich's dir ins Ohr.«

Ihre Stimme klang ein wenig heiser. Mit einer wohlberechneten, lässigen Bewegung streifte sie die Decke zur Seite und winkte mir einladend zu. Das Stückchen Stoff, das sie auf dem Leibe trug, war fast durchsichtig.

»Laß die Lampe an. Wir wollen uns doch sehen können … komm …«

Sie war wirklich bildhübsch, welchen Geschmack man auch haben mochte. Seidenweiches, aschblondes Haar wellte sich bis auf die bloßen Schultern, in den großen, dunklen, leicht schrägen Augen tanzten erotische Flammen, ein weicher Mund leuchtete wie ein Rubin, ihre Haut war Milch und Honig, und ihr Körper hätte den Schöpfer der Venus von Milo dazu gebracht, auf Bäcker umzuschulen, denn etwas so Vollendetes hätten seine plumpen Hände niemals formen können. Sie war ein Teufelsweib, und wenn ich ein Teufel gewesen wäre, hätten wir ein höllisches Feuer entfachen können. So aber loderte in mir nur der Zorn, und sie mußte sich glücklich schätzen, wenn ich sie nur streifte.

»Hier ist es so kuschelig … und ich bin so kuschelig … komm zu mir …«

Es dauerte eine Weile, bis ich antworten konnte, denn die Wut schnürte mir die Kehle zu. Sie deutete das falsch, denn ein Nein hatte sie wohl noch nie zu hören bekommen und konnte sich vielleicht gar nicht vorstellen, daß das Wort existierte. Sie war die Göttin Aphrodite, und die Männer hatten die Augen zu verdrehen und ihr wie überreife Früchte zu Füßen zu fallen.

»Du ahnst gar nicht, wie schön ich es dir machen kann … komm jetzt …«

»Scher dich zur Hölle!« grollte ich, als mir die Stimmbänder endlich wieder gehorchten.

Sie verzog den Mund, und es stand ihr ausgezeichnet, jedenfalls solange sie dabei nicht die Giftzähne zeigte.

»Rolle-Polle, ich habe mich so nach dir gesehnt und verspreche dir …«

»Raus mit dir, sonst schleif ich dich an den Haaren …!«

Sie glaubte mir nicht, sondern legte noch einen Teelöffel mehr Sex in ihr provozierendes Lächeln, strich sich mit den Handflächen genüßlich über die Haut und begann zu keuchen, als verginge sie vor innerer Glut. Ich streckte die Hand nach ihr aus und bemerkte ein ganz vorsichtiges triumphierendes Glimmen in ihren Augen. Sie war überzeugt, daß ich besiegt war von ihrer überwältigenden, hollywoodmäßigen Attraktion. Ich packte fest zu.

»Raus, habe ich gesagt!«

Der Schmerz, als ich sie an den Haaren seitwärts aus dem Bett schleifte, ließ sie begreifen, daß ich nicht mitspielen würde. Sie schrie und schlug um sich, aber in meiner Laune hätte ich es mit einem Hunnenheer aufgenommen. Was war da schon eine strampelnde Frau. Ich nahm sie in den Polizeigriff und stieß sie zur Tür.

»Bist du verrückt, du verdammter Kerl … laß los … was erlaubst du dir …«

Ich schloß mit der linken Hand auf, dann packte ich sie wieder bei den Haaren und zischte ihr ins Ohr: »Wenn du nicht bald Ruhe gibst, brech ich dir den Arm!«

»Au! Verdammt! … Aua! Ich will meine Kleider haben. Au!«

»Schrei, soviel du willst. Das macht mir nichts aus.«

Ich schob sie vor mir her in Richtung Treppe. So wie ich sie im Griff hatte, konnte sie nur auf Zehenspitzen gehen. Aus ihrem Mund strömten Worte, die zeigten, daß sie sich für gewöhnlich in Kloaken aufhielt. Mir machte das nichts aus. Mich konnte nichts mehr erschüttern. Ich hätte keine Sekunde gezögert, ihr den Arm zu brechen, wenn sie einen Fluchtversuch unternommen hätte.

Treppe für Treppe ging es hinab, und sie hatte noch viele Schimpfwörter für mich. Der Portier sprang auf, als er uns sah: einen Mann im Pyjama, der eine fast nackte Frau im Polizeigriff hatte. Auf einem der Sessel im Empfang saß ein Mann und las Zeitung.

»Warum hast du sie hereingelassen?« brüllte ich.

»Das-das-das …«, stammelte er.

»Na? Wie war das?«

Er war so aufgeregt, daß er sich am Tisch festhalten mußte.

»Sie-sie sagte, sie sei deine Frau und … wollte dich überraschen.«

»Und das hast du ihr geglaubt, du verdammter Idiot?«
»Sie zeigte mir ihren Ausweis! Herrgott, was sollte ich denn sonst tun? Sie ...«
»Ruf die Polizei!«
»Die Polizei? Aber lieber Herr Hassel ...«
»Nun mach schon! Tu, was ich sage. Ruf die Kriminalpolizei.«
Ich gab ihm die Nummer, aber er zögerte, die Ziffern zu wählen, so daß ich brüllte: »Sie hat mit dem Mord an Karsten Lund zu tun. Ruf an!«
Der Portier schnaufte und begann aufgeregt, die Nummer zu wählen.
Der Mann mit der Zeitung war aufgestanden. Das bemerkte ich allerdings erst, als er dicht hinter mir stand. Ich erhielt einen Schlag in den Nacken, der mir für einige Sekunden die Besinnung raubte, so daß ich die Frau nicht mehr halten konnte. Sie riß sich los und trat nach mir. Da sie barfuß war, mußte es ihr mehr weh tun als mir. Der Mann versetzte mir weitere Faustschläge, so daß ich gegen die Rezeption taumelte. Dann flohen sie in Richtung Ausgang. Der Portier starrte ihnen mit offenem Mund hinterher.
»Das wirst du noch bereuen!« schrie sie mir noch zu. »Und wie du das bereuen wirst!«
Da ich sie schlecht auf der Straße verfolgen konnte, nahm ich dem Portier den Telefonhörer aus der Hand.
»Hallo, mit wem spreche ich?« erkundigte ich mich.
»Sven Aronsson. Ich bin ...«
»Hier Roland Hassel von der Fahndungsabteilung. Ist dir mein Name ein Begriff?«
»Ja. Bei dir haben sie doch ...«

»Richtig. Gib Alarm. Eine Frau, fast unbekleidet, ist aus dem Hotel geflohen, in dem ich wohne.«
Ich gab ihm die Adresse.
»Sie ist mit einem Mann zusammen, den ich nicht näher beschreiben kann. Vielleicht hat er ein Auto in der Nähe. Sie hat mit dem Mord an Karsten Lund zu tun, er vermutlich auch. In meinem Zimmer befinden sich noch ihre Kleider und möglicherweise eine Handtasche. Schickt jemanden vorbei, der die Sachen abholt. Das kann wichtige Spuren geben. Schneller als der Blitz ist zu langsam.«
Ein älteres Paar betrat den Empfang, gerade als ich den Hörer auflegte. Sie erblickten mich, sahen sich an und schauten dann wieder auf mich. Der Portier händigte ihnen den Schlüssel aus, ohne sie überhaupt anzusehen. Ihm war offensichtlich nicht ganz wohl in seiner Haut. Das Paar nahm den Fahrstuhl, und aus ihren halblauten Kommentaren konnte ich schließen, daß sie das Hotel nicht länger als respektabel ansahen.
»Sie kam herein und behauptete, sie sei deine Frau«, begann der Portier seine Verteidigungsrede.
Ich beugte mich vor, packte ihn an den Aufschlägen seiner Jacke und zog ihn über den Tisch, bis ich ihm direkt in die Augen sehen konnte.
»Du hast deinen Job schlecht versehen, und ich werde dafür sorgen, daß du entlassen wirst«, sagte ich.
»Das war nicht meine Schuld«, jammerte er.
»Es war deine Schuld, und das kommt in deine Unterlagen.«
»Aber lieber Herr Hassel, sie hatte doch einen Ausweis!«
»Wie genau hast du dir den denn angesehen?«
»Genau und genau … Ich bin natürlich davon ausgegangen, daß sie es war. Warum auch nicht?«

»Weil es zu deinem Beruf gehört, nicht davon auszugehen. Ich werde dich melden, und wenn es eine Möglichkeit gibt, dich anzuklagen, dann wird das auch geschehen. Wenn in ein paar Minuten die Polizei kommt, um ihre Sachen abzuholen, dann sollst du zur Hölle fahren, wenn du nicht ihre Legitimationen mit Lupe und Mikroskop untersuchst.«
Ich ließ ihn los und schleppte mich auf mein Zimmer. Die Tür stand halb offen, und ich zog sie hinter mir zu, ohne abzuschließen. Jetzt nahm ich den Duft ihres Parfüms wie einen Gruß aus den Pariser Kloaken wahr, und ich riß das Fenster auf.
Dann hockte ich mich hin und schaute unter das Bett. Dort lagen ihre Kleider und eine kleine Handtasche. Ich hütete mich, irgend etwas zu berühren. Als ich auf dem Bett lag, spürte ich, daß der Wutausbruch mir die letzten Kraftreserven abgefordert hatte. Mein Körper schien eine Symbiose mit der Matratze einzugehen.
Das Ganze wirkte so sonderbar unwirklich, als wäre ich eingedöst und hätte alles nur geträumt. Warum war ich so furchtbar wütend geworden?
Vielleicht, weil es mich gekränkt hatte, daß man mich so unterschätzte; weil man mir offenbar zutraute, daß ich auf so billige Tricks hereinfiel. Eine moderne Mata Hari, deren Verführungskünste den trotteligen Polizisten dazu bringen sollten, alle seine Geheimnisse in ihre zarten Ohrmuscheln zu flüstern.
Nun denn. Es war ja schließlich ein Verfahren, das zwar simpel und uralt war, aber dennoch als effektiv galt und von Geheimdiensten weltweit angewendet wurde. Eine schöne Frau bleibt eben eine schöne Frau, und es gibt genug Holzköpfe,

die ahnungslos ihre ganze Zukunft für ein horizontales Abenteuer aufs Spiel setzen. Auch in meinem Leben hatte es einmal Zeiten gegeben, da wäre mir in der Situation das Wasser im Mund zusammengelaufen. Aber das war lange her, und die Umstände waren andere gewesen.
Jetzt gab es Virena, und es gab Elin. Ich hatte solche Angst, sie zu verlieren, daß ich schon eine Gänsehaut bekam, wenn ich nur daran dachte. Jemand versuchte mit Hilfe dieser Kloaken-Mata-Hari, einen Keil zwischen uns zu treiben und das einzige Leben, das Sinn für mich hatte, zu zerstören. Das würde ich nie verzeihen können, und ich war sowieso schon bekannt dafür, nachtragend zu sein. Ein leises Klopfen an der Tür unterbrach meine Gedanken.
»Herein. Es ist nicht abgeschlossen.«
Zwei Männer traten ein. Ich kannte keinen von beiden, aber sie hatten die typische Polizistenaura. Es roch nach grauen Trenchcoats und Ledergürteln, nach bequemen, robusten Straßenschuhen, nach Notizblöcken, nach unterbezahlten Überstunden, nach Erinnerungen an den ersten Streifengang, und so bestand ich nicht auf einer Legitimation. Einer von ihnen hatte einen schwarzen Plastiksack bei sich.
»Die Sachen liegen unterm Bett«, sagte ich. »Ich habe nichts angefaßt.«
Der mit dem Sack kniete sich nieder und holte das Zeug vorsichtig Stück für Stück hervor. Der andere lümmelte sich auf die Bettkante und sah mich mit dem typischen mißtrauischen Berufsblick an, der meint: Hör mal, jetzt aber raus mit der Wahrheit, spar dir deine Lügen, und keine Tricks.
»Habt ihr das Weib?« fragte ich.
»Das wissen wir nicht. Was hast du denn auszusagen?«

»Schickt die Sachen an Kommissar Nord. Es ist sein Fall, aber wir von der Fahndung mischen auch ein bißchen mit.«

»Was war los?«

»Das werde ich morgen früh dem erzählen, der dafür zuständig ist. Jetzt will ich erst mal schlafen.«

»Erzähl jetzt.«

»Schnapp dir deinen Kompagnon und hau ab. Ich bin so müde, daß ich nicht länger artig sein kann. Für gewöhnlich hätte ich euch ja auf eine Partie Bridge eingeladen und euch meine besten Stories erzählt, daß ihr vor Lachen kaum zum Luftholen gekommen wärt, und ich hätte euch eigenhändig ein paar leckere Bissen zubereitet, aber heute ist nichts wie gewöhnlich, also laßt mich in Ruhe, oder ich rufe die Sicherheitspolizei, und dann werdet ihr mal erleben, wie ungemütlich die sein können. Das einzige, was ihr wissen müßt, ist, daß die Kleider da und die Tasche einer Braut gehören, die etwas mit dem Mord an Karsten Lund zu tun hat. Good night, boys.«

Das war nicht gerade nett, aber meine Lebensaufgabe war es ja auch nicht, Kollegen aufzumuntern. Ich schloß die Augen und begann leise zu schnarchen. Sie kramten noch ein bißchen herum und gingen schließlich. Eigentlich hätte ich noch einmal aufstehen und zuschließen müssen, aber ich war wie ans Bett gefesselt und schlief so schnell ein, daß wer auch immer ins Zimmer hätte kommen und mich totschlagen können. Die wunderschöne Frau, der Mann, der sie gerettet hatte, der Portier oder ein normaler besoffener Schwede, der aus ganz normalen Gründen schlechte Laune hatte und wie immer nicht verstehen konnte, warum es gerade ihn getroffen und er sich so hatte gehen lassen, dem es aber ganz natürlich erschien, seiner Frau eine zu knallen, wenn sie mal wieder den Mund nicht halten konnte.

Wer kam, war Simon, und der wollte mich für gewöhnlich nicht totschlagen. Mühsam setzte ich mich auf. Ich fühlte mich wie durch die Mangel gedreht. Auf dem Nachttisch stand ein Tablett mit dampfendem Tee, ein paar Käsebrötchen und einem Glas Juice.

»Wie hast du das Jackett über die Flügel bekommen, mein Engel«, murmelte ich verschlafen.

»Die Uhr zeigt inzwischen halb elf.«

»Das ist ja wohl das mindeste, was man von einer Uhr erwarten kann«, meinte ich. »Setz dich. Ich muß eine Annonce aufgeben.«

Der Text war in meinem Kopf bereits fertig formuliert gespeichert, und ich gab als Kennwort »Zentrale Citylage« an. Vielleicht würde sich jemand dadurch beeindrucken lassen.

Bevor ich mich dem Frühstück widmete, rasierte ich mich und kleidete mich an. Der Schlaf steckte mir noch in den Gliedern, und ich mußte die Teetasse mit beiden Händen halten.

»Du hattest also ein Flittchen auf der Bude. Daß man aber auch keinem mehr trauen kann heutzutage! Gerade dich habe ich den Aspiranten immer als leuchtendes Vorbild hingestellt.«

»Ja, ja, ich bin unmöglich. Aber du weißt ja, ich und Frank Sinatra, wir haben immer so unsere Probleme mit den Fans.«

»Also, schieß los.«

Damit war die Blödelei zu Ende, und ich berichtete ihm ausführlich, was passiert war. Er unterbrach mich nicht. Tee und

Juice machten mich munter, und wenn eine Lerche ins Zimmer geflattert wäre, hätte ich mit ihr um die Wette gezwitschert.
»Heute nacht warst du nicht besonders kooperativ.«
»Verdammt noch mal, ist die Kripo neuerdings ein Kindergarten?«
»Nein, aber es gibt eben empfindsame Seelen. Das Mädchen ist entkommen. Was weißt du über den Mann, der dich von hinten niederschlug?«
»Nichts. Er kann zwanzig oder hundert Jahre alt gewesen sein. Da saß jemand in einem Sessel im Foyer und hatte eine Zeitung vorm Gesicht. Als er mit ihr flüchtete, war ich gerade für einen Moment aus dem Rennen. Was hat denn der Portier ausgesagt?«
»Der weiß auch nicht allzuviel. Der Mann war hereingekommen und hatte darum gebeten, auf einen Gast warten zu dürfen, der spät kommen sollte. Er soll relativ jung und gut gekleidet gewesen sein, Typ Direktor. Der Portier taugt nicht viel als Zeuge.«
»Der taugt zu gar nichts. Haben die Kleider und die Handtasche etwas gebracht?«
»Am besten, wir fahren ins Büro. Dann erfahren wir alles aus erster Hand. Ich bin auch schon ganz neugierig.«
Auf dem Weg zur Kripo fuhren wir an meiner Wohnung vorbei, und ich stellte meine Tasche unter. Alles sah ordentlich aus, es war sogar saubergemacht worden. Trotzdem war es nicht mehr meine Wohnung. Virena wollte nie wieder hierher zurück, und so wirkten die Räume leer und fremd. Hier Jahre in Einsamkeit verbringen zu müssen, schien mir die schlimmste aller denkbaren Strafen, schlimmer als die von Si-

syphos. Einen Stein einen Berg hinaufrollen kann jeder. Aber ohne Virena und Elin leben …

»Wo willst du denn wohnen?« fragte Simon.

»In einer kinderfreundlichen Gegend, wo es ruhig ist und man keine frischen Leichen ins Bett gelegt bekommt.«

»Bei uns draußen in Spanga läßt es sich aushalten.«

»Da muß man ja Provinzzulage beantragen. Ganz so ruhig habe ich es mir auch nicht vorgestellt.«

»Hast du eigentlich schon mit dem Vermieter gesprochen? Wie ich die Sorte kenne, stellen die sich gerne quer.«

Das war ein Problem, das noch ein wenig warten konnte. Ich schaute schnell in Elins Zimmer. Das Bett stand nicht mehr darin, damit hatte ich gerechnet. Sie sollte ein neues bekommen.

Vielleicht sogar ein Himmelbett …

In den letzten Tagen waren Scharen unserer besten Spezialisten hier gewesen. Ein Mord mit unbekanntem Täter löst immer hektische Betriebsamkeit aus. Jeder noch so kleine Anhaltspunkt sorgt für neue Aktivitäten. Menschen werden wieder und wieder verhört, jeder Tip mehrfach kontrolliert, Zeugen gesucht und Register angelegt, und so kommt eines zum anderen, bis sich für die Ermittlungszentrale ein möglichst lückenloses Bild ergibt.

»Wer vertritt die Staatsanwaltschaft?«

»Bergström. Der ist in Ordnung.«

Im Auto nach Kungsholmen räkelte sich Simon auf dem Rücksitz, schlug die dicken Beine übereinander und zeigte rote, verwurstelte Socken. Sein grauer Zweireiher war bestimmt nicht ganz billig gewesen, dafür hatte Nadja sicher gesorgt, aber er sah dennoch aus wie aus dem Ausverkauf eines

Flohmarktes. Simon konnte anziehen, was er wollte, es sah immer liederlich aus.
»Schön, wenn man sich ein bißchen bewegen kann«, sagte er.
»Du brauchst das auch. Seit du Kommissar bist, hast du mindestens fünf Kilo zugenommen.«
Meine Bemerkung konnte Simon nicht aus der Ruhe bringen. Sein Körper ging nur ihn selbst etwas an, und er fühlte sich wohl. Außerdem täuschte seine Fülle. Wenige konnten sich so flink bewegen wie er, wenn es wirklich darauf ankam.
»Man soll nie den Kontakt mit der Basis verlieren. Ich glaube, ich werde dich im Fall Lund ein wenig begleiten. Wie in alten Zeiten.«
»Hast du nichts Besseres vor?«
»Ich bin als Chef so tüchtig, daß keiner merkt, wenn ich nicht da bin.«
»Da steckt doch etwas anderes dahinter.«
Meine alte, schlechte Angewohnheit, mein ewiger Fluch, nach Widerhaken zu suchen, wo es gar keine Haken gab, kam wieder zum Vorschein.
»Glaubst du, daß ich es nicht schaffe? Willst du mein Kindermädchen sein? Muß ich mir ein Schild mit der Adresse um den Hals hängen, wenn ich ausgehe?«
Er seufzte schwer, und ich hielt mit und seufzte ebenfalls. Ich würde wohl nie lernen, meine Schnauze zu halten!
»Sorry«, murmelte ich.
Er brummte irgend etwas Unverständliches vor sich hin, und wir schwiegen eine Weile.
»Ich will diesen Fall schnell gelöst haben«, sagte er schließlich mit neutraler, unpersönlich wirkender Stimme.
»Wer will das nicht?«

»Sehr schnell. Aus persönlichen Gründen. Ich kannte dich schon, bevor du Virena getroffen hast. Nadja und ich glauben, daß das damals das beste war, was dir passieren konnte. Sonst wärst du vielleicht vor die Hunde gegangen. Du brauchst Virena.«

Ich erwiderte nichts darauf, und er fuhr fort: »Ich bin auch nicht von gestern, Rolle. Ein bißchen hat man ja mitbekommen in all den Jahren. Wenn wir den Fall Lund nicht lösen, kann das für dich eine Menge Ärger bringen. Die schrecken offensichtlich vor nichts zurück, und wer weiß, wer der nächste sein wird? Virena ist psychisch anders beschaffen als du und ich.

Es kann zwischen euch zu großen Differenzen kommen, und wenn ich an dein Talent denke, dir immer selbst leid zu tun, sehe ich dich schon in einen Abgrund fallen, aus dem wir dich nicht retten können. Ich glaube, ich habe damit recht. Ich mag euch beide so sehr, daß ich alles tun werde, um eure Beziehung zu erhalten. Jetzt ist es raus, und ich sage es nicht noch einmal.«

Ich schaute durch die Scheibe, und Tränen standen mir in den Augen. Verdammt, dachte ich, verdammt! Das war der beste Freund, den ich hatte, und ich war ihm so an die Karre gefahren. Er hatte meinen wundesten Punkt getroffen, und er hatte mit jeder Silbe recht.

»Also dann, komm mit«, sagte ich mit einem Kloß im Hals.

»Die Stockholmer Cafés werden sich freuen, wenn du unterwegs wieder so viele Käse- und Schinkenbrötchen in dich hineinstopfst.«

»Um von Leberpastete gar nicht erst zu reden.«

Das war es. Wir stiegen aus, und ich widerstand dem Impuls,

ihm um den Hals zu fallen. So reagiert man ja nicht in Schweden. Hier werden alle Gefühle erst institutionell geprüft, diskutiert und von einem sozialen Beirat gutgeheißen. Manchmal wünschte ich, ich wäre Italiener.

Während Simon sich mit verschiedenen Kollegen in Verbindung setzte, rief ich in Skebo an und bat darum, mit Virena sprechen zu dürfen. Als ich ihre Stimme hörte, stieg eine Hitze in mir hoch, und ich bekam erneut feuchte Augen Eigentlich war ich so südländisch, daß ich Pasta in der Seele hatte.

»Wie geht's?« fragte ich.

»Gut. Hier ist alles in Ordnung.«

Ich wartete, aber es kam keine Gegenfrage. Etwa: »Fühlst du dich nicht einsam in der Stadt, mein geliebter Mann?«

»Und Elin?«

»Gut.«

»Ja, kann ich denn mal mit ihr sprechen? Ich würde gern …«

»Sie ist draußen und spielt.«

Das kam so kurz und kalt, als arbeitete sie auf dem Finanzamt, wo man Menschen im allgemeinen auch als störend ansieht.

»Dann fühlt sie sich also so wohl wie ein Fisch im Wasser?«

»Ja.«

Ich umklammerte den Hörer, schwitzte und fühlte mich unendlich müde.

»Du klingst nicht gerade freundlich«, murmelte ich.

»Nein?«

Eine halbe Minute war es still im Hörer. Vielleicht waren es auch zehn Jahre.

»Ich habe eine Wohnungstauschannonce aufgegeben«, versuchte ich es noch einmal. »Sowohl in Dagens Nyheter als auch im Svenska Dagbladet.«

»Soso.«
»Das gibt bestimmt Zuschriften. Es sind ja die beiden größten Zeitungen.«
»Vielleicht.«
Eine Gefriertruhe hatte einen größeren Wortschatz.
»Ich dachte mir, daß ich euch bei Gelegenheit besuchen komme«, teilte ich mit, aber auch das löste keine verbalen Freudensprünge aus.
»Besuchen?«
»Ja … besuchen. Warum nicht?«
»Ich kann dich nicht daran hindern. Leb wohl, Roland.«
Sie legte auf, und ich fühlte mich ausgespuckt wie ein Zigarrenstummel.
Daß sie so abweisend klingen konnte. Die natürliche Antwort auf die Ankündigung, ich würde sie besuchen kommen, war doch wohl, mich willkommen zu heißen, und nicht dieses ›Ich kann dich nicht hindern‹. Das bedeutete doch, sie würde mich hindern, wenn sie nur könnte. Und dann dieses ›Leb wohl, Roland‹! Leb wohl! So hatten wir uns doch noch nie verabschiedet! Das klang ja wie Anita Björk in einem schwedischen Film aus den vierziger Jahren.
Die Sprechanlage blinkte auf, und Simons Stimme ertönte: »Komm in Nords Raum. Es gibt Neuigkeiten. Große Neuigkeiten!«

7.

Kommissar Nord von der Abteilung Gewaltverbrechen kannte ich natürlich, wußte aber nichts über ihn. Das ging selbst seinen nächsten Mitarbeitern so. Er rauchte seine Pfeife und grunzte ab und zu ein paar Worte, aber hinter seiner Stirn mußte es arbeiten, denn er galt als erfolgreich. Eine Polizeiabteilung funktioniert wie jedes andere Unternehmen auch: Der Erfolg beruht auf der Fähigkeit der Leitung, Kompetenzen zu verteilen, für ein gutes Arbeitsklima zu sorgen und sich auf die großen Linien zu konzentrieren.

Yngve Ruda hatte eine Abteilung der Kriminalpolizei erfolgreich geleitet, und er fehlte uns, auch wenn Simon seiner Aufgabe gerecht wurde. Ob er einmal Rudas Platz als ordentlicher Kommissar einnehmen würde, war noch nicht endgültig entschieden.

Nord hatte einen Fehler: Er vermochte es nicht, für ein gutes Arbeitsklima zu sorgen und seine Mitarbeiter für ihren Job zu begeistern. Also mußte er die anderen Voraussetzungen für Erfolg im Übermaß besitzen. Früher einmal hatte ich davon geträumt, Kommissar zu werden, und mich sogar schon zu einem Kurs für Führungskräfte angemeldet, aber dann wurde doch nichts daraus.

Wenn mich eine bestochene und schwachsinnige Behörde wirklich auserkoren hätte, ich wäre sicher der schlechteste

Kommissar des Jahrhunderts geworden. Als Polizist war ich ziemlich gut, oder ich war es zumindest einmal gewesen, aber als Chef wäre ich eine Katastrophe geworden. Die Einsicht kam spät und tat nicht besonders weh.

Anwesend waren auch Rolf Öhman und einer der tüchtigsten Schreibtischgenerale der Abteilung Gewaltverbrechen, Nisse Gunnarsson. Auf einem Tisch lagen die Kleider meiner nächtlichen Besucherin ausgebreitet. Auch an die Handtasche samt Inhalt hatten die Kollegen gedacht. Nord begrüßte uns mit einem Nicken, stopfte seine Pfeife und rauchte sie an. Ich öffnete das Fenster.

»Sie kann nicht viel vor dir verborgen haben«, stichelte Simon und zwinkerte mir zu.

»Sie trug lediglich ein dünnes Negligé, wenn man noch von Negligé sprechen kann. Ich habe von solchen Dingen nie viel verstanden. Was wissen wir über die Kleidungsstücke?«

Öhman und Gunnarsson hatten ihre Erfahrungen bereits ausgetauscht. Öhman war der Wortführer.

»Alles von bester Qualität. Ausschließlich internationale Markenware. Wir wissen allerdings noch nicht, ob hier oder im Ausland gekauft. Die Sachen sind allesamt neu und noch nicht chemisch gereinigt worden. Schuhe Größe 38, italienisches Fabrikat. Wir untersuchen nun gemeinsam mit Importeuren und Detailspezialisten, was davon in Schweden zu kaufen ist.«

»Was sind das für Klamotten?« fragte ich. »Elegante oder nur teure? Wollte sie vulgär-sexuell herausfordern? Oder eher die Dame von Welt spielen?«

»Sie wollte wohl gern zum Jetset gehören«, antwortete Gunnarsson. »The beautiful people. Edle Hülle und nichts dahinter.«

Da konnte er recht haben. Wenn ich mich so an sie erinnerte, saß sie garantiert nicht im Vorstand des örtlichen Konsumvereins.
»Interessant ist vor allem die Handtasche«, bemerkte Simon.
Sie war aus tiefrotem, weichem Leder, der Inhalt war rundherum auf dem Tisch ausgebreitet. Schminke natürlich, ein Fläschchen Parfüm, ein seidenes Taschentuch, ein Schlüsseltäschchen mit drei flachen und einem dickeren Schlüssel sowie einem, der wohl zu einem Bankfach gehörte. Und fünf ID-Karten. Simon nahm eine davon mit Fingerspitzen auf und hielt sie mir entgegen. Das konnte sie sein, auf dem Paßbild war sie nur anders zurechtgemacht. Sie hieß angeblich Virena Hassel. Es war eine sehr schlechte Fälschung, die nicht einmal einen Azubi im Missionsbuchhandel überzeugt hätte. Simon war ganz meiner Meinung.
»Die hatten Glück. Sie muß dem Portier den Kopf verdreht haben, bevor sie ihm die Karte gezeigt hat. Die anderen ID-Karten sind besser, ich meine sogar, perfekt.«
Auf allen war ihr Foto, aber mit verschiedenen Haarfarben, und sie hatte auch die Linien von Mund und Augen durch geschicktes Schminken verändert. Die Namen lauteten Alida van der Loche, Zaza Pauli, Lili-Ann Hebory und Marie Leni Gordon.
»Ist eine davon echt?«
»Nein«, antwortete Öhman, »aber sie könnten einmal echt gewesen sein. Alle Namen und Fingerabdrücke gehen über Interpol raus. Bei uns ist sie in keiner Kartei erfaßt.«
»Das Alter ist auf den Karten verschieden angegeben und liegt im Durchschnitt bei siebenundzwanzig«, fügte Simon

hinzu. »Die Namen weisen darauf hin, daß sie sich als Ausländerin ausgeben will oder Ausländerin ist, die hier Schwedisch gelernt hat.«

»Sie ist Schwedin, warf ich ein. Sie verwendet Wörter und Wendungen, die man nur über einen sehr langen Zeitraum erwirbt. Warum sollen solche Schlangen nicht auch in Schweden geboren werden?«

»Dann sollten wir davon ausgehen, daß der oder die Mörder international operieren.«

Die Schlüssel gaben ihr Geheimnis nicht preis; fremde Schlüssel haben das nicht nötig. Und eine unbekannte Tür oder ein Bankfach ausfindig zu machen heißt, eine Stecknadel im Heuhaufen zu suchen.

Ich prägte mir die falschen Namen der schönen Schlange ein und folgte Simon in sein Zimmer. Ich fühlte mich durch das Gespräch mit Virena immer noch deprimiert und beschloß, ihm nichts davon zu sagen. Er war mein bester Freund, aber ich erinnerte mich auch daran, was er kürzlich über meinen Hang zum Selbstmitleid gesagt hatte.

»Wissen wir schon etwas über die Sekten der Teufelsanbeter?« fragte ich.

»Wir ermitteln noch. Ein paar seltsame Typen haben wir schon verhört, und einige Damen, die behaupteten, richtige Hexen zu sein, aber etwas Handfestes war noch nicht dabei. Das ist ja fremdes Terrain für uns, und wir brauchen ein bißchen Zeit zur Orientierung. Du, Rolle ...«

Er lehnte sich auf seinem Stuhl zurück. Der knarrte und knackte, brach aber nicht zusammen.

»Diese Braut, die dich anmachen wollte, beschreib sie mir doch noch einmal ausführlich. So richtig mit allen Details und den deftigsten Worten, die deine schmutzige Phantasie auf Lager hat.«

Ich versuchte es, und er lauschte andächtig. Als mir die Synonyme für ihren enormen Vorbau ausgingen, strich er nachdenklich über seinen kahlen, glänzenden Hinterkopf.

»So eine richtige Bumsbraut also, mit anderen Worten.«

»Genau das habe ich versucht, dir zu erklären.«

»So richtig geil? Die einen dazu bringt, aus den Schuhen zu springen?«

»Nicht nur aus den Schuhen. Warum willst du es so genau wissen?«

»Und gleichzeitig beherrschte sie eine Menge Wörter, die Töchter aus anständigen Familien für gewöhnlich nicht gebrauchen? War es nicht so?«

»Gibt es solche denn noch? Aber es war wirklich so, sie kannte Ausdrücke, die sogar mir neu waren.«

»Mm. Ein solches Mädchen nutzt für gewöhnlich verschiedene Möglichkeiten, sich durchzuschlagen. Die ID-Karten müssen also nicht speziell für diesen Fall angefertigt worden sein. Wir machen Kopien und schicken sie an alle Modelagenturen sowie Werbe- und TV-Studios. Vielleicht hat sie sich dort beworben, bevor sie begriff, daß ein Weibchen mit großen Augen und schönen Brüsten weit kommen kann auf der breiten Straße.«

Sie mußte so davon überzeugt gewesen sein, mich herumzukriegen, daß sie kein Risiko darin sah, die falschen Ausweiskarten bei sich zu tragen. Und selbst bei einer Ablehnung meinerseits dachte sie wohl, Zeit genug zu haben, sich wieder anzukleiden. Hassel, der Gentleman, der edle Ritter der Damen und Beschützer des schwachen Geschlechts – ich muß in die falsche Schule gegangen sein.

»Wenn du Zeit, Lust und Laune hast, könntest du noch mit ein paar Leuten reden. Morgen früh nehmen wir uns dann gemeinsam Karstens Wohnung vor.«

Er reichte mir ein paar Zettel mit Namen.

»Da wäre zuerst Frau Diana Huldt. Bei ihr hat Karsten eine Weile gewohnt, bevor er die Bude auf Söder bekam. Dann haben wir Barbro Stridh. Das ist Jokers ehemalige Flamme. Hier ist ihr Schuldregister.«

»Ist sie noch nicht verhört worden?«

Simon gab mir einen müden Blick.

»Du weißt doch, wie knapp wir besetzt sind und daß Nords Leute zu tun haben und daß man mit dem auskommen muß, was man hat …«

»Sag bloß, du hast Wickman geschickt!«

»Ich war gezwungen. Dieser Teufel ist in der Gewerkschaft aktiv, da kann ich ihn doch nicht in den Keller schicken, geklaute Fahrräder sortieren. Er ist lästig wie die Pest, aber wir werden ihn nicht los.«

»Trotzdem. Ausgerechnet Wickman!«

»Er hatte genaue Instruktionen, ruhig und gesittet aufzutreten, aber er muß sich wieder wie die Axt im Walde benommen haben. Zum Schluß hat sie sich geweigert auszusagen. Und weißt du, was dieser Idiot da tut?«

»Ich will es lieber gar nicht wissen.«

»Er zieht seine Pistole! Sie dachte, er will sie erschießen. Das sagte sie jedenfalls, als sie mich anrief und mir von dem Vorfall erzählte. Wickman hat jedenfalls nichts aus ihr herausgebracht, als daß Joker Akermark wie ein Gorilla aussieht, und das wußten wir ja bereits. Also, wenn einer die Sache noch retten kann, dann bist du das. Sei nett zu ihr.«

Das war eine klare Lüge, das wußten wir beide. Ich nahm die Zettel und begab mich in mein kleines Büro. Einen Augenblick lang überlegte ich, ob ich das Kurheim noch einmal anrufen sollte.
Vielleicht war Elin jetzt fertig mit Spielen und wollte mit ihrem Papa sprechen. Aber dann dachte ich an die Kältewelle, die mir das Ohr einfrieren würde, wenn Virena abnahm, und ich ließ es sein.
Das Auto stand in der Polizeigarage, und ich beschloß, auf dem Weg nach Sundbyberg bei der Baufirma vorbeizufahren, der das Haus gehörte, in dem ich wohnte. Ich fuhr einen großen Mazda älteren Baujahrs, kein aufregender, aber ein zuverlässiger Wagen. Und wenn die blauen Polsterbezüge und die falschen Edelhölzer am Armaturenbrett den Söhnen Nippons gefielen, sollte es mir doch egal sein. Der Wagen sah so harmlos, anonym und unschuldig aus wie ein fälschlicherweise eingeladener Monarchist auf dem Jahresabschlußball des Republikanischen Klubs, aber das störte mich überhaupt nicht; die pubertären Träume von Jaguars und Porsches waren vorbei und vergessen.
In dem großen Büro des Bauunternehmens verwies man mich an den Zweigstellenleiter Strand, und bereits nach fünf Minuten wurde ich von Zweigstellenleiter Strand empfangen, und ich gab Zweigstellenleiter Strand die Hand und sagte »Hej« und »Guten Tag«, und Zweigstellenleiter Strand erwiderte meinen Gruß.
Das war kein schlechter Anfang, aber irgend etwas Froschkaltes an Zweigstellenleiter Strand ließ mich vermuten, daß Simons Vermutung, die Baufirma würde sich querstellen, richtig sein konnte.

Ich brachte mein Anliegen vor, und er griff sich einen Aktenordner und schlug nach.
»Aha. Ja. Der Hassel also. Wo man eine zerstückelte Person gefunden hat. Das war eine gräßliche Geschichte.«
»Aber jetzt ist sie vorüber, und es ist saubergemacht, und die Miete ist bezahlt.«
»Mag sein, aber das Haus hat einen schlechten Ruf.«
»Na und? Habe ich den Kerl getötet und ins Haus gebracht?«
Es hatte den Anschein, als ob er auf seinem Stuhl zu einem Riesenfrosch mit Stielaugen heranwuchs. Bald würde er wohl auch die Farbe wechseln und grün werden.
»Mhm. Mhm. Wie gesagt, das war nicht gut für den Ruf des Hauses.«
»Dann werden sie ja froh sein, wenn kein Hassel mehr in dem Haus wohnt.«
»Kein Hassel mehr? Sie wollen wegziehen?«
»Die Wohnung tauschen.«
»Mhm. Mhm. Mit wem?«
»Das weiß ich noch nicht. Ich habe annonciert.«
Der Frosch Strand wurde ungehalten. Wuchsen da nicht plötzlich Warzen rund um das breite Fliegenfängermaul?
»Hätten Sie uns nicht erst verständigen müssen, bevor sie diesen Schritt unternahmen?«
»Ich bin kompetent genug, meine eigenen Beschlüsse zu fassen. Die Zeit der Leibeigenschaft ist vorbei.«
Das schien er nicht gern zu hören. Sicher wäre er lieber in irgendeinem Teich mit den anderen Lurchen um die Wette geschwommen.
»Mhm. Mhm. Das ist nicht so einfach, wie Sie sich das vorstellen. Wenn Sie die Wohnung verlassen wollen, so können

wir Ihnen eine nette Dreizimmerwohnung in einem unserer anderen Häuser anbieten. Nur, um Ihnen einen Gefallen zu tun, da Sie ja aus der City rauswollen.«
»Wo liegt diese Wohnung?«
»In Nynäshamn. Eine sehr nette Gegend.«
»Ich bleibe in der Stadt. Und jetzt hören Sie mal zu, Zweigstellenleiter Strand, das einzige, was ich will, ist, einen ganz gewöhnlichen Wohnungstausch durchzuführen.«
Der Frosch riß seine hervorstehenden Glupschaugen auf und schüttelte seinen nun wirklich grün angelaufenen Reptilienschädel.
»Leider. Das können wir nicht zulassen. Nicht in dieser Situation.«
»So? Sie wollen warten, bis ich kündige, und die Wohnung dann für mindestens das Doppelte als Gewerberaum vermieten?«
Er fuchtelte mit den Händen, so daß man die Schwimmhäute zwischen den Fingern deutlich erkennen konnte.
»Es ist ja schließlich ein Bürogebäude ...«
»Ist es nicht. Es handelt sich um ein Wohnhaus, das Sie zu einem Bürohaus gemacht haben. Wenn Sie mir so kommen, dann möchte ich einmal fragen, was aus Nybergs Wohnung geworden ist? Und aus Börjessons? Und aus Pentonens? Und aus Hallströms? Das ist heimliche Umwandlung von Wohnungen in Gewerberaum und damit gegen das Gesetz. Ich bin ja Kriminalinspektor. Wir werden uns vielleicht näher mit dieser Angelegenheit hier beschäftigen müssen. Der Mieterbund sollte auch eingreifen. Die Büros müssen wieder in Wohnungen umgewandelt werden. Wie Sie selbst sagten: Das können wir nicht zulassen. Nicht in dieser Situation. Gesetz bleibt Gesetz.«

Er mochte mich nicht. Ich war kein gefügiger Typ, mit dem man profitable Geschäfte machen konnte. Er quakte noch ein paarmal, vielleicht, weil er sich nach schmackhaften Wasserflöhen sehnte.

»Das klingt ja wie Erpressung!«

»Das klang nicht nur so, das war Erpressung. Eine alte, bewährte Methode, in der ich sehr geübt bin.«

»Es gibt keine Beweise! Ich meine ... alles verlief korrekt und ehrlich und legal.«

»Dann ist ja alles in Ordnung. Dann werden Sie ja keine Probleme bekommen, wenn wir in der Angelegenheit ermitteln.«

Er grinste ein wenig unsicher, als spürte er einen Anfall von Rheumatismus im besten Sprungbein. Die Firmenleitung würde von einer Schnüffelei in den Geschäftsbüchern nicht gerade begeistert sein. Und dann die Abendzeitungen! Aufgebrachte Wohnungssuchende auf der ersten Seite! Skandal! Und erst das Fernsehen!

Der Frosch räusperte sich und spuckte ein wenig Laichkraut aus.

»Nun ja. Wenn man es richtig betrachtet, ist es gar nicht so verkehrt, wenn jemand auch im Hause wohnt. Wenn derjenige, mit dem Sie tauschen wollen, keine Einwände hat und ein ausreichendes und regelmäßiges Einkommen nachweisen kann, haben wir nichts dagegen.«

»So klingt es angenehm«, sagte ich herzlich. »Ich wußte ja, daß sich unter dem grünen Anzug ein Herz aus Gold verbirgt.«

»Aber der ist doch braun.«

»Für mich sah er grün aus.«

Während ich in Richtung Sundbyberg fuhr, mußte ich daran

denken, wie sehr sich die Gesellschaft in gar nicht so vielen Jahren verändert hatte. Alles läuft heute darauf hinaus, daß man gute Beziehungen und Kontakte hat. Es herrscht eine Kumpanei, bei der es darauf ankommt, die richtigen Zeichen und Lösungsworte zu kennen, und schon öffnet sich einem das Schlaraffenland. Man bekommt so Wohnungen und Gehälter und Kredite und Jobs und Mitgliedschaften und Rabatte und Tips und Zuschläge und dann wieder Abzüge, die einen vor der Steuer retten. Beziehungen öffnen die Tür zu den besten Arztpraxen und bringen einem Aufträge, die eigentlich unter Bedingungen der Konkurrenz vergeben werden sollten. Die Politik verwandelt sich in einen Luxusspielplatz, und wenn man über Geld und Kontakte verfügt, wird man gewählt und darf mitspielen. Und wenn man immer richtig mitspielt, geht es einem auch im Alter, wenn man nicht mehr so richtig kann, besser als anderen. Schließlich bekommt man auch noch den Grabstein zum Vorzugspreis. Alles ist möglich und nichts ist unmöglich in einem demokratischen Land.

Ich fuhr von Solna nach Sundbyberg und dann weiter nach Skogsbacken und erinnerte mich, wie die Gegend vor ungefähr dreißig Jahren ausgesehen hatte. Hier war ein Wald gewesen, in dem man immerhin minutenlang spazierengehen konnte, ohne ein Hausdach zu sehen. Hierher zog man an Sonntagen mit Picknickkorb und Kaffeekanne.

Am Fuße des Hügels lagen die Ateliers von Svenska-Film, und wenn ein Film Aufnahmen im Wald erforderte, zog man die Kameras einfach ein paar Meter in die Höhe und drehte los. Egal, ob romantische Rendezvous oder Fechtszenen in Kostümfilmen oder große Bauerndramen – immer filmte man dieselben Kiefern und denselben Berghang. Wenn man aufmerksam hinschaute, konnte man am Bildrand manchmal Häuser erkennen. Dann hatte der Fotograf die Kamera zu hoch gehalten.

Inzwischen waren der Wald so gut wie verschwunden und die SF-Ateliers nur noch eine Sage, und das Mädchen, mit dem ich sonntags gepicknickt hatte, war sicher verheiratet und Mutter und Großmutter und erinnerte sich nicht mehr an Rolle, der so schön mit den Ohren wackeln konnte.

Hulth wohnte im Erdgeschoß eines der Hochhäuser. Eine Frau im Rentenalter öffnete und fuhr zusammen, als sie meine Polizeilegitimation sah. Das war keine ungewöhnliche Reaktion. Es gibt keinen schwedischen Bürger, der ein völlig reines Gewissen hat.

»Darf ich Ihnen ein paar Fragen zu Karsten Lund stellen?«

Sie sah erleichtert aus, als sie begriffen hatte, daß es nicht um ihre privaten Angelegenheiten ging, und ließ mich eintreten. Durch die Wohnstube hindurch sah ich einen Mann auf dem Balkon in der Frühlingssonne sitzen. Er hatte eine Decke auf den Knien und ein Kissen im Nacken. Er sah uralt aus, runzlig und verschrumpelt.

»Papa ist einundneunzig«, sagte sie. »Vor drei Jahren noch war er wie ein Teenager voll auf der Höhe, er scherzte und lachte und tanzte sogar manchmal noch. Jetzt weiß ich nicht einmal mehr, ob er mich noch erkennt. Es ist verdammt schnell gegangen.«

Sie hatte eine Standardwohnung, eingerichtet in einer Mischung aus Gründerzeit und Volksheim. Alles war klein, gemütlich, gutbürgerlich und ein wenig kitschig, aber ihr gefiel es so, und sie war wohl auch ein bißchen stolz darauf. Wie ich, ungefähr.

»In der Thermoskanne ist noch Kaffee. Oder besser gesagt, heißes Wasser. Wir machen uns immer Pulverkaffee. Willst du eine Tasse?«

»Wenn du einen Teebeutel hast, nehm ich lieber den.«

Der Tee schmeckte nach schwarzen Johannisbeeren, aber ich hatte schon Schlimmeres getrunken. Sie hatte mich immer noch nicht nach dem Grund meines Besuches gefragt. Auch das war nicht ungewöhnlich. Wenn ein Polizist auftaucht, geht es ja immer um etwas Unangenehmes, und das schiebt man auf, solange es geht. Ich hatte keine Eile. Zu Hause wartete lediglich eine Tasche in einer Wohnung, der ich die Freundschaft aufgekündigt hatte.

Der Mann auf dem Balkon begann plötzlich, kurze, gepreßte Laute auszustoßen. Die Tochter seufzte, trat auf den Balkon und faßte ihn unter. Er erhob sich zögernd, und sie bugsierte ihn in einen Sessel.

»Ihm ist kalt geworden da draußen.«

»Macht es viel Arbeit, sich um ihn zu kümmern?«

»Allerdings. Eine solche Strafe habe ich nicht verdient. Aber was kann ich tun? Der Todesfelsen ist abgeschafft, und außerdem war er mir ein guter Vater. Ich lebe nicht noch einmal. Papa ist wie ein Mühlstein am Hals und eine Geißel auf dem Rücken.«

»Es gibt doch aber Pflegeheime ...«

Sie schüttelte den Kopf, und erst jetzt merkte ich, wie abgekämpft sie sein mußte, obwohl ich sie ja vorher nicht gekannt und daher keine Vergleichsmöglichkeiten hatte.

»Papa hat in einer anderen Gemeinde gewohnt, wo man es besonders eilig hatte, die Altersheime zu schließen. Es hieß ja damals, die Alten sollten lieber im Schoße der Familie wohnen und so weiter. Dabei ging es doch nur darum, Geld zu sparen. Wenn mich etwas wütend macht, dann, wenn wirtschaftliche und politische Schachzüge als humanitäre Gedanken verkauft werden.«

Er quiekte wieder, und sie legte ihm einen Schal über die Schultern. Ein alter Mann mit Erinnerungen und Erfahrungen und Kenntnissen und Lebensweisheiten, ein Mann, der Liebe und Glück und Harmonie kennengelernt hatte, und nun war das alles in einen dunklen, tiefen Schacht des Bewußtseins gestürzt, und seine Augen drückten nur noch Leere aus.

»Ja, und dann haben sie Papa in eine kleine Wohnung in einem Neubaugebiet gebracht. Dort saß er dann und glotzte die Wände an, und sein Hirn schmolz gleichsam hinweg. Was sollte ich tun? Ich holte ihn her, und damit war mein Leben zu Ende. Die Leute werden aufgrund der neuen Parolen aus den Alten- und Pflegeheimen geworfen, von Leuten, denen die sogenannten Wirtschaftsfachleute weisgemacht haben, daß dies in Ordnung sei. Dabei ist es die Hölle, für die Betroffenen wie für ihre Angehörigen.«

Wieder gab der Alte ein paar Töne von sich, und sie gab ihm zu trinken. Durst ist ein elementares Empfinden, und das Öffnen des Mundes erfolgt automatisch, wenn eine Flüssigkeit die Lippen netzt. Er schluckte, aber das Wasser rann ihm aus den Mundwinkeln den Hals hinab.

»Ich hoffe, er stirbt bald«, sagte sie und trocknete ihn ab. »Das ist doch kein Leben mehr für ihn.«

Sie setzte sich wieder an den Kaffeetisch.

»Karsten Lund hat bei dir gewohnt«, kam ich endlich zum Wesentlichen.

Sie zögerte kurz und bekam einen sonderbar verträumten

Ausdruck. »Ein Raum läßt sich abteilen. Er hat hier eine Weile gewohnt. Es war nämlich so, daß er … er brauchte keine Miete zu bezahlen.«
Sie hatte also der Steuer die Mieteinnahmen verschwiegen. Was ging es mich an? Außerdem war ich nicht einmal sicher, ob das in ihrem Falle wirklich ungesetzlich war. Aber sie glaubte es jedenfalls.
»Du hast ja wohl in der Zeitung gesehen, daß er ermordet wurde?«
»Ich kann lesen.«
»Wie gut kanntest du ihn?«
»Wir haben uns ab und zu unterhalten. Als er hierher kam, war er gerade frisch geschieden. Er blieb ungefähr sechs Monate. Wie gesagt, ohne Miete zu bezahlen. Ich mochte ihn. Er munterte mich auf und war nett, ohne dabei schwächlich zu wirken. Dann bekam er diese Bude in Stockholm. Meiner Meinung nach hat er sich verschlechtert, aber er wollte es ja so.«
»Bude? Bist du einmal dort gewesen?«
Ihr Blick wurde unsicher, und sie murmelte: »Ich wollte sehen, wie es ihm ging. Es ist nicht leicht für einen Mann, allein klarzukommen, wenn er so lange verheiratet war. Das war ungefähr ein halbes Jahr, nachdem er von hier weggezogen ist.«
»Hattet ihr zwischendurch Kontakt gehabt?«
»Ich rief ihn manchmal an, und er hat sich jedesmal gefreut.«
Nun sah ich klarer. Eins und eins sind immer noch zwei, außer für die Statistiker natürlich. Sie wäre also gern die neue Frau in seinem Leben geworden und hatte alle ihre Trümpfe ausgespielt. Sie gab nicht einmal auf, als er weggezogen war. Dafür

mußte sie sich sicher nicht schämen. Wer will schon einsam leben?

»Kannst du mir Hinweise geben, die für die Suche nach dem Täter wichtig sein könnten?«

Das war eine Routinefrage, die ich stellte, ohne ein Ergebnis zu erwarten. Schließlich war es Jahre her, seit sie sich gekannt hatten, und für ihn war die Begegnung sicher nicht so wichtig, daß er sich ihr anvertraut hätte. Sie biß sich auf die Lippen, und zu meiner großen Überraschung antwortete sie:

»Ja. Ich glaube, ich weiß, warum er ermordet wurde. Und von wem.«

8.

»Erzähl«, forderte ich sie auf.

Sie sah sich ängstlich um und senkte die Stimme, als versteckten sich Spione feindlicher Mächte hinter den Möbeln.

»Er hat mir anvertraut, daß er einer mächtigen Konspiration auf der Spur war und bereits über Beweise verfügte.«

»Wann war das?«

»Vor zwei Jahren. Ungefähr. Als ich zuletzt bei ihm war. Karsten hatte ein bißchen Wein getrunken. Er trank ansonsten nie, aber diesmal hatte er wohl ein Glas zuviel genommen. Nicht so, daß er geschwankt oder sich gar vergessen hätte, aber er war gesprächiger als sonst.«

Sie hatte ihm also eine Flasche Wein mitgebracht und vielleicht noch etwas Gutes zum Essen und möglicherweise ein paar Kerzen für die Gemütlichkeit. Auch dagegen gab es nichts zu sagen. So hatten Verführungen zu allen Zeiten begonnen.

»Was hat er dir anvertraut?«

Sie sah mich groß an und flüsterte: »Der Mord an Olof Palme!«

»Nicht schlecht. Und weiter?«

Meine gerade erst erwachte Hoffnung war gesunken wie das Barometer bei einem plötzlichen Wetterumschwung. Noch einer, der ein Komplott aufgedeckt hatte, noch einer unter tau-

send und abertausend anderen, vom Wahrsager bis zum Computerfreak.
»Eine internationale Gruppe von Geschäftsleuten mit Schwerpunkt in Amerika stand hinter dem Attentat.«
»Und warum wollten sie Palme ermorden?«
Sie kniff die Oberlippe ein, wie der Abteilungsleiter eines Supermarktes, der Waren mit überzogenem Verfallsdatum im Regal entdeckt.
»Heute nennen sie ihn den Friedensfürsten, aber gab es einen, der wie er Leute aufstacheln konnte? Friedensfürst sagen sie, aber das letzte, was er getan hat, war, Waffen nach Indien zu verkaufen.« Ihr Blick fiel auf den alten Mann, der sie blicklos anstarrte.
»Mein ganzes Leben lang bin ich Sozialdemokratin gewesen, aber jetzt weiß ich, daß die Politiker alle zur selben miesen Bande gehören. Alle unsere Ideale sind im Ausverkauf. Das Land wird an Spekulanten verscheuert, und ich sitze hier mit einem Papa, für den es keinen Heimplatz mehr gibt.«
Ihre politische Desillusionierung ging mich als Polizist nichts an, deshalb fragte ich weiter: »Wann hast du zuletzt mit ihm gesprochen?«
»Das war damals. Oder eine Woche später. Er wollte sein Leben und all seine Kraft dieser Untersuchung widmen. Das kann man verstehen. Ein Mann muß in seinem Beruf aufgehen.«
Das bedeutete, daß sie auf elegante Weise abgeschoben worden war. Sie hatte begriffen, zog es aber vor, bei seiner Version zu bleiben. Man glaubt immer das, was man glauben will.
Das Telefon klingelte. Simon war am Apparat und verlangte, mich zu sprechen.
»Ich habe mir gedacht, daß ich dich unter dieser Nummer er-

reiche. Das mit Barbro hat sich erst mal erledigt. Du mußt noch warten.«
»Warum, was ist passiert?«
»Glaub es mir, oder glaub es mir nicht, aber Wickman ist noch einmal hingegangen. Er muß sich diesmal noch schlimmer aufgeführt haben. Sie rief mich an und teilte mir mit, daß sie ihre Wohnung verläßt, und ehe ich nach dem Wohin fragen konnte, hatte sie schon aufgelegt. Aber wir könnten uns jetzt statt dessen Karstens Wohnung ansehen. Wenn du Zeit hast.«
»Zeit habe ich genug. Ich hole dich in etwa einer Viertelstunde von der Bergsgatan ab.«
Ich bedankte mich für den Tee, aber es war deutlich, daß sie mir noch mehr zu sagen hatte.
Es wollte nicht so recht heraus, deshalb schaute ich sie so aufmunternd an, wie ich konnte.
»Gerade fällt mir ein, daß ich noch ein Gespräch mit Karsten hatte, erst vor ein paar Monaten.«
»Hat er dich angerufen?«
»Na ja, ich erinnere mich nicht mehr so genau, wer nun wen … Ja, ich glaube, ich habe ihn angerufen. Er klang sehr müde, und ich fragte ihn, ob wir uns treffen könnten. Ich dachte, er hätte ein wenig Aufmunterung nötig.«
Mit einem schiefen Blick auf ihren Vater fügte sie hinzu: »Und ich auch. Weißt du, was er mich gefragt hat?«
Da ich das beim besten Willen nicht wissen konnte, nahm ich die Frage rhetorisch und wartete auf die erschütternde Mitteilung.
»Er fragte mich, ob ich an Gott glaube!«
»Was hast du denn geantwortet?«

»Daß Religion Quatsch ist, und wenn es einen Gott gibt, dann muß er noch fauler sein als ein Verwaltungsbeamter mit Festgehalt.«

»Warum hat er dir diese Frage gestellt?«

»Er hatte wohl ein paar Reliquien oder so etwas von einem Verwandten geerbt, und die waren angeblich wertvoll, aber er hatte keinen Platz in seiner kleinen Bude, und so suchte er jemanden, wo er die Sachen einstellen konnte, bis er eine größere Wohnung bekam. Aber es sollte nach Möglichkeit ein gläubiger Christ sein, meinte er. Na, in unser Haus kommt solches Zeugs jedenfalls nicht. Und das war dann auch unser Gespräch, denn er hatte noch zu tun.«

Es gab nicht viel in ihrem Dasein, woran sie sich halten konnte. Sie glaubte nicht an den Herrn und ein Jenseits aber auch die diesseitigen Herrscher verachtete sie. Die Überzeugungen eines potentiellen Freiers erklärte sie für Quatsch und opferte damit eventuell ihre Liebe. Eine Frau mit strengen Prinzipien also.

Papa gab nochmals Laut. Sie barg das Gesicht einen Augenblick in den Händen und stöhnte: »Auch das noch. Zur Toilette muß er … mußte er. Wieder zu spät! Womit habe ich das nur verdient?«

Vor dem Polizeikomplex in der Bergsgatan stand Simon und wartete, und obwohl es siebzehn und nicht fünfzehn Minuten gedauert hatte, war er noch bei guter Laune und behauptete nicht, daß ihm inzwischen ein Bart gewachsen sei. Er klopfte sich auf seinen stattlichen Wanst und meinte, den hohlen Klang leerer Fässer zu vernehmen.

»Der Körper braucht neuen Brennstoff. Wir fahren erst mal in

die St. Paulsgatan. Parke so nahe wie möglich an der Götgatan, dort gibt es für gewöhnlich freie Plätze.«
Während ich fuhr, berichtete ich, was ich von Diana Hulth über Karstens großes Geheimnis erfahren hatte. Wie vermutet, war die Auskunft von geringem Wert.
»Lund war damals mit seiner Theorie über den Palme-Mord bei uns, aber es lohnte nicht, sich damit zu beschäftigen. Palme hatte irgendwann über neue Materialien in der Fotobranche gesprochen, und irgendein amerikanischer Milliardär hatte zur gleichen Zeit in der Presse verlauten lassen, daß dann die Silberpreise fallen würden. Aus diesen zwei separaten Geschichten kochte nun Karsten seine Story, die Silberaristokraten in Amerika hätten ein finanzielles Interesse, Palme aus dem Weg zu schaffen. Er selbst hat daran geglaubt, aber er war auch der einzige. Typisch Münchhausen!«
Der Eindruck wurde immer stärker, daß Karsten ein völlig naiver Schreiberling gewesen sein mußte, der alles glaubte, auf alles hereinfiel und sich alles einbilden konnte.
Aber trotzdem hatte er seine Anhänger gehabt. Seine Tochter Viola liebte ihn für seine menschlichen Qualitäten, und Diana Hulth hatte in ihm einen potentiellen Ehemann gesehen. Er war also keine ganz eindeutige Persönlichkeit gewesen, aber wer ist das schon.

Es gab tatsächlich eine freie Parklücke, und wir liefen die paar Meter zur Götgatan in sommerlicher Wärme. Simon taxierte all die kurzberockten Mädchen, die gerade scharenweise aus den Büros kamen und, statt nach Hause zu gehen, das schöne Wetter lieber mit einem Gläschen Wein feierten, kicherten und Pläne schmiedeten, tanzen zu gehen.

»Die werden, glaube ich, von Jahr zu Jahr hübscher!« stellte er fest.
»Das kommt, weil du immer älter und häßlicher wirst.«
»Die müssen eine neue Sorte Hormone zu sich nehmen.«
»Denk daran, daß du verheiratet bist, alter Junge!«
»Daran denke ich immer, aber man muß doch deshalb nicht mit Blindheit geschlagen sein, oder?«
Ich dachte ebenfalls daran, daß ich verheiratet war und es bleiben wollte. Die Schönheit rundumher konnte mich nicht trösten; es war, als läse man ein Rezept für Milchbrei, wenn man Hunger hat und von einem saftigen Steak träumt.
»Wir werden ins Antik-Café gehen. Pelle hat es entdeckt; wir waren schon ein paarmal zusammen dort. Verdammt gute Sachen haben die da!«
Das Café befand sich in dem verfallenen Haus an der Ecke zur Klevgränd. Ich erinnerte mich, daß sich dort früher eine gut geführte Eisenwarenhandlung befunden hatte, mit einem originellen Schild an der Wand.
Das Café war sehr gut besucht, überwiegend von Jugendlichen. Es war einfach und unprätentiös und wirkte originell, weil man zwischen den zum Verkauf bestimmten Gegenständen sitzen und Kaffee trinken konnte. Weiter hinten gab es noch einen großen Raum, wo ausschließlich alte Möbel gehandelt wurden. Da ich ja hoffentlich bald umziehen würde, interessierte ich mich für ein paar Stücke. Simon folgte mir widerwillig.
Für Nostalgiker war es eine gute Kollektion. Es gab Grammophone und Röhrenradios mit den üblichen grünen Augen und Sofas, die in der guten Stube meiner Eltern gestanden haben konnten.

»Nette Sachen«, meinte ich.
»Äh! Altes Zeug. Man soll sich neu und modern einrichten. Man kann die Zeit nicht anhalten.«
Simon hatte überhaupt keinen Sinn für schöne alte Dinge, sondern war der Meinung, daß Plastik ein äußerst praktisches Material sei und zu allem passe. Wir nahmen an dem einzigen freien Tisch in der Nähe der Kuchenbar Platz. Dahinter hingen eine goldene Pendeluhr und ein Reklameschild für Poule au Pot – unentbehrlich in jeder Küche. Eine Aufschrift verriet, was serviert wurde, und Simon nickte, als er las: »Riesensandwich Hugo 20 kr.«
»Die ist er auch wert, der Hugo. Nimm auch so eines.«
Gewiß war ich hungrig, aber da ich an diesem Tag bis dahin ausschließlich Butterbrote verzehrt hatte, stand mir der Sinn eher nach etwas anderem. Im Lokal herrschte eine freundliche, gelöste Stimmung, und die jungen Serviererinnen scherzten um die Wette mit den Gästen. Ein dunkeläugiger Mann um die Dreißig trat an unseren Tisch und grüßte Simon wie einen Bekannten.
»Nimmst du wie immer zwei Hugos?«
»Ja, für den Anfang. Kaffee und Milch. Mein Kollege hier nimmt einen Hugo und Tee.«
Ehe ich mich dazu äußern konnte, war die Bestellung notiert, und ich fügte mich mit einem leichten Seufzer. Das Bestellte kam, und das Sandwich ersetzte tatsächlich ein ganzes Mittagessen.
»Wie läuft es so, Dan?« fragte Simon. »Scheint ja ein voller Erfolg geworden zu sein.«
Der brünette Mann nickte und schüttelte gleichzeitig den Kopf.

»Den Jugendlichen gefällt es hier. Für viele ist es ein zweites Zuhause geworden. Aber ich muß in einigen Monaten raus. Als man den Mietvertrag mit mir abgeschlossen hat, hieß es, daß hier in der Gegend in den nächsten Jahren nicht gebaut werden würde, aber das hat man wohl vergessen.«
»Was hat man denn für Pläne?«
»Die Reichstagsabgeordneten sollen neue Behausungen bekommen. Das Gebäude hier war eigentlich seit langem denkmalgeschützt und durfte weder innerlich noch äußerlich verändert werden, aber das gilt plötzlich nicht mehr. Dabei wäre es billiger, ein Hotel ein ganzes Jahr lang für die Abgeordneten zu mieten, als dieses Haus umzubauen. Den Sommer über steht es dann sowieso leer. Und außerdem bekommen wir dann noch uniformierte Wächter, den Personenschutz und andere nette Typen in unsere ruhige Gegend.«
Er lächelte und gab Simon einen Klaps auf die Schulter.
»Bald wirst du deinen letzten Hugo hier essen.«
»Jesses! Am besten, ich nehme gleich noch einen. Und noch eine Milch.«
Ein paar Minuten später mußte ich mich ducken, weil ein Kunde sich für einen hochlehnigen Stuhl interessierte, der hinter mir auf einem niedrigen Regal stand. Der Preis wurde über meinen Kopf hinweg ausgehandelt. Die Geldscheine wedelten nur so um meine Ohren.
Endlich war Simon fertig und verkündete, daß er nun bis zum Abendbrot daheim aushalten würde. Wir gingen die Götagatan runter in Richtung St. Paulsgatan. Vielleicht sollte ich versuchen, hierher zu ziehen? Es gab nette Geschäfte und originelle Menschen, die sich vernehmlich gegen die Uniformität, die Stockholm mehr und mehr prägte, zur Wehr setzten. Aber

Virena würde vielleicht meinen, daß es hier ebenso kinderfeindlich aussah wie in der Drottninggatan.
Als wir in die St. Paulsgatan einbogen, entdeckte ich einen neuen Laden und beschloß zu versuchen, Virena doch zu überzeugen. Der kleine Shop nannte sich Multi-Kulti, und was mich vor allem überzeugte, war ein Schild im Schaufenster: »Wenn du willst, daß die kleinen, originellen, persönlichen Geschäfte erhalten bleiben, dann mußt du auch bei ihnen kaufen! Sonst wird es bald nur noch Warenhäuser und Kettenläden geben!«
»Das ist wahr«, stimmte ich zu.
»Wieso? Ich gehe gern ins Kaufhaus. Da hat man alles so schön beisammen.«
Simon würde niemals an der Spitze einer Demonstration zum Erhalt dieses Ladens marschieren, aber ich hätte mir sicher ein Plakat gemalt. Der Inhaber bot Kultur und Gebrauchsgegenstände aus Afrika, Asien, Lateinamerika, dem Nahen Osten und der Karibik.
Das Sortiment war faszinierend, mit Büchern und Platten und Instrumenten und vielen anderen Dingen. Im Schaufenster stand ein Regal mit afrikanischen Kaffee- und Teesorten, Henna in verführerischen, mit erotischen Motiven verzierten indischen Schalen, Parfüm aus Jamaika, spannenden Kräutern, die ich noch nie zuvor gesehen hatte, und heißen Pfeffersoßen, Rauchzeug und auch einem Glas frischem schwedischem Honig. Von der Decke herab hingen zwei herrliche weiße Gangsterhüte mit schwarzen Bändern. Laut Beschriftung handelte es sich um Palmblatthüte aus Guatemala, die ein Leben lang hielten und in verschiedenen Größen für 120 Kronen das Stück zu haben waren.

»So einen werde ich mir im Sommer kaufen«, erklärte ich. »Ich werde unwiderstehlich sein!«

»Tu das, wenn du es brauchst. Wir anderen kommen mit unseren natürlichen Reizen aus.«

Es war schön, sich wieder zusammen mit Simon wie ein ganz normaler Ermittler zu fühlen. Wir waren wieder das alte, wohlbekannte Team, der Schrecken der Unterwelt. Die Dschungeltrommel verbreitete Panik: »Da sind sie! Hassel und Palm! Rette sich, wer kann!« Wir plauderten und scherzten und leisteten uns ein wenig Gemütlichkeit, waren aber sofort wieder auf dem Sprung, wenn es ernst wurde. So war es gewesen, als Hassel noch nicht angeknackst und Palm noch nicht Kommissar war.

Vor dem Eingang stand einer der unseren und hielt Wache. Er verriet uns den Code, und wir gingen hinein. Karsten hatte in einem Untermietszimmer eine Treppe hoch gewohnt, und wir schätzten, daß es eines der kleinsten in ganz Stockholm war. Es war so groß wie eine gewöhnliche Flurgarderobe, in der noch eine kleine Flurgarderobe und eine Kochecke Platz finden mußten. In der Toilette konnte man nicht aufrecht stehen, und die Handdusche ging praktischerweise direkt vom Waschbeckenhahn ab, so daß der winzige Verschlag im Bedarfsfalle komplett zur Duschkabine wurde.

Fast alle Einrichtungsgegenstände waren zerschlagen, die Schubläden herausgerissen und ausgekippt, die Matratze aufgeschlitzt. Auf einem Minischreibtisch stand ein Computer mit zerschlagenem Monitor und zertrümmertem Drucker.

»So haben Nords Tatortspezialisten die Wohnung vorgefunden«, sagte Simon.« Was meinst du dazu?«

»Haben sie etwas von Wert gefunden?«

»Nein. Nur ganz nichtssagende Papiere. Die Wohnung gehört einem älteren Junggesellen, dem es nicht gutgeht und der gerade im Krankenhaus liegt. Er mochte Karsten und ließ ihn hier wohnen. Karsten mußte lediglich die Miete bezahlen.«
Hier war nicht viel zu holen, in einem solchen Schuhkarton hätten die meisten an Klaustrophobie gelitten. Nachdenklich starrte ich auf den Computer und spielte ein wenig auf der Tastatur.
»Ist das ein PC?«
Simon zuckte seine massiven Schultern und schaute angeekelt auf das Gerät.
»Wir haben einen Computer zu Hause, die Ältesten haben ihn angeschleppt. Aber ich habe keine Lust, mich damit zu beschäftigen. Wenn sie über ihn reden, kommt mir das nicht nur spanisch vor, sondern auch noch wie ein ländlicher Dialekt. Aber die Tatortspezialisten sagen, daß es sich um eine Textverarbeitung Marke Scribona Plus und einen Drucker Marke Quome handelt. Mehr darfst du mich nicht fragen.«
Ich verstand auch nicht gerade viel von EDV-Anlagen, hatte aber in den zurückliegenden Jahren einiges aufgeschnappt.
»Wie speichert man den Text?«
Simon schien unangenehm berührt, daß ich so unverschämte Fragen stellte, versuchte dann aber, sich an den Tatortbericht zu erinnern.
»Warte mal. Ja, die Dinger heißen Disketten und haben Platz für zirka 45 000 Zeichen. Glaube ich. Vielleicht waren es auch 450 000. Oder 7.«
»Hat man denn hier keine Disketten gefunden?«
»Nein. Warte mal ...«
Er versuchte, meinen Gedanken aufzunehmen, und ich fuhr

fort: »Wenn Karsten nun einer großen Sache auf der Spur war, schrieb er den Text natürlich auf eine oder mehrere Disketten. So macht man es heutzutage. Hier ist alles zerschlagen worden, und es gibt keine einzige Diskette. Das bedeutet doch, wir wissen jetzt, wonach die Mörder wahrscheinlich gesucht haben. Und sie glauben, daß Karsten die Diskette verborgen und mir bei seinem Besuch das Versteck verraten hat.«

Simon nickte langsam, und jetzt war er der Kommissar, bei dem alle Denkräder im Köpfchen auf Hochtouren schnurrten. Aber ich war noch nicht fertig.

»Karsten schrieb Artikelserien und plante Bücher. Dieses brisante Material sollte ja verkauft werden. Könnte er nicht eine Diskette oder vielleicht einen Brief über den Inhalt der Diskette an eine Zeitungsredaktion oder einen Buchverlag geschickt haben?«

Simon boxte mir anerkennend gegen die Brust.

»Natürlich. Das klingt einleuchtend. Ich rufe heute abend Öhman an. Das muß er gleich morgen früh in die Hand nehmen. So verdammt viele Zeitungen und Verlage kann es doch gar nicht geben.«

Ich fuhr mit ihm in das Parkhaus, wo ich meinen Wagen für gewöhnlich abstellte, und er kam anschließend noch mit zu mir. Ein Mann stand am Eingang und fragte uns, was wir in dem Haus wollten. Er entschuldigte sich, als er uns erkannte. Er trug ein eingeschaltetes Sprechfunkgerät und schien zuverlässig zu sein.

»Gut gemacht«, lobte Simon, der an Zuspruch als Mittel zur Hebung des Diensteifers glaubte, den Polizisten. »Vergiß nicht, daß das Haus nach der Bürozeit im Prinzip leer steht.

Wenn jemand kommt, mußt du grundsätzlich so mißtrauisch sein wie ein eifersüchtiger Mann, der in der Waschmaschine einen fremden Herrensocken findet.«

Im Hof trafen wir auf einen weiteren Kollegen, und auch er trug ein eingeschaltetes Funkgerät. Das erschien mir übertrieben, aber Simon war anderer Meinung.

»Ich habe Angst vor dem Mörder oder den Mördern. Wenn sie dich wirklich haben wollen, könnten sie Jonsson an der Toreinfahrt einfach abschießen.«

»Wie willst du denn mit ihnen fertig werden, wenn es mehrere sind? Bei unserem Personalmangel ...«

»Man muß eben Prioritäten setzen.«

Zusammen kontrollierten wir die Zimmer. Wir konnten nichts Ungewöhnliches entdecken. Eine neue Wohnungstür war eingesetzt worden; das Sicherheitsschloß war von modernster Konstruktion.

»Es ist nicht das erstemal, daß du hier herumstreichst wie eine Henne, die Angst hat um ihre Küken«, sagte ich.

»Aber hoffentlich das letzte. Wenn du heute abend oder in der Nacht noch Schandtaten vorhast, dann melde dich ab und sag Bescheid, wann du zurück sein wirst. Morgen früh treffe ich mich mit den anderen Kommissaren, aber um elf bin ich an meinem Platz, und da möchte ich einen frischen und ausgeruhten Hassel antreffen.«

»Ich habe nichts zu futtern im Haus.«

»Findest du alles im Kühlschrank.«

In der Tür drehte er sich um.

»Denk daran, das Telefon wird abgehört. Wenn jemand anruft, der für uns von Interesse sein könnte, dann halte ihn so lange wie möglich hin.«

Als ich allein war, inspizierte ich den Kühlschrank. Keine Überraschungen, aber es fehlte auch an nichts, und das war viel in Anbetracht unseres miesen Budgets.
Heute nacht noch auf Schandtaten ausgehen! Meine Kondition reichte bis ungefähr fünf am Nachmittag, und die einzigen Schandtaten, denen ich an diesem Abend entgegensehen konnte, waren die, die im Fernsehen gezeigt wurden. Elins Zimmer wollte ich nie mehr betreten. Aber reden mußte ich unbedingt mit ihr.
Kurz entschlossen rief ich in Skebo an und ließ mich mit Virena verbinden.
»Ich wollte nur Elin gute Nacht sagen.«
»Augenblick.«
Sie faßte sich immer kürzer. Bald würden wir wohl mit Hilfe des Morsealphabets kommunizieren. Elin kam und atmete an meinem Ohr, und die Sonne schien mir wieder, und wir hatten ein langes Gespräch über verschiedene Tiere, die sie an diesem Tag gesehen hatte, und ich genoß ihr Lachen und wurde ganz kribblig, als sie so eifrig erzählte, und ich hätte am liebsten einen kilometerlangen Arm gehabt, um sie an mich zu ziehen. Ich zögerte das ›Gute Nacht‹ so lange wie möglich hinaus, aber dann war es soweit, und ihre Mutter, die einmal gern mit mir gesprochen hatte, kam wieder ans Telefon, mit einer eisig klirrenden Staccatostimme.
»Virena …«
»Ja?«
»Ich will natürlich auch dir eine gute Nacht wünschen. Kannst du nicht …«
»Gute Nacht.«
Das war's, und ich holte mir ein kleines Helles und ein paar

Bissen aus dem Kühlschrank. Nach den TV-Nachrichten konnte ich mich nicht mehr daran erinnern, was ich soeben gesehen hatte, und legte mich zu Bett. Allein im Schlafzimmer. Hier sollte nie mehr jemand neben mir liegen. Wenn überhaupt. Gute Nacht, Hassel.
Hörst du nicht? Schlaf. Du hast doch versprochen, morgen frisch und ausgeruht zu sein. Es muß an dem dicken Hugo-Sandwich gelegen haben, daß ich mich so schlecht fühlte.
So richtig frisch und ausgeruht war ich am nächsten Morgen nicht, aber damit hatte wohl nicht einmal Simon wirklich gerechnet. Ich beschäftigte mich mit dem üblichen Kleinkram und versuchte, mich irgendwie in Stimmung zu bringen. Da klingelte der Apparat für die internen Gespräche. Es war der Wachhabende in der Anmeldung.
»Hier ist ein Bursche, der sagt, daß er wichtige Informationen für dich hat. Er spricht englisch.«
»Gib ihn mir mal.«
Die Stimme klang so britisch, daß die Teemaschine auf dem Fensterbrett anfing zu rumoren. Nett und distinguiert und so jovial, daß man sofort an Pubs und Darts und ›die nächste Runde spendiere ich‹ dachte.
»You do speak English I presume?«
»Yeah. Go ahead.«
»Mr. Hassel, mein Name ist Heller, Alec Heller«, teilte er mir in seinem ausgesuchten Englisch weiter mit, und die Teemaschine blies Pomp and Circumstance. »Ich glaube, daß die Information, die ich für Sie habe, bei der Suche nach Karsten Lunds Mörder hilfreich sein kann. Können wir uns treffen? Wollen Sie herunterkommen?«
»Kommen Sie doch herauf. Der Wachhabende schickt einen

Mann mit, der Sie zu mir bringt. Ich warte hinter den Glastüren.«

Kurz darauf nahte ein Uniformierter in Begleitung eines Mannes in den Vierzigern und schloß auf. Das dauert bei unserem Polizeigebäude ewig, auch wenn viele Schlösser inzwischen mit Codescheiben versehen sind. Alec Heller hatte ein leicht gerötetes, wie gegerbtes Gesicht, das zeigte, daß er sich viel im Freien aufhielt. Er war fast pedantisch gekleidet, in gediegene Stoffe, die allerdings mit einer gewissen nonchalanten Eleganz geschnitten waren.

Heller hatte lustige Augen und trug sein dünnes Haar zurückgekämmt und gescheitelt. Seine Nase war gerade, und um den Mund herum schien permanent ein kleines Lächeln zu spielen. Kurz und gut, er war ein Mann, den man vom ersten Augenblick an gern haben mußte. Das einzig Auffällige an ihm war der rechte Arm, der von der Schulter bis zu den Fingerspitzen in einem Gipsverband steckte. Er hielt mir die Linke zur Begrüßung entgegen.

»Ich muß Ihnen die falsche Hand geben. Vor einem Monat bin ich beim Reiten gestürzt. Fünfmal gebrochen. Das Pferd ist auf mir gelandet. Verdammt unangenehm.«

Seite an Seite gingen wir den Korridor entlang zu meinem Zimmer, und er plauderte höflich und freundlich über das Wetter und den Wind und wie der Sommer werden würde. Wenn das die Teemaschine gehört hätte, sie würde wohl *God save the Queen* gepfiffen haben. Ich fühlte mich wie in einer TV-Serie und war erstaunt, wie gut mir die Sprache von der Zunge ging.

Eine der Angestellten im Innendienst kam uns entgegen, und da ich sie gut kannte, grüßte ich herzlich. Sie hieß Lizzie, und wir hatten schon in vielen Fällen zusammengearbeitet. Sie war immer bei Laune und hatte stets viele gute Ideen. Jetzt war sie im siebten Monat und begann, ordentlich rund zu werden. Weil sie stehenblieb, stellte ich ihr Heller vor, und er verbeugte sich kurz und sehr galant, lächelte und fragte nach ihrem Job. Ihr Englisch war ziemlich gut, sie mußte nicht lange nach Worten suchen.

»Kennen Sie London, Mr. Heller?« fragte sie.

»Alec. Wenn junge, hübsche Mädchen mich Mister nennen, fühle ich mich immer viel zu alt. Auch wenn ich in einer kleineren Stadt aufgewachsen bin, London kenne ich gut.«

»Wir wollen in zwei Wochen dort Urlaub machen. Das erstemal in England, mein Mann und ich. Wir werden in einem Hotel wohnen, das Royal Lancaster heißt. Kennen Sie es vielleicht?«

»Das muß ein Charterhotel sein, und da kann ich Ihnen als Einheimischer natürlich keine Auskunft geben. Aber es ist sicher gut. Die Schweden wollen ja immer Qualität und bekommen sie auch. Viel Spaß in England – zu dritt, sozusagen!«

Lizzie lachte und klopfte sich auf den Bauch.

»Er oder sie wird sich im Dunkeln sicher gut amüsieren.«

Wir gingen in mein Zimmer und setzten uns. Er legte seinen Gipsarm auf die Tischplatte und verschnaufte sich. Ich bot Tee an, und Alec – wie ich ihn aus lauter Freundschaft zu nennen begann – nahm dankend an. Während ich den Tee aufgoß, fragte ich ihn, ob er Karsten kannte.

»Wir hätten uns früher begegnen sollen. Leider geschah es erst ganz am Ende.«

»Du hast also Informationen für uns?«

»Zweifellos. Aber nicht gerade jetzt.«

Etwas in seiner Stimme ließ mich herumfahren. Er lächelte noch genauso verbindlich. Aber er zog mit der linken Hand den Gips vom rechten Arm. Es war eine Attrappe. In der rechten Hand hielt er jetzt den größten Revolver, den ich je erblickt hatte.
»Jetzt hast du ihn gesehen und weißt, daß er entsichert ist.«
Ich fühlte mich wie in einem Traum.
»Was zum Teufel ist hier los?« fragte ich.
Er legte den falschen Gipsarm wieder an. Die Waffe darunter zeigte auf mich.
»Du sollst uns Informationen geben und nicht umgekehrt. Wenn du runtergekommen wärst, hätte es einfacher gehen können. Aber ich sehe auch so keine Probleme.«
»Probleme? Bist du noch normal?«
Er lachte so herzlich, wie es nur ein gutgelaunter Brite kann.
»Wir verlassen jetzt das Haus, du und ich. Du gehst an meiner linken Seite, und wir plaudern fröhlich. Du schließt auf, was aufzuschließen ist, wer sollte dich daran hindern? Draußen steht ein schmuckes Auto, und dort werden wir unser angenehmes Gespräch fortsetzen.«
Heller schaute mich beinahe verliebt an und fügte hinzu: »Machst du irgendwelchen Ärger, dann schieße ich, und zwar ohne zu zögern. Und bei der Kanone hier bleibt nichts von dir übrig!«

9.

Mir kam das Ganze immer noch wie ein sonderbarer Traum vor, und ich rührte mich nicht. Heller lachte auf, als hätte ich gerade etwas Lustiges erzählt, und drückte mir den Revolver zwischen die Rippen.

»Wenn es notwendig werden sollte, mache ich zuerst dich kalt und schieße mir dann den Weg frei. Wenn es schiefgeht, spielt das auch keine Rolle. Ich habe überall Freunde. Und jetzt marsch, marsch, sonst beißt du ins Gras, bevor wir auch nur angefangen haben zu verhandeln.«

Mein Gehirn übersetzte die Worte automatisch ins Schwedische, aber ich verstand trotzdem nicht. Schließlich sah ich ein, daß er tatsächlich meinte, was er sagte. Ob ich am Leben oder tot war, spielte für ihn keine Rolle. Er hatte einen Auftrag, und den würde er erfüllen. Langsam bewegte ich mich in Richtung Tür, und er gluckste anerkennend.

»Brav. Und jetzt noch ein freundliches Lächeln.«

Das schaffte ich nicht. Den Füßen kann man Befehle erteilen, den Lippen nicht. Sie verweigerten sich, und das mußte er akzeptieren. Er selbst strahlte geradezu vor guter Laune und lobte unser Polizeigebäude ob seiner Modernität.

»Das unterscheidet euch von uns in England. Wir kommen da nicht mit, haben manchmal noch den Geschmack aus Dickens' Zeiten.«

Wir begegneten Kollegen, die uns grüßten, und ich nickte zurück.

Das konnte nicht wahr sein. Ich spazierte unter Lebensgefahr quer durch das am besten gesicherte Gebäude Stockholms. Um mich herum waren Tausende Kollegen mit Tausenden von Dienstpistolen, aber sie sahen nur den alten Rolle von der Fahndung, wie er mit einem Mann, der sich offenbar gut amüsierte, durch das Haus wanderte.

Die beiden wollten wohl an die frische Luft. Ja ja, die von der Fahndung dürfen immer raus, und wir sitzen hier eingesperrt bei dem schönen Frühlingswetter.

»Liverpool hat unter der Herrschaft der Tories sehr gelitten, finden Sie nicht auch, Mr. Hassel? Nun ja, natürlich gibt es auch Lichtblicke. Ich denke da an einen Neubau im Südteil ...«

Babbel, babbel. Small talk auf original britische Art. Konversation.

Eine Behauptung wird im Englischen immer mit einer rhetorischen Frage gekoppelt. Wasn't it? Isn't it? Didn't it? Nett und höflich, verrückt und mörderisch. Wir kamen an eine Tür.

»Dann wollen wir mal schön aufmachen, und dann gehen wir weiter den feinen Korridor entlang, der so schön gestrichen ist. Man bekommt gleich gute Laune, wenn man hier arbeitet.«

Ich öffnete mit Hilfe einer Codekarte. Gunnarsson von der Gewalt war in entgegengesetzter Richtung unterwegs und stand plötzlich vor uns. Er hob die Augenbrauen und sprach mich an.

»Wir haben da ein paar Fotos, Rolle, die solltest du dir mal anschauen. Wann paßt es dir denn?«

Heller mischte sich mit einem kurzen Lachen in das Gespräch.
»Sprechen Sie englisch?«
»Was? Ja … äh … yes, I do.«
»Good. Mein Freund Mr. Hassel und ich, wir haben es ein wenig eilig. Wir hoffen, Sie nehmen es uns nicht übel, Mister …«
»Äh – ich heiße … ich meine, my name is Gunnarsson. It is okay. Yes.«
»Okay.«
Heller klopfte ihm mit der linken Hand freundschaftlich auf die Schulter.
»Bis später dann, Mister Gunnarsson. War nett, Sie zu treffen. Wollen wir nicht weitergehen, Mister Hassel?«
Ich konnte nichts tun. Wenn ich schwedisch gesprochen hätte, wäre er sicher mißtrauisch geworden und hätte vielleicht abgedrückt. Ich trottete also weiter, und er sprach über die britische Landwirtschaft und ihren beklagenswerten Rückgang.
Wie sollte ich mich verhalten? Es war Wahnsinn, sich wie ein Schlachtvieh abführen zu lassen, aber dieser Wahnsinn war Realität. Es reichte nicht aus, vorsichtig zu sein, ich mußte auch noch versuchen, mißverständliche Situationen zu vermeiden. Mein Mund war so trocken wie die Sahara, und ich war so angespannt, daß ich meinte, jeder müsse es sehen können.
Lizzie und eine blonde junge Frau, die neu bei uns war und Ann hieß, kamen uns entgegen. Lizzie strahlte, als sie uns sah, und Heller fragte leise, ohne die lächelnden Lippen zu verziehen: »Wie heißt sie gleich? Schnell!«
»Lizzie«, murmelte ich.

Heller nickte ihr zu, nannte ihren Namen und wünschte ihr noch einmal viel Spaß in der britischen Hauptstadt. Sie blieb stehen, und so mußten auch wir haltmachen.
»Sollte man lieber hier Geld wechseln oder erst in London?« erkundigte sie sich. »Keiner weiß es genau.«
»Liebe Lizzie, am besten, du tauschst hier Geld ein für die ersten paar Tage und den Rest in London. Wir sollten uns dort unbedingt einmal treffen. Ich pflege den Lunch bei Simpsons zu nehmen.«
Wir gingen weiter. Plötzlich tauchte Lizzie hinter ihm auf und legte ihm die Hand auf die Schulter. Heller fuhr herum, und die Waffe zeigte genau auf sie. Der Schuß knallte wie ein Hammerschlag gegen das Trommelfell. Lizzie stand völlig regungslos, und ihr Gesicht bekam einen sehr verwunderten Ausdruck. Dann fiel sie langsam zu Boden, als beuge sich ihr Körper nur widerstrebend der Schwerkraft. Sie rollte zur Seite und blieb auf dem Rücken liegen.
Heller griff sich Ann und stieß ihr die Revolvermündung in den Nacken. Der Schuß hatte den falschen Gipsverband splittern lassen, die Waffe war jetzt deutlich zu sehen. Ann riß den Mund auf und verstand offenbar gar nicht, was passiert war.
»Weiter geht's, Mister Hassel«, sagte Heller ruhig. »Das Mädchen hier nehmen wir mit. Wenn irgend etwas passiert, blase ich ihr das Gehirn aus dem hübschen Schädel.«
Ann zitterte und versuchte sich loszumachen, aber ich rief ihr zu: »Mach, was er sagt! Er ist wahnsinnig!«
Heller gluckste gutmütig.
»Hörst du? Ja, der Mister Hassel, der ist klug. Verhalte dich ruhig und beweg die Knochen, dann lebst du noch eine Weile. So einfach ist das.«

Der Schuß hatte natürlich bewirkt, daß die Kollegen aus ihren Büros auf den Gang getreten waren. Viele hatten ihre Waffen dabei, aber keiner traute sich, sie anzuwenden. Ann weinte und schlotterte vor Angst, aber es gelang ihr, sich aufrecht zu halten.
»Liebe Freunde, nun wollen wir aber endlich gehen. Bald werden wir an der frischen Luft sein. Wenn es noch frische Luft gibt. Die Umweltverschmutzung ist empörend. Man sollte weltweit protestieren.«
Anns Halsmuskeln waren gespannt wie Drähte, und sie taumelte, als wäre sie betäubt. Ich trippelte hinterher und war mir auch nicht ganz sicher, ob ich noch bei Bewußtsein war. Hinter mir hörte ich noch, wie sich Leute um Lizzie kümmerten und jemand nach einem Krankenwagen rief. Heller war immer noch blendender Laune.
»Ich frage mich, was wir für einen Sommer bekommen werden nach diesem unwahrscheinlich schönen Frühling. Hoffentlich behält die alte Wetterregel nicht recht, die besagt, daß auf ein warmes Frühjahr ein kalter Sommer folgt. Oder was meinen Sie, Mister Hassel?«
Hassel hielt den Mund. Anns Weinen hatte ihre verspannten Muskeln nicht lösen können und so ging sie wie eine zitternde Marionette. Da stürzte vor uns völlig unerwartet ein junger Polizist aus einem Zimmer. Er war wohl von dem unbezwingbaren Drang besessen, den Helden zu spielen, und hatte nicht einmal den elementarsten der für eine solche Situation geltenden Grundsätze begriffen, darauf zu achten, daß kein Unschuldiger zu Schaden kam.
»Nein, tu es nicht!« schrie ich. »Verdammt noch mal, verschwinde von hier!«

Er war nicht zu bremsen, sondern riß die Pistole aus dem Halfter.
Heller fuchtelte mit der Waffenhand, ein weiterer Schuß dröhnte gegen meine Trommelfelle und machte mich für eine Weile taub.
Heller hatte Ann nicht erschossen, aber sie hatte es wohl zunächst geglaubt und war in Ohnmacht gefallen. Er stieß sie gegen die Wand und richtete die Pistole wieder auf ihren Nacken.
Alles ging so schnell, daß es aussah wie eine einzige Bewegung.
Der junge Polizist erstarrte im Sprung. Die Kugel warf ihn nach hinten, er flog gegen die Wand und schien einige Sekunden wie angenagelt. Er war tot, ehe er zu Boden gesunken und Blut seine Jacke durchtränkt hatte.
»Jaha, da stehen wir also mit einer ohnmächtigen Frau. In der guten alten Zeit hielt man einer weggetretenen Dame eine Feder unter die Nase, aber wir haben hier natürlich keine Feder. Haben Sie eine in der Tasche? Nein? Das habe ich mir gedacht. Dann können wir nur warten. Wie heißt sie denn?«
»Ann.«
»Wach auf nun, süße kleine Ann. Brav, ein tüchtiges Mädchen. Die Augen auf jetzt, fein. Und stehen. Gut, gut. Wir haben noch einen Weg vor uns.«
Sie blinzelte träge und entdeckte, daß der Alptraum Wirklichkeit war. Vor ihr lag ein junger Polizist, Blut wurde aus seiner Brust gepumpt und bildete eine Pfütze am Boden.
Schwer zu sagen, wie viele Polizisten auf dem Flur waren. Sie sammelten sich vor und hinter uns, wurden aber durch die auf Ann gerichtete Waffe zurückgehalten.

»Habe ich von dem sensationellen Cricketmatch im vergangenen Jahr berichtet? Nein, das habe ich wohl noch nicht getan. Also, das war ein verdammt spannendes Match. Douglas Wyatt ist eben der beste Mann, den wir derzeit haben. Na ja, ich kann ja auch später noch mal darauf zurückkommen. Vergessen Sie nicht, mich daran zu erinnern.«

Es war nicht möglich, dem Blut auszuweichen. Das Schmatzen der Schuhsohlen war ein unerträglicher Laut, und der süßliche Geruch würgte im Hals. Auch Ann kämpfte gegen die Übelkeit an und preßte sich die Hand vor den Mund.

»So, und nun öffnen wir noch diese Tür hier, Mister Hassel. Langsam nähern wir uns den Liebkosungen des freundlichen Maientages.«

Vielleicht gab es eine Chance. Vielleicht, vielleicht, vielleicht. Es war idiotisch und verstieß gegen alle Regeln, aber ich konnte nicht mehr klar denken. Es ging nicht darum, den Helden zu spielen wie der junge Polizist. Ich fühlte einfach, daß ich keine Alternative hatte. Wenn wir herauskamen und ich in ein Auto gezwungen wurde, war alles zu spät. Ich konnte ihnen die Information, die sie von mir erwarteten, nicht geben, aber das würden sie mir nicht glauben.

Wenn es allerdings schiefging, hätte Ann … Dann wäre auch ich indirekt ein Mörder. Aber … Langsam hob ich die Hand mit der Codekarte. Ich zitterte merklich. Genauso langsam schob ich die Glastür Zentimeter für Zentimeter auf, und ich hatte so eine Angst, daß ich fast die Kontrolle über mich verloren hätte.

Heller grinste noch breiter. Er ließ mir Zeit, denn ein Sprint war das Ganze ja sowieso nicht. Dann schleppte ich mich durch die Türöffnung, als hätte ich Blei an den Füßen. Ann folgte. Als Heller mit einem Bein zwischen Schiebetür und Pfosten war, schlug ich ihm mit einer Hand von unten gegen die Gipsattrappe und schob gleichzeitig die Tür wieder zu. Der Schuß peitschte daumenbreit über Anns Kopf hinweg. Der falsche Arm wurde eingeklemmt, und ich hieb meine Handkante auf die Stelle, wo sich normalerweise das Handgelenk befinden mußte.

Das half nichts, er ließ die Waffe nicht fallen. Eine weitere Kugel bohrte sich in die Decke.

Aber jetzt waren die Kollegen da und warfen sich auf ihn. Sie bohrten ihm ihre Dienstpistolen in die Rippen und forderten ihn auf, sich zu ergeben. Heller lächelte und ließ sich entwaffnen.

»Das tut mir aber leid«, sagte er, als ob er sich dafür entschuldigen wollte, weil er jemandem auf die Zehen getreten war.

»Draußen wartet ein Auto mit seinen Komplizen! Schnell, wir müssen sie kriegen!« schrie ich.

Es war, als stürmte ein ganzes Regiment die Treppen hinunter und über den Hof in Richtung Tor. Der Wachhabende drückte auf den Knopf und ließ uns schnell hinaus. Wir verteilten uns auf die geparkten Wagen und spähten hinein. Zur Linken, fast oben an der Polhemsgatan, startete ein Lieferwagen und fuhr schnell um die Ecke in Richtung Hantverkargatan.

Hoffentlich hatte jemand unsere Autos alarmiert. Warum, zur Hölle, dauerte das so lange? Wir rannten die Straße entlang, aber vergebens. Endlich hörten wir die Sirenen. Wir schrien den Kollegen die Beschreibung des Lieferwagens zu, und sie nahmen die Jagd auf. Wir konnten nichts weiter tun, als in das Gebäude zurückzukehren.

Dort herrschte Chaos. Die Leute rannten planlos durcheinan-

der wie unter Schockeinwirkung. Etwas absolut Unglaubliches war geschehen. Was war unsere Sicherheit wert, wenn schon im eigenen Hauptquartier gemordet werden konnte?
Ohne mich groß umzusehen, lief ich die Treppe hinauf und wieder den Korridor entlang. Der getötete junge Polizist lag unter einer Decke verborgen. Lizzie hatte man auf einer Bahre fortgebracht.
Ann konnte ich nicht entdecken. Jemand sprach mich an, aber ich reagierte nicht darauf, sondern begab mich in mein Zimmer. Ich schloß die Tür hinter mir, und der Lärm wurde schwächer. Schwer ließ ich mich auf meinen Stuhl fallen, legte die Arme auf den Schreibtisch und verbarg das Gesicht in den Händen. So wollte ich sitzen bleiben bis an das Ende aller Zeiten. In meinem Gehirn gab es keine Gedanken mehr, nur noch eine vollständige Leere. Ich saß da und atmete. Weiter tat ich nichts. Es gab nichts weiter zu tun.
Eine Hand legte sich leicht auf meine Schulter. Jemand war hereingekommen, und ich hatte es nicht gehört. Warum auch, es ging mich nichts an. Das hier war mein Platz, den hatte ich mir selbst ausgesucht, und es gab keinen anderen.
»Rolle, verdammt, wie geht es dir?«
Ich murmelte etwas. Simon zwang mich, den Kopf zu heben und ihm in die Augen zu sehen. Sein Blick war sehr bekümmert. Jemand sprach mit meiner Stimme, und ich hörte sie sagen: »Ich bin schockiert, Simon. Ich bin mir dessen bewußt, aber es hilft mir nicht.«
»Wer wäre das nicht? Ein paar von uns fahren mit dir heim und passen auf, daß du Ruhe findest.«
»Ja also, dann macht das.«
Die paar von uns waren Simon, Pelle Pettersson und eine der

weiblichen Fahnder, Magda Hodell. Irgendwie müssen wir das Gebäude verlassen und durch die Stadt gefahren sein, denn plötzlich befanden wir uns in meiner Wohnung, und ich entdeckte verwundert, daß ich in dem Pyjama steckte, der unter dem Kopfkissen gelegen hatte.
»Rolle, es ist schwer …«
»Frag ruhig.«
Ich antwortete wie ein programmierter Automat. Ein Polizist muß jederzeit in der Lage sein, einen Bericht abzugeben, und ich war Polizist. Wenn ich es überhaupt war, der da antwortete. Ich erkannte meine eigene Stimme nicht wieder.
»Schaffst du es, uns etwas über diesen Mann zu erzählen?«
»Ich bin hellwach. Munter wie ein Pelikan.«
Die fremde Stimme schilderte in exaktem Polizeijargon, wie sich die Geschichte, beginnend mit dem ersten Telefongespräch, zugetragen hatte. Meine Kollegen lauschten intensiv und stellten kurze Zwischenfragen.
»Was wollte er von dir?«
»Wir sollten mit dem Auto fahren.«
»Irgendwelche Details?«
»Das war alles.«
Aber nett war er gewesen. Unterhaltsam. Ein sonderbares Lachen stieg in mir hoch und ließ sich nicht zurückhalten, und so rollte ich auf dem Bett hin und her und hielt mir den Bauch, bis ich einen Krampf bekam. Der Anfall endete mit einem tiefen Seufzer.
Ich bemerkte, wie die drei bedeutungsschwere Blicke wechselten, aber was hatte das schon mit mir zu tun.
»Wie hieß der Idiot von einem Helden, der sich hat erschießen lassen?« fragte ich.

»Lars-Erik Klemensson. Vierundzwanzig Jahre alt. Verheiratet, ein Kind.«
»Ist Lizzie gestorben?«
Simon nickte und zwang sich, mit scheinbar ruhiger Stimme zu antworten: »Ja. Das Kind auch. Sie hat noch geflüstert, daß sie ihn nur fragen wollte, ob er in London ein gutes Lokal empfehlen könne.«
»Gute Arbeit, wie du ihn fertiggemacht hast«, fiel Pelle mit einer Überzeugung ein, die nicht ganz echt zu sein schien.
»Wo ist Ann?«
»Im Krankenhaus. Sie ist psychisch ziemlich angeknackst.«
Ich wußte nicht warum, aber das klang für mich unerhört lustig. Wieder bekam ich einen Lachanfall, und Magda legte mir ihre kühle Hand auf die Stirn, bis ich wieder normal atmete.
»Schlaf jetzt«, sagte sie. »Ich bleibe hier.«
»Fremde Frauen im Schlafzimmer? Niemals! Du willst mich vielleicht verführen. Und das Fleisch ist ja schwach.«
»Das werden wir sehen. Nimm erst mal diese Tablette.«
Ich machte brav den Mund auf, schluckte die Tablette, trank etwas Wasser nach und sank dann ins Kissen zurück. Die Zimmerdecke da oben erkannte ich wieder. Das war bestimmt meine. Aber sie war doch weiß gewesen, und jetzt war sie grau. Grauer und grauer und grauer … Alles versank in einem großen grauen Nebel.
Als ich wieder erwachte, setzte ich mich ruckartig im Bett auf. Auf einem Stuhl saß Simon. Ich wischte mir den Schweiß von der Stirn und stutzte.
»Als ich einschlief, hatte ich doch einen ganz anderen Pyjama an.«
»Das ist jetzt schon der dritte. Die beiden anderen hast du völ-

lig durchgeschwitzt. Du hast mehr als vierundzwanzig Stunden gelegen, aber ich bezweifle, daß du gut geschlafen hast.«
Die Uhr zeigte halb elf, es war also inzwischen der nächste Vormittag. Ich hatte einen ganzen Tag meines Lebens buchstäblich verschwitzt! Ich krabbelte aus dem Bett, und Simon wußte nicht, ob er mir helfen oder mich daran hindern sollte.
»Wie lange bist du schon hier?« fragte ich.
»Seit einer Stunde. Ich muß dir eine ganz konventionelle Frage stellen: Wie geht es dir?«
Meine Stimme war wieder meine Stimme. Der Kopf war noch ein bißchen schwer, aber im Gehirn gab es nicht mehr Nebelzonen als normal. Arme und Beine funktionierten. Ich konnte sehen und hören.
»Bin in Topform«, beeilte ich mich zu sagen. »Gibt es heute keinen Tee und keine belegten Brötchen ans Bett?«
Er lächelte. Nur ein wenig, denn seine Augen waren geschwollen und sein Blick müde, aber er lächelte und erweckte mich damit endgültig zum Leben. Ich rasierte mich und zog meine Alltagssachen an. Simon hatte inzwischen das Teewasser aufgesetzt und den Tisch mit Brot, Butter und Käse gedeckt. Das konnte er, und ich versprach ihm neue Stiefel und Wolle für einen Pullover zu Weihnachten, wenn er in meinem Dienst bliebe.
»Äh, zum Teufel!« brummte er, setzte sich mir gegenüber auf den Küchenstuhl und biß in sein Käsebrötchen.
»Darf ich erfahren, was in der Zwischenzeit passiert ist?« fragte ich.
»Meinst du ... ich meine ... als du und der, der sich Heller nannte, zusammen wart ...«
»Nein. Daran erinnere ich mich genau. Lizzie und ihr Kind

sind tot, ebenso Klemensson. Ich habe nichts verdrängt. Aber die Zeit ist doch wohl nicht stehengeblieben? Was ist danach geschehen?«

Lizzies Tod hatte den Schock ausgelöst, und ich würde ihn nie vergessen können, aber ich hatte noch einmal Glück gehabt und keinen seelischen Schaden genommen. Klemensson war in Ausübung seines Berufes gestorben, und mit diesem Risiko müssen alle Polizisten leben. Schimpfwörter, Belästigungen, Mißhandlungen und Morddrohungen sind unsere ständigen Begleiter.

»Die gesamte Polizei ist in Aufruhr«, seufzte Simon. »Gestern krochen Journalisten aus aller Welt in jeden Winkel des Hauses, und jede verdammte Kamera, die aufzutreiben war, wurde in Stellung gebracht. Du hättest dabeisein sollen.«

»Nein, danke.«

»Da hast du allerdings recht. Sie waren ganz scharf auf dich, aber wir haben verbreiten lassen, du hättest dich für ein paar Tage an einen unbekannten Ort zurückgezogen, uns aber vorher alles Wissenswerte mitgeteilt. Und das haben wir ihnen dann im Rahmen einer Pressekonferenz weitergegeben. In etwa jedenfalls. Der Hintergrund der Tat läge noch im dunkeln, wir würden aber bis zum Auftauchen anderer Verdachtsmomente davon ausgehen, daß es sich um einen Wahnsinnigen gehandelt hat. Dein Telefon war die ganze Zeit abgeklemmt. Ich hoffe, du bist uns deswegen nicht böse. Ich meine, falls Virena in der Zwischenzeit angerufen hat.«

»Sie hat es jetzt nicht mehr so eilig mit dem Telefonieren«, murmelte ich. »Erzähl weiter.«

»Ann ist wirklich im Krankenhaus und muß dort noch mindestens eine Woche bleiben.«

Sie mußte sicher von einem Psychologen betreut werden. Mit solchen Dingen standen wir bei der Polizei schon immer auf Kriegsfuß.
Und das war wirklich so. Eine rauhe männliche Schale und die Versicherung, es sei ja nichts passiert, waren das gewöhnliche Modell, mit Belastungen fertig zu werden. Aber im Inneren kochte es, und Stimmen schrien um Hilfe, und unförmige Monster bissen mit scharfen Zähnen zu. Kein Wunder, daß die Polizisten vorn liegen, wenn es um Alkoholismus, Scheidungen und Selbstmord geht.
»Heller ist rund um die Uhr verhört worden, und ich glaube, sie sind immer noch dran. Aber er lächelt nur und erzählt Anekdoten. Wir haben nicht die geringste Ahnung, wer er wirklich ist.«
»Notizbuch? Kalender? Paß? Quittungen? Eintrittskarten?«
»Nichts. Der Mann ist ein Superprofi. Die Taschen waren völlig leer. Die Kleider sind von internationalem Schnitt, aber nicht vom Schneider, sondern von der Stange. Die können überall gekauft worden sein.«
»Genau wie die Klamotten meiner Mata Hari. Und in seinem Heimatland weiß man auch nichts über ihn?«
»Wenn er überhaupt Engländer ist. Wir hatten einen Dolmetscher kommen lassen, aber da fing er plötzlich an, Deutsch zu sprechen, und weigerte sich, in einer anderen Sprache zu reden. Als wir einen deutschen Dolmetscher besorgt hatten, erklärte der, der Mann müsse Deutscher sein. Dann konnte er plötzlich nur noch Französisch, und auch in dieser Sprache war er nach Aussage eines Fachmannes perfekt. Gestern abend war dann Spanisch an der Reihe, und auch der spanische Dolmetscher konnte darauf schwören, daß die Wiege

des Mannes in der Gegend von Barcelona gestanden haben muß.«
In Gedanken ging ich durch, was Heller, oder wie immer er auch hieß, zu mir gesagt hatte, als sein Revolver auf mich gerichtet war.
»Er meinte, wenn die Entführung auch schieflaufen sollte, so würde ihm das überhaupt nichts ausmachen, denn er habe überall Freunde. Kann er damit gemeint haben, daß man ihn freibekommen würde, wenn wir ihn festnehmen? Vielleicht mit Hilfe von internationalen Profigruppen?«
Simon fuhr sich mit der Hand nachdenklich über die Glatze.
»Mit was für einer Sorte Menschen haben wir es hier eigentlich zu tun, Rolle? Die eine zerstückelte Leiche in ein Kinderbett legen? Die lächelnd töten? Wo ist da der Zusammenhang?«
»Teufelsanbetern ist alles zuzutrauen.«
»Möglich. Aber ich habe so ein Gefühl, daß es hier um etwas ganz anderes geht. Schaffst du es, ein bißchen zu arbeiten? Wir sind so schlecht besetzt, daß ich dich wider besseres Wissen fragen muß, und wenn Virena es erfährt, wird sie mich bestimmt kreuzigen.«
»Was soll ich tun?«
Im Augenblick fühlte ich mich frisch und ausgeschlafen, aber ich konnte mich natürlich auch täuschen. Egal, ich war ein zäher Bursche.
»Sprich mit Barbro Stridh. Sie wohnt in der Styrmansgatan 14. Sie ist heute zu Hause, und ich habe Wickman Bescheid gegeben, daß er Spießruten läuft, wenn er sich der Straße in Zukunft auch nur nähert, Gewerkschaft hin, Gewerkschaft her. Um drei haben wir beide dann noch einen Termin.«

Er gähnte, ohne sich die Hand vor den Mund zu halten, und ich sah, daß viele seiner Hauer Amalgamfüllungen hatten.
»Es gibt vielleicht eine Spur im Zusammenhang mit einem Buchverlag. Der heißt Kalster & Rydberg und hat sein Büro in Vaxholm. Hol mich Viertel nach zwei in der Bergsgatan ab, aber zieh dir einen Strumpf übers Gesicht, damit man dich nicht erkennt.«
Er schlurfte neuen Verhören mit dem polyglotten Heller entgegen und würde bald neue Anekdoten aus dessen ereignisreichem Leben erfahren. Ein Superprofi, hatte Simon gesagt. Ein total rücksichtsloser Typ, der tötete und seine Opfer im nächsten Augenblick vergaß. Ja, solche Typen gab es mittlerweile, Menschen, die aus politischen Motiven töteten, oder um Zeugen aus dem Weg zu räumen, oder um eine Bedrohung des eigenen Lebens abzuwenden, oder um einen Konkurrenten auf dem Drogenmarkt zu beseitigen, oder weil es einfach so verdammt viel Spaß machte! Als ich klein war, hatte ich geglaubt, daß der gefährliche Strolch, der den kleinen Hund Prick stahl und in einen Sack steckte, der schwärzeste Schurke der Welt sei.
Ich las in der Akte über Barbro Stridh. Das war keine erbauliche Lektüre. Sie war jetzt vierundvierzig, und seit dem vierzehnten Lebensjahr hatte sie Ärger mit den Behörden. Sie kam in ein gutes, aber wohl nicht streng genug geführtes Kinderheim, dann wieder zu den Eltern, die es gut mit ihr meinten und sie, dem Zeitgeist entsprechend, antiautoritär erzogen. Sie konnte machen, was sie wollte, und was sie wollte, war, sich mit Jungen rumzutreiben und zu kiffen. Erst nahm sie Haschisch, weil es spannend war, und dann konnte sie es nicht mehr lassen. Vom kläräugigen kleinen Mädchen zur

ausgemergelten Bordsteinschwalbe, unzählige Male verprügelt, denn in diesen Kreisen drückt man sich mit Fäusten und Schlägen aus, wenn die Worte fehlen. Krankenhaus mit Entzug, und kaum wieder heraus, nach zehn Minuten schon die erste Spritze.

Barbro Stridh war verschiedentlich zu kleineren Strafen verurteilt worden. Kleinere Diebstähle waren es zumeist, die größeren Einbrüche, an denen sie beteiligt war, hatte man ihr nie nachweisen können. Natürlich kannten wir nur einen Bruchteil ihres tatsächlichen Sündenregisters. Aber es reichte, und außerdem wußte ich, was für ein Leben sie und ihre Schwestern durchzustehen hatten.

In den letzten Jahren hatte sie mit dem Joker zusammengelebt, oder besser gesagt, war sie seine wehrlose Sparringspartnerin gewesen. Sie waren von einem Viertel in das andere gezogen, und sie hatte getan, was er ihr befahl. Vom Diebstahl bis zum Verkauf dessen, was von ihrem Körper noch übrig war. Und sie mußte sich Männern prostituieren, die sie lediglich erniedrigen wollten.

Aber vielleicht hatte ihr das gar nichts mehr ausgemacht. Sie hatte bereits die ganze Hölle hinter sich, und da kam es wohl auf eine Tracht Prügel mehr oder weniger auch nicht mehr an.

Was mich an dem Rapport verwunderte, war, daß sie neuerdings in der Styrmansgatan wohnte. Keine schlechte Adresse, nicht einmal für eine Frau Direktor, die geschäftlich annoncieren wollte. Ebenso bemerkenswert: Sie hatte Telefon und war zu sprechen.

Ich schaute nachdenklich auf meinen Apparat. Sollte ich das Kurheim in Skebo anrufen? Nein, es war noch zu früh nach den gestrigen Geschehnissen. Ich hatte noch keine Zeitung

gelesen und gedachte auch nicht, dies zu tun, aber ich ging davon aus, daß man mich als im Zentrum des Getümmels befindlich dargestellt hatte. Mit anderen Worten, Virena wußte, daß ich mitmischte, und ich war zu feige, mir ihre Bemerkungen dazu anzuhören. Falls sie überhaupt mit mir reden würde. Obwohl … Zögernd schloß ich die Telefonleitung an. Sofort klingelte es. Hatten wir denselben Gedanken gehabt? Aber es war eine andere Stimme. Eine, die ich wiedererkannte.
»Hassel, es wird Zeit, daß wir ernsthaft miteinander reden, wenn dir deine Frau und deine Tochter etwas bedeuten.«

10.

Hinhalten, herumquatschen, den Anrufer dazu bringen, den Hörer so lange wie möglich in der Hand zu behalten. Ich vermutete, daß die Abhörer schon versuchten zu ermitteln, woher der Anruf kam.

»Hallo! Hier ist Hassel. Ist da jemand?«

Ich schlug mehrmals auf die Gabel und wiederholte die Frage. Der Mann, der sich einmal Martensson genannt hatte, ließ sich täuschen und drohte mir noch einmal.

»Hallo! Ich verstehe leider sehr schlecht. Worum geht es?«

Wieder reagierte er, aber ein drittes Mal würde der Trick kaum funktionieren. Ich mußte etwas anderes probieren.

»Ich bin nicht verheiratet und habe keine Tochter.«

»Lieber Hassel, du hast es hier nicht mit Geisteskranken zu tun!«

»Offenbar doch.«

»Deine Frau Virena und deine Tochter Elin ...«

»Wir wollten sie eigentlich Petronella nennen, aber man weiß ja, wie gemein Kinder sein können. Die hätten sie glatt Petta oder Pella gerufen. Das klingt vielleicht nicht so schlimm, aber kleine Mädchen haben empfindsame Seelen. Wie heißt denn deine Tochter, falls du eine hast? Oder bringt deine Frau junge Krokodile zur Welt? Man weiß ja manchmal nie, was einem die Natur für Streiche spielt.«

»Halt's Maul, Hassel!«
Erstmals zeigte er eine gewisse Irritation. Das ermutigte mich, und ich quasselte, was mir gerade einfiel.
»Wir haben sogar einmal daran gedacht, sie Maria zu nennen, aber stell dir vor, man hätte sie später, im heiratsfähigen Alter, als unantastbare Jungfrau behandelt? Dabei freu ich mich doch schon darauf, Großvater zu werden. Ich lasse mir einen langen Bart wachsen, damit die Enkel damit spielen können. Ja ja, auch solche Kleinigkeiten können Freude machen.«
»Noch so ein Blödsinn, und ich lege auf!«
»O Herrgott! Wie habe ich mich nach deiner Stimme gesehnt. Und jetzt willst du so grausam sein. Mir bricht fast das Herz.«
Ich sollte schweigen und Angst haben und auf seine verdammten Drohungen hören, aber mir war nicht danach. Ich provozierte ihn nicht nur, damit meine Kollegen ihn schnappen konnten. Nein, ich wollte ihm auch zeigen, daß er, wenn er eine Sklavenseele suchte, bei mir an der falschen Adresse war.
»Zuerst töten wir deine Tochter und dann deine Frau. Sie soll mit ansehen, wie wir Elin abschlachten. Es kommt ganz allein auf dich an.«
Ich umklammerte den Hörer, bis meine Hand feucht war von Schweiß. Ich haßte den unbekannten Mann so, daß ich ihn anspucken wollte, aber das durfte er nicht merken, das hätte ihm eine Trumpfkarte in die Hand gegeben. Virena und Elin … in der Hand dieser satanischen Figuren!
»Wie wollt ihr das denn anstellen? Sie halten sich im Ausland an einem unbekannten Ort auf, wie es so schön heißt, und ihr könnt schwerlich die ganze Welt in Stücke sprengen, um ihrer habhaft zu werden.«

Er schwieg einen Augenblick, und das war bemerkenswert. Der Peilwagen war vielleicht schon ganz in seiner Nähe. Mit der neuen Teletechnik ist es keine Kunst mehr, einen Anrufer ausfindig zu machen.

»Das wird sich finden, Hassel. Sie sind nicht regulär gereist, und bei Charter ist man nach zwei Wochen zurück. Die Zeit läuft gegen euch. Außerdem werden wir sie auch anderswo finden. Wir haben ihre Paßfotos.«

Die Erleichterung darüber, daß er offenbar nicht wußte, wo sich Virena und Elin aufhielten, überkam mich wie eine warme Woge.

»Wer hat denn gesagt, daß sie von Arlanda aus geflogen sind? Es gibt reguläre Flüge zum Beispiel auch von Helsinki und Kopenhagen und Oslo. Sie können ein Jahr wegbleiben, und du sitzt inzwischen in einer Anstalt und klebst Tüten. Wenn du einen hörenswerten Bariton hast, darfst du vielleicht im Gefangenenchor mitsingen. Baritone sind immer knapp.«

»Wir finden sie, und wenn sie sich im Dschungel verstecken. Wenn wir das nächstemal anrufen, wirst du schon tun, was wir dir sagen.«

Er legte auf, und ich schaute auf die Uhr. Ich hatte das Gespräch auf mehrere Minuten ausgedehnt, und er hatte es geschehen lassen.

Dafür gab es sicher einen Grund. Er und seinesgleichen waren rational denkende Leute. Vielleicht hatte er gehofft, ich würde mich verquatschen, so wie ja auch ich versuchte, ihn aus der Reserve zu locken. Ich rief Simon an und berichtete ihm von dem Gespräch.

»Die haben Paßfotos von Virena und Elin. Woher?«

»Wir überprüfen das. Und weiter?«

»Die scheinen wirklich international zu operieren.«
»Ja. Unser Gefangener spricht jetzt Holländisch. Der Dolmetscher würde Gift darauf nehmen, daß er in Amsterdam aufgewachsen ist. Beeil dich, wenn du Barbro noch sprechen willst, bevor wir in den Buchverlag fahren. Nimm ein Taxi. Der Staat bezahlt es.«
Er hatte Angst, ich würde mich auf dem Weg in die Garage verirren, und vielleicht hatte er recht. Kurze Zeit später stand ich vor dem Haus Styrmansgatan 14 B, D und E. Die Fassade wirkte eigentlich ziemlich nichtssagend, aber das Portal war gewaltig und die Türen verschwenderisch verglast. Die beiden tief eingemeißelten und golden ausgelegten Ziffern 1 und 4 flankierten einen Bibelvers *Sprüche 3.3.* Simon hatte mir den Türcode genannt, den man im heutigen Stockholm fast immer benötigt, wenn man ein Haus betreten will. Bald muß man wohl auch noch die Personenkennzahl eingeben.
Im Eingangsbereich hing eine Orientierungstafel. Der Name Stridh stand auf einem blauen Plastikstreifen unter dem Buchstaben C.
Ich ging durch den Flur auf den Hof.
Es war einer der schönsten Hinterhöfe Stockholms, der zeigte, daß einem hier das Wohl der Mieter am Herzen lag. Sonst ist ein Hinterhof meist etwas Störendes, aber hier war er in ein Schmuckstück verwandelt worden.
Er war mit Steinen ausgelegt, mit den altertümlichen, behauenen Straßensteinen, deren bogenförmiges Muster man nie vergißt. In der Mitte befand sich eine ovale Rabatte mit einem Baum, der schon Knospen angesetzt hatte, und ein paar anderen Stauden und Blumen. In einem achteckigen Sandkasten spielten einige kleine Kinder, während die Mütter nebenein-

ander auf einer Bank saßen und strickten. Auf einem Holztisch standen eine Thermoskanne, Kaffeetassen und eine Schale mit Keksen. Es gab noch mehr Tische und Bänke, und ich konnte mir vorstellen, daß die Mieter hier gern zusammen feierten, mit Salaten und Rotwein und gemeinsamem Gesang. Obwohl die ockerfarbenen Fassaden den Hof hoch und massiv umstanden, wirkte dieser hell und luftig. Da sah man wieder einmal, was ein guter Architekt erreichen konnte. Vom Hof gingen vier Eingänge ab, jeder von einem Schrägdach gekrönt wie eine chinesische Pagode. Genau auf der gegenüberliegenden Seite befand sich eine freistehende Wand, die aus einem griechischen Tempel stammen konnte. Darauf sah man eine Malerei im klassischen Stil, eine Pflanze mit roten Blüten in einem Topf vor einem leuchtend himmelblauen Hintergrund. Der Topf stand, wie es sich gehörte, auf einer in Pastellfarben gehaltenen Marmorsäule. Ich trat näher und besah mir die Sache genauer. Wie ich es mir gedacht hatte: Die Wand verbarg ein Pissoir und eine Stellfläche für Mülltonnen. Kein schlechter Gedanke, noch bei den trivialsten Beschäftigungen wurde das ästhetische Empfinden angesprochen.

Ein verblichener Text auf einer Gedenktafel erinnerte an den fähigen Architekten: *C. E. Broms, 1814–1903, 1917.* Gratuliere, Broms, wo du auch sein magst, du hast gute Arbeit geleistet, und wenn ich beim Wohnungstausch viel Glück habe, werde ich vielleicht in deinem Meisterwerk wohnen.

Eine schlanke Frau öffnete. Sie trug ein einfaches schwarzes Kleid und als einziges Zugeständnis an die Eitelkeit um den Hals eine Goldkette mit einem Kreuz. Das lange blonde Haar gab ihr ein mädchenhaftes Aussehen, die blauen Augen waren klar und schienen von innen her zu leuchten. Ihr Mund mit den wohlgeformten Lippen lächelte mild. Ich zeigte ihr meine ID-Karte.

»Hej, ich heiße Roland Hassel, Kriminalinspektor. Ich würde gern mit Barbro Stridh sprechen.«

»Das bin ich.«

»Was? Du?«

»Ja. Willst du dich nicht setzen?«

Etwas verblüfft ließ ich mich in einen der altmodischen Sessel sinken. Sie sah aus, als hätte sie ihr ganzes Leben in einem Mädchenpensionat verbracht, wo es als das schlimmste Verbrechen galt, wenn man während des Mittagsschlafes der Vorsteherin Marmelade aus der Speisekammer stahl. Ich hatte eher damit gerechnet, eine weibliche Entsprechung zum Bildnis des Dorian Gray im letzten Verfallsstadium anzutreffen. Wieder einmal verblüffte mich die Fähigkeit des menschlichen Körpers, zu gesunden und sich zu regenerieren. Das war es auch, was einen nicht verzweifeln ließ, wenn man beruflich mit all den verkommenen Typen zu tun hatte. Beim nächstenmal konnte es durchaus sein, daß aus so einem Subjekt ein satter und zufriedener Landtagsabgeordneter geworden war, der nur noch die Wochenendkonferenz im Blick hatte. Das kam natürlich nicht oft vor, aber die Beispiele gaben trotzdem Hoffnung. Instinktiv schaute ich auf ihre bedeckten Arme, und sie sagte ruhig: »Die Wunden sind geheilt, und vielleicht werden mit der Zeit auch die Narben verschwinden. Zum Schluß waren die Arme so geschwollen, daß ich das Heroin in die Hauptschlagader spritzen mußte. Ich hätte sterben müssen, aber ich wurde verschont.«

Sie hatte Kaffee vorbereitet, und ich konnte nicht nein sagen, obwohl ich Kaffee eigentlich nicht vertrug. Mit graziösen Bewegungen deckte sie den Tisch. Die durchscheinenden Tassen wiesen dasselbe Blumenmotiv auf wie die Zuckerdose und das Sahnekännchen. Früher hatte sie, wie die anderen Junkies auch, in sich hineingestopft und geschüttet, was gerade habhaft war, mit einer aufgeschlagenen Zeitung als Tischtuch.

»Kommissar Palm hat versprochen, daß du nicht so einer bist wie der, der vorher hier war.«

»Ich prügle Hunde nur in meiner Freizeit. Was ist geschehen?«

»Geschehen?«

»Ich meine ...«

Ich wies auf den Tisch, das Zimmer und dann auf sie und fuhr fort: »Mit dir. Wieso sitzen wir hier und trinken Kaffee und reden miteinander wie zivilisierte Wesen? Warum stehe ich nicht in irgendeiner Ecke über dich gebeugt und versuche, ein vernünftiges Wort aus dir herauszukriegen, während du dich nur in Entzugskrämpfen windest und nicht einmal begreifst, daß ich da bin? Was ist geschehen?«

Ihr Lächeln vertiefte sich, und ihr Blick fiel auf das silbergerahmte Foto eines etwa zwanzigjährigen Mädchens, das den Betrachter ernst anschaute.

»Meine Tochter Pia. Ich bekam sie, als ich neunzehn war, und sie haben sie mir natürlich weggenommen und zu Pflegeeltern gegeben. Ich vergaß sie. Es gab sie einfach nicht. Jeder konnte der Vater sein. Es war kein gutes Heim für sie, die Leute wollten ihr immer wieder weismachen, daß sie schlechte Erbanlagen habe. Sie glaubte daran und begann selbst, Drogen zu nehmen, um ihrem schlechten Ruf gerecht zu werden.

Sie wurde wie ich. Zum Glück hat man sie überredet, zu einer Heilerin zu gehen, und die vollbrachte ein Wunder an ihr. Sie gewann Selbstbewußtsein und konnte ein neues Leben beginnen.«

Eines der vielen Wunder.

»Und dann?«

»Sie spürte mich auf. Genau im richtigen Augenblick. Etwas Wunderbares geschah. Am selben Abend ging ich in eine Kirche und … Ja, ich fand Gott! Oder Gott fand mich. Ich gab mich Ihm hin. All das Alte und Schlechte fiel ab von mir wie zerschlissene Kleider. Jetzt arbeite ich nur noch für Ihn.«

Aha, errettet also. Ich hätte es eigentlich schon beim Anblick all der religiösen Dinge im Zimmer, der Christusbilder, des geschmiedeten Kreuzes und der frommen Malereien, kapieren müssen. Die Religion war eine der Kräfte, die eine Veränderung bewirken konnten. Andere waren die leidenschaftliche Liebe zu einem Mann oder einer Frau oder ein politisches Erwachen, oft unter revolutionären Vorzeichen.

Einen schwer Drogenabhängigen mit Worten zu überzeugen geht nicht. Millionen und Abermillionen verzweifelter Eltern haben es versucht. Sozialarbeiter sind davon überzeugt, daß es möglich sein muß. Aber die Ursachen des Mißlingens liegen im Physiologischen. Die Vernunft und die Bereitschaft, sachlichen Argumenten zu folgen, sitzen in einem Teil des Gehirns, die Sucht nach dem Gift in einem anderen, in einer Zone des Lustempfindens, und die Lust hat die Vernunft noch immer besiegt.

Nur eines kann die Sucht nach der Droge besiegen: Wenn man die eine Sucht durch eine andere ersetzt, zum Beispiel zu lieben, zu dienen oder sich für einen anderen einzusetzen.

»Was steht im Alten Testament, Sprüche, drittes Kapitel, dritter Vers?«
»Oh! Du denkst an die Devise über dem Portal? Sie lautet: ›Gnade und Treue sollen dich nicht verlassen. Hänge meine Gebote an deinen Hals und schreibe sie auf die Tafel deines Herzens.‹ Broms lebte nach diesem Spruch. Das Haus hier war speziell für alleinstehende Frauen vorgesehen, deshalb hat es so viele kleine Wohnungen. Ich bin so dankbar und froh darüber, daß man mir geholfen hat, hierher zu ziehen. Gott erhörte meine Gebete um eine gute Wohnstatt.«
Ach, so leicht war das? Und ich Dummkopf gab eine Annonce auf.
»Es ist noch gar nicht so lange her, da warst du mit Joker Akermark zusammen. Wir müssen dringend mit ihm reden. Weißt du, wo wir ihn finden können?«
Sie schüttelte den Kopf, und die langen blonden Haare wirbelten um ihr Gesicht und bildeten eine Art Glorienschein.
»Georg will nichts mehr von mir wissen. Er war ein paarmal hier, und ich wollte ihn dazu bringen, mit mir zusammen niederzuknien, aber er weigerte sich.«
Es schien ihr tatsächlich nahezugehen, daß sich der Joker nicht bekehren lassen wollte.
»Wollte er dich für das alte, gute, lohnende Gewerbe zurückgewinnen?«
»Ich gab ihm zu verstehen, daß dieses Kapitel für mich abgeschlossen ist.«
»Hat er dich geschlagen?«
»Der Herr gab mir die Kraft, ihm zu verzeihen.«
Was die Argumente anging, war sie dem Joker überlegen gewesen, und das hatte seinen bekannten Zorn geweckt. Lei-

der verstand er sich nur auf Prügel und einschüchterndes Brüllen.

»Wo hält er sich für gewöhnlich auf?«

»An verschiedenen Orten. Die Polizei hatte ja oft einen Grund gehabt, nach ihm zu suchen, und so hat er sich verschiedene Aufenthaltsmöglichkeiten zugelegt. Leider bin ich in dieser Beziehung nicht mehr auf dem laufenden. Wenn ich etwas wüßte, hätte ich es erzählt. Georg ist für den wahren Glauben noch nicht verloren, er braucht nur Ruhe, um nachzudenken.«

Ich fragte mich, ob ein solches Maß an Naivität die zwangsläufige Folge ihrer Neuorientierung war. Wenn der Joker im Knast saß und also Zeit und Ruhe im Übermaß hatte, um nachzudenken, tat er wahrlich nichts für sein Seelenheil. Im Gegenteil, im Gefängnis, der wahren Schule des Verbrechens, war er einer der eifrigsten Lehrer, er gehörte zu denen, die die sogenannten Singvögel mißhandelten und den Drogenhandel organisierten. Dabei schreckte er nicht davor zurück, auch denen einen Schuß zu setzen, die bis dahin noch clean waren – so organisierte er sich neue Kunden. Im Gefängnis plante er mit seinen Kumpanen auch neue Verbrechen, die dann nach der Entlassung in die Tat umgesetzt wurden. Seine nächtliche Ruhe widmete er höchstwahrscheinlich Überlegungen, wie er Unbotmäßige zur Räson bringen konnte. Kurz und gut, er war ein Mann, den der Teufel niemals an seinen Konkurrenten verlieren würde.

»Hast du wirklich keine Ahnung, wo wir ihn finden können? Wir suchen ja diesmal eigentlich gar nicht ihn. Wenn er irgendein Ding gedreht hat, wissen wir nichts davon. Wir wollen nur eine Aussage. Weißt du keinen Ort, wohin er sich zurückzieht, wenn er gut bei Kasse ist?«

Sie lächelte schwach.
»Als ich ihn kannte, war er nie gut bei Kasse.«
»Kennst du einen Karsten Lund?«
Zu meiner Überraschung nickte sie.
»Ja. Einmal war er mit Georg hier, und dann ist er noch oft allein hiergewesen. Er war ein Suchender und hat Gnade gefunden.«
»Und dann wurde er ermordet. Entschuldige, das eine hat mit dem anderen sicher nichts zu tun. Ihn jedenfalls hast du zum wahren Glauben bekehrt. Wann war das denn, wenn ich fragen darf? Gab es Gründe dafür? Wurde er bedroht? Wenn ja, von wem? Versuch bitte, dich an jedes Detail zu erinnern.«
Sie stand auf und wies auf eine verschlossene Tür, die mit einem Bild des Erlösers geschmückt war. Er sah auf diesem Bild allerdings eher wie ein Hollywoodheld aus.
»Es geschah da drinnen. Folge mir, dann wirst du sehen.«
Die Kammer, in der sich auch eine Bettstelle befand, hatte sie in eine private Kapelle verwandelt. Es gab einen kleinen Altar und silberne Kandelaber mit brennenden Kerzen. Dahinter hing ein hölzerner Christus am Kreuz. Wandteppiche zeigten religiöse Motive, ein Ölgemälde die Weisen an der Krippe. Ein Spot war auf das Jesuskind gerichtet. In den Bücherschränken und Vitrinen standen ausschließlich Bibeln, Gesangbücher und Kultgegenstände.
Sie war noch in der ersten, intensiven Phase der Verwandlung. Später würde sie auf die Probe gestellt werden. Aber noch war ihr alles heilig, und ich gönnte ihr dieses Gefühl, nach all dem, was sie durchmachen mußte. Noch gab es keinen Zweifel. Wer verteidigt die These vom Fegefeuer eifriger als der, der gerade zum Katholizismus konvertiert ist? Wer

verficht hitziger die Ansicht, daß allein die fünf Mosebücher Gültigkeit haben, als der, der gerade zum Judentum übergetreten ist? Wer glaubt nicht, daß gerade der Fußballklub, dessen Anhänger man ist, den besten Linksaußen hat?

»Dort haben wir auf Knien gelegen, Karsten und ich, berichtete sie. Das war ein wunderbares Erlebnis für uns beide. Wußtest du, daß sein Onkel mütterlicherseits Pfarrer in Närke gewesen ist und daß er ein sehr gutes Verhältnis zu ihm gehabt hat?«

»Darüber haben wir nicht unbedingt gesprochen«, gestand ich.

»Er hat so herrliche Sachen von ihm geerbt. Er wollte sie bei mir unterstellen, bis er eine größere Wohnung bekommen würde. Schau nur, so ein schönes Meßgewand. Ein Bischof hat es vor vielen hundert Jahren getragen. Der Onkel hat so etwas gesammelt.«

Der Umhang schimmerte in leuchtenden Farben. Sie liebkoste den Stoff mit der Hand.

»Dort im Schrank habe ich die Familienbibel des Onkels mit wunderbaren Zeichnungen von Dorée. Und hier kannst du eine Reisetasche sehen, wie sie die Geistlichen damals verwendet haben, denn die Gemeinden waren groß und die Wege schlecht.«

Es handelte sich um eine Art Lederkoffer mit Deckel, und darin befanden sich Dinge, ohne die ein fahrender Pfaffe nicht sein konnte. Ich dachte daran, daß ich ja noch Simon abholen mußte. Also beendete ich den Museumsbesuch und versuchte, noch etwas über Karsten aus ihr herauszubekommen, aber vergebens. Angeblich hatte er ihr nichts anderes mitgeteilt, als daß er reif wäre, seine Seele dem Herrn anzuvertrauen.

»Ich muß vielleicht noch mal wiederkommen«, sagte ich.
Sie hatte mich wohl mißverstanden, denn sie neigte den Kopf zur Seite und sprach: »So, bist auch du ein Suchender? Willst du mit mir auf die Knie fallen und beten?«
»Tja, ein Suchender bin ich ja gewissermaßen, sogar ein ganz verbissener. Derzeit suche ich gerade den Joker. Und deshalb hoffe ich auch, daß die Bibel recht hat: Wenn du ihn suchst, so wirst du ihn finden.«
Auf der Fahrt dachte ich über meine Einstellung zum Glauben nach. Offenbar hatte ich keine. Mir fehlte der Hintergrund. Meine Kindheit war eine ziemlich glückliche und spannende Zeit gewesen, und außer ein paar Besuchen in der Sonntagsschule der Heilsarmee und Begegnungen mit Anhängern der Pfingstbewegung hatte ich keine Beziehung zur Religion. Die salbungsvolle Christenlehre ließ mich kalt, und daran hatte sich auch im reiferen Alter nichts geändert.
Andererseits …
Simon sprang schnell ins Auto, und ich fuhr rasch wieder an, denn ich hatte ein paar Fotografen und andere Personen mit dem neugierigen Journalistenblick entdeckt.
»Wie war es denn?« fragte er und gähnte.
»Ich bin dabei, zu Gott zu finden.«
»Fein. Nimm eine Freikirche. Du solltest Pfarrer werden.«
»Und du?«
Er gähnte noch einmal und ließ sich Zeit dabei. Es kostet Kraft, so viele Stunden hintereinander konzentriert zu arbeiten, und es stimmte, was uns beiden von vielen gern gesagt wurde: Wir waren keine zwanzig mehr. Simon in seiner Position durfte nicht einen Augenblick zurückstecken. Sonst würde er vielleicht ein wichtiges Detail in einem Rapport überse-

hen oder bei einer Vernehmung eine Lüge überhören, und das konnte Folgen haben.
Viele Kapitalverbrecher sind schon freigekommen, weil der Verhörende übermüdet war.
Ich fuhr auf dem Roslagsvägen, und Simon sah sofort ein wenig munterer aus. Ein kleiner Ausflug nach Vaxholm war wie ein ungeplanter Urlaubstag. Als wir Täby passierten, erinnerte sich Simon an eine Freundin, die er dort in jungen Jahren einmal gehabt hatte, und berichtete, daß sie Sonja oder Gullie hieß.
»Ich hatte damals zwei gleichzeitig und bringe sie ein bißchen durcheinander. Jedenfalls fuhr ich nach dem Tanz mit ihr nach Hause, und wir standen also im Hausflur und schmusten herum, und ich fragte, ob sie vielleicht ein eigenes Zimmer habe, du weißt ja, wie so was läuft. Sie hatte, aber die Treppe knarrte, und ihre Mutter schmiß mich achtkantig hinaus. So blieb mir nichts anderes übrig, als mich auf den Heimweg zu machen. Am schlimmsten war, daß ich kein Geld mehr hatte und bis nach Arsta, wo ich wohnte, laufen mußte.«
Er lächelte bei dem Gedanken. Ich warf ihm einen schnellen Seitenblick zu und fragte mich wieder einmal, wie dieser Mann so ein Glück bei den Frauen haben konnte. Dem Aussehen nach hätte er am besten in ein Kloster gepaßt, aber er war in seiner Jugendzeit von den Mädchen geradezu umschwärmt worden. Auf den jährlichen Festen des Schützenvereins der Polizei wurde er von den Damen immer als erster aufgefordert. Nadja lachte dann und fand es angenehm, daß ihr Mann so beliebt war bei der Weiblichkeit, aber wagte es eine, ernsthaft mit ihm zu flirten, dann war sie bereit, ihr notfalls die Augen auszukratzen. Offenbar kam es nicht auf das Ausse-

hen, sondern auf die Ausstrahlung an. Das machte uns anderen Hoffnung – aber wie erwarb man eine solche Ausstrahlung?

»Was wissen wir über die Leute, mit denen wir gleich sprechen werden?« erkundigte ich mich.

»Nicht besonders viel. Öhman hat mit dem Verleger Paul Kalster von Kalster & Rydberg telefoniert. Der meinte, er habe einen interessanten ersten Kontakt mit Lund gehabt. Am Telefon wollte er nicht so recht heraus mit der Sprache, sondern lieber persönlich mit einem Kommissar sprechen. Und der bin ich. Du darfst mitkommen, obwohl du nur zum Fußvolk gehörst. Ich gestatte dir, daß du mich weiter duzt, wenn wir da sind, du brauchst mich also nicht unbedingt mit ›Herr Kommissar‹ anzureden.«

»Was ist das für ein Verlag?«

»Keine Ahnung. Im Branchentelefonbuch war keine Spezialisierungsrichtung angegeben. Wir werden ja sehen.«

Plötzlich verbarg er das Gesicht in den Händen und blieb so eine Weile sitzen. Dann holte er tief Atem und sagte leise: »Lizzies Mann war heute bei uns. Klemenssons Frau auch. Es war … furchtbar! Nord bekam das meiste ab, aber ich war ebenso angesprochen, besonders, als es um Lizzie ging. Heller, dieser Teufel, hat ja nicht nur getötet, sondern auch Familien kaputtgemacht.«

»Und er lacht nur?«

»Er lacht nur und wechselt die Sprachen. Er plustert sich auf. Er platzt fast vor Stolz. Er fühlt sich uns überlegen. Lizzies Mann bat darum, einige Minuten mit ihm allein sein zu dürfen, und natürlich hatten wir auch schon daran gedacht. Aber das ist auch keine Lösung.«

Mit beinahe weinerlicher Stimme fuhr er fort: »Ich weiß nicht, wie ich mit so einer Sache fertig werden soll, Rolle. Ich sehne mich nach der Zeit zurück, als wir gemeinsam auf Streife gingen.«

Was sollte ich darauf antworten? Ich sehnte mich nach der Zeit, als Virena nach einem Jahr Abwesenheit zu mir zurückgekommen war und wir geheiratet hatten. Es war himmlisch, wir hatten eine Zukunft, von der wir träumen konnten, wir waren voller Hoffnung, und ihre Stimme klang noch warm und sanft.

Bald näherten wir uns Vaxholm. Die Bezeichnung ›Perle des Schärengartens‹ ist völlig zutreffend. Schon vor Erreichen der Stadtgrenze fährt man an bezaubernden Buchten vorbei. Für ein solches Fleckchen Erde mit einem roten Holzhäuschen darauf verkaufen Amerikaner schwedischer Herkunft ihren ganzen Besitz.

Die Uhr zeigte Viertel vor drei, also war noch Zeit für einen kleinen Imbiß. Simon hatte natürlich nichts dagegen. Der zeitige Frühling hatte viele ins Freie gezogen, und so lag bereits eine imponierende Flotte von Sportbooten am Kai. Es waren Jachten darunter, die unwillkürlich an Gauner, Schieber und Steuerbetrüger denken ließen. In Schweden sollte kein normaler Mensch die Möglichkeit haben, sich mehr als ein Ruderboot mit einem 10-PS-Motor zu leisten, und der Motor sollte nur dann angelassen werden, wenn die Armkraft zum Rudern nicht mehr ausreicht.

Ich fuhr am Strand entlang in Richtung des Touristenbüros, wo sich, wie ich wußte, auch ein Kiosk befand. Der milde Nachmittag hatte die Pensionäre aus der Stadt gelockt, die sich hier mit den ersten Touristen von den Vergnügungsdampfern mischten. Ich fand einen freien Parkplatz und stellte das Auto ab.

Wir labten uns an Cheeseburgern und machten einen kleinen Spaziergang am Kai entlang. Hier roch das Wasser nach Meer, nach Salz und Tang und Abenteuern. Überall zwischen den Inseln tauchten Boote unterschiedlichster Art und Größe auf und belebten das faszinierende Landschaftsbild, an dem man sich nicht satt sehen konnte. Eines der richtigen alten Waxholmsboote lag am Kai, aber es war offensichtlich erst auf Probetour, denn der Sommerfahrplan war noch nicht in Kraft. Viele Kindheitserinnerungen wurden wach, an Ausflüge in den äußeren Schärengarten mit reinem, klarem Wasser, blanken Felsen und herrlichem Sonnenschein, so herrlich, wie er nur in der Erinnerung sein kann.

»Was für schmucke Boote«, sagte ich enthusiastisch. »So müssen sie aussehen, und nicht wie diese Blechkähne, die aussehen wie schwimmende Straßenbahnen. Vor ein paar Jahren bin ich mit Virena nach Vaxholm gefahren. Auf der Hinfahrt aßen wir zu Mittag, und auf der Rückfahrt tranken wir Kaffee.«

»So ein Quatsch!« äußerte sich Simon. »Die neuen fahren schneller, und Kaffeetrinken kann man auf ihnen genauso.«

In dieser Beziehung war mit ihm nicht zu reden, und da es mittlerweile fast drei Uhr war, spazierten wir zurück zum Touristenbüro und baten die nette Dame, uns den Weg zum Verlag zu beschreiben. Sie gab uns eine Karte, auf der sie das Haus einzeichnete. Da es recht zentral lag, konnten wir uns eigentlich zu Fuß auf den Weg machen.

Das alte, große Holzhaus stand auf einem Hügel. Es hatte zwei Stockwerke und einen ausgebauten Dachboden. Die

Grenze des Grundstücks wurde durch einen niedrigen Lattenzaun gebildet, der das Eigentum markierte, ohne Besucher abzuschrecken. Man hatte den Eindruck, auf einen Park zu blicken. In einer Ecke stand ein achteckiger Gartenpavillon mit großen Glasfenstern und einem lustig flatternden Wimpel auf dem Dach. Am Tor waren zwei Briefkästen befestigt, mit *Kalster* beziehungsweise *Kalster & Rydberg* beschriftet.

Wir gingen über einen knirschenden Kiesweg. Kalster mußte uns von einem Fenster aus gesehen haben, denn er kam uns entgegen.

»Willkommen! Ich bin Paul Kalster. Wie heißen Sie?«

»Simon Palm.«

»Welchen Rang bekleiden Sie?«

»Kommissar.«

»Sehr erfreut, Sie kennenzulernen.«

Er schüttelte Simons Hand und sah ihm dabei tief in die Augen. Dann war ich an der Reihe.

»Roland Hassel, Kriminalinspektor.«

»Sehr erfreut.«

Sein Händedruck war fest und sein Blick nicht starr, sondern forschend. Das war ein Mann, der sich an eine Begegnung erinnern wollte. Kalster war über sechzig und bewundernswert schlank. Seine Haut war bronzefarben und paßte gut zu dem schwarzen, zurückgekämmten Haar. Die Augenbrauen zeigten einen kühnen Schwung, und die kleinen Fältchen um den schmalen, bestimmten Mund unter der Adlernase deuteten darauf hin, daß er gern lachte.

Ein Mann mit Charakter also, der gleichzeitig Kühnheit und Energie ausstrahlte. Er trug schwarze Hosen, ein weißes Hemd und einen Schlips. Das Jackett hatte er wohl im Haus gelassen.

»Hier lebt man nicht schlecht«, äußerte sich Simon und gab damit wie immer dem anderen die Möglichkeit, das gewünschte Personalpronomen zu wählen.
»Mein Vater hat das Haus vor mehr als achtzig Jahren gekauft. Es ist natürlich renoviert und modernisiert worden, aber immer mit Sinn für Qualität. Das einzige, was ich selbst gebaut habe, ist der Gartenpavillon. Dort veranstalten wir kleine Partys für ausgewählte Autoren des Verlages. Das traditionelle Krebsessen und so. Diese Feste schätzt man sehr. Der Verlag befindet sich im Obergeschoß.«
Von dem dunklen Flur aus stiegen wir eine steile Treppe hinauf und gelangten in einen großen Raum, der wahrscheinlich durch das Herausnehmen einer Trennwand entstanden war. Man hatte den Eindruck, daß sich die Bücherregale, -schränke und -stapel kilometerweit hinzogen. An den Wänden hingen Plakate von Buchmessen und vergrößerte Aufnahmen von Schriftstellern, die mir allerdings allesamt unbekannt waren.
An einem überladenen Schreibtisch saß eine Frau in mittleren Jahren und arbeitete an einem kleinen Computer. Sie erhob sich, als wir näher traten, und Kalster stellte uns vor.
»Meine Nichte Sandra Ryan. Wie sollte ich nur ohne sie klarkommen? Sie ist mehr als meine Sekretärin, sie ist alles in einem und mein ein und alles. Seit ihrem fünften Lebensjahr lebt sie bei mir.«
Sie reichte uns eine kühle Hand und grüßte mit einem leisen, aber bestimmten »Hej«. Sie war nicht sehr groß, wirkte aber robust und stark, irgendwie wie eine Bäuerin, die es in die Stadt verschlagen hat. Halblanges, hellbraunes, gutfrisiertes Haar umrahmte das ein wenig kantige Gesicht mit den ruhi-

gen, schiefergrauen Augen und der geraden, etwas zu großen Nase. Ihr Mund war schmal und zeigte, als sie zur Begrüßung artig lächelte, gleichmäßige weiße Zähne, die mir als Experten unecht erschienen. Ihre Haut war blaß und ihre Stirn hoch, was oft als ein Zeichen von Intelligenz gewertet wird, manchmal aber auch nur eine Laune der Natur ist. Sie trug ein hellblaues Kostüm mit einer Bluse, die Jacke lag hinter ihr auf dem Stuhl.

»Sandra Ryan?« wiederholte Simon. »Das klingt nicht schwedisch.«

»Mein Vater war Geschichtslehrer und schwärmte für Alexander den Großen. Deshalb ließ er mich Alexandra taufen, und später wurde dann Sandra daraus. Vor vielen Jahren war ich einmal kurze Zeit mit einem Iren verheiratet. Aber mein Mädchenname ist Jonsson, und ich bin immer Schwedin geblieben.«

Sie hätte uns das alles gar nicht erzählen müssen, aber die Leute neigen ja oft dazu, vor der Polizei ihre gesamte Familiengeschichte aufzurollen, wenn sie nur eine einfache Frage gestellt bekommen. Solchen hundemäßigen Eifer, dem Gesetz zu dienen, schätzen wir natürlich besonders.

»Sandra hat internationale Erfahrungen in der Zeitschriften- und Verlagsbranche gesammelt, und als sie zurückkam, habe ich sie mit offenen Armen empfangen. Wir beide sind der Verlag. Was wir nicht allein schaffen, lassen wir auf Honorarbasis erledigen.«

»Übertreib doch nicht«, protestierte sie, allerdings ohne besonderen Nachdruck. »Es ist dein Verlag, und ich bin nur eine Angestellte.«

»Noch, ja. Aber bald gehört dir die Hälfte, und wenn ich mich

mit anderem beschäftigen will, kannst du ihn ganz übernehmen, wenn du willst.«
Uns Novizen im Bücherdschungel erklärte er: »Ein kleiner Verlag wie dieser lebt, solange jemand mit ihm arbeiten will. Wenn du hundert Stunden in der Woche rackern kannst, ist es eine interessante Branche. Du brauchst nur ein wenig Glück und mußt mit Leidenschaft an die Sache herangehen.«
»Und Rydberg?« fragte Simon.
»Wer? Ach so, Anton Rydberg. Mein Vater und er haben den Verlag gegründet. Eine Woche darauf starb Rydberg, aber der Name ist geblieben. Klingt ja auch imposanter.«
»Aha. Tja, was hast du uns denn nun über Karsten Lund zu erzählen?«
Der Verleger kreuzte die Arme über der weißen Hemdbrust und sah uns aus halbgeschlossenen Augen wachsam an.
»Vielleicht darf ich eine Gegenfrage stellen. Was meinen Sie, steckt hinter seinem Tod? Warum glauben Sie, daß er ermordet wurde?«
Nach den Regeln der Polizeiarbeit waren für gewöhnlich wir es, die die Fragen stellten. Es macht uns krank, wenn wir aufgefordert werden zu antworten. Aber Simon beschloß, sich von der gemütlichen Seite zu zeigen.
»Wir haben Grund zu der Annahme, daß Lund Mitglied einer Gruppe von Teufelsanbetern gewesen ist. Es gibt in Europa heute viele solcher Sekten. Satan ist eine Kultfigur, wie ein Rockstar.«
Kalster kratzte sich mit dem Zeigefinger nachdenklich die Schläfe.
»Satan? Sicher kann da etwas dran sein, aber ...«
Plötzlich wurde er sehr ernst, und eine Art Feuer brach durch

seine sonore Stimme: »In Wirklichkeit war alles ganz anders. Lund wurde getötet, weil er offenbar zuviel wußte über das gefährlichste, was derzeit in der Welt vor sich geht! Das Schlimmste vom Schlimmen. Können Sie sich nicht denken, wovon ich spreche?«

11.

Er wartete darauf, daß wir uns äußerten, und wir, daß er sich erklären möge.
Da wir offenbar schwerer von Begriff waren, als er geglaubt hatte, erlöste er uns mit einem einzigen Wort: »Neonazismus!«
Der berühmte Groschen fiel, und Simon platzte heraus: »Wiedergänger! Diese Sorte also hat er damit gemeint.«
»Den Gubben Loss gibt es demnach nicht, und es hat ihn nie gegeben«, konnte auch ich nicht länger an mich halten. »Für Viola ist der Zweite Weltkrieg nur mehr Geschichte. Lund beschwor sie, Lehren aus der Vergangenheit zu ziehen, und er meinte damit unsere Zeit. Die Warnung vor Dämonen bezog sich auf die Neonazis. Und es ging nicht um einen Gubben Loss, sondern um Goebbels.«
Wir schwiegen beide. Kalster zog einen blauen Aktenordner aus einem Regal. Gubben Loss, Goebbels. Was würde dieser Mann heute, in der Zeit der elektronischen Kommunikationsmittel, nicht alles anrichten können! Er war ja ein populistisches Genie seiner Zeit gewesen, und wenn er alle Ressourcen einer starken Nation zu seiner freien Verfügung gehabt hätte, würde er die gesamte Bevölkerung von der Wiege bis zum Grab in seinem Sinne beeinflußt haben. Da fragt man sich doch unwillkürlich, ob es in unseren Studios wirklich

keine neuen Goebbels gibt, und ob nicht schon mehr Menschen manipuliert werden, als man ahnen kann.
»Diesen Brief hier schickte mir Karsten Lund vor sechs Wochen«, sagte Kalster, nachdem er in dem Ordner geblättert hatte. »Soll ich laut vorlesen?«
Simon nickte. Sandra Ryan ging wieder an ihre Arbeit am Computer. Wenn ich richtig gesehen hatte, schrieb sie Lieferscheine aus.
Als alle Bücher eingegeben waren, drückte sie auf eine Taste, und das Maschinchen zeigte ihr die Aufstellung mit Preisen, Rabatten, Mehrwertsteuer und Rechnungsendbetrag am Monitor.
Kein Wunder, daß wir Männer in mittleren Jahren uns mit unseren Erinnerungen an Rechenschieber und Multiplikationstabellen wie Dinosaurier vorkamen.
»Also, dann lese ich vor. Den Anfang mit Namen und Adressen und so lasse ich weg.
Ich bin freier Journalist und Schriftsteller. Mein Bestreben ist es, gemeingefährliche Organisationen zu enttarnen. Ich bediene mich dabei der Wallraffmethode. Vor ungefähr einem Jahr schleuste ich mich in eine neonazistische Organisation ein. Was ich seitdem erfuhr und woran ich mich beteiligen mußte, ist furchtbar.«
Er hielt inne, und Simon fragte: »Verraten Sie einem unschuldigen Jüngling bitte, was die Wallraffmethode beinhaltet?«
»Sie ist nach dem deutschen Journalisten Günter Wallraff benannt, der sein Aussehen und Auftreten verändert, um diversen dunklen Geschichten und Praktiken von innen her auf den Grund zu gehen.«
»Ach ja? Lesen Sie bitte weiter.«

»Sind Sie an meinem Material interessiert? Ich möchte es in Buchform herausgeben, aber natürlich einige Abschnitte später auch an Zeitungen verkaufen. Wann und wieviel Sie mir bezahlen, spielt keine Rolle. Was das Buch angeht, bin ich nicht auf das Geld aus. Es geht mir darum, daß diese Dämonen enttarnt und unschädlich gemacht werden. Selbstverständlich muß ich unter einem Pseudonym schreiben, und Sie müßten mir versichern, daß Sie meine Identität nicht preisgeben. Am besten wäre, eine Person zu erfinden und mit einer Legende zu versehen, um die Dämonen auf eine falsche Spur zu locken. Wenn sie erfahren, daß ich hinter der Sache stecke, töten sie mich. Selbst wenn ich keine Angst vor dem Sterben hatte – aber ich habe Angst – müßte ich befürchten, daß sie mich so langsam und schmerzvoll wie möglich umbringen würden.«

Daß er sein Material gratis anbieten wollte, sah Karsten gar nicht ähnlich, aber er war wohl ein einziges Mal einer Sache auf die Spur gekommen, die all seine Münchhausengeschichten von früher in den Schatten stellte, und damit hatte sich alles geändert.

»Auch wenn ich nicht direkt und aktiv an fünf Morden teilhatte, so bin ich doch gezwungen worden, so zu tun, als hätte ich sie begangen. Es sind so viele Menschen mißhandelt worden, daß ich sie kaum noch zählen kann. Ich war dabei, als Häuser angezündet wurden. Die Bewohner haben sich nicht retten können. Uns wurde unbedingter Gehorsam abverlangt, es war verboten zu zweifeln. Ja, wenn Sie wüßten, was ich gesehen und erlebt habe, würden Sie physisch krank werden, genau wie ich. Wenn Sie das Material für ein Buch verwenden, dann will ich, daß Sie mir mit einer plastischen Operation

helfen, mein Aussehen zu verändern. Einen falschen Paß kann ich mir selbst beschaffen. Sie müßten mir lediglich eine gewisse Summe zur Verfügung stellen, damit ich in einem anderen Land neu beginnen kann und hoffentlich vergessen werde.«

»Warum ging er nicht zur Polizei?« fragte Simon. »Manchmal helfen wir ja Leuten, die zum Beispiel in großen Drogenfällen aussagen, mit einer neuen Identität.«

»Er hatte Angst, als Zeuge auftreten zu müssen.«

Leider war er da keine Ausnahme. Selbst wenn wir gefährdeten Personen in Rauschgiftsachen neue Gesichter versprachen, hielt die Mehrzahl der Zeugen den Mund. Keiner erinnerte sich an etwas, niemand hatte etwas gehört oder gesehen. Die eigene Haut oder die Familie zu retten war wichtiger als die Festnahme eines Importeurs.

»Ich kann hier nur andeuten, was ich alles erlebt habe. Damit Sie sichergehen können, daß ich nicht bluffe, werde ich Ihnen die Namen der Opfer, der Mörder sowie die Tatzeit notieren. Die Angaben lassen sich zum großen Teil überprüfen. Ich kann Ihnen auch die Namen der einflußreichsten Mitglieder dieser neuen Organisation sowie des Chefs, eines Ausländers, nennen sowie eine Menge anderer Details, die Sie davon überzeugen sollen, daß ich es ernst meine. Das übrige Material liefere ich Ihnen sukzessive. Bitte schreiben Sie mir nicht, sondern rufen Sie mich an, wenn Sie interessiert sind. Ich muß wohl nicht betonen, daß Sie über die Sache mit keinem Menschen sprechen dürfen.«

Tja, und dann freundliche Grüße und die Unterschrift.

Wir hatten uns hingesetzt. Simon trommelte mit den Fingern auf die Tischplatte. Was war wahr, was entstammte der Phan-

tasie Münchhausens? Wir kannten Karsten Lund, aber der Mord und dessen Umstände deuteten darauf hin, daß seine Befürchtungen nicht unbegründet gewesen waren.
»Warst du interessiert?« fragte Simon, wobei er Kalster plötzlich normalschwedisch mit »du« anredete.
»Aber natürlich! Ich rief ihn sofort an. Er versprach, die erwähnten Informationen unverzüglich zusammenzustellen. Wir nannten sie das Garantiematerial. Er freute sich über mein Interesse, aber es war sogar am Telefon zu merken, daß er Angst hatte. Dann verging einige Zeit, und ich hörte nichts mehr von ihm, bis ich in der Zeitung las, daß er ermordet wurde. Schrecklich! Aber nicht überraschend. Er war einen gefährlichen Weg gegangen. Irgendwie muß er enttarnt worden sein, und damit war sein Schicksal besiegelt.«
Sandra Ryan drückte auf einen anderen Knopf. Der Drucker spuckte einen Berg von Rechnungen aus. Er surrte dabei nicht lauter als eine Hummel.
»Du hättest uns sofort anrufen müssen«, sagte Simon vorwurfsvoll.
»Das wäre deine Bürgerpflicht gewesen, anstatt hier herumzusitzen und uns wertvolle Informationen vorzuenthalten.«
»Aber lieber Kommissar, ich rief doch fünf Minuten, nachdem ich von dem Mord erfahren hatte, bei der Polizei an. Jemand hat auch notiert, daß ich im Besitz eines wichtigen Briefes sei. Man wollte sich melden. Ich dachte, Öhman hätte deshalb gestern angerufen.«
Simon und ich sahen uns an, und wir seufzten gemeinsam. Ganz unten im Zettelkasten, wird später bearbeitet, muß zuerst kontrolliert werden, zuwenig Leute, falsch einsortiert, Wichtigkeit nicht erkannt, in falsche Hände geraten, falsch

aufgeschrieben. Es gab viele Möglichkeiten, und es war nicht das erstemal.

»Warum hat er gerade dich angerufen? Warum gab er dir so viele wichtige Informationen bereits vorab brieflich, bevor ihr euch überhaupt jemals begegnet seid? Weshalb wandte er sich nicht an einen großen Verlag?« fragte Simon.

Kalster starrte ihn verblüfft an.

»Weißt du denn nicht, wer ich bin und womit sich mein Verlag beschäftigt?«

»Nein, womit?«

Kalster sprang auf, eilte zu einem Regal, griff sich einen Stapel Bücher und legte sie vor uns auf den Tisch. Sie waren in schwedischer, deutscher und französischer Sprache geschrieben.

»Hier sind nur ein paar Ausgaben. Mein Verlag ist ein Zentrum des Antifaschismus in Europa. Unsere Bücher werden in den meisten Ländern sowohl im Buchhandel als auch über den Versand vertrieben. An mich wenden sich alle, die mit ihren Manuskripten gegen Faschismus und Nazismus kämpfen wollen. Es begann schon vor dem Zweiten Weltkrieg. Mein Vater war mit Torgny Segerstedt in Göteborg befreundet, und was Segerstedt der Zensur wegen nicht veröffentlichen konnte, brachte mein Vater in Buchform. Er hatte es nicht leicht, aber er verzweifelte niemals. Ich führte sein Werk fort, und es gibt wohl auf dem Gebiet des alten und neuen Nazismus nichts, worüber ich nichts weiß.«

Seine Nichte faltete die Rechnungen in der Mitte und stopfte sie in vorbereitete Kuverts. Sie fügte hinzu: »Wir geben aber auch Lyrik heraus, und deshalb halte ich es hier aus. Rilke und Baudelaire und Goethe, unter anderem.«

»Ja, ja, unsere Poesiereihe ›Klassische Stimmen und neue Töne‹ ist ein Markenzeichen, aber ökonomisch nur durchzustehen, wenn man vor gewissen Kosten die Augen verschließt.«
»Dann hoffe ich, daß du auch in Zukunft ab und zu ein Auge zudrückst. Es wäre schön, wenn auch weiterhin neue schwedische und internationale Poeten bei uns ihre erste Chance erhalten könnten.«
Wir schauten auf die Titel. *Das wahre Gesicht des Nazismus, Die Zeit der Henker, Ein Haß ohne Grenzen, Hintermänner der Gewalt, Vergiß sie nie!, Hitlers Enkel, Die Opfer finden keine Ruhe, Sechs Millionen mahnen* und andere. Es handelte sich um ziemlich einfach gestaltete Broschüren, als wollte man darauf hinweisen, daß es nicht auf den Umschlag, sondern auf den Inhalt ankam. Alle hatten dieselbe Größe und verschiedene Schwarzweißfotos auf der Titelseite.
»Ich sehe es als meine Aufgabe an, dafür zu sorgen, daß die Leute niemals die Zeit vergessen, als die alten Nazis herrschten. Außerdem informiere ich über neue faschistische Strömungen in Europa«, erklärte Kalster.
»Ich fühle mich verpflichtet, die Leute gewissermaßen aufzuwecken.«
»Es reicht ja schon, wenn man an die Nazis denkt, die es mal in Schweden gegeben hat, Lindholm und Furugard und wie sie alle hießen. Obwohl, wir haben der Verführung ja widerstanden. Wenn ich mich recht erinnere, stimmte bei den Wahlen nicht mehr als eine Handvoll für sie.«
»Das mag zahlenmäßig richtig sein. Bei den Reichstagswahlen erreichten sie höchstens ein Prozent, bei den Kommunalwahlen blieben sie noch darunter. Am stärksten waren sie in

Göteborg und Skane, wo sie in den Gemeinden zum Teil bis auf sechs Prozent kamen. Aber damals gab es ein ganz anderes Wahlsystem. Nicht alle durften wählen, zum Beispiel war ausgeschlossen, wer Steuerschulden hatte. Das galt auch für Leute, die aus der Armenkasse unterstützt werden mußten. Da man erst mit 23 Jahren wahlberechtigt war, hatte die Jugend also nichts zu sagen. Es gibt somit viele Faktoren, die berücksichtigt werden müssen. Wenn es in Schweden charismatische Führer gegeben hätte, wer weiß, ob nicht mehr Menschen dieser Ideologie verfallen wären.«

Ich konnte mit den Namen Lindholm und Furugard nichts verbinden, aber ich erinnerte mich, daß es zahlreiche nazistische Splittergruppen gegeben hatte und viele darum kämpften, ein schwedischer Quisling zu werden.

»In Deutschland haben die Nazis allerdings die meisten Stimmen erhalten«, sagte Simon. »Was zum Teufel hat die Leute so verblendet?«

»Die Stärke. Die Entschlossenheit. Die rücksichtslose Kraft. Revanchegelüste. Der Nationalsozialismus wurde als eine ungemein vitale Bewegung empfunden. Hitler und die anderen Nazigrößen verschwiegen wahrlich nicht, wie sie sich die Zukunft vorstellten, aber die Leute zogen es vor, die Augen zu verschließen und sich Großmachtträumen hinzugeben. Nun, das wissen wir alle, daran läßt sich auch nichts mehr ändern. Wichtig ist, darauf zu achten, daß sich das nicht wiederholen kann. Deshalb müssen wir uns immer vor Augen halten, daß unsere zerbrechliche Demokratie die einzig richtige Regierungsform ist. Wir werden alle entlarven, die sie beseitigen und durch die Lehre der Gewalt ersetzen wollen.«

Er hatte vorher einmal von Leidenschaft gesprochen, und

jetzt, da er Sätze sprach, die aus dem Munde eines anderen pathetisch geklungen hätten, verstanden wir, was er meinte. Seine Stimme bekam einen volleren Klang, seine Gesten wurden intensiver. Sogar Sandra, die ihn oft so reden gehört haben mußte, unterbrach ihre Arbeit und warf ihm einen bewundernden Blick zu.

»Ist unser Land wirklich in Gefahr?« fragte Simon. »Wir haben die Sache doch eigentlich im Griff. Sicher, es gibt viele rassistische Erscheinungen, da bin ich der letzte, der das abstreiten will, aber …«

»Es gibt verschiedene Arten des Rassismus, die man unterscheiden muß. Da gibt es zuerst einmal den rassenbiologischen Rassismus, der davon ausgeht, daß die eigene Rasse biologisch und kulturell überlegen ist und die anderen Rassen bekämpft werden müssen, um die eigene ›rein‹ zu erhalten. Das ist der Kern der nationalsozialistischen, also nazistischen Ideologie.«

Meine Mutter erzählte immer, wie aufgebracht Vater darüber war, daß Schweden keine jüdischen Flüchtlinge in das Land ließ, und daß wir, damit nicht doch jemand durch die Maschen rutschte, die deutschen Behörden baten, ein großes *J* in die Pässe zu stempeln, aber sie sagte auch, daß andere es nicht so genau nahmen. Waren wir nur ahnungslos, oder gab es Gründe für unsere Haltung?

»Dann gibt es den religiösen Rassismus. Man verachtet Menschen, die eine andere Religion haben. Viele Hindus zum Beispiel essen keine Speisen, auf die auch nur der Schatten eines Angehörigen einer anderen Glaubensgemeinschaft gefallen ist. Und dann gibt es noch etwas, was man positiven Rassismus nennen könnte. Diese Leute meinen, daß alle Rassen

zwar an und für sich gleichwertig sein mögen, daß man sie aber trotzdem geographisch und kulturell getrennt halten sollte. Wie in Südafrika. Viele unserer Rassisten sind Anhänger des Apartheidsystems. Im Grunde genommen läuft das natürlich wieder auf die Überlegenheit der eigenen Rasse hinaus.«
»Das ist mir zu akademisch«, meinte Simon. »Mein Job ist es, Karsten Lunds Mörder zu finden. Nun weiß ich, daß Neonazis dahinterstecken. Aber wer tötete ihn?«
»Um das zu erfahren, mußt du mehr wissen. Kann ich euch etwas zu trinken anbieten? Sandra und ich sind Vegetarier und Gesundheitsfanatiker, wir trinken weder Kaffee noch Tee, aber wir haben einen sehr guten Fruchtsaft.«
Wir nahmen an, und Kalster schaute lächelnd zu Sandra hinüber.
»Würdest du für uns die unterdrückte Sekretärin spielen und servieren?«
Sie lächelte schwach zurück und stieg die Treppe zur Küche hinunter. Kalster setzte sich nicht, sondern lief auf und ab, während er sprach. Seine Gesten waren bestimmt und sehr ausdrucksstark.
»Viele der rechtsextremistischen Gruppen können rassistische Auffassungen in ihrem Programm haben, ohne daß diese tragende Elemente ihrer Ideologie wären. Sie geben sich national und sehr moralisch und sehen den Sozialismus als ihren Hauptfeind an. Es gibt einige bedeutende rassistische Bewegungen, die nationalsozialistisch beeinflußt sind, ohne daß sie als faschistisch definiert werden. Die *National Front* in England gehört zum Beispiel dazu, und die etwas stubenreinere *Front National* in Frankreich.«
Sandra tauchte wieder auf, mit einem Tablett und Gläsern und

einer Karaffe. Sie goß uns eine goldfarbene Flüssigkeit ein, und wir tranken. Der Saft war frisch und gut, und ich wollte schon zum besten geben, daß mich der Geschmack an Rehsteaks erinnerte, aber das erschien mir dann doch unpassend.
»Die rechtsextremistischen und rassistischen Bewegungen wollen Massenbewegungen und keine Totalideologien sein. Das ist der entscheidende Unterschied zu den nazistischen Organisationen. Die Nazis verstehen sich als eine Elitepartei, in die man nur nach einer strengen Prüfung aufgenommen wird. Hier wird eine Totalideologie zur Lebensweise. Wenn man einmal dabei ist, hat alles andere Nebensache zu sein. Man weiht sein Leben der Bewegung. Mitglied werden zu dürfen ist eine Ehre und ein Beweis dafür, daß man zur auserwählten Eliteschicht gehört.«
»Man sollte wohl nicht gerade Rosenbaum heißen, wenn man Mitglied werden will«, vermutete Simon.
»Dann hätte man natürlich keine Chance. Der Kampf ist das Wesentliche, der Kampf gegen die unterlegenen Rassen, gegen Juden und Zigeuner und Farbige, und der Kampf gegen Kommunisten und Sozialisten und die parlamentarische Demokratie und gegen Intellektuelle und Feministen, und so weiter. Wenn man Mitglied ist, darf man nach unten rücksichtslos treten, den Oberen aber hat man bedingungslos zu gehorchen. Wenn die Parteiführung sagt, daß man handeln soll, dann hat man das unmittelbar zu tun, ohne nachzudenken. Die Partei hat immer recht.«
Sandra fuhr fort, Rechnungen in Kuverts zu stopfen, aber sie nickte von Zeit zu Zeit zustimmend.
»In Schweden existieren meines Wissens aber nur kleine Splittergruppen«, wandte Simon ein. »Sobald eine neue Par-

tei gebildet wird, zerfällt sie doch in zwei, drei andere. Die können sich nicht einmal untereinander vertragen.«

»Die Zersplitterungen sind reine Tarnung und geschehen aus taktischen Gründen. Hinter den Gruppen stehen dieselben Personen. Man geht in verschiedenen Gesellschaftsschichten auf Dummenfang und setzt vor allem auf ein Auftreten, das jungen Leuten imponiert und sie zu Sympathisanten werden läßt. Aus diesen gewinnt man dann neue Mitglieder. ›Die Einwanderer nehmen uns die Jobs weg. Sie schmuggeln Rauschgift ein. Sie leben von Sozialhilfe.‹ Vielen arbeitslosen Jugendlichen scheint das einleuchtend. Oder man engagiert sich gegen quälerische Tierversuche. Wer kann etwas dagegen haben? Und wenn man erst einmal in einer Sache Zustimmung hat, bringt man die Leute vielfach dazu, auch die andere zu akzeptieren. Es geht also um Verführung.«

»Welche Position nehmen die Skinheads ein?«

»Das kommt auf ihre Führer an. Die Skinheads neigen ja von Anfang an zur Gewalt, und wenn ihre Führer mit einer Nazigruppe sympathisieren, dann schließen sie sich oftmals an, und nach einer Weile werden sie zu Mitgliedern gewählt.«

»Gefährliche Menschen«, murmelte Sandra.

Kalster schüttelte den Kopf, und selbst in dieser Bewegung lag gezügelte Energie. Er schien ein Mann zu sein, der rund um die Uhr arbeiten konnte und dabei von Stunde zu Stunde munterer wurde.

»Das stimmt nicht, Sandra. Es ist die Partei, die sie gefährlich *macht.* Vergiß nicht, daß junge Menschen von Natur aus dazu neigen zu opponieren, aber wo können sie sich denn austoben und beweisen in unserer glatten Gesellschaft? Sie tragen die Rebellion im Herzen, aber wogegen können sie denn rebellie-

ren? Sie brauchen Spannung, aber unsere Gesellschaft bietet ihnen keine. Ihre Jugend treibt sie dazu, Ideale zu akzeptieren, die ihnen eigentlich fremd sind. Wenn sie den entscheidenden Schritt einmal gegangen sind, ist es zu spät. Man steigt nicht ungestraft aus. Man hat zu gehorchen, und man lernt, Gefallen daran zu finden. Und man genießt das Machtgefühl, andere mißhandeln zu können. Wir alle tragen niedere Instinkte in uns, aber wir vermögen es, sie in Schach zu halten. Die Nazis dagegen wecken und pflegen sie.«
Vielleicht hielt er uns den Vortrag, weil er sich gern reden hörte, aber ich hatte das Gefühl, daß er uns wirklich etwas zu sagen hatte; das war seine Mission. Ich merkte, daß Simon von der Maxime, sich nur auf das zu konzentrieren, was direkt mit dem Mord zu tun hatte, abgekommen war. Wahrscheinlich dachte er an seine acht Kinder und die Gefahren, die ihnen in gar nicht so ferner Zukunft drohen konnten. Ich hatte nur ein Kind zu behüten, aber meine Unruhe war nicht geringer.
»Sind die alten Nazis Hitler und Göring und ihr Anhang vergessen, oder werden sie noch immer verehrt?« fragte Simon.
»Sie werden als Pioniere und große Staatsmänner angesehen, aber die Neonazis haben auch andere Idole. Die im Kampf gegen die Demokratie Gefallenen verehrt man in Gedichten und Liedern, die überall in Europa gelesen und gesungen werden. Sie werden Märtyrer genannt, man schmückt ihre Gräber mit Blumen. Auch die, die im Gefängnis sitzen, verehrt man als Helden. Sie werden ebenfalls besungen, und wenn sie herauskommen, verehrt man sie wie Nobelpreisträger. Zur Zeit sitzt gerade ein junger schwedischer Neonazi im Gefängnis. Er bekam zehn Jahre für einen vorsätzlichen und ungeheuer bruta-

len Mord. Aus ganz Europa treffen Geschenke für ihn ein, und in den einschlägigen Zeitungen werden feierliche Gedichte über ihn veröffentlicht.«

»Die haben auch Zeitungen?«

»Ich werde dir welche schicken, damit du einen Eindruck bekommst. Du findest darin massenweise persönliche Angaben und Hetzartikel und Tips, wann Nazi-Rockbands Konzerte veranstalten. In gewissen Blättern, die nur für die eigenen Mitglieder bestimmt sind, werden die Namen und Adressen von mißliebigen Personen abgedruckt, die ›zur Rechenschaft zu ziehen sind‹, das heißt im Klartext, die schikaniert werden sollen.«

»Machen da auch Mädchen mit?«

»Ja, aber sie spielen eine untergeordnete Rolle. Frauen haben sich ausschließlich den traditionellen Aufgaben zu widmen, sie haben zu dienen und sonst nichts. Die Nazis sind unerhört reaktionär. Die Mädchen bekommen nur dann eine Aufgabe, wenn die Männer Propagandamaterial an die Allgemeinheit verkaufen. Dann lungern sie in der Nähe herum und fotografieren die, die sich den Verkäufern entgegenstellen. Anschließend versucht man, diese anhand der Fotos zu identifizieren und unter Druck zu setzen.«

»Was bedeutet ›unter Druck setzen‹?«

»Das ist verschieden. Es gibt die harmloseren Varianten, wie zum Beispiel Waren im Namen des Opfers zu bestellen und anliefern zu lassen oder widerwärtige Fotos zuzuschicken. Telefonterror, natürlich. Juden bekommen Briefe mit Haarsträhnen, die angeblich von Vergasten stammen. Und dann gibt es die schlimmeren Sachen. Ich weiß, daß schon viele Betroffene danach Selbstmord begangen haben. Einer jungen

Frau wurde ihr geliebter Pudel gestohlen. Sie bekam ihn dann Stück für Stück mit der Post zurück. Mal eine Pfote, dann ein Auge, dann ein Stück Fell. Ich weiß ...«
»Das reicht«, sagte Sandra. »Ich kann es nicht mehr hören. Es ist so widerlich!«
»Was war das für eine Gruppe, in die Karsten sich einschlich?« fragte Simon.
»So wie es verschiedene Bereiche der Hölle gibt, existieren auch verschiedene neonazistische Richtungen und Parteien. Die älteste darunter, die früher schon am meisten von sich reden machte, sammelt um sich die schlimmsten Psychopathen. Das sind so pervertierte Typen, daß nicht einmal ihre ebenfalls auf Gewalt fixierten Blutsbrüder in anderen Parteien ihnen trauen. Derzeit registrieren wir neue Entwicklungen, die den Neonazismus zu einer großen Gefahr für unsere Demokratie werden lassen.«
Er nahm einen anderen Aktenordner zur Hand und blätterte, bis er ein paar handgeschriebene Seiten gefunden hatte. Sandra füllte unsere Gläser nach. Draußen vor den Fenstern zeigte sich der schwedische Frühling von seiner besten Seite. Ausflugsboote glitten auf das Kastell zu, das von den vielen Generationen von Küstenartilleristen Grabo genannt worden war. Wie viele der Soldaten hatten nicht im Laufe der Zeit darüber geklagt, daß es in Vaxholm keine Mädchen gab, wenn sie einmal Ausgang bekamen. Dabei gab es natürlich Mädchen, aber die so langweilig gekleideten Wehrpflichtigen und Reservisten waren eben nicht die attraktivsten Männer auf dem Markt. Heute befindet sich in dem alten Gemäuer ein sehr sehenswertes Museum, das jährlich viele tausend Besucher anzieht.

Ein Idyll. Ein schmuckes Städtchen, ein Museum, tiefblaues Wasser, Boote, Sonne, knospendes Grün, eine Natur, die vor Lebenskraft nur so strotzte, und wir saßen da und sprachen über Gewalt und Blut und Mißhandlung und Tod.

»Die Parteien sind oft einer internationalen Bewegung angeschlossen, zum Beispiel der *World Union of Nationalsocialists* oder der *European Nationalsocialist Union.* Man tauscht Erfahrungen aller Art aus. Man berät sich gegenseitig, wie die organisierte Gewalt am effektivsten eingesetzt werden kann. Die Parteien und Verbände sind inzwischen sehr gut bei Kasse und arrangieren unter anderem internationale Lager. Das Neue in den letzten Jahren besteht darin, daß es in verschiedenen Ländern, auch bei uns, Geheimorganisationen gibt. Sie werden von jemandem geleitet, der vermutlich nach Anweisungen des Weltrates oder eines ähnlichen Gremiums handelt. Neu ist auch, daß Instrukteure umherreisen, die lehren, wie man am besten Schrecken verbreitet und Gegner zum Schweigen bringt. Das habe ich aus verschiedenen zuverlässigen und voneinander unabhängigen Quellen gehört.«

»Was wird damit bezweckt?«

»Man will zunächst einmal Unruhe schaffen. Mord, Mißhandlungen und Terror sollen die Gesellschaft dazu bringen einzugreifen. Daraus erwächst eine Konfrontation, man schafft Märtyrer, denn Märtyrer sind für Gewaltideologien unabdingbar. Allmählich schaukelt sich die Gewalt dann zum Chaos auf, die Auseinandersetzung wird immer härter, und zum Schluß übernimmt die auserwählte Elite die Macht. Das ist keine Utopie, das hat es schon gegeben. Eine kleine Gruppe total skrupelloser Personen kann eine sehr effektive Armee sein.«

Simon konnte einen Seufzer nicht unterdrücken, und ich stimmte ein. »Dabei haben wir ja schon Gewalt genug heutzutage, sogar auf den Fußballplätzen ...«
»Die Gewalt auf den Tribünen ist organisiert. Hinter den fürchterlichen Krawallszenen in verschiedenen internationalen Stadien, die schon einige Todesopfer gefordert haben, steckt die *National Front.* Die Anstifter sind bereits identifiziert. Eine Handvoll Provokateure hat das Ganze zu verantworten – genau dasselbe kann und wird in der Gesellschaft insgesamt geschehen.«
Er legte uns eine umfangreiche Dokumentation vor, die Namen und Fotos junger Briten enthielt, die der *National Front* angehörten. Bei jedem war vermerkt, an welchen Aktionen er teilgenommen hatte. Die Briten schauten etwas mürrisch in die Kamera und machten sich offenbar nicht allzuviel aus der Ehre, fotografiert zu werden.
»Karsten Lund hat es also geschafft, sich in diese Geheimorganisation einzuschleichen. Jemand, der in der Szene als zuverlässig gilt, muß ihn empfohlen haben. Es ist sehr wichtig, daß ihr diesen Verein unschädlich macht, denn sonst wird es in Schweden bald sehr ungemütlich werden.«
Ich räusperte mich, denn ich wollte zum erstenmal in das Gespräch eingreifen. Und ich bin ja so schüchtern.
»Die Angaben auf Karsten Lunds Diskette entscheiden also über Sein oder Nichtsein der Geheimorganisation der Neonazis. Wir müssen sie vor ihnen finden.«
»Genau. Ihr *müßt* sie zuerst finden.«
»Wir sollten auch daran denken, daß sie für den, in dessen Besitz sie ist, einen großen Wert darstellt. Er könnte sie erpresserisch nutzen.«

»Das dürfte ein Spiel mit dem Leben werden.«
»Vielleicht ist dieser Einsatz demjenigen nicht zu hoch. Selbst wenn er kein Nazi wäre, würde er vermutlich lieber schnell reich, als uns zu helfen, die Gewalttäter dingfest zu machen.«
Kalster machte eine hilflose Geste.
»Egoisten gibt es überall. Wir werden sehen. Ich möchte noch erklären, warum ich darauf bestand, daß ein Polizist höheren Ranges anwesend sein sollte. Ich möchte gern eine Garantie, daß mir die Diskette zur Verfügung steht, wenn ihr den Fall gelöst habt. Schließlich hatte ich ja quasi ein Abkommen mit Lund. Ich kann schnell einen erfahrenen Autor finden, der aus dem Material ein Buch zusammenstellt. Das hat nichts mit Geld zu tun. Ich kann meinerseits versichern, daß ich eventuelle Einnahmen einem geeigneten Fonds zur Verfügung stellen würde. Aber die internationale Öffentlichkeit muß aufgerüttelt werden!«
»Wir werden darüber nachdenken. Wirst du nicht auch selbst bedroht?«
Er zuckte die Achseln. »Nicht direkt. Die Neonazis haben nicht unbedingt etwas dagegen, wenn man über sie schreibt. Sie fühlen sich oft sogar geschmeichelt, wenn man sie als gefährlich und als Schreckfiguren bezeichnet. Natürlich hätte ich nicht mehr lange zu leben, wenn sie an die Macht kämen, aber die Gefahr muß man schon auf sich nehmen. Ich will mich nicht schämen müssen, wenn ich in den Spiegel schaue.«
Wir standen auf und schüttelten uns zum Abschied die Hände. Als wir zur Tür gingen, klingelte das Telefon. Es war ein wichtiges Gespräch für Kalster, und so winkte er uns nur zu. Sandra Ryan übernahm es, uns hinunter zu begleiten.

»Hej«, sagte Simon. »Und vielen Dank für den Saft.«
»Wartet einen Moment. Ich bring euch noch hinaus.«
Sie stellte das Tablett in der Küche ab und schaute dann die Treppe hinauf, als wollte sie von ihrem Onkel nicht gesehen werden.
Draußen flüsterte sie Simon zu: »Ihr müßt meinen Onkel beschützen.«
»Vor wem?«
»Vor denen. Ich sah, daß er dieser Tage einen anonymen Brief erhielt. Er warf ihn in den Papierkorb, so konnte ich ihn später lesen. Darin stand, daß sie ihn lebendig verbrennen wollen!«

12.

Eine Dreizimmerwohnung in Hjorthagen war unter aller Kritik, eine Vierzimmerwohnung in Vasastan zu feucht, eine große Zweizimmerwohnung mit separatem Eßzimmer auf dem Valhallavägen ein Alptraum gewesen. In einer Dreizimmerwohnung auf Lilla Essingen wurde mir schlecht, von einem Fünfzimmerappartement in Traneberg bekam ich Fieberschauer.
Jetzt saß ich mit einem neuen Angebot in der Hand am Tisch und überlegte, ob es sich noch lohnte anzurufen. Melancholisch gestimmt begann ich zu glauben, daß es mir bestimmt war, weiter in der Schicksalswohnung zu verbleiben, während Virena und Elin das familiäre Vermögen dem Kurheim von Skebo Herrgård zukommen ließen. Immerhin handelte es sich diesmal um eine Kungsholmener Nummer, und das war doch schon einmal etwas. Ziemlich hoffnungslos wählte ich die Ziffern, und eine jugendliche Männerstimme meldete sich: »Ja, hier ist Matte.«
Ich fragte korrekterweise: »Spreche ich mit Mats Lilja?«
»Genau. Wenn du mir einen Managementkurs andrehen willst, dann vergiß es. Ich bin Vollprofi.«
»Hier ist Roland Hassel, hej. Du hast dich auf meine Annonce hin gemeldet. Es geht um einen Wohnungstausch.«
»Ich schreibe auf viele solcher Annoncen. Hier kann man ein-

fach nicht wohnen. Die ganze Gegend ist wie eine einzige Grabkammer. Wo liegt deine Wohnung?«

Grabkammer? Der Vollprofi mußte als Verkäufer ein totaler Trottel sein; einer, der es nicht einmal schaffte, einem notorischen Säufer ein Bier anzudrehen. Er sprach schnell und wie die meisten jungen Leute mit einer Spur Ungeduld in der Stimme. Sie haben es heutzutage so eilig, durchs Leben zu kommen. Jede Sekunde muß mit neuen Sensationen gefüllt werden.

»Drottninggatan? In der Nähe von Åhlens Kaufhaus? Da bin ich platt. Vicky auch, was meine Frau ist.«

»Und wo befindet sich deine Grabkammer?«

»Ich weiß nicht, ob du die Pontonjärgatan kennst? Na, ist ja auch kaum möglich, denn hier ist absolut nichts los. Manchmal dauert es Monate, bis man ein menschliches Wesen auf der Straße trifft. Also, sie verläuft parallel zum Norr Mälarstrand.«

Meine Hoffnung wuchs.

»Kenn ich.«

»Ist das möglich? Die Wohnung liegt Ecke Baltzar von Platansgatan. Das ist noch so ein totes Stück Asphalt. Dort ist auch der Eingang, aber wir erwähnen immer lieber die Pontonjärgatan, die ist wenigstens etwas breiter. Vicky denkt, daß sogar im Wald mehr los ist als in unserer Gegend. Dort trifft man auf alle Fälle den einen oder anderen Hasen.«

»Wie groß ist sie denn?«

»Vier Zimmer. Ganz oben, mit Fahrstuhl und so. Balkon auch, aber was soll man denn damit? Wirklich nur was für Rentner.«

»Darf ich sie mir einmal ansehen?«

»Willst du das wirklich?«
Er schien überrascht zu sein und wechselte wohl ein paar Worte mit Vicky, wobei er den Hörer mit der Hand abdeckte.
»Du, Hassel, wir haben heute und morgen abend was vor, aber wie wäre es denn mit übermorgen? Wenn du so gegen fünf kommst, können wir anschließend noch zu dir fahren und besichtigen, falls du dann noch interessiert bist. Du kannst direkt vor dem Haus parken. Aber wundere dich nicht, wenn du auf dem Weg vom Auto zur Haustür schon Depressionen bekommst.«
Das konnte der Glückstreffer sein! Es war halb fünf, und ich beschloß, Virena anzurufen und ihr von meiner keimenden Hoffnung zu erzählen. Sobald ich ihre Stimme hörte, ärgerte ich mich aber.
Das Eisklirren war daraus verschwunden, nun hatte ich es mit einem tiefgefrorenen Eisklumpen zu tun, von dem man jedes Wort einzeln abschlagen mußte. Ich klang zu Anfang übertrieben optimistisch, wie alle, die krampfhaft gute Laune verbreiten wollen.
»Hej, hej, wie geht's dem Grünzeug?«
»Wie bitte?«
»Ich meinte das doppeldeutig. Das Grünzeug an den Bäumen und Büschen und auf euren Tellern.«
»Ach so.«
»Und Elin, erinnert sie sich noch an ihren lieben Papa?«
»Wie bitte?«
Ihr ›Wie bitte?‹ enthielt giftige Widerhaken und Peitschen und kochendes Blei.
»Elin, unsere Tochter. Auch ich habe etwas dazu beigetragen, daß es sie gibt.«

»Sie spielt draußen.«
»Ich rufe später noch einmal an und sage gute Nacht. Du, übrigens, ich glaube …«
»Vielleicht ist sie dann schon eingeschlafen. Ruf bitte nicht noch einmal an.«
Ein ganz dicker Kloß würgte in meinem Hals. Ich durfte Elin nicht einmal mehr Gute Nacht wünschen. Ich war ein Störfaktor. Aber ein Hassel gibt nicht so schnell auf. Ich würde es schaffen, den Kloß kleinzukriegen, und nahm neuen Anlauf.
»Es geht um eine Wohnung in der Pontonjärgatan. Wie geschaffen für uns. Herrliche Gegend. Du weißt, ich habe dir ja erzählt, wie wir damals …«
»Ja.«
»Willst du mitkommen zur Besichtigung? Entschuldige dich für ein paar Tage oder klettere durch ein Loch im Zaun.«
»Nein.«
»Du meinst, ich soll selbst entscheiden? Dann würde ich ja sagen, falls die Wohnung in Ordnung und die Miete akzeptabel ist. Kungsholmen magst du doch, oder?«
»Ich weiß nicht.«
»Es ist herrlich dort, und wir können …«
»Ich muß jetzt essen.«
Schlag mir mit einem Wischlappen ins Gesicht, wirf mich auf einen Misthaufen, schütte Jauche über mir aus. Meine große Zuversicht wurde so klein, daß sie in eine Einkaufstüte paßte.
»Virena, was habe ich dir getan? Womit habe ich das verdient?«
»Wenn du mir nichts weiter zu sagen hast, dann leg jetzt bitte auf.«

»Bekomme ich denn gar keine Chance, mich zu verteidigen?« schrie ich verzweifelt. »Dieses Recht haben ja selbst die, die wegen Mordes angeklagt sind.«
»Leb wohl.«
Dieses verdammte, beschissene, ekelhafte ›Leb wohl‹! Ich rastete aus und trat mit voller Wucht gegen den Türpfosten. Unmittelbar darauf kam Simon herein und betrachtete den Abdruck auf dem weißen Anstrich.
»Latsch auch noch gegen die andere Seite, dann sieht es gleichmäßiger aus.«
»Gern.«
Ich legte meine ganze Wut in den Tritt. Die Zehen und der ganze Fuß taten mir höllisch weh, aber das minderte ein wenig den inneren Schmerz. Ich hinkte zu meinem Stuhl und hoffte, daß er etwas Unverschämtes sagen möge, damit ich ihm eine knallen konnte.
Im nächsten Augenblick murmelte ich schwermütig: »Virena will nichts mehr von mir wissen.«
»Kein Wunder, so wie du mit der Einrichtung umgehst. Wir haben inzwischen Rückmeldungen auf alle unsere Nachfragen im Ausland, was unseren Mörder, der sich Heller nennt, angeht – nichts, keine Angaben, keine Hinweise. Nun versuche ich es andersherum und fordere Auskünfte über verdächtige Nazis mit internationalen Aktivitäten an.«
»Sie hat nicht einmal gesagt, ob sie überhaupt auf Kungsholmen wohnen will.«
»Was?«
»Ich danke dir, daß du nicht ›Wie bitte?‹ gefragt hast.«
»Was quatschst du denn da?«
»Das wäre doch eine ideale Gegend für uns.«

Das Telefon klingelte, und es schmerzte beinahe, so sehr hoffte ich, daß es Elin sein möge, daß Virena ihre Tiefkühlphase bereute, und daß mir meine kleine Tochter gleich von den Abenteuern ihres Tages erzählen würde. Deshalb meldete ich mich ganz besonders freundlich, nicht wie sonst wie ein Büffel mit Magenbeschwerden. Aber es ging um andere Abenteuer.

»Jetzt reden wir einmal ernsthaft miteinander.«

Ich gab Simon ein Zeichen, und er verschwand, um über Funk die Technik zu benachrichtigen. Beim letztenmal hatten wir die Telefonzelle in Rönninge, von wo aus der Anruf erfolgt war, über eine Viertelstunde zu spät erreicht.

»Wer ist denn da?« fragte ich möglichst harmlos.

»Spiel hier nicht den Naiven, Hassel. Damit ist es vorbei.«

»Womit ist es vorbei? Wer spricht da eigentlich?«

Simon kam herein und beugte sich zu mir, so daß er mithören konnte. Ich wagte nicht, den Lautsprecher zuzuschalten, weil der Echoeffekt dem Anrufer verraten konnte, daß noch jemand lauschte.

»Du weißt, was ich meine, und wenn du nicht ...«

»Ach so, jetzt bin ich im Bilde. Du bist der von der Basketballmannschaft. Du, ich habe wirklich mit meinen Kollegen hier gesprochen, aber, ehrlich gesagt, das Interesse ist sehr gering. Hockey vielleicht noch, aber Basketball ...«

»Halt die Schnauze! Du hast zwei Möglichkeiten. Entscheide dich schnell. Das ist mein letzter Anruf.«

»Aber worum geht es denn? Ich hör dir ja gern zu, aber ich muß doch wissen, wovon du eigentlich sprichst. Was für Möglichkeiten?«

Simon gab mir durch seine Mimik zu verstehen, daß er von

meinem Vermögen, dumm herumzuquatschen, sehr angetan war. Dem Anrufer imponierte es weniger.
»Wenn du mitspielst, bezahlen wir für die Information, und gut. Spielst du allerdings nicht mit, dann töten wir deine Familie.
Wie entscheidest du dich?«
»Aber wer ...«
Seine bisher sehr beherrschte Stimme schrillte nun: »Halt die Fresse! Wie willst du es haben? Wähle!«
Ich erwiderte nichts, sondern atmete nur in den Hörer.
»Na? Antworte!«
»Wieso? Ich sollte doch die Fresse halten, oder?«
»Sooo! Du denkst, du kannst so weitermachen? Dann schließe ich daraus, daß du nicht interessiert bist. Schade. Das Schicksal deiner Frau und deiner Tochter wird dir zeigen, daß du dich besser anders entschieden hättest. Tschüs, Hassel.«
Simon nickte, und ich mimte den Angsterfüllten.
»Warte, hallo, stopp, leg nicht auf. Ich weiß ja, worum es geht.«
Das reichte schon, ihn wieder gnädig zu stimmen. Er hatte den widerspenstigen Polizisten gezähmt, indem er damit gedroht hatte, seine Nächsten umzubringen. Eine effektive Methode also. Ich wünschte ihm Eiterbeulen, Gicht und Schuppen gleichzeitig an den Hals.
»Du spielst also mit?«
»Ja, aber wieviel laßt ihr denn springen? Ich bin nicht billig, und die Sache muß euch eine Menge wert sein.«
Ich ließ meine Stimme so richtig habgierig klingen, das machte mich glaubwürdiger.
»Darüber reden wir, wenn wir uns treffen.«

»Ja, ja, aber ungefähr? Das Geld ist schließlich wichtig für mich. Wenn das herauskommt, verliere ich meinen Job, und da muß ich abgesichert sein.«
»Auf dem Sveavägen gegenüber den Hochhäusern liegt das Reisebüro Heb-Tours. In der Nähe von Spies. Morgen Punkt halb zwölf wartest du dort. Jemand kommt dann zu dir und sagt ›Eins-zwei-drei‹. Die Person gibt dir dann weitere Instruktionen.«
»Und wie läuft das mit den Moneten?«
»Du wartest dort, bis du angesprochen wirst. Du weißt, was passiert, wenn du uns übers Ohr hauen willst.«
Ich konnte das Gespräch nicht noch mehr in die Länge ziehen. Simon rannte aus dem Zimmer. Vielleicht sollte ich ihm hinterherrennen und Enthusiasmus zeigen, aber ich hatte keine Lust. Ich legte die Füße auf den Schreibtisch und schloß die Augen. Es war angenehm, nicht nachzudenken, sondern nur so herumzusitzen und sich in eine Art schwerelosen Schlummer versinken zu lassen. Leider wurde ich durch Simon gestört.
»Der Anruf kam aus einer Telefonzelle weit südlich vor der Stadt. Wir haben es wieder nicht geschafft. Kannst du dir nicht schnell mal die Schuhe putzen?«
»Wozu? Es ist doch bald Sommer, und da kann man barfuß gehen.«
»Wir wollen essen gehen. Ich lade dich ein. In einer Stunde hole ich dich ab.«
Dagegen hatte ich natürlich überhaupt nichts einzuwenden. Wir landeten in einem kleinen Restaurant in Söder. Vorspeise und Hauptgericht und Kaffee, und dann ein Helles. Wie früher, als wir noch jung und dumm waren.

»Die kriechen dir in den Arsch, um dich zu täuschen, denn sie glauben, daß du der einzige bist, der weiß, wo diese verdammte Diskette versteckt ist. Die enthält Dynamit. Du hast sie in der Hand; das wissen sie. Im großen und ganzen sind sie bereit zu zahlen, was du verlangst.«
»Und mich sofort totzuschlagen, wenn sie bekommen haben, was sie wollen.«
»Ja, natürlich, aber das ist eine andere Sache. Die Sandwiches hier sind übrigens die kleinsten, die ich je gesehen habe. Da bestellt man im guten Glauben, alles wäre noch wie früher, drei Stück als Vorspeise, und was bekommt man? Ein paar Krümel aus dem Brotkorb.«
Er maulte weiter vor sich hin, aber ich, der ich eine bedeutend kleinere Portion bestellt hatte, konnte mich beim besten Willen nicht anschließen. Mein Appetit war auch nicht besonders groß.
»Was passiert, wenn sie merken, daß ich ihnen gar nichts zu bieten habe? Habe ich dann noch eine Chance, das Pensionsalter zu erreichen?«
Simon zuckte die Schultern, ohne zu antworten. Es war auch nicht nötig. Es würde mir nie gelingen, sie zu überzeugen, daß auch ich das Versteck von Karstens Diskette nicht kannte. Und ich brauchte mir nicht einzubilden, daß sie mich schonen würden, weil ich eine Familie zu versorgen hatte. Mein Todesurteil war praktisch schon gesprochen, auch wenn ich noch versuchte, mich freizustrampeln.
Ich konnte sie vielleicht noch eine Zeitlang bluffen, aber dann würden sie mich auf alle Fälle umbringen. Meine einzige kleine Chance bestand darin, daß wir die Diskette fanden und die Bande einbuchteten, bevor sie die Messer wetzen konnten.

Eine Minichance. Meistens rutschte uns ja irgendein Schlächter durchs Netz.
Ich nahm einen Schluck Bier und murmelte: »Jedenfalls habe ich eine ganze Menge gesehen im Leben.«
»Na, na, so leicht geben wir dich nicht auf. Ich nehme dich persönlich unter meine mächtigen Fittiche. Du wirst schon sehen.«
Der Trost war gering. Der Fall Heller hatte uns gezeigt, mit welchem Kaliber wir es zu tun hatten, und Kalsters Schilderung war eine zusätzliche Bestätigung gewesen, daß diesen Leuten ein Menschenleben herzlich wenig galt.
»In acht Tagen werden Lizzie und Klemensson mit allen Ehren begraben.«
»Ich komme, wenn ich kann.«
Er mißverstand mich und sagte ein wenig scharf: »So pessimistisch brauchst du nicht zu sein! Okay, ich weiß, daß dich eine Bande blutdürstiger …«
»So habe ich es gar nicht gemeint. Es geht mehr ums Mentale. Beide starben wenige Meter von mir entfernt, und Lizzie habe ich gekannt und gemocht. Oft träume ich von ihnen.«
Simon winkte der Serviererin und bestellte einen Wodka.
»Das kann ich verstehen«, sagte er leise.
»Manchmal gesellt sich auch Karsten Lund noch zu ihnen und glotzt mich mit seinen gebrochenen Augen aus Elins Bett an.«
Simon bekam seinen Wodka und stürzte ihn auf einen Zug hinunter. So ein kleines Gläschen kann manchmal eine große Hilfe sein, wenn es einem dreckig geht. Nicht, daß es wirklich wirkt, aber es gibt das Gefühl, etwas getan zu haben.
»Ann bekommt Tabletten. Ihre Mutter meint, sie sei ansprechbar, aber sie sitzt wie unter einer Glasglocke.«

Beruhigungstabletten lassen die Welt erträglich werden, man fühlt sich wie mit rosa Wattebäuschen gefüttert, aber nichts wird bewältigt, alles nur zugedeckt. Manchmal bricht man erst nach Jahren zusammen, weil einem endlich klargeworden ist, was man erlebt hat.
»Auf alle Fälle schlagen wir morgen los gegen die, die mit dir Geschäfte machen wollen. Wenn es uns gelingt, auch nur eine einzige Person zu identifizieren, dann werden wir auch die anderen kriegen. Hausdurchsuchung, Bekanntenkreis und so weiter, dir muß ich das ja nicht weiter erklären.«
Das Hauptgericht wurde serviert. Schwedisches Beefsteak mit Zwiebeln. Für Simon war die Portion wieder viel zu klein, ich war vollauf zufrieden. Er löste das Problem, indem er noch eine zusätzliche Schüssel Salzkartoffeln bestellte. Ohne ihn anzusehen, sagte ich: »Die bedrohen auch Virena und Elin.«
Kauend erwiderte er barsch: »Das wissen wir.«
»Wenn es mit mir schiefläuft …«
»Sie stehen unter besonderem Schutz, bis die Gefahr vorüber ist. Wie lange das auch dauern mag.«
Er schien schlechte Laune zu haben und bestellte sich noch einen Wodka. Das sah ihm gar nicht ähnlich, allein zu trinken, und dann noch während des Essens. Daraus konnte ich ersehen, daß in seinem Inneren Stürme wüteten. Als Chef war er für mich verantwortlich, als Freund machte er sich noch zusätzliche Gedanken. Ich hatte Anweisung, mich aus den Ermittlungen weitgehend herauszuhalten.
Jede verfügbare Kraft war im Einsatz, um Hellers Auftraggeber zu finden. Da es nun auch noch um die Ermordung zweier Polizisten ging, herrschte eine ebenso aufgeregte Stimmung wie nach dem Mord an Olof Palme.

Polizisten im Einsatz tragen immer ein gewisses Risiko, ein Messer zwischen die Rippen oder eine Kugel in die Brust zu bekommen. Heutzutage hat man es bei den meisten Verbrechen mit bewaffneten Tätern zu tun. Wenn wie diesmal ein Kollege ernsthaft verletzt oder getötet wird, löst das einen kollektiven Zorn aus, der eigentlich die Kehrseite einer konkreten Angst ist. Denn es hätte auch jeden anderen treffen können.

Da ich mich natürlich nicht heraushalten konnte, versuchte Simon, mich wenigstens etwas zu schonen. Das sagte mir mein Instinkt, und ich fand mich damit ab.

»Zum Wohl«, forderte ich ihn auf.

»Was? Ach so, ja, Prost«, erwiderte er und kippte den Schnaps. »Du, Rolle, du hast doch diese Menschen, so will ich sie einmal wider besseres Wissen bezeichnen, nie im Leben gesehen. Und sie dich also auch nicht.«

»Nicht, daß ich wüßte.«

»Dann habe ich da so eine Idee. Wir könnten dich doch morgen austauschen, oder?«

13.

Die Gabel, die sich auf meinen Mund zubewegte, blieb auf halbem Wege stehen.

»Austauschen? Gegen wen?«

»Ich dachte an Ljunglöf. Er sieht dir ziemlich ähnlich, die Haare könnten wir färben. Ljunglöf ist kein schlechter Mann. Er ist ein Eliteschütze, hat den braunen Karategürtel und turnt ausgezeichnet.«

»Wie kannst du nur etwas so absolut Idiotisches vorschlagen!«

»Für diesen Job muß man in Topform sein.«

Ich legte die Gabel auf den Teller und atmete tief, um die Stimme unter Kontrolle zu halten. Simon schaufelte Kartoffeln in sich hinein und schien sich ganz darauf zu konzentrieren.

»Eliteschütze? Schön und gut, aber in diesem Falle geht es ja wohl nicht darum, Leute niederzuballern. Wäre es nicht im Gegenteil besser, wenn ich mich waffenlos präsentieren würde, um nicht zu provozieren? Und was soll der braune Karategürtel? Soll er für eine Filmrolle in Hongkong zur Verfügung gestellt werden? Tja, und einen ausgezeichneten Turner sollte man dann engagieren, wenn man auf ein paar doppelte Saltos oder ein Programm am Seitpferd scharf ist.«

»Das war nur ein Vorschlag, Rolle. Nicht mehr.«

»Wir brauchen einen Typen, der ganz genau so aussieht wie Roland Hassel, und da gibt es nur einen – mich. Ich muß mir nicht einmal die Haare färben.«
»Gut, dann sollst du selbst entscheiden.«
»Überleg doch mal. Wenn die merken, daß ein falscher Hassel auftaucht, dann begreifen sie doch sofort, daß wir sie aufs Kreuz legen wollen. Damit wäre die einzige Chance verspielt.«
Und im Hasselschen Familiengrab stünde eine Kiste mehr.
»Ja, ja.« Es gab wieder zuwenig Zwiebeln zu den Beefsteaks.
»Was meinst du, sollten wir uns nicht noch eine Extraportion goldbraun gerösteter Zwiebelringe bestellen?«
Er nahm mein Schweigen als Zustimmung und winkte der Serviererin.
Meine Irritation ließ nach. Der Vorschlag war wohl nur ein Versuchsballon gewesen, der niemals wirklich zum Himmel steigen sollte.
»Dessert?«
»Nix Dessert«, sagte ich in unserem alten, kumpelhaften Tonfall, und er grinste breit und freundlich.
»Aber ich. Eine Portion Vanilleeis. Anschließend trinken wir Kaffee, und ich nehme einen kleinen Cognac dazu. Das reicht dann, man muß auch einmal nein sagen können.«
Die Vorbereitungen begannen bereits Punkt neun Uhr im Konferenzraum. Ein mehrere Quadratmeter großer Stadtplan war an die Wand projiziert. Simon war anwesend und Nord und sechs andere ranghohe Polizisten. Einer hieß Löfgren und war für die Aktion verantwortlich.
»Hier also wird Hassel stehen und warten.«
Er piekte mit dem Zeigestock auf eine Stelle am Sveavägen.
»Hier haben wir Heb-Tours. Links davon befindet sich

das Finnlandia-Möbelhaus, und dann kommt der Abgang zur U-Bahn. Rechts liegen die Wasa-Impfzentrale und das Spies-Reisebüro. Alles klar?«

Alle nickten und machten sich Notizen.

»Warum gerade Heb-Tours? Steckt da etwas dahinter? Hier, in der Nähe der U-Bahn ...«, er tippte mit dem Zeigestock an die Leinwand, »... ergeben sich natürlich verschiedene Fluchtmöglichkeiten. Aber wenn es darum gegangen wäre, hätten sie sich direkt am U-Bahn-Tunnel mit Hassel verabreden können. Ein Geschäft liegt dazwischen. Warum, was meint ihr?«

Simon begann: »Gewiß, sie werden auf der Hut sein, aber sie müssen davon ausgehen, daß Hassel seine Informationen verkaufen will. Sonst würde der sich ja nicht mit ihnen einlassen, sondern die Diskette der Polizei übergeben. Und wir hätten schon längst zugegriffen, die gespeicherten Angaben ausgewertet und Verhaftungen vorgenommen. Aus ihrer Sicht wäre es also unlogisch, wenn Hassel ihnen eine Falle stellte. Außerdem glaube ich nicht, daß der oder diejenigen, die ihn abholen, mit ihm verhandeln werden. Sie werden wohl lediglich den Auftrag haben, ihn zu ihrem Chef zu bringen.«

Nord nuckelte an seiner Pfeife und stimmte zu: »Ich sehe das auch so. Ein Auto hält, Hassel bekommt ein Zeichen einzusteigen, und dann fahren sie zu irgendeinem Haus.«

Zustimmendes Gemurmel. Mit dieser Arbeitshypothese waren alle einverstanden, man konnte nun die verfügbaren Kräfte entsprechend planen.

»Gut, gehen wir also davon aus. Hier vor das Spies-Reisebüro stellen wir ein Auto mit einem Kollegen. Er steht in Funkverbindung zu einem weiteren Fahrzeug vor Skandia Finans.«

Der Zeigestock wies auf einen Punkt, der in der Realität etwa fünfzig Meter den Sveavägen hinunter lag.
»Dieser Wagen beginnt mit der Beschattung. Es gibt drei mögliche Wege: rechts runter in Richtung Kungsgatan, den Sveavägen immer weiter geradeaus oder den Sveavägen ein Stück entlang und dann Olof Palmes Gatan links ab. Wir postieren überall weitere Fahrzeuge; wer in der günstigsten Position ist, setzt die Beobachtung fort. Die anderen beiden warten auf ihren Einsatzbefehl, der je nach Situation gegeben wird. Insgesamt können wir zehn verschiedene Wagen einsetzen.«
Wenn man im Fernsehen ausländische Krimiserien sieht, gewinnt man leicht den Eindruck, eine Beschattung ließe sich über viele Kilometer hinweg mit ein und demselben Fahrzeug durchführen. Das ist natürlich absurd und völlig wirklichkeitsfremd. Besonders wenn man annehmen muß, daß der Verfolgte Verdacht geschöpft hat, benötigt man viele verschiedene Autos.
»Es geht darum, daß uns der Wagen mit Hassel zu ihrem Hauptquartier führt. Wir greifen also erst ein, wenn das Fahrzeug am vermutlichen Bestimmungsort angekommen ist.«
Nord paffte ein paar graublaue Nikotinwolken in Richtung Decke und gab zu bedenken: »Und wenn etwas schiefgeht?«
»Dann müssen wir natürlich etwas unternehmen. Aber es darf nichts schiefgehen. Wir haben Leute in Spies' und Hebs Reisebüro, die als Kunden getarnt sind und alles unter Kontrolle behalten. Ein Mann bezieht in der Impfzentrale Posten, einen anderen lassen wir die Finnlandia-Möbel bestaunen. Alle tragen Sprechfunkgeräte.«
»Wäre es nicht von Vorteil, wenn wir ein Mikrofon an Has-

sels Körper verstecken?« gab einer der mir unbekannten Kommissare zu bedenken.
»Nein. Das wäre zu riskant. Er soll auch keine Waffe tragen, sondern genau so auftreten, wie sie es erwarten: Als ein Mann, der begierig ist, seine Berufsehre zu verkaufen.«
Keiner protestierte gegen die Annahme, ein schwedischer Polizist könnte bereit sein, seine Ehre zu verkaufen. Das war nämlich schon vorgekommen, und es kam vor und es würde immer wieder vorkommen. Die Absolventen der Polizeischule waren weder Engel noch Heilige.
»Sobald wir das polizeiliche Kennzeichen des Fahrzeugs identifiziert haben, wird der Eigentümer ausfindig gemacht und verhaftet. Noch Fragen?«
Wir saßen da und schwiegen. Das alles klang logisch. Gewiß, ein paar Fragen steckten mir noch im Hals. Was sollte ich tun, wenn sie mir in ihrem Wagen ein Schlachtermesser an die Kehle hielten? Wenn sie mir die Ohren abschnitten? Wenn sie sich als fiese Kerle entpuppten und mich Bullenschwein nannten?
Wir gingen die Aktion noch einmal sorgfältig durch. Dann nahm mich Simon mit in sein Büro. Ich fühlte mich k.o., aber das lag wohl an der inneren Spannung. Das Spiel war riskant, besonders, weil ich selbst der Einsatz war.
»Ich mußte heute früh eine Tablette nehmen. Du solltest aufhören, mich zu Sauforgien zu verleiten«, scherzte Simon.
Ich zog ein verschlossenes Kuvert aus der Jackentasche und reichte es ihm.
»Würdest du das hier bitte Virena geben, falls ich in die ewigen Jagdgründe eingehen sollte? Behalte es, bis etwas … Entscheidendes geschieht.«
Der Brief verschwand in einer Schublade.

»Okay. Aber du bekommst ihn nicht zurück, denn alles wird nach Plan verlaufen, und spätestens heute nachmittag verhaften wir den Mörder. Dann werde ich mich in mein Kämmerlein zurückziehen und dein hochwichtiges Schriftstück heimlich lesen. Was meinst du, wollen wir Heller noch einen Besuch abstatten? Er ist gerade beim Verhör.«
»Warum denn das?«
»Nur zur Unterhaltung.«
Natürlich gab es einen anderen Grund. Er wollte mich zusätzlich motivieren, indem er mir noch einmal vor Augen führte, mit welcher Sorte Gegner wir es zu tun hatten. Auf dem Weg in den Verhörraum erzählte Simon: »Der Staatsanwalt hat den Bericht erhalten, wonach es sich bei den Tätern höchstwahrscheinlich um Neonazis handelt. Wir haben begonnen, diejenigen Parteien und Gruppierungen aufzulisten, die dieser Szene zuzuordnen sind.«
»Die Presse?«
»Wir werden in Kürze eine Pressekonferenz abhalten, bei der wir unsere bisherigen Ergebnisse bekanntgeben. Das Problem ist nur, daß wir bisher nur glauben und vermuten. Wenn wir Lunds Brief an den Verlag verläsen, würden wir uns ins eigene Fleisch schneiden, bei dem Ruf, den Karsten bei seinen Kollegen hatte. Das kommt davon, wenn man jahrelang Münchhausengeschichten verbreitet.«
Heller wirkte unverschämt munter, während der Leiter des Verhöres bleich und übernächtigt aussah. Es gab keinen Zweifel daran, wer sich als Herr der Situation betrachten konnte. Heller verbeugte sich kurz und schien sehr erfreut, mich zu sehen, wie ein Sohn in einem Freizeitcamp, wenn der geliebte Papi mit der dicken Brieftasche auftaucht.

»How nice to see a friendly face again!«
»Mich kannst du damit wohl kaum meinen.«
»Endlich einmal Abwechslung. Nicht daß ich mich beschweren will, aber langsam gehen mir diese eintönigen und – Entschuldigung! – nicht allzu intelligenten Fragen auf den Geist. Außerdem vermisse ich meine bestickten persischen Pantoffeln, aber es ist ja gar nicht so verkehrt, wenn man zeitweise auch einmal etwas entbehren muß.«
An seiner glatten, verbindlichen und dabei eiskalten Art prallten alle Spitzen ab. Wir konnten ihm nicht beikommen, und das amüsierte ihn sichtlich. Er wußte, daß wir zivilisierte Menschen mit einem hochentwickelten Rechtsempfinden waren und alle geltenden Regeln einhalten würden, was Schlaf und Essen und Verhörpraktiken betraf.
»Wir wissen, daß du zu einer neonazistischen Vereinigung gehörst«, sagte ich.
In gespielter Verwunderung riß er die Augen auf.
»Ach ja? Das ist mir neu. Sag mir, bin ich Oberbahnfahrer oder nur Bahnführer? Damit ich weiß, wie ich angeredet werden muß.«
»Wir werden dich schon noch kleinkriegen, Heller oder wie du auch heißt.«
»Vielleicht heiße ich auch Haller. Oder Holler. Eventuell Hüller? Oder Jones oder von Schmaltz oder Bernadotte. Ich kann mich nicht erinnern. Das mag am Klima liegen oder am Ozonloch. Gewisse Zellen haben wohl Schaden genommen.«
Er zündete sich, ohne um Erlaubnis zu fragen, eine Zigarette an.
Während des Verhörs ist es einem Raucher immer gestattet zu

rauchen. Gewaltsamer Entzug könnte als eine Form von Folter angesehen werden. Also rauchte er und blies dicke Schwaden in Richtung unseres Kollegen.

»Wie fühlt man sich denn so, wenn man eine junge Frau erschossen hat?« setzte ich meine sinnlose Fragerei fort.

»Warte mal, ich sag es dir gleich, ich horche mal in mich hinein ... Danke der Nachfrage, man fühlt sich ganz ausgezeichnet.«

»Du hast auch ihr Kind umgebracht!«

»Das will ich hoffen, denn sonst müßte ich an der Treffgenauigkeit meiner Waffe zweifeln. Aber laß uns von etwas Wichtigerem reden. Das Essen hier. Gibt es keine Möglichkeit, daß sich der Gefangene Speisen eigener Wahl schicken lassen kann?«

»Gott sei Dank nicht.«

»Wie bedauerlich. Ich hatte schon daran gedacht, mir die Mahlzeiten aus meinem Lieblingsrestaurant in Paris kommen zu lassen. Drei Sterne. Nun gut, dann muß ich mich eben damit begnügen, mir das Menü für meinen nächsten Besuch dort in Gedanken zu komponieren.«

»Das kann noch lange dauern. Alte Männer essen lieber in Milch geweichten Zwieback.«

Er lächelte dem zur Decke steigenden Rauch hinterher, und etwas in seinem Blick gab mir zu denken. Glaubte er wirklich, er würde mit ein paar Monaten Gefängnis davonkommen? Wenn ja, dann machte er sich etwas vor. In seinen Augen mochten wir gutmütige Trottel sein, aber wir waren nicht von allen guten Geistern verlassen.

»Wir werden ja sehen«, sagte er gleichgültig. »Aber Hassel – wie du siehst, kann ich mich an die Namen von anderen im-

mer sehr gut erinnern, komisch, nicht? Und entschuldige, daß ich dich einfach duze, aber wir sind ja gute Freunde geworden – kannst du nicht einen Zuständigen fragen, ob ich mir mein Essen selbst kaufen darf? Vielleicht einen Richter. Oder den Staatsminister? Eventuell verfügt auch der König über einen gewissen Einfluß.«
Warum sollte ich wertvolle Zeit damit vergeuden, mir sein hohnvolles Geschwätz anzuhören? Wir verließen den Raum, und ich platzte fast vor Wut darüber, daß er uns auf die Nerven gehen konnte, obwohl er doch unser Gefangener war.
»Er muß einer dieser Leute sein, die andere in Gewalt und Terror schulen, und er ist gewiß sehr tüchtig. Man sollte ihm Blumen und Diplome zur Verschönerung seiner Zelle schikken«, meinte ich.
»Die Frage ist, ob er auch Lund auf dem Gewissen hat. Es sieht ja ganz so aus. Im Verhör hat er allerdings, als wir ihn dazu befragten, nur seine üblichen Späßchen getrieben. Pfui Teufel, wie ich sein dreckiges Grinsen hasse.«
Es wurde Zeit, an die Aktion Sveavägen zu denken. Simon holte seine Dienstpistole. Ich nahm ein Taxi zur Kreuzung Kungsgatan-Sveavägen und schlenderte langsam dem vereinbarten Treffpunkt entgegen. Wurde ich beobachtet? Überwachten kalte Augen jeden meiner Schritte? Mußten sie nicht sichergehen, daß ich allein kam? Wurde ich beschattet?
Vor dem mächtigen Gebäude der Skandia Finans stand ein Botenauto. Der Chauffeur saß hinterm Steuer. Einer der Unseren. Ich ließ mir nichts anmerken. Es war zwanzig nach elf, und der Verkehr wurde dichter, denn viele nutzten die Mittagspause für allerlei Besorgungen. Die Frühlingssonne tat ihr Bestes, und die Leute richteten sich danach. Viele junge

Männer mochten heftiger atmen, wenn sie die Kleider der jungen Mädchen sahen.
Ich passierte den Eingang zur U-Bahn. Es wimmelte vor Menschen.
In Finnlandias Möbelhaus entdeckte ich ein bekanntes Gesicht, das angestrengt einen Prospekt studierte. Unter der leichten Jacke ahnte ich das Sprechfunkgerät.
Ich ließ den Blick schweifen, als hielte ich nach einer Kontaktperson Ausschau. In Wirklichkeit kontrollierte ich, ob alle Kollegen auf ihrem Platz waren. Am Schalter von Heb-Tours wartete ebenfalls eine leichte Sommerjacke. Weiter hinten vor dem Spies-Reisebüro lungerte ganz unauffällig ein Mann herum. Auch in der Impfzentrale gab es einen, dem man die Hausnummer deutlich ansah. Er hoffte wahrscheinlich, daß alles vorbei sein möge, bevor man ihm eine Spritze verpassen würde. Vor dem dänischen Reisebüro parkte der Lieferwagen einer Gärtnerei. Die Person hinterm Steuer schien die Morgenzeitung ungeheuer interessant zu finden.
Fünf vor halb. Ich lehnte mich vor Heb-Tours an die Wand und ließ mein Gesicht von der Sonne bescheinen, wie ein Bürohengst, der die kostbaren Minuten der Mittagspause dazu nutzt, den Teint zu verbessern.
»Hallo, Hassel!«
Ich drehte mich um. Vor mir stand ein Mann in mittleren Jahren und grinste mich an. Ich erinnerte mich schwach, ihn einmal in der Fahndungsabteilung gesehen zu haben. Er war nur ein paar Wochen bei uns gewesen und hatte dann seinen Abschied genommen.
Hieß er nicht Jansson? Oder Jönsson? Johansson? Das spielte ja auch keine Rolle. Schlimm war, daß er gerade zum unpas-

sendsten Zeitpunkt auftauchen mußte. Ein kurzer Seitenblick machte mir klar, daß sich der Kunde im Möbelgeschäft schon für uns zu interessieren begann. Jansson-Jönsson-Johansson streckte mir zur Begrüßung die Hand hin. Ich drückte sie schnell.
»Na, wie läuft es denn so bei euch? Herrgott, das waren noch Zeiten ...«
»Hast du mir nichts anderes zu sagen?«
»Ah ... Was denn?«
»Hast du keine Nachricht für mich?«
Er sah so schon ganz schön dumm aus, aber in diesem Augenblick hätte er glatt den Wettbewerb einer Satirezeitschrift für das Gesicht des Jahres gewinnen können.
»Nachricht?«
»Über das Liebesleben der Pflastersteine.«
»Pflastersteine?«
Der Dialog hätte aus einem Film der Marx-Brothers stammen können, aber es war überhaupt nicht witzig. Er glotzte mich verständnislos an, und zu einer anderen Zeit und an einem anderen Ort hätte ich absolut nichts dagegen gehabt, ihn zu treffen, aber jetzt wünschte ich, er möge im Erdboden versinken. Wenn ich beobachtet wurde, gab es jetzt sicher ein großes Rätselraten.
»Hau ab!«
»Was?«
»Hau ab«, sagte ich. »Verschwinde! Schieß in den Wind! Kratz die Kurve! Hast du noch nicht kapiert? Verpiß dich!«
»Ich wollte doch nur ...«
»Mensch, mach die Fliege! Soll ich dir erst Beine machen?«
Jansson-Jönsson-Johansson warf mir einen zutiefst gekränk-

ten Blick zu. Dann stelzte er in Richtung U-Bahn davon. Worüber er mit seinen neuen Kollegen in der Mittagspause tratschen würde, war klar. Hassel war der größte Flegel, dem er je begegnet war. Gott sei Dank, daß er nicht mehr bei dem Verein arbeitete!

Zwanzig vor zwölf. Menschen liefen vorbei, ab und zu blieb jemand in der Nähe stehen, um ein Schaufenster anzusehen. Hatte Jansson-Jönsson-Johansson meinen Kontaktmann verscheucht? Witterten sie Gefahr? Ich zwang mich, freundlich zu grinsen. Das sollte sie beruhigen.

Zehn vor zwölf. Ich registrierte Bruchstücke aus den Gesprächen von Passanten, aber die Sätze hatten nichts mit mir zu tun.

Schauspieler Soundso war langweilig gewesen und die Reise nach Kreta hatte einen Tausender gekostet und man sollte alle Köter in der Stadt abknallen, weil sie alles vollscheißen, und so weiter und so weiter.

Fünf vor zwölf. Was nun? Sollte ich abhauen oder weiterhin stehen bleiben, als eine Art lebende Reklame für das Reisebüro? Er hatte gesagt, ich solle um halb zwölf da sein, aber er hatte nicht gesagt, wie lange ich warten sollte. Die Mittagssonne wärmte den Asphalt, und es roch nach Abgasen.

Jetzt war es genau zwölf Uhr. Es gelang den Kirchenglocken, den Straßenlärm zu übertönen. Ein Mädchen tanzte vorbei, ein alter Mann humpelte am Stock, ein Junge trieb einen Fußball vor sich her. Er erwischte ihn etwas hart, so daß der Ball bis zu mir sprang. Ich fing ihn auf und grinste, wie man eben einen ballspielenden Jungen angrinst.

»Her mit dem Ball, Alter!« schrie er im Falsett.

»Hol ihn dir doch.«

»Du spinnst wohl, Alter!«
Er kam heran und grapschte nach dem Ball. Gleichzeitig tat er so, als trete er mir absichtlich auf den Fuß und zischte: »Eins, zwei, drei. Tu so, als würdest du mir hinterherrennen. Los, beweg dich, aber dreh dich nicht um.«

14.

Dann warf er mir den Ball ins Gesicht und kreischte noch einmal provozierend: »Na los, fang mich doch, du lahmer alter Sack!«
Es blieb mir nichts anderes übrig, als ihm zu folgen. Er bewegte sich in Richtung U-Bahn, drehte sich von Zeit zu Zeit um, machte mir eine lange Nase und schrie: »He, du alter Sack. Versuch doch, ob du mich kriegen kannst!«
Obwohl es riskant war, suchte ich den Blickkontakt mit einem unserer Kollegen, um klarzustellen, daß ich nicht Jagd auf einen halbwüchsigen Lümmel machte, sondern der lange erwarteten Kontaktperson folgte. Sie wunderten sich wahrscheinlich schon, daß ich wegen eines solchen Burschen meinen Posten verließ, aber ein paar kannten mein aufbrausendes Temperament, und schließlich war ich in ihren Augen ziemlich schmerzhaft herausgefordert worden. Natürlich würde ich umgehend an meinen Platz zurückkehren.
Der Junge fegte die Treppe hinunter und nahm den Fußgängertunnel zur anderen Straßenseite. Vor dem Aufgang blieb er stehen, den Ball unter dem Arm. Ich erreichte ihn und versuchte, nicht zu schnaufen.
»Hier hinauf, oben dann links halten«, teilte er hastig mit.
»Dann geradeaus. Vor dem Briefkasten steht ein dunkelblauer Lieferwagen. Eine Tür wird geöffnet, du steigst sofort ein.«

Ich packte ihn an den Schultern und starrte ihm in die Augen.
»Dein Gesicht merk ich mir!« knurrte ich.
Er zog die Augenbrauen hoch und krächzte: »Verdammt, was willst du von mir? Ich hab einen Hunderter bekommen.«
Er hatte natürlich recht. Eigentlich hatten wir nichts miteinander zu schaffen. Sein Gesicht war schorfig und picklig und schmutzig. Wenn sich nicht bald jemand um ihn kümmerte, war er verloren. Es würde sich niemand um ihn kümmern. Die Zeiten waren vorbei.
Ich stieg die Treppe hinauf und bewegte mich dann langsam in die angegebene Richtung. Dabei versuchte ich durch hektische Bewegungen den Anschein zu erwecken, als hätte ich es eilig. Hoffentlich wurde einer meiner Kollegen auf mich aufmerksam.
»Verdammt, ist das nicht Hassel da hinten? Was macht der da, er sollte doch ...« Zur Linken tauchte jetzt die Bushaltestelle auf.
Rechts entdeckte ich den Briefkasten. Ein blauer Lieferwagen glitt heran, eine Schiebetür wurde geöffnet, und eine Hand in einem weißen Handschuh winkte mich heran.
Es ging so schnell, daß nicht einmal die Leute, die auf den Bus warteten, etwas mitbekamen. Ich trat heran und wurde in den Wagen gezogen, der im selben Moment anfuhr, bald darauf Sergels Torg passierte und nach rechts in die Klarabergsgatan einbog.
Nichts konnte schiefgehen? Alles war vom ersten Moment an so schiefgelaufen, wie es nur möglich war! Unsere Autos standen an den falschen Stellen in falscher Richtung und warteten auf ein Signal, das niemals kam. Keiner wußte, wo ich war. Die dachten bestimmt, der Erdboden habe mich verschluckt.

Ich sah mich um. Drei Mann waren im Wagen. Zwei saßen vorn und einer neben mir auf der hinteren Sitzbank. Dahinter befand sich die Ladefläche, auf der lediglich eine zusammengefaltete Decke lag. Alle trugen dünne Masken mit Augenschlitzen, Halstücher, die bis über die Ohren reichten, und in die Stirn gezogene Baseballkappen. Ihre Anzüge waren so unförmig, daß man nicht einmal feststellen konnte, ob sie dick oder schlank waren. Alle trugen weiße Handschuhe, die selbst die Uhren verbargen. Der Fahrer paßte sich dem Verkehr an und verstieß gegen keinerlei Regeln. Was sollte ich tun? Ich war ganz auf mich gestellt, und irgendwie fiel mir nichts ein. Ich zwang mich, erst einmal das Schweigen zu brechen.

»Tja, Leute, dann wollen wir mal zum Geschäftlichen kommen.«

Sie antworteten nicht, drehten sich nicht einmal um. Wohin brachten sie mich?

Am Telefon hatte ich noch den Spaßvogel spielen können, aber nun wurde es ernst. Es ging die Mäster Samuelsgatan hinunter. An der Vasagatan hatten wir Rot. Die Männer auf dem Vordersitz taten, als kratzten sie sich am Kopf, um die Masken zu verbergen.

»Wieviel spuckt ihr aus?«

Keine Reaktion. Der Aschenbecher an der Armaturentafel quoll über vor Kippen, aber keiner von ihnen rauchte zur Zeit. Weich fuhr der Wagen in die Vasagatan ein und stoppte erneut. Wir standen vor der Ampel an der Kungsgatan. Von meinem Platz aus konnte ich lediglich durch die Windschutzscheibe und eines der vorderen Fenster sehen. Selbst wenn ich einen Polizisten entdeckt hätte, ein Zeichen zu geben war un-

möglich. Wie auch? Mir blieb nichts anderes übrig, als mitzuspielen und auf einen Ausweg zu hoffen.
»Damit ihr Bescheid wißt, mit einem Almosen könnt ihr mich nicht abspeisen. Ein paar Lappen müßt ihr schon lockermachen!«
Ich konnte sehen, daß die Zündungskabel kurzgeschlossen waren.
Der Wagen war offenbar gerade erst geknackt worden. Selbst wenn man den Diebstahl schon bemerkt hatte, konnte es noch lange dauern, bis man eine Spur fand. Ich hatte es mit Profis zu tun. Ich fühlte mich wie ein Pingpongspieler, der gegen Stefan Edberg antritt.
»Was ist los mit euch? Wollen wir nicht ein bißchen über die Knete reden? Ich sage keinen Ton, bevor ihr nicht mit ein paar Scheinchen wedelt.«
Schweigend ging es weiter an der ehemaligen Lateinschule vorbei dem Norra Bantorget entgegen. Ich schien mich in der Gesellschaft von drei Robotern zu befinden. Wie sollte ich nur weiter bluffen, wenn wir angekommen waren? Wenn die auch nur ahnten, daß ich genauso wenig wußte wie sie selbst, war ich verloren.
»Na prima, Jungs! Machen wir eben erst mal eine Stadtrundfahrt, bevor wir zur Sache kommen.«
Was quatschte ich da bloß für einen Unsinn! Die mußten mich nicht nur für einen Spaßvogel, sondern auch noch für einen ausgemachten Idioten halten. Glaubte ich wirklich, daß diese drei Gestalten meine Verhandlungspartner waren? Wir waren jetzt in der Gegend, in der Astrid Lindgren wohnte. Ich wünschte, sie würde mir ganz schnell einen Tip geben, wie man eine Geschichte erfindet, die einem geglaubt wird.

»Macht es doch nicht so spannend. Es spielt doch keine Rolle, auf welchem Parkplatz wir halten. Hauptsache, ihr macht ein ordentliches Angebot.«
Hoffentlich hatte meine Stimme wenigstens überzeugend nach Geiz geklungen. In dem Wagen gab es aber auch gar nichts, was irgendwie persönlich gewesen wäre. Ich senkte den Blick. Der neben mir trug derbe Schnürstiefel mit hohem Schaft.
»Glaubt bloß nicht, daß ihr mich durch das Herumgondeln dazu bringen könnt, billiger zu werden. Ihr wollt etwas von mir, also müßt ihr auch kräftig in die Tasche langen.«
Wir bogen in die Tegnergatan ein und überquerten die Barnhusbron. Rechts konnte ich das Glashaus der Trygg-Skandia sehen. Hatte ich bei denen nicht eine Lebensversicherung abgeschlossen? Auszahlbar an die Witwe Virena Hassel. Plus Berufsunfallversicherung für Polizisten, für die hatte ich viele Jahre lang eingezahlt. Also blieben die Meinen nicht ganz mittellos. Ich rutschte hin und her. Das rechte Bein war eingeschlafen und kribbelte.
»Jungs, ich habe eine Idee. Wollen wir nicht zum Ralambshov-Restaurant fahren? Da gibt es immer freie Parkplätze, und wir können in Ruhe einen Happen essen und das Geschäftliche besprechen. Ich werde den Preis nicht in die Höhe treiben, aber wenn ihr denkt, daß ich mit einem grünen Schein zufrieden bin, habt ihr euch getäuscht.«
Rot an der Fleminggatan. Mein Brief an Virena. Ich hatte versucht auszudrücken, wieviel sie mir bedeutete. Es war sicher keine schriftstellerische Meisterleistung geworden, aber ich hatte schnörkellos und ehrlich über uns geschrieben und hoffte, sie würde mich in guter Erinnerung behalten.

»Okay. Jetzt geradeaus zum Norr Mälarstrand. Ihr hattet also auch an Ralambshov gedacht? Ihr müßt mir ja nicht die ganze Summe heute bezahlen, aber um einen kräftigen Vorschuß möchte ich bitten. Das ist wohl recht und billig, oder?«
Über die Fleminggatan in die Scheelegatan. Als wir ein Stück gefahren waren, sah ich, wie uns zwei Polizeiautos mit Blaulicht entgegenkamen und sich zur Straßensperre aufbauten. Zwischen ihnen gab es einen etwa zehn Meter breiten Korridor, durch den sich der Verkehr schlängeln mußte. Uniformierte Polizisten schwärmten aus und zogen ihre Waffen.
Der Fahrer grunzte etwas Unverständliches, bremste scharf, riß das Lenkrad herum und wendete. Irgendwo knallte Blech auf Blech, dann ging es mit Vollgas zurück zur Fleminggatan.
»Seid ihr verrückt?« schrie ich. »Das ist doch bloß eine ganz normale Sperre für einen Autodieb. Das geht uns doch nichts an. Verdammt, wir wollen doch nur ein bißchen über die Kohle plaudern!«
An der Ampel standen fünf Fahrzeuge. Wir rasten hupend rechts an ihnen vorbei auf die Kreuzung. Bremsen kreischten, Räder blockierten. Unser Wagen rammte eine Frau auf einem Fahrrad. Ich sah, daß sie mehrere Meter durch die Luft geschleudert wurde, bis sie auf den Asphalt aufschlug.
»Habt ihr das Auto etwa geklaut?« rief ich. »O verdammt, ihr Idioten, ihr habt es geklaut!«
Die drei Männer wirkten angespannt, ließen sich aber nichts anmerken. Der Wagen schlitterte über die Straße und flog dann der Barnhusbron entgegen. Hinter uns heulten die Polizeisirenen. Ich hatte meine Rolle zu spielen und konnte nicht eingreifen. Der Mann neben mir zog einen Revolver hervor und reichte ihn seinem Kumpanen auf dem Beifahrersitz, der

die Scheibe herunterkurbelte und die Waffe griffbereit auf die Knie legte. Es war eine Kanone des Kalibers, das auch Heller benutzt hatte.

»Jetzt habt ihr etwas angerichtet!« schimpfte ich. »Ich werde als Mittäter angeklagt und verliere meinen Job. Verdammte Idioten!«

Sie kümmerten sich überhaupt nicht um den zeternden Bullen. Wir rasten die Gegenfahrbahn entlang, die anderen Fahrzeuge bemühten sich, uns auszuweichen. Es gab Vollbremsungen und Zusammenstöße.

»Ich will mein Geld!« heulte ich weiter und wischte mir echten Schweiß von der Stirn.

Ein weiteres Polizeiauto war den Norra Bantorget heraufgekommen und blockierte jetzt die Kreuzung zur Dalagatan. Zwei meiner Kollegen standen mit gezogener Waffe daneben. Der Fahrer trat das Gaspedal durch und fuhr genau auf sie zu. Sie warfen sich zur Seite. Wir rammten das Polizeiauto und schoben es zur Seite. Einer der Uniformierten gab ein paar Schüsse ab. Der Mann auf dem Beifahrersitz lehnte sich aus dem Fenster, zielte kurz und drückte ab. Der Schuß peitschte gegen die Trommelfelle. Was aus meinem Kollegen geworden war, konnte ich nicht mehr erkennen, denn wir rasten mittlerweile die Dalagatan hinauf.

»Idioten!« seufzte und schrie ich gleichzeitig. »Ihr habt meine Zukunft zerstört! Dafür gehe ich ein paar Jahre in den Knast!«

Wir kamen zu dem Zebrastreifen an der Kindertagesstätte. Eine Gruppe, von fürsorglichen Tanten begleitet, überquerte gerade die Straße. Ich sah, wie die jungen Frauen in Panik gerieten. Eine blieb wie paralysiert stehen, während die anderen versuchten, ihre Schützlinge möglichst schnell in Sicherheit

zu bringen. Der Fahrer hielt nicht direkt auf die Kinder zu, gab sich aber auch keine Mühe auszuweichen.
»Nein«, jammerte ich, »nein, das dürft ihr nicht …«
Ein dumpfer Aufprall. Ich fühlte mich plötzlich krank und bekam kaum noch Luft. Im Rückspiegel sah ich, daß eine der Frauen im Rinnsteig lag, von Kindern umstanden. Ob es auch eines der Kleinen erwischt hatte, konnte ich nicht erkennen. Der Fahrer stieß einen seltsamen Laut aus. Es klang wie ein leises, heiseres Lachen.
»Ihr seid wahnsinnig!« Mehr brachte ich nicht heraus.
Aber sie ignorierten mich weiter. Es galt, den Verfolgern zu entkommen. Aus Richtung Odengatan bog ein Polizeiauto in die Dalagatan ein und kam uns entgegen. Vor meinem inneren Auge sah ich die Alarmzentrale mit TV-Schirmen und blinkenden Lampen. Die Einsatzleiter dirigierten alle verfügbaren Fahrzeuge zu dem Gebiet, in dem wir uns befanden. Ein klarer und einfacher Befehl: »Den Wagen stoppen und die Insassen festnehmen.« Und der Hinweis, daß es sich um gefährliche Bewaffnete handelte.
Der Verkehr auf der Kreuzung war lahmgelegt worden. Das Polizeiauto kam näher. Der Fahrer des Lieferwagens scherte plötzlich nach links aus, so daß sein Kumpan auf dem Beifahrersitz freie Schußbahn bekam. Der drückte ab. Die Frontscheibe des Polizeiautos splitterte, der Fahrer verlor die Gewalt über das Fahrzeug, und es raste mit voller Wucht in einen geparkten Volvo.
»Ihr seid Mörder!« brüllte ich. »Dafür bekommen wir alle ›lebenslänglich‹!«
Wieder das leise, heisere Lachen. Aber nun tauchten weitere Polizeifahrzeuge aus der Odengatan auf, und die Sirenen hin-

ter uns kamen immer näher. Dem Fahrer blieb kein anderer Ausweg mehr, als in den Vasapark einzubiegen und die Flucht auf den Sandwegen fortzusetzen. Die Frühlingssonne hatte viele Besucher in den Park gelockt, Spaziergänger, Hundebesitzer, Mütter mit ihren Kindern, Rentner. Sie brachten sich nach allen Seiten in Sicherheit. Der Fahrer nahm keine Rücksicht.

»Paßt auf! Seht ihr denn den Alten nicht! Verdammt ...«

Wieder wirbelte ein Körper über die Motorhaube. Der Fahrer preßte eine Hand auf die Hupe, mit der anderen hielt er das Lenkrad fest. Eines der Polizeiautos hinter uns blieb stehen, um dem alten Mann zu helfen, der zu Schaden gekommen war.

Durfte ich meine Rolle eigentlich noch länger spielen? Mußte ich mich nicht endlich wieder in den Polizisten verwandeln, der ich wirklich war? Aber es war unser Ziel, die nazistische Mordliga unschädlich zu machen, eine Terrororganisation, die die schwedische Demokratie zerstören wollte. Ich war das einzige Verbindungsglied. Obwohl mir die Tränen kamen, als ich im Rückspiegel sah, wie einer meiner Kollegen bei dem Alten niederkniete, konnte ich mich doch nicht enttarnen. Es mußte dabei bleiben, auch wenn ich vielleicht später dafür kritisiert werden würde. Was ich auch tat, es konnte nur verkehrt sein. In dieser hektischen, fiebrigen, unwirklichen Stimmung war es sowieso schwer, rationale Entscheidungen zu treffen.

»Mensch, paß auf! Siehst du den Kinderwagen denn nicht? Ich komme nie wieder aus dem Knast ... Herrgott, wo habt ihr mich da hineingezogen!«

Raus auf die Torsgatan, bei Rot über die Odengatan und dann

die Torsgatan weiter in Richtung Norden. Der Fahrer schlängelte sich durch und bewies ein bemerkenswertes Reaktionsvermögen, um das ihn ein Formel-1-Pilot beneidet hätte. Ab und zu lachte er, leise und heiser und triumphierend. Er genoß die spannende Fahrt.

Aus dem Karlbergsvägen bog hinter uns ein Polizeiauto ein und kam uns so nahe, daß ich die Gesichter meiner Kollegen im Rückspiegel erkennen konnte. Ein Mann in den Fünfzigern und einer um die Dreißig mit energisch zusammengekniffenem Mund. Er trug einen Bart, und ich sah sogar, daß er vor Müdigkeit Augenringe hatte.

Der Mann mit dem Revolver ließ sich Zeit. Er lud neue Patronen in die Trommel und ließ sie ein paarmal schnurren. Es klang, als surrte die Elfenbeinkugel im Roulette. Dann lehnte er sich aus dem Fenster und schoß auf einen der Reifen. Das Polizeiauto scherte nach rechts aus, aber der bärtige junge Kollege behielt es in der Gewalt und konnte stoppen. Die beiden Polizisten sprangen mit gezogener Waffe heraus, aber wir waren schon zu weit entfernt.

»Wo wollt ihr denn hin? Jesus Christus, die erwischen uns allesamt! Wie konntet ihr nur so dämlich sein und ein geklautes Auto benutzen?«

Ich jammerte und schimpfte, was das Zeug hielt. Und ich hatte Angst, die mußte ich nicht spielen. Hatten sie mir das mit der Polizeisperre für Autodiebe abgenommen? Oder war ihnen klar, daß mich höchstwahrscheinlich doch jemand in ihr Auto hatte einsteigen sehen? Wenn ja, dann war eine Kugel in dem Revolver für mich bestimmt. In schwindelnder Fahrt fegten wir über die Solnabron. Wieder Sirenen hinter uns und Polizeifahrzeuge vor uns. Ohne abzubremsen, bogen wir in den schmalen Prostvägen ein und umkurvten geparkte Autos. Hinter einem Haus bog der Fahrer plötzlich ein, drehte eine Hofrunde und lauerte mit schleifender Kupplung in der Einfahrt. Als unsere Verfolger auftauchten, schnellte der blaue Lieferwagen hervor und drängte das Polizeiauto zur Seite. Es raste in voller Fahrt gegen die Holzveranda des gegenüberliegenden Hauses.

Der Fahrer fuhr unbeirrt weiter. Menschen mit Blumen und Kerzen in den Händen spazierten in Richtung Friedhof oder waren auf dem Weg zum Blumenladen. Wir streiften ein älteres Paar, und ich vernahm den dünnen Schmerzensschrei der Frau, bevor sie neben ihrem Mann zu Boden sank.

»So könnt ihr doch nicht weitermachen ... das ist Wahnsinn ...«

Der verbeulte und an einigen Stellen aufgerissene Lieferwagen setzte seine Todesfahrt auf dem Solnaer Kirchenweg fort. Ein Auto kam uns entgegen. Neben uns fuhren zwei Mädchen auf ihren Fahrrädern und unterhielten sich. Vielleicht hatten sie das Hupen nicht gehört, vielleicht dachten sie, es gelte nicht ihnen. Wir rammten das außen fahrende Mädchen schräg von hinten in ihre Freundin hinein. Auf dem Bürgersteig blieb ein Knäuel aus Fahrradteilen zurück. Das eine Mädchen versuchte sich zu erheben, fiel aber wieder zurück. Das andere lag mit unnatürlich verrenkten Gliedern regungslos da.

Ich stöhnte. Das konnte so nicht weitergehen. Der Lieferwagen war eine Mordmaschine, und eine weitere Mordmaschine saß am Steuer. Ich fühlte mich wie in einem Horrorfilm. Aber es war kein Film. Ich war live dabei und konnte sie nicht stoppen. Drei gegen einen, das war zuviel, und außerdem trug wenigstens einer von ihnen eine garantiert tödliche Waffe.

Die Reifen quietschten, als wir in das Rondell am Uppsalavägen einbogen. Dort erwartete uns ein quergestelltes Polizeiauto.
Dahinter waren zwei Kollegen in Stellung gegangen und schossen auf die Reifen des Lieferwagens. Leider trafen sie nicht. Der Beifahrer erwiderte das Feuer. Die Polizisten gingen in Deckung. Als sie wieder auftauchten, waren wir längst ein paar hundert Meter weiter.
Jetzt bogen wir in den Hagapark ein. Erst hielten wir uns an die Wege, dann ging es quer über die großen Rasenflächen. Es hatte lange nicht geregnet, so daß der Boden hart und fest war.
Plötzlich kletterte der Beifahrer zu uns auf den Rücksitz. Nun hatte ich die gefährlichen Kerle direkt rechts und links neben mir. Ehe ich einen Gedanken fassen konnte, packten sie mich und verfrachteten mich über die Lehne in den Lastraum.
»Seid ihr verrückt? Wo ist das Geld … zum Teufel …«
Ich merkte an ihren Griffen, daß sie gut trainiert waren. Widerstand lohnte sich nicht. Ich schrie und protestierte und sträubte mich, aber ich hütete mich zu übertreiben.
Die Sehschlitze in ihren Masken waren so schmal, daß man nicht einmal die Farbe der Augen erkennen konnte. Während unseres scheinbaren Handgemenges versuchte ich, ihnen die Masken vom Gesicht zu reißen, aber sie waren auf der Hut.
Dann lag ich auf der Ladefläche, und die beiden hockten neben mir. Einer preßte mich gegen das Blech, der andere lud den Revolver.
»Was habt ihr vor? Ihr Idioten! Wie konntet ihr in einem geklauten Wagen kommen? Das ist nicht meine Schuld, ihr habt alles verpatzt!«

Tja, das war es dann wohl. Die letzte Filmrolle war abgelaufen. Die allerletzte. Der Wagen verlangsamte seine Fahrt und hielt an.
Der Mann hob den Revolver, und ich starrte in die große schwarze Mündung. Sein Zeigefinger am Abzug krümmte sich. Jetzt …

15.

In dem kleinen, geschlossenen Raum dröhnte der Schuß wie ein Kanonenschlag, und der Pulverrauch breitete sich aus wie eine Nebelwand. Schnell wurde eine der Hintertüren geöffnet, Hände stießen mich hinaus auf den Rasen, dann machte der Wagen einen Satz und preschte in voller Fahrt weiter. Bald war er hinter einem Hügel verschwunden.

Vorsichtig wälzte ich mich auf den Rücken und starrte in den blauen Himmel. Im allerletzten Augenblick hatte er die Waffe zur Seite gerissen und links an meinem Kopf vorbeigeschossen.

Geistesabwesend tastete ich mein Ohr ab. Kleine metallene Geschoßpartikel hatten sich losgerissen und waren in die Haut eingedrungen.

Alles war so friedlich. Der Duft des Grases ließ den Pulvergestank vergessen. Mit dem rechten Ohr vernahm ich den Gesang der Vögel. Ich preßte die Handwurzeln auf die Stirn und atmete tief durch. Hier wollte ich bleiben. Den Grasgeruch einatmen. Eins werden mit der Natur. Mehr und mehr verstand ich Rousseau. Was sollte ich denn in der steinernen Stadt? Wenn ich Licht wollte, würde ich mir eine Talgkerze basteln. Gegen die Kälte half ein Feuer aus trockenen Zweigen. War mir nach Privatleben zumute, konnte ich mich unter einem Laubhügel verstecken.

Ein Dackel wackelte heran und wedelte mit dem Schwanz, wie es alle Dackel tun. Ich zwinkerte ihm zu, und in unserer Geheimsprache bedeutete das: »Hallo, Dackel. Wie lebt sich's denn so auf kurzen Beinen?« Er blinkerte zurück: »Gar nicht so schlecht. Herrliche Gerüche heute. Und heute abend gibt's Kotelett.« Dann kam Herrchen und zerrte ihn beiseite. Ich konnte seine Gedanken erraten: »Immer diese Alkoholiker, bringen den schönen Park in Verruf. Hätte Gustav III. gewußt, wozu sein Park mißbraucht werden würde, er hätte lieber einen Stausee angelegt.«

»Mach's gut, Dackel! Hast ja ein feines Herrchen erwischt, so einen Griesgram. Kannst du ihn nicht über eine Annonce umtauschen?«

»Hab ich schon versucht, aber der andere war auch nicht besser. Man muß sein Schicksal tragen können.« Tja, dieser Dackel hatte eben Charakter.

Natürlich gab es auch in diesem Paradies eine Schlange. Es ist doch merkwürdig, daß es so schwer sein soll, uns die Reptilien vom Hals zu halten. Gibt es keinen, der ein Antischlangenspray erfinden kann? Diesmal sah sie aus wie ein Polizeiauto, das über die Wiese gefahren kam. Vor meinen Füßen blieb es stehen, und ein Kollege sprang heraus. Für ein Reptil sah er mit seinem scharfen Profil und den angedeuteten Koteletten ganz manierlich aus. Ein Adonis unter den Würmern. Einer, der niemals sitzenblieb, wenn Damenwahl war und sich seine Artgenossinnen heranschlängelten.

»Du bist Hassel, nicht wahr?«

»Ich soll Hassel sein? Kann sein. Man behauptet es jedenfalls.«

»In welche Richtung sind sie abgehauen?«

Mit einem schönen langen Grashalm wies ich auf den Hügel.
»Vor einer Ewigkeit fuhren sie dahin. Wahrscheinlich haben sie inzwischen das Nordkap erreicht.«
»Hältst du es noch eine Weile aus? Wir rufen über Funk Hilfe für dich. Aber jetzt müssen wir erst mal die Verfolgung aufnehmen.«
»Kein Problem. Erst knabbere ich einen Halm zum Mittag, und dann observiere ich ein neues Stück Himmel.«
»Okay, wir hauen jetzt ab.«
Ich hatte überhaupt nichts dagegen, und der Wagen brauste in Richtung Hügel davon. Sie hatten kaum eine Chance. Eine Ameise kroch über meine Hand, und ich beobachtete sie dabei. Wie kam sie bloß mit ihren vielen Beinchen klar? Ich kannte einen mir sehr nahestehenden Kriminalinspektor, der schon mit seinen zwei Beinen Schwierigkeiten hatte. Ich hatte Zeit, darüber nachzudenken. Stundenlang. Monatelang. Jahrelang. Bis ich selbst mich wieder mit der Erde vereinen würde.
Aber das war zu schön, um wahr zu sein. Nichts war von Dauer. Ein neues Reptilienfahrzeug näherte sich und walzte meine Grashalme unbarmherzig nieder. Naturschänder! Mir schien, als hörte ich den wehmütigen Sterbegesang der Pflanzen.
Nun war es vorbei mit der Ruhe. Sie trugen mich vorsichtig zum Wagen, und ich verabschiedete mich traurig von dem Fleckchen Erde, das ich liebgewonnen hatte. Ich versprach insgeheim wiederzukommen.
»Wenn du etwas abbekommen hast, sollen wir dich ins Krankenhaus bringen. Wenn nicht, zu Kommissar Palm. Was meinst du selbst?«
Tja, was meinte ich? Vielleicht sollte man mich teilen und die eine Hälfte ins Krankenhaus, die andere zu Simon schicken?

Davon hielten sie nichts, diese phantasielosen Naturbanausen. Ich hatte zu wählen zwischen einem gemütlichen Bett und den milden Stimmen hübscher Krankenschwestern oder einem vergnatzten Kommissar und seinen ebenso übelgelaunten Kollegen.
»Also zu Palm«, seufzte ich ergeben. »Aber ich will eine weiche Matratze in sein Zimmer gelegt bekommen.«
Während der Fahrt nach Kungsholmen begannen sich meine Nervenstränge etwas zu entspannen, und der Schock ließ langsam nach. Aber ich fühlte mich nicht besser. Ich atmete tief. Mein Magen schien aus Stein und Zement und Blei zu bestehen. Ich hatte ganz schön zu schleppen, als ich die Stufen zu unserer Abteilung hinaufstieg.
In Simons Zimmer saßen auch Nord und Löfgren und die anderen Verantwortlichen für die mißglückte Operation. Sie sahen verständlicherweise nicht gerade erfreut aus. Simon erhob sich, umarmte mich schnell und bot mir einen Stuhl an. Ich vermißte den Duft frischen Grases. Nun hatte ich auch noch Zink im Magen.
»Bist du physisch in Ordnung?« erkundigte sich Simon.
»Es ist noch alles dran, wenn du das meinst.«
Löfgren musterte mich mit genau der verdrossenen Miene, die ich erwartet hatte. Ich machte mir nichts daraus. Ich hatte auf alle Fälle einen neuen Freund gewonnen, der mich durch und durch verstand. Auch wenn er nur ein Dackel war.
»Weißt du eigentlich, wie schlimm die Sache gelaufen ist?« fragte Löfgren. Wenn er nicht jung und dynamisch sein mußte, wirkte er viele Jahre älter.
»Wer weiß das besser als ich. Schließlich war ich an vorderster Front dabei.«

»Genau. Du warst dabei. Was hast du in dem Wagen getan?«
»Ich habe gesessen. Nur gesessen.«
Er fletschte die Zähne, als habe er mich dabei ertappt, Kindern Geld aus der Sparbüchse zu stehlen.
»Das ist ja reizend! Absolute Spitze! Du hast also nur so herumgesessen und zugesehen, wie rechts und links Leute massakriert wurden. Gratuliere!«
Genau das brauchte ich jetzt. Der letzte Rest des Schocks wurde weggeblasen, und ich fühlte mich kalt und klar. Als ich aufstand, hatte mein Adrenalinspiegel, dieser zuverlässige Indikator, die Unterkante meiner Oberlippe erreicht.
»Vor einer Stunde noch glaubte ich, sterben zu müssen«, grollte ich. »Ein Colt der schlimmsten Sorte war auf meinen Kopf gerichtet. Als der Typ abdrückte, glaubte ich, mein Schädel würde zerplatzen. Aber er wollte mich wohl nur erschrecken, bevor sie mich laufenließen. Weißt du, was es heißt, Todesangst zu haben?«
»Hör mal, das hat nichts damit zu tun, daß ...«
»Verdammt noch mal, es hat damit zu tun! Ich habe die Rolle gespielt, die ich spielen sollte. Das war mein Job. Daß alles schiefging, lag an deiner phänomenalen Unfähigkeit! Deine Theorie fiel in der Praxis wie ein Kartenhaus zusammen.«
»Wir waren uns doch alle einig ...«
»Mensch, halt die Klappe. Oder dein Maul. Deine große, breite Fresse! Du kannst schwätzen, was du willst, aber vergiß nicht, du hattest die Verantwortung für die Aktion, du hast unsere Kräfte eingeteilt und plaziert. Die Entscheidung lag allein bei dir. Jetzt, wo alles zum Teufel gegangen ist, zeigst du schnell auf andere.«
»Niemand hat dich gebeten ...«

»Halt's Maul, sag ich. Du bist ein Versager! Und wenn du dir auch nur einen einzigen Augenblick lang einbildest, daß du mich wie einen Schuljungen herunterputzen kannst, dann bist du ein noch größerer Holzkopf, als ich glaubte.«

»Du wirst einen Bericht schreiben ...«

Meine Stimme war nahe daran zu kippen.

»Einen Bericht schreiben! Ich weiß, verdammt noch mal, sehr genau, was Polizeiarbeit ist. Aber du hast keine Ahnung! Du würdest nicht einmal einen drei Meter großen Riesen in einem Pygmäenstamm finden. Papierfresser! Dir würde ich nicht einmal berichten, daß die Sonne scheint.«

Ich wandte mich an Simon.

»Ich gehe runter in die Kantine. Wenn jemand einen Bericht haben will, kann er mitkommen. Aber sollte es der Versager Löfgren wagen, mich noch einmal zu belästigen, werde ich ihn im Suppenkessel ertränken!«

Ohne eine Reaktion abzuwarten, verließ ich das Zimmer und warf die Tür hinter mir zu. Das war vielleicht nicht fair, denn es war Simons Tür. Aber ich hatte Lust, mich wie ein Berserker zu benehmen. Leider fand sich kein geeignetes Opfer mehr.

In der Kantine setzte ich mich abseits und aß Bouletten mit Makkaroni. Danach trank ich heißen Tee. Ich genoß jeden Schluck.

Simon kam mit einem Kännchen Kaffee und zwei Sahnetörtchen. Schnaufend ließ er sich mir gegenüber nieder.

»Letztes Mal, als ich solche Sahnetörtchen aß, schmeckte die Sahne alt und muffig.«

»Sahne muß frisch sein. Entschuldige, daß ich deine Tür so geschmissen habe. Ich wünschte, es wäre Löfgrens gewesen.«

»Sie hat es überstanden. Willst du reden?«
»Natürlich. Ich schreibe auch einen Bericht. Aber erst später. Und dann knalle ich einen Stempel drauf: Wenn Löfgren das liest, soll er die Krätze kriegen.«
Ich gab einen ausführlichen und sachlichen Rapport, wie es sich gehört. Wie sein Vorgänger Ruda lauschte auch Simon, ohne sich Aufzeichnungen zu machen. Statt dessen stopfte er sich gedankenvoll Backwerk in den Mund. Das erinnerte mich irgendwie an Viola Lund und die Konditorei in der Nähe von Atlas.
»Du meinst also, es lohnt nicht, daß du die Fotokartei mal durchsiehst?«
»Total sinnlos. Ich weiß nur, daß es Männer waren, und wahrscheinlich ziemlich junge. Aber die gibt es wie Sand am Meer.«
»Sprachen sie irgendwie mit Dialekt?«
»Lieber Simon, ich weiß nicht einmal, ob es Schweden waren. Keiner von ihnen sprach die ganze Zeit auch nur ein einziges Wort. Der Fahrer lachte ein paarmal leise und heiser, das war alles. Habt ihr den Lieferwagen gefunden?«
Er nickte düster.
»In Bergshamra. Auf einem abgelegenen Parkplatz. Wir haben ein paar Leute draußen, die herumfragen, ob jemand etwas gesehen hat, aber die Chance ist gering.«
»Das Auto war gestohlen, sie trugen lange Handschuhe, keine Fingerabdrücke. Also sind wir nicht einen Schritt weitergekommen, im Gegenteil.«
»Bist du raus aus dem Spiel?«
»Ich weiß nicht. Sie haben mich am Leben und laufengelassen. Das kann bedeuten, daß sie mir noch immer trauen. Aber

so eine Autofahrt mache ich nicht noch einmal mit. Wer hat eigentlich gemerkt, daß ich in den blauen Lieferwagen gestiegen bin?«
»Sundell heißt er. Er saß in dem Auto, das vor Spies' Reisebüro stand. Es war reiner Zufall, daß er gerade eine Seite der Zeitung umblätterte und dabei hochsah.«
»Reiner Zufall ...«
Wir blieben noch eine Weile bei Tee und Kaffee sitzen.
»Offenbar ist während ihrer rücksichtslosen Fahrt keiner zu Tode gekommen, aber einigen der Opfer wäre es wohl lieber, tot zu sein.«
Er stand auf und holte eine Kanne mit Eiswasser. Wir mußten unsere Eingeweide etwas erfrischen.
»Ein Streifenpolizist, Brodin heißt er, bekam einen Schuß genau in die Kniescheibe. Er hatte so furchtbare Schmerzen, daß er die Pistole zog und sich erschießen wollte. Sein Beifahrer hat es verhindert. Jetzt liegt er, mit Morphium vollgepumpt, im Krankenhaus. Er muß Jahre im Rollstuhl verbringen, vielleicht sein ganzes Leben. Das Kniegelenk ist völlig zersplittert. Bisher liegen mir ja nur vorläufige Berichte aus den Krankenhäusern vor. Einige der Betroffenen sind noch nicht einmal behandelt, so daß ich dir nur einen groben Überblick geben kann. Aber eines ist klar: Was geschehen ist, läßt sich nicht wiedergutmachen.«
»Wurde eines der Kinder verletzt?«
»Nein. Nur Schürfwunden.«
Ich atmete auf. Es war mein großer Alptraum gewesen, daß einem der Kinder etwas passiert sein konnte. Ich dachte an Elin. Simon schluckte und bedeckte die Augen mit der Hand.
»Aber eine der Betreuerinnen hat ein gebrochenes Genick.

Sie lebt, aber wenn sie aus der Narkose erwacht, wird ihr jemand sagen müssen, daß sie für ein Jahr oder länger auf ein Brett geschnallt wird, um die Wirbelsäule ruhigzustellen. Eine andere junge Frau ...«

Er war so aufgeregt, daß er die Worte kaum herausbrachte. So hatte ich ihn noch nie erlebt.

»Sie ... sie machte mit ihrer Freundin eine Radtour. Der Wagen hat sie rücksichtslos gerammt.«

»Ich weiß.«

»Ja, ja, du weißt. Was du aber nicht weißt: Ihr Rückgrat ist so kaputt, daß sie vom Hals abwärts für immer gelähmt bleiben wird. Die Nervenstränge sind vollständig durchtrennt. Ihre Freundin kam mit einem doppelt gebrochenen Arm davon. Ein paar ältere Leute haben komplizierte Knochenbrüche erlitten. Genaueres weiß ich, wie gesagt, noch nicht. Welches Leid, Roland! Von den materiellen Schäden ganz zu schweigen.«

Vor ein paar Stunden waren sie alle noch ganz normale Menschen gewesen. Gesund und munter konnten sie sich nach Belieben bewegen. Die älteren wollten noch einen geruhsamen Lebensabend verbringen, die jüngeren träumten von einem ereignisreichen Frühling und einem schönen Sommer, dessen Wärme sie gern mit jemandem teilen würden. Im Bruchteil einer Sekunde war alles anders geworden, war eine Welt zusammengebrochen.

»Was machen wir nur, Rolle? Was sind das für ... Monster, die wir da jagen?«

»Das sind die Kinder und Kindeskinder der Wiedergänger«, murmelte ich. »Sie haben aus Mißerfolgen gelernt und können schlimmer werden als ihre Väter und Großväter.«

Simon legte seine Hand auf meine Schulter und preßte sie in einer Art rührender Hilflosigkeit.
»Jetzt sind sie überzeugt, daß du weißt, wo sich die Diskette befindet. Sie werden wieder Kontakt zu dir aufnehmen.«
Ich hatte versucht, diesen Gedanken zu verdrängen, aber Simon hatte natürlich recht. Ich hatte ihnen glaubwürdig vorgespielt, daß ich bereit wäre, meine Ehre zu verkaufen. Selbst wenn ich jetzt erklärte, daß ich über den Verbleib der Diskette nichts wußte, sie würden es mir nicht abnehmen.
»Und wir haben keinen einzigen Zeugen«, sagte ich geknickt.
»Doch. Den Jungen mit dem Fußball. Er bekam einen Hunderter dafür, daß er dich in die Falle gelockt hat, aber wer gab ihm den Schein? Vielleicht hat er einen Computer im Kopf und kann die Person genauestens beschreiben?«
»Darauf würde ich nicht wetten. Der hat ganz andere Sachen im Kopf.«
»Das werden wir sehen. Wenn sie ihn auf Sergels Torg angeheuert haben, gehört er vielleicht zur Clique und hält sich öfter dort auf. Also beginnen wir da auch mit der Suche. Wenn du verstehst, was ich meine.«
Das war mehr als deutlich.
»Du meinst, ich soll da umherstolzieren?«
»Du bist der einzige, der ihn kennt. Versuch es doch. Nur ein paar Stunden, wenn du kannst, heute und morgen.«
Konnte ich? Nein. Wollte ich? Nein. Glaubte ich an eine Chance, den Burschen zu finden? Wieder nein.
»Es geht mir wirklich nicht gut, Simon. Ein bißchen besser als vor ein paar Stunden, aber nicht gut. Und dann habe ich ja auch noch den Bericht zu schreiben.«

»Okay, gehen wir es ruhiger an. Du schreibst erst deinen Rapport, dann drehst du ein paar Runden auf Sergels Torg.«
»Du verlangst viel, Simon!«
»Das weiß niemand besser als ich«, seufzte er. »Und es tut mir wahnsinnig leid, aber was soll ich tun? Ich muß alle verfügbaren Männer bis zur Belastungsgrenze einspannen, weil ich Angst habe, daß das, was wir erlebt haben, vielleicht erst der Anfang ist.«
Widerstrebend gab ich nach, wie der Angestellte einer staatlichen Alkoholverkaufsstelle, der einem blaunasigen Säufer eine Pulle Wermut als angebliches Geschenk für dessen liebe Mama einpackt.
»Also gut. Aber eines bitte ich mir aus: Morgen nachmittag habe ich eine wichtige Verabredung mit einem Interessenten für meine Wohnung. Dann möchte ich auf alle Fälle freihaben.«
»Danke, Rolle. Ich wußte, daß du Verständnis hast. Es ist nun mal so. Wenn wir einmal genug Leute haben, um unseren Job richtig zu machen, werde ich schon lange in Pension sein.«
Plötzlich sah ich, wie seine Augen aufblitzten, als denke er an etwas Amüsantes.
»Du, ich weiß etwas, das dich in bessere Laune versetzt.«
»Ein weiches Bett, ein ruhiger Raum, eine warme Decke.«
Er stieß einen Laut aus, der verdächtig nach einem unterdrückten Kichern klang.
»Da liegst du gar nicht so falsch. Komm mit in das Vernehmungszimmer, dort kannst du jemanden treffen.«
»Ich möchte Heller in hundert Jahren nicht mehr begegnen.«
»Nein, nicht Heller. Eine Frau. Sie heißt Inger Olsson.«

Ich konnte mit dem Namen wirklich nichts anfangen, aber er kicherte erneut.
»Du kennst sie recht gut. Sogar sehr gut! Du hast sie einmal in deinem Hotelbett gefunden!«

16.

»Eine Modelagentur gab uns den Namen«, erzählte Simon, als wir die Treppen hinaufstiegen. »Sie war da vor fünf, sechs Jahren und soll eine sehr aktive junge Dame gewesen sein. Der Eigentümer meinte, sie habe so vorteilhaft ausgesehen, daß er sich auf einen Probevertrag eingelassen und ihr ein paar kleinere Jobs vermittelt habe. Aber auf den Bildern kam sie nicht gut rüber. Keiner wollte sie mehr engagieren, und sie muß das wohl auch begriffen haben. Was sie in den Jahren danach gemacht hat, weiß er nicht.«

Im Flur stießen wir auf Löfgren. Er schielte mich an wie ein tollwütiges Tier, und ich schielte zurück. Simon ging dazwischen und verhinderte das Schlimmste. Ich hatte einen Feind fürs Leben dazugewonnen, aber das bekümmerte mich wenig. Er konnte meiner Karriere nicht mehr schaden, da mir sowieso keine mehr bevorstand. Und solange Simon mein Abteilungschef war, konnte er mich auch beruflich nicht schikanieren. Das einzige, was er tun konnte, war, in seinem Zimmer zu sitzen und lange Nadeln in eine Puppe zu spießen, die mich darstellen sollte.

»Um halb elf haben wir sie abgeholt, aber wir sind mit der Vernehmung wohl noch nicht weit gekommen.«

»Wer leitet das Verhör?«

»Kreuger. Einer der besten, die wir haben.«

Sie saß auf dem Verhörstuhl und war so aufgebracht, daß sie spuckte und sabberte, als sie mit überkippender Stimme ihre Tiraden abließ. Gewiß, sie war hübsch und ins falsche Milieu geraten, aber es war jetzt nicht die Zeit, darüber zu räsonieren. Kreuger sah unbeeindruckt aus und wartete geduldig auf das Ende des Wortschwalls.

»… und wenn du mich nicht bald nach Hause fährst und dich bei mir satt entschuldigst, dann macht mein Rechtsanwalt Vogelfutter aus dir!«

»Meinetwegen. Aber hör mal, Inger …«

Er unterbrach sich, als wir eintraten, und sie folgte seinem Blick. Als sie mich sah, wurde sie einen Augenblick lang unsicher, aber dann gewann ihre – echte oder gespielte – Arroganz wieder die Oberhand. Ich lächelte sie breit und freundlich an.

»Hej, Inger! Oder soll ich dich lieber Alida, Zaza, Lili Ann oder Marie Leni nennen? Oder Zuckerschnäuzchen?«

»Dich werde ich anzeigen! Du hast meine Sachen gestohlen.«

»Wenn du deine Klamotten meinst – die befinden sich hier im Hause. Sortiert und registriert und sorgsam auf den Bügel gehängt.«

Es war ein primitives Gefühl der Befriedigung, sie dort sitzen zu sehen, ohne daß sie sich davonschleichen konnte. Sie hatte versucht, mich aufs Kreuz zu legen, und nun war sie dran.

Wenn man verhört wird und dabei etwas verbergen will, balanciert man die ganze Zeit auf des Messers Schneide. Man denkt, daß man sich auf alle möglichen Fragen vorbereitet hat, aber dann stellt der geschickt Verhörende eine unmögliche Frage. Aus einer kleinen Lüge wird eine große, das lose geknüpfte Netz zieht sich immer enger zu, und schließlich verheddert man sich dermaßen darin, daß man aufgibt. Es gab natürlich die Möglichkeit, es wie Heller zu machen und das Verhör in eine Farce zu verwandeln. Oder grundsätzlich zu schweigen. Wir können die Antworten nicht aus den Leuten herausprügeln. Obwohl viele meinen, daß wir es tun sollten.

»Du hast mich wie eine Nutte behandelt!« fuhr sie fort. »Das lasse ich mir nicht gefallen. Du kannst Gift drauf nehmen, daß ich dich anzeigen werde!«

Ich griff mir an die Brust. Endlich wieder eine Gelegenheit, mein schauspielerisches Talent unter Beweis zu stellen. Ich hätte zum Varieté gehen sollen.

»Bitte nicht solche schrecklichen Drohungen! Denk an mein schwaches Herz.«

Simon erkundigte sich freundlich: »Warum hast du dich fast nackt in Hassels Bett gelegt? Welche Gründe gab es dafür? Wer hat dich dazu angestiftet?«

Eine Weile zischte und spuckte sie. Kreuger schien nicht böse darüber zu sein, daß Simon sich in das Verhör einmischte. Solche Fragen würden sowieso wiederholt gestellt werden, da kam es auf einmal mehr oder weniger auch nicht mehr an.

»Ich bin eine Frau!«

»Tja, das ist deutlich zu sehen, aber was hat das mit dieser Sache zu tun?«

»Ich hatte ihn früher schon einmal gesehen. Ich war scharf auf ihn. Ich bin frei, weiß und mündig und kann tun, was ich will. Ich brachte in Erfahrung, wie seine Frau heißt, und dann habe ich eben ein bißchen geschwindelt, um ins Hotel zu kommen. Er sollte eine nette Überraschung erleben.«

Simon starrte sie aus aufgerissenen Augen an. Dann sah er mich an, und dann wieder sie.
»Du willst doch nicht etwa behaupten, daß du … auf den hier scharf warst?«
Er hatte sicher recht, aber es war vielleicht nicht unbedingt nötig, daß er so deutlich wurde.
»Ich weiß ja, daß es pervers klingt, aber ich wollte ihn haben.«
»Wo hast du ihn denn vorher getroffen, daß du dich so wahnsinnig in ihn verknallt hast?«
»Zu verschiedenen Anlässen.«
»Nenne ein paar.«
»Es waren viele.«
»Nenne einen.«
»Ich hatte ihn getroffen. Das reichte mir.«
Sie nahm eine Zigarette, und Kreuger gab ihr eifrig Feuer, wie ein echter Gentleman. Zitterte sie nicht leicht, als sie den Rauch inhalierte? Es sind diese kleinen Zeichen, die einem Anhaltspunkte liefern, wenn man jemanden verhört. Da kann einer sein Gesicht in eine steinerne Maske verwandeln, die Hände verraten ihn doch. Sie zittern oder sie verkrampfen sich. Und wie ist es mit den Füßen? Sind sie entspannt, oder bohrt der Befragte sie in das Parkett, um seine Angst abzureagieren?
»Tja«, bemerkte Simon väterlich, »das ist ja eine rührende Geschichte über junge Liebe, aber du merkst wohl selbst, wie unglaubhaft das klingt?«
Für meinen Geschmack war das wieder etwas zu deutlich, aber ich konnte offiziell schlecht dagegen protestieren.
»Ich war dumm. Wußte ja nicht, was für ein Stinkstiefel er ist. Ich hielt ihn für einen netten Kerl.«

»Du willst also behaupten, daß du, als du ihm an einem Ort, den du uns nicht nennen willst, zum erstenmal begegnet bist, dich so in ihn verliebt hast, daß du sogar eine ID-Karte gefälscht hast, um bei ihm sein zu können?«
»Na ja! Das ist doch nicht so schlimm. Jedenfalls kein Verbrechen. Ich hatte doch keine andere Möglichkeit, in sein Zimmer zu kommen, als mit dieser verdammten Karte.«
»Darüber könnte man streiten.«
»Aber so war es. Es ist ja schließlich schon oft vorgekommen, daß sich ein Mädchen in den Falschen verknallt. Dieser ekelhafte Kerl hat mich ohne Kleider auf die Straße gejagt. Wenn hier jemand bestraft werden muß, dann er!«
»Apropos ID-Karte, wie erklärst du denn die anderen gefälschten Dokumente?«
Sie zog an der Zigarette, um Zeit zu gewinnen. Jetzt wurde es ernst. Wir waren keine Trottel, spätestens jetzt mußte sie es gemerkt haben. Nord und Simon würden sie nicht freilassen, nachdem sie sie endlich gefaßt hatten. Sie konnte uns zu größeren Fischen im trüben Teich verhelfen.
»Probedrucke«, sagte sie endlich.
»Wie bitte? Probedrucke? Das mußt du uns näher erklären.«
»Für Künstlernamen. Wenn man auftritt, kann man sich doch andere Namen zulegen. Ich wollte ausprobieren, welcher am besten zu mir paßt.«
Simon legte sein mächtiges Haupt etwas zur Seite und bedachte sie mit einem milden Lächeln. Er mußte ihr nicht sagen, daß eine so dünne Story seit Jakobs Trick mit dem Ziegenfell nicht wieder präsentiert worden war, und das war schließlich schon eine ganze Weile her.
»Liebe, gute Inger Olsson ...«

»Das ist die Wahrheit. Niemand kann behaupten, daß ich die ID-Karten angewendet habe, um jemanden zu betrügen. Sie existieren eben nur.«

»Was bist du eigentlich für eine Künstlerin? Welcher Art sind deine Auftritte?«

Sie zuckte die wohlgeformten Achseln.

»Ich tanze und singe.«

»Wann bist du zuletzt aufgetreten?«

»Meist sind es Privatveranstaltungen. Die werden besser bezahlt, und man kann freier auftreten.«

»Dann nenn uns die letzte private Vorstellung.«

»Nein. Die Gage läuft über ein anderes Konto. Ich will keinem Schwierigkeiten machen.«

»Wer ist dein Manager? Wenn man es so bezeichnen kann …«

»Ich manage mich selbst.«

»Eine Hausdurchsuchung ist beantragt und wird bald stattfinden. Gibt es wirklich nichts, was du uns vielleicht vorher noch erzählen möchtest? Im Hinblick darauf, was wir finden könnten …«

Das war eine unerwartete Nachricht für sie, und sie funkelte Simon an. Ihre Augen sagten: Ich will dich verbrennen, deine Asche zusammenfegen, begraben und an deinem Grab lustige Weisen singen.

»Es werden also Bullensäue in meinem Privatleben rumschnüffeln? Mit ihren dreckigen Pfoten in meinen Sachen herumwühlen?«

»Ich weiß nicht, ob Schweine Pfoten haben, aber im großen und ganzen wird genau das passieren. Wir verdächtigen dich, an einem schweren Verbrechen beteiligt gewesen zu sein, und

deshalb ist dein Privatleben sehr interessant für uns. Na? Hast du uns etwas zu erzählen?«
Sie drückte die Zigarette aus. Ihre langen, rotlackierten Fingernägel bohrten sich in die Kippe, als wäre sie der Hals eines Polizisten.
»Es war so, wie ich gesagt habe«, antwortete sie. »Ich hatte mich in Hassel, den ekligen Bullen, verknallt.«
»Du wurdest von einem Mann gerettet, der in der Hotelhalle gewartet hatte. Er schlug Hassel nieder. Wie ist sein Name?«
»Ich weiß nicht.«
»Wie, du weißt nicht? Stellt man sich denn nicht höflichkeitshalber vor, bevor man mit einer nackten Dame in einem Auto flüchtet?«
»Er sah, wie Hassel mich behandelte, und wurde wütend.«
»Wohin hat er dich gefahren?«
»Zu mir nach Hause. Er lieh mir sein Jackett, so daß ich aussteigen konnte. Das warf ich ihm dann aus dem Fenster wieder zu. Er war nett, aber das war alles.«
Simon nickte mitfühlend, fragte nun aber etwas schärfer: »Das stimmt doch gar nicht, Inger. Deine Tasche mit den Schlüsseln war im Hotel geblieben. Wie bist du denn in deine Wohnung gelangt?«
Sie brauchte eine weitere Zigarette, um nachzudenken und sich eine Antwort zurechtzulegen. Gemeinsam warteten wir auf eine neue nette kleine Lüge.
»Jemand hat mir aufgemacht.«
»Ein Mann?«
»Du wirst es nicht glauben, es war wirklich ein Mann!«
»Darf man nach seinem Namen fragen?«

»Geh mir nicht auf den Geist! Das ist Privatsache.«

»Was hat er denn gesagt, als du, lediglich mit dem Jackett eines anderen Mannes bekleidet, aufgetaucht bist?«

»Das geht dich gar nichts an!«

»Doch. Dir ist doch wohl klar, daß wir glauben, oder besser gesagt, überzeugt davon sind, daß deine Aufgabe darin bestand, Hassel zu verführen, um gewisse Informationen von ihm zu bekommen. Wir wollen den Mann haben. Also, wie heißt er, wer ist er?«

»Äh! Ich will mit meinem Anwalt sprechen.«

»Aber natürlich! Das ist dein demokratisches Recht. Wir leben schließlich in einem kleinen, feinen, demokratischen Land. Kriminalinspektor Kreuger wird sich darum kümmern. Gib ihm nur den Namen und die Telefonnummer.«

Sie konnte ein triumphierendes Lächeln nicht unterdrücken. Sie gehörte zu denen, die glauben, Rechtsanwälte seien Zauberer, die nur Hokuspokus zu sagen brauchen, und schon öffnen sich die Tore, und man bekommt noch eine satte Entschädigung. Sie hatte beschlossen zu schweigen, bis der Rechtsverdreher eintreffen würde, und ich bekam Lust, auch ein bißchen mitzuspielen.

»O du verehrungswürdige, begnadete Künstlerin, kannst du uns nicht eine Probe deines Könnens liefern? Singen und tanzen hier im kleinen, privaten Kreise?«

»Verdammtes Schwein!«

»Bitte, bitte! Meinetwegen. Deine heftige Leidenschaft für mich kann doch nicht ganz erloschen sein. Zeig uns, was du kannst!«

Die roten Fingernägel kreisten durch die Luft, bereit, sich in meine Haut zu bohren.

»Wir bezahlen auch. Jeder einen blanken Fünfer. Wir verbuchen das Geld unter Einkauf von Durchschlagpapier.«
»Arschlöcher!«
»Wenn deine Kunst es erfordert, nackt zu tanzen, dann ist das okay. Wir haben keine Vorbehalte. Kunst ist Kunst. Du kannst deine Klamotten da hinten über den Schreibtisch hängen, und dann leg los mit deinem freien Programm!«
»Ich hau dir eine runter!«
»Wenn du deine anspruchsvollen Chansons nicht a cappella singen kannst, helfen wir dir aus. Auch als musikalische Begleiter deiner Tanznummern! Palm hier kann prima eine Klarinette nachmachen. Kreuger imitiert überzeugend ein Piano, besonders die schwarzen Tasten. Ich selbst drücke mir die Finger in die Rippen, und schon ertönt liebliches Akkordeonspiel. Was sollen wir spielen? Den ›Flohwalzer‹ oder ›Drei kleine Schweine‹? Das wäre doch ein passendes Lied.«
Sie sprang auf und holte zu einem rechten Haken aus, aber wie jeder Mann hatte auch ich in meiner Jugend gelernt, mit einer aufgebrachten jungen Dame umzugehen. So duckte ich mich ein paar Zentimeter, und sie schlug ins Leere. Simon ging dazwischen und sagte scharf: »Diese Art Argumente mögen wir hier nicht! Bitte sprich mit Kriminalinspektor Kreuger über den Anwalt. Wir werden noch oft Gelegenheit haben, uns zu unterhalten.«
Er zog mich auf den Korridor und runzelte die Stirn.
»Das war nicht ganz gesetzlich, was du da von dir gegeben hast!«
»Reiß mir doch die Schulterstücke herunter.«
»Zur Strafe wirst du dir auf eigene Rechnung Schulterstücke

kaufen, damit ich sie dir morgen früh vor versammelter Mannschaft herunterreißen kann.«

Wir begaben uns wieder in sein Büro, und ich fläzte mich in den Besuchersessel. Mein euphorischer Ausbruch war vorüber. Ich fühlte mich todmüde, und die Opfer der Amokfahrt tauchten wieder auf meiner Netzhaut auf. Simon blätterte schweigend in seinen Unterlagen.

»Muß ich wirklich über Sergels Torg tippeln?«

»Wir können dich nicht zwingen.«

»Ja, ja, es ist gar nicht so leicht, mich zum Arbeiten zu bringen. Maximal zwei Stunden.«

»Nadja sagte, sie würde dich gern auch heute abend zum Essen einladen.«

»Danke, aber ich bin nicht in Stimmung.«

»Ich auch nicht. Außerdem werde ich heute abend und heute nacht wahrscheinlich gar nicht nach Hause kommen. Hier, nimm das.«

Aus einer Schublade holte er ein Sprechfunkgerät in Miniaturausführung und bat mich, es am Gürtel zu befestigen.

»Du stehst damit in ständiger Verbindung zur Alarmzentrale. Die wissen Bescheid. Ab jetzt wirst du dieses Gerät ständig am Mann haben. Als Ergänzung unserer anderen Schutzmaßnahmen.«

Ich nahm auch meine Dienstpistole an mich und steckte sie wie immer in den Hosenbund. Wenige meiner Kollegen benutzen das berühmte Schulterholster, es ist viel zu unbequem.

»Ich stell euch einen Wagen zur Verfügung. Sune wird dich begleiten.«

Das war kein Grund, hurra zu schreien, aber auch kein Grund zu protestieren. Wir waren Kollegen und hatten früher viel

zusammengearbeitet. Simon strich sich über die Glatze und starrte an die Decke.
»Du, Rolle …«
»Yes, Boss?«
»Glaubst du wirklich, daß sie dich in dem Lieferwagen erschießen wollten?«
»Ja.«
Wie einen Traumfetzen erlebte ich noch einmal den Augenblick, da der Mann den Revolver auf meine Stirn gerichtet hatte. Als der Schuß losdonnerte, war ich sicher, daß mein Kopf in viele Teile zersprengt werden würde. Es war ein ganz besonderer Schreck, der mich durchfuhr, denn er mischte sich mit einer Art Resignation, die man nicht beschreiben kann. Simon schien zu verstehen, denn er nickte mitfühlend.
»Wenn das alles hier vorüber ist, werden du und ich und Nadja und Virena uns mal einen Abend in aller Ruhe zusammensetzen und nur an uns selber denken. Wenn es vorüber ist.«
»Und ich noch am Leben bin.«
»Und *ich!* Wenn einer von uns überlebt. Man muß sich schon wundern. Äpfel kann man nicht mehr ungeschält essen, Fisch verträgt man nur noch einmal pro Woche, die Ozonschicht wird immer dünner, und die Welt ist voller Neonazis. Ein Unglück kommt selten allein.«
Er ließ Sune kommen, und gemeinsam gingen wir in den Hof zu dem bestellten Wagen.
»Ruf mich heute abend an, wenn es Neuigkeiten gibt«, sagte Simon.
»Das müssen dann schon sehr wichtige Neuigkeiten sein. Ansonsten werde ich den Telefonstecker ziehen. Es lohnt also nicht anzurufen.«

Der Wagen fuhr langsam durch die Scheelegatan und über die Barnhusbron, und ich schloß die Augen, um dem Alptraum zu entgehen, den ich hier ganz in der Nähe vor kurzem geträumt hatte. Hätten wir nicht eine andere Strecke fahren können? Diese alten Leute, denen der Vasapark zur Hölle geworden war …

»Schimmliges Gras.«

»Was?«

»Weißt du etwas, das gegen schimmliges Gras hilft? Ich habe ein Wochenendgrundstück und immer so faulige Stellen auf dem Rasen. Es soll verschiedene Mittel dagegen geben.«

»Keine Ahnung. Streu doch Penicillin drüber, das hilft gegen alles.«

Er sah etwas verstört aus und zündete sich eine Zigarette an.

»Wie sieht der Junge denn aus?« wollte er wissen.

Ich beschrieb ihn, so gut ich konnte, und Sune lauschte und paffte. Ruda hatte ihn einst zur Fahndung geholt und nicht wieder fortgelassen. Wir anderen wunderten uns darüber, daß Sune nicht von selbst dahin zurückging, wo er mit seinen Fähigkeiten wirklich gebraucht wurde.

»Also keine besonderen Merkmale. Einer unter Tausenden.«

»Ich würde ihn wiedererkennen, wenn ich ihn zu Gesicht bekäme.«

Der Wagen hielt in der Sveagatan in unmittelbarer Nähe des Platzes, und wir stiegen auf die untere Ebene, die sogenannte Platte, hinunter. Es waren schon viele ausländische Jugendliche da, die in Gruppen auf den Treppen saßen, Gitarre spielten oder sich einfach nur unterhielten.

Viele waren Kiffer, viele Fixer, viele Kriminelle und viele ganz normale junge Leute, die die Welt sehen wollten und per

Anhalter umherreisten, um im Alter einmal von ihren Erinnerungen zehren zu können. Es wurde ziemlich offen mit allem gehandelt, was verboten war.
Kleine weiße Tütchen wechselten den Besitzer, Diebe suchten nach Hehlern und Hehler nach Dieben. Junge Mädchen, die mit beiden Beinen auf Abwege geraten waren, suchten den Mann ohne Gesicht, der bereit war, ein paar Hunderter für einen Moment feuchtkalten Liebesersatz auszugeben, in irgendeinem Loch, das ansonsten von Fixern bewohnt war. Auch Jungen, die meisten viel zu jung, vermieteten sich an Männer. Sie mußten sich aber nicht in irgendwelche Löcher verkriechen, sondern verbrachten ihre Arbeitsstunden in verschiedenen Autos.
Manchmal bekamen wir die Platte ziemlich sauber, und es schien dann immer, als habe sich der Einsatz endlich einmal gelohnt, aber dann machte uns oft der Personalmangel einen Strich durch die Rechnung, und die giftigen Insekten krochen wieder unter den flachen Steinen hervor.
Auch die phantastische Citygruppe der Sozialbehörde kroch auf den Knien, genau wie wir. Die Sozialarbeiter oder Sozialsekretäre, wie sie sich neuerdings nannten, mühten sich redlich, die durch die Stadt streunenden Jugendlichen festzuhalten, mit ihnen ins Gespräch zu kommen und sie zu bewegen, eine Jugendherberge oder im Bedarfsfalle die Jugendklinik aufzusuchen.
Wir Fahnder hatten die Arbeit der Citygruppe schätzen gelernt, die nach immer neuen Wegen suchte, um an die jungen Leute heranzukommen. Sie arbeiteten oftmals rund um die Uhr, so etwas wie ein Privatleben kannten die wenigsten.
Mit uns Polizisten hatten sie noch weiteres gemeinsam: Viele

brannten vorzeitig aus. Ideale verblassen, wenn man täglich sieht, wie schwer sie durchzusetzen sind und wieviel Unverständnis Chefs zeigen, die nur mit Haushaltsposten zu rechnen gelernt haben und den Menschen darüber vergessen. Aber es tauchen auch immer wieder neue, enthusiastische Leute auf, die dann ihrerseits erfahren, wie anstrengend es ist, mit Jugendlichen zu arbeiten, die so große Probleme haben. Wenn nur mehr Geld zur Verfügung gestanden hätte, um wenigstens einen Teil der Projekte zu verwirklichen. Aber daran war nicht zu denken.

So konnte immer nur einem Teil der Jugendlichen in der City geholfen werden, und bald waren wir an der Reihe, uns um den Rest zu kümmern. Wer einmal im Gefängnis gewesen war, kam aus dem Teufelskreis kaum noch heraus. Die einzige Chance war, einen Erwachsenen zu treffen, der einen am Kragen packte. Dann konnte man es doch noch zu Frau und Kindern, einem festen Job und einem Sommerhäuschen bringen. Ich beneidete die Sozialsekretäre nicht, die in der City arbeiteten. Sie mich allerdings auch nicht.

»Hier lungern mindestens hundert Typen herum, die man einlochen müßte«, murmelte Sune.

»Da hast du recht«, pflichtete ich ihm bei.

Langsam drehten wir unsere Runden, liefen durch die Gänge, schauten in die Ecken, Geschäfte und unter die Treppen. Ein paar Musikgruppen spielten und sammelten Geld. Südamerikanische Musik habe ich immer gemocht, deshalb blieben wir bei einer chilenischen Gruppe stehen und lauschten eine Weile. Ein Mann hatte Jesus getroffen und eine Botschaft weiterzugeben. Ein Mädchen sammelte Unterschriften gegen die Behandlung der Kurden, zwei dunkeläugige Männer zeigten mir Bilder von Leuten, die im Iran mißhandelt worden waren. Ein redegewandter Verkäufer mit Mikrofon und Verstärker versuchte, Messersets an den Mann zu bringen. Meiner Meinung nach war er hier völlig fehl am Platze.

»Daß die sich das hier alle so trauen ohne Genehmigung«, wunderte sich Sune und glotzte die Chilenen an.

»Vielleicht haben sie eine«, wandte ich ein. »Vom Staatsminister persönlich unterzeichnet.«

»Das glaube ich nicht. Der beschäftigt sich nicht mit solchen Angelegenheiten.«

Sune hatte keinen Sinn für Humor, begriff die einfachsten Dinge nicht und konnte das Maul nicht halten. Aber er merkte auch nicht, daß ihm etwas fehlte.

Die Jugendlichen schlenderten in Gruppen umher, immer auf der Suche nach Sensationen. Sie kamen aus den Vororten, wo nichts los war, hierher in die City, wo alles möglich war. Natürlich lauerten hier auch die Gefahren, aber gibt es denn ein Leben ohne Verführungen? Selbst Mönche naschen heimlich vom Likör.

Eine Gang von Fünfzehn-, Sechzehnjährigen stand dicht beieinander, und es sah ein wenig merkwürdig aus. Einer von ihnen sprach, und die anderen lauschten und nickten ab und zu als Zeichen, daß sie zuhörten. Vielleicht planten sie den Überfall auf ein Warenhaus oder einen Raubzug im Park, oder irgendwo Flipper zu spielen oder der Mutti Veilchen zu kaufen. Man wußte nie. Der Kreis öffnete sich, und ich entdeckte eine Person, die sich in Alter und Größe von den anderen unterschied.

»Da haben wir ja unseren Mann«, sagte ich.

17.

Routiniert pirschten wir uns von beiden Seiten an ihn heran. Er sah uns an, ohne mich wiederzuerkennen. Wir wiesen uns aus, aber es schien, als könne er nicht lesen.

»Wir haben uns heute mittag schon einmal getroffen, kurz vor zwölf«, sagte ich.

»Ach ja?« erwiderte er unbestimmt.

»Du hattest gerade einen Hunderter dafür bekommen, mir einen Ball an den Kopf zu werfen und mir einen Lieferwagen zu zeigen, in den ich einsteigen sollte.«

»Ach ja?«

Einer der stämmigsten Sechzehnjährigen baute sich vor mir auf und gab sich Mühe, mir zu imponieren. Diese viel zu früh verhärteten Gesichter! Teenager, die gelernt haben, daß die Welt ein Dschungel ist und man scharfe Zähne und Krallen braucht, um an die Fleischtöpfe zu gelangen.

»Was willst du von ihm?« erkundigte er sich, bemüht, den Stimmbruch zu unterdrücken.

»Sei nicht so neugierig«, gab ich müde zurück.

»He, paß bloß auf! Was du von ihm willst, habe ich gefragt. Ich rate dir zu antworten.«

»Polizei. Hier meine ID-Karte. Der wackere Mann auf dem Bild, das bin ich. Wir haben ein paar Fragen an den jungen Mann hier. Wenn du jetzt zufrieden bist, kannst du mit deinen

Freunden abziehen und jedem eine Tüte Gummibärchen fürs Wochenende kaufen.«
»Boy, I can make trouble for you!« Der Sechzehnjährige machte eine unmißverständliche Geste.
Das war zuviel. Ich grinste, aber Sune war tödlich beleidigt durch diesen Mangel an Respekt gegenüber der Ordnungsmacht. Er knöpfte die Jacke auf, so daß man das Holster sehen konnte, starrte den Jungen wütend an und drohte mit spitzer Stimme: »Noch einen Ton und wir nehmen dich mit. Du bist im strafmündigen Alter und landest im Register. Und jetzt verschwinde, ich sage es nicht noch einmal!«
Es muß an der Stimme gelegen haben, daß der Sechzehnjährige unsicher wurde. Er sah sich um. Möglicherweise waren wir nicht die einzigen Bullen auf der Platte, vielleicht wimmelte es geradezu von Ermittlern in Zivil. Er knuffte den Jungen in die Seite und befahl barsch: »Und du hältst den Mund, Pigge!«
Er stolzierte davon, und die anderen folgten, nicht ohne uns verborgene Blicke zuzuwerfen. Wir zogen uns mit dem Jungen in eine Ecke zurück, wo wir ungestört reden konnten. Der Junge zeigte nicht die mindeste Angst, aber auch nicht die Arroganz, die manche in seinem Alter an den Tag legen, weil sie sich aufgrund ihrer Minderjährigkeit sicher fühlen.
»Wie heißt du?« fragte ich.
Er überlegte eine Weile und antwortete dann gleichgültig: »Pigge.«
»Wofür ist Pigge die Abkürzung, für Per Göran?«
»Per Gunnar.«
»Und weiter?«
»Nichts weiter.«

»Jeder Mensch hat auch einen Nachnamen. Wir wollen deinen erfahren, Pigge.«
Er kratzte sich an der Nase, und das war nur allzu verständlich. Noch besser wäre gewesen, er hätte zufällig ein Stück Seife in der Hand gehabt.
»Bengtsson.«
»Zeig uns deinen Ausweis.«
»Hab keinen. Verloren.«
»Komm uns nicht so. Du hast einen Ausweis, und den wirst du uns jetzt zeigen. Schau mal in deinen Jeans nach. Sonst müssen wir es tun.«
Unendlich langsam näherte sich seine Hand der Gesäßtasche. Wir hatten uns so postiert, daß eine Flucht unmöglich war. Er sah, daß er keine Chance hatte, obwohl er klein und wendig war. Die Polizei war in der Übermacht. Er reichte mir eine ID-Karte in einer schmutzigen Hülle.
»Na, Pigge, da hast du wohl nicht ganz die Wahrheit gesagt. Per Gunnar heißt du ja, aber Lundkvist mit Nachnamen. Vielleicht liegt es daran, daß du ein wenig undeutlich sprichst. Und vor zwei Wochen bist du also zehn Jahre alt geworden.«
Pigge antwortete nicht. Ab und zu zwinkerte er nervös. Sune las die Karte und notierte sich die Angaben. Der Junge erhielt seinen Ausweis zurück und stopfte ihn wieder in die Hosentasche. Wenn abgetragene Jeans gerade mal wieder Mode waren, dann waren seine die modernsten.
»Na, Pigge, wie sahen denn die Typen aus, die dir den Hunderter gegeben haben?«
»Ich habe keinen Hunderter bekommen.«
»So? Du hast doch aber kurz nach halb zwölf jemanden getroffen, der dir Geld gegeben hat, damit du mich mit

deinem Ball provozierst, eins-zwei-drei zählst und mich in den U-Bahn-Tunnel lockst. Erinnerst du dich?«

Die Augen des Jungen glänzten, als hätte er Fieber, aber wahrscheinlich war dies eher auf die Bekanntschaft mit Drogen zurückzuführen. Plötzlich rammte er den Kopf in Sunes Magen. Sune machte einen überraschten Schritt rückwärts. Im nächsten Augenblick waren von Pigge nur noch die abgelaufenen Schuhsohlen zu sehen. Sune schien die Pistole ziehen zu wollen, aber ich legte ihm beruhigend die Hand auf den Oberarm. Es gab schon genügend unangenehme Schlagzeilen in der Zeitung.

»Früher gab es einmal Erziehungsanstalten«, bemerkte er giftig.

»Mach dir nichts daraus. Du hast doch seine Adresse und die anderen Angaben von seiner ID-Karte. Du kannst ihn dir schnappen, wann immer du willst.«

»Wieso ich? Das ist doch nicht mein Fall.«

»Doch. Du kennst die Details und weißt, wonach du fragen mußt. Alle Beschwerden bitte an Simon. Ich geh jetzt nach Hause, und wenn du willst, darfst du mich bis zur Tür begleiten. Ich fühle mich ein wenig schwach, ehrlich gesagt.«

Das war kein Scherz, sondern wahrscheinlich eine verspätete Reaktion auf die Erlebnisse des Tages. Ich befürchtete tatsächlich, auf Sunes Hilfe angewiesen zu sein. Gott sei Dank war es nicht weit bis zu meiner Wohnung, so daß er keinen Grund hatte, sich aufzuregen. Das tat er auch nicht, aber dafür fing er an zu maulen, als ich ihm sagte, daß ich vorher noch in Åhlens Supermarkt müßte, um ein wenig einzukaufen.

»Sune, ich will deinetwegen nicht verhungern. Es geht ganz schnell.«

Ich packte das Allernotwendigste in den Einkaufswagen, und er rollte ihn sogar zur Kasse, allerdings ohne besonderen Enthusiasmus. Mein Schutzengel im Hof meldete sich, und Engel Nummer zwei würde unverzüglich ans Tor eilen. Sune erhielt am Tor seinen Abschied und nahm meinen Dank entgegen, ohne eine besondere Rührung zu zeigen. Im Gegenteil, er steckte sich eine Zigarette an und machte eine beleidigende Geste.

Als erstes zog ich den Telefonstecker aus der Dose. Auf Virenas eisklirrende Stimme hatte ich keine Lust, und damit war auch Elin aus dem Rennen. An anderen Anrufern war ich generell nicht interessiert. Ich aß ein wenig Aufschnitt und trank ein Helles dazu. Nebenbei las ich in einem Reklameblättchen über einen Schuhausverkauf zu fantastischen Preisen, bei dem man sogar eine Tube Schuhkrem gratis bekam. Diese Philanthropen von Schuhhändlern! Das war auch ungefähr die Lektüre, die ich vertrug. Ich legte mich aufs Bett und muß sofort eingeschlafen sein, denn ich konnte mich später nicht einmal erinnern, wie mein Kopf in das Kissen sank.

Ich wachte um halb zehn am folgenden Morgen auf und fühlte mich wie ausgekotzt. Die schweißgetränkten Kleider klebten mir am Körper.

Wahrscheinlich hatte ich geträumt, aber ich konnte mich Gott sei Dank nicht erinnern. Der Spiegel im Bad zeigte mir ein müdes Gesicht mit Bartstoppeln und geschwollenen Tränensäcken. Ich grinste das Spiegelbild an. Es grinste zurück. Dann lüftete ich und machte das Telefon gesprächsbereit.

»Heute müßt ihr ohne mich klarkommen.«

»Du hast gesagt, daß du den Nachmittag freihaben willst.«
»Das war gestern. Heute will ich den ganzen Tag. Ich muß noch ein Stündchen schlafen. Wie läuft es bei dir?«
»Überhaupt nicht. Wir wissen eine ganze Menge, aber das nutzt uns überhaupt nichts. Die Hausdurchsuchung bei Inger Olsson hat ein paar interessante Dinge zutage gefördert. Unter anderem ...«
»Das kannst du mir morgen erzählen. Gute Nacht!«
Ich fühlte mich, als hätte ich tagelang nicht geschlafen. Ich duschte und zog mir einen frischen Pyjama über. Mit bleischweren Händen bezog ich das Bett neu. Wieder schlief ich sofort ein. Als ich das nächstemal aufwachte, war es halb eins. Für verschiedene Leute brachten die Nachrichten im Radio sicher wichtige Neuigkeiten, aber zu denen gehörte ich nicht. Die Morgenzeitung landete auf einem Stapel, wo schon andere Blätter lagen, die ich irgendwann lesen wollte, wenn ich Zeit haben würde. Also wenn ich in Pension ging.
Ein Brief war in Druckbuchstaben an mich adressiert. Er trug keinen Absender. Ganz normales weißes Papier mit ganz gewöhnlichen Druckbuchstaben.
»Unsere Geduld ist zu Ende. Gib uns die Informationen. Jetzt. Sei morgen früh um halb acht zu Hause. Wir rufen an. Wenn dir dein Leben lieb ist ...«
Aha. Gut, ich würde um halb acht zu Hause sein. Aber bis dahin hatte ich offenbar meine Ruhe. Der Brief wirkte irgendwie harmlos, wie wenn ein kleines Kind droht, das Haus umzustürzen, wenn man ihm nicht zu Willen ist. Die Drohung war auch kindisch, und das wußten sie.
Solange ich nicht mitspielte, hatte ich sie im Griff. Das war natürlich ein weiterer Grund, mich zu hassen. Wenn es etwas

gab, was sie nicht vertrugen, dann dieses Gefühl der Hilflosigkeit.
Ich gab mich den Freuden der Tafel in Form von Tee und Weißbrot, zu fettem Käse und geschnittener Tomate hin. Die ganze Zeit überlegte ich, wie ich die Vitamine aus der Tomate herausbekommen könnte.
Dann suchte ich alle erforderlichen Papiere zusammen und packte sie in eine dünne Brieftasche, die ich einmal als Werbegeschenk erhalten hatte. Die Typen an der Börse bekommen meistens eine Kiste Champagner als Präsent, für mich war eine billige Plastehülle mit der Aufschrift »Billans Backwerk ist das beste« gut genug. Regnet's auf den einen, so tropft es auf den anderen.
Sollte ich die Pistole mitnehmen? Ich ließ sie lieber zu Hause. Gewiß, sie konnte mir dazu dienen, Matte Lilja zu drohen, wenn er nicht so wollte wie ich, aber das würde ich meiner angeborenen Liebenswürdigkeit wegen sowieso nicht fertigbringen.
Ich hatte nicht weit zu laufen, und meine Müdigkeit war wie weggeblasen. Ich war in einer Stimmung wie als Kind am Weihnachtsmorgen oder als junger Bursche vor dem ersten Rendezvous. Es gelang mir sogar, die Sensationsrubriken an den Zeitungskiosken zu übersehen, die von einer Amokfahrt berichteten.
Es ging über Tegelbacken zum Norr Mälarstrand, und ich fühlte mich besser und besser. Kein Reißbrettidiot und kein Städteplaner konnte das Ursprüngliche in Stockholm zerstören, die Harmonie von Wasserflächen und Schären. Ich lief die Polhemsgatan hinauf, und schon war ich in der Pontonjärgatan, Mälarstrandens armer Schwester. Das Fehlen der Ab-

gaswolken des ständigen Durchgangsverkehrs war wohl eher ein Segen.
Es war noch zu früh, Lilja auf den Geist zu gehen, und ich entschied mich für einen kleinen Spaziergang in der Umgebung. Als Kind war eigentlich der Kronobergspark mein Revier gewesen, aber ich hatte mich auch hier öfter aufgehalten.
Wenn ich Glück hatte und die Chance bekam, hier zu wohnen, würde Elin in derselben Umgebung aufwachsen wie ihr Vater. Vorsichtig stieg ich in einen Sandspielkasten. An ihn konnte ich mich nicht erinnern, an die Schaukel dagegen um so besser. Heutzutage saßen die Kinder auf Autoreifen. Wir hatten damals schmale Holzbrettchen. Es galt, so hoch wie möglich zu schaukeln, um dann so weit wie möglich abzuspringen. Wer das Spiel nicht beherrschte, sprang zu spät ab und bekam das zurückschwingende Brett an den Hinterkopf. Solche Wettbewerbe waren für Elin natürlich viel zu gefährlich. Auch das Überschlagschaukeln mußte sie nicht unbedingt ausprobieren.
Aha, die hohle Eiche am Fuße des Felsens stand noch. Jetzt war sie mit Zement ausgegossen, aber zu meiner Zeit konnte man hinaufklettern und in den Stamm hinabsteigen. Auch das war kein Sport für Elin. Wir pflegten nämlich ganz in die Krone des Baumes zu steigen und von da aus auf den Felsen hinüberzuspringen.
Auch den alten, in den Stein gesprengten Schutzraum gab es noch. Die Tür war jetzt aus Holz, früher war sie aus Eisen gewesen. Die ganz Kleinen glaubten, daß ein Troll dahinter wohnte. Sie warfen einen Stein gegen die Tür und rannten dann weg, bevor der Troll sie greifen konnte.
Ich merkte, daß ich die ganze Zeit lächelte, aber es war mein

Mund, und ich konnte tun, was ich wollte. Der Felsen war ziemlich steil. Oben auf der Kuppe gab es einen Platz, an dem wir uns mit Vorliebe aufhielten, aber der war für Elin auch nicht geeignet, denn sie konnte sich verletzen. Ich widerstand der Lust hinaufzusteigen, sondern wählte lieber den Sandweg, der zum Park führte.

Da stand der wohlbekannte Gedenkstein mit dem Text, den ich noch auswendig hersagen konnte. Er berichtete, daß hier in den Jahren 1856–1923 Sappeure und Ingenieure, Pontoniere und Telegraphisten stationiert waren. Das ›Sappeure und Ingenieure‹ hatte faszinierend geklungen, fast wie eine Trollformel. Was die Worte bedeuteten, wußte ich damals natürlich nicht.

Der Weg schlängelte sich weiter hügelan. Immer wieder gab es Pfade, die man benutzen konnte, um sich davonzustehlen. Zum Beispiel, wenn einen eine der vielen Banden von Halbwüchsigen verfolgte, die es überall in der Stadt gab. Wenn allerdings jemand auf die Idee kommen sollte, Elin auch nur zehn Zentimeter zu jagen, würde er es mit mir, einem Wasserwerfer und allen verfügbaren Einsatzkräften der Polizei zu tun kriegen.

Hier oben verlief der Weg an der Mauer der Kungsholmener Oberschule entlang. Wir pflegten den Zaun zu erklettern und uns dann wie die Affen auf die benachbarten Bäume zu schwingen. Absolut nichts für Elin. Sie würde nur nette und ungefährliche Spiele spielen, bei denen man sich weder Schürfwunden noch verstauchte Füße holen konnte.

Deshalb mußte ich mich bei der Schilderung meiner Kindheitserinnerungen am besten in einen lieben kleinen Jungen im Seemannskostüm verwandeln, für den es nur einen

Wunsch gegeben hatte, nämlich seinen Eltern Freude zu machen.
Es wurde Zeit für die Verabredung mit dem Ehepaar Lilja, und so trottete ich über die Straße und durch das Tor zur Balzar von Platensgatan. Ein schönes und gut erhaltenes Tor. Mit dem Fahrstuhl fuhr ich ins oberste Geschoß. Ein schöner, gut erhaltener Fahrstuhl. Ich klingelte an der Tür. Eine schöne, gut erhaltene Tür, ein angenehmer Ton. Ein ungefähr fünfundzwanzigjähriger junger Mann öffnete. Er war groß, schlank und elegant gekleidet. Sein Haar war kurz geschnitten und gut gebürstet. Sein solariumgebräuntes Gesicht mit regelmäßigen Zügen und lebendigen Augen war auch zu einem freundlichen Lächeln fähig. Er reichte mir seine manikürte Hand.
»Hej, Hassel. Ich bin Matte. Komm rein.«
Im Korridor kam uns seine Frau entgegen, in einer Tunika, zu der sie glänzende knallrote Leggings und silberne Pantöffelchen trug. Die Brust zierte ein aufgesticktes Tigerhaupt, um die schmale Hüfte hatte sie ein goldenes Tuch geschlungen. Ihr Gesicht unter dem bunten Irokesenkamm war mädchenhaft und gut geschminkt. An den Ohrläppchen hingen große hölzerne Ringe.
Wir begrüßten uns.
»Ich bin Vickan. Ein halbes Jahr mußten wir hier leben. Wenn man es leben nennen kann.«
Eigentlich war es gar kein Korridor, sondern eine runde, freundliche, luftige Empfangshalle. Bis in ein oder anderthalb Meter Höhe waren die Wände mit einer Holzart verkleidet, die ich nicht kannte. Wahrscheinlich handelte es sich um Edelhölzer. Darüber war die Wand mit weißgemaltem Stoff

bespannt. Außer einem Hutständer und einem Spiegel gab es keine Möbel.
»Wir zeigen dir zuerst gleich den schlimmsten Leichenraum«, seufzte Vickan.
Es handelte sich um ein herrlich großes Wohnzimmer. Die Wände waren wie im Flur gestaltet. Eine Tür führte auf einen Balkon, und ich erahnte eine wunderbare Aussicht. In dem ganzen Zimmer standen lediglich ein Sofa, ein riesiger Fernsehapparat und eine Stereoanlage mit gigantischen Boxen.
»Das Beste am Schlafzimmer ist, daß man darin die Augen zumachen kann«, bemerkte Matte sarkastisch.
Es gab zwei große, schöne Schlafräume, die ebenso vornehm und gediegen wirkten wie das ganze Haus. Einer war völlig leer, im anderen stand ein Doppelbett mit weißem Überzug.
»Tja, da wäre dann noch so ein Rattenloch«, meinte Vickan betreten.
Auch dieser Raum war leer. Er ging von dem einen Schlafzimmer ab und war etwas kleiner. Eine Bibliothek. Ein Hobbyraum. Ein Arbeitszimmer. Ein Eßzimmer. Ein Raum zum Feiern. Ich zeigte auf eine weitere Tür.
»Und wohin führt die?«
»Die? Vickan, haben wir je nachgesehen, was sich hinter dieser Tür verbirgt?«
»Ja, als wir eingezogen sind. Das ist so eine Art Abstellkammer.«
Die Abstellkammer entpuppte sich als ein Raum, der sich von der Größe her ideal als Kinderzimmer eignete.
»Das ist ja eigentlich eine Fünfzimmerwohnung«, sagte ich.
»Kann sein«, meinte Vickan. »So steht es auch im Mietver-

trag, aber eine Abstellkammer als Wohnraum auszugeben ist doch Betrug.«

Anschließend bekam ich noch die separate Toilette und das geflieste Bad zu sehen, das einem Filmstar Ehre gemacht hätte.

Matte und Vickan entschuldigten sich die ganze Zeit für die in ihren Augen häßliche Wohnung.

»Und jetzt willst du sicher noch den Balkon sehen«, vermutete Matte. »Das ist auch so ein Monstrum, auf dem man höchstens Rote Bete ziehen kann. Aber wer mag schon Rote Bete?«

Wir gingen auf den Balkon, und ich war fasziniert. Riddarfjärden lag vor mir, mit glänzendem Wasser und vielen Segelbooten, die wohl ihre diesjährige Jungfernfahrt machten. Vickan machte mir ein Zeichen, daß man sogar um die Hausecke herumgehen konnte, und nun lag der ganze Park in frühlingshaftem Grün vor mir. Hier draußen war Platz genug, rauschende Feste zu feiern und einen ganzen Urlaub zu verbringen. Vickan schien meine Begeisterung überhaupt nicht zu teilen, denn sie seufzte leise: »Nun hast du alles gesehen.«

»Halt, die Küche fehlt noch«, berichtigte Matte sie. »Schau mal, Vickan! Da unten läuft ein Mensch! Siehst du? Der muß seinen Kompaß verloren haben!«

»Vielleicht ist er auch auf der Flucht.«

Die Küche war frisch renoviert, groß und mit allem technischen Komfort ausgestattet.

»Du bist nicht interessiert, was?« erkundigte sich Matte. »Das wundert uns nicht.«

Ich räusperte mich.

»Nun ja. Ihr meint also, es wäre zu ruhig hier?«

»Ruhig?« rief Vickan. »Hier ist es wie auf dem Friedhof. Weit und breit keine Kneipe, von einer Diskothek haben sie hier in dieser Gegend noch nie etwas gehört. Es gibt hier kilometerweit keinen Platz, wo man sich mal mit Freunden treffen kann. Wenn die Sonne untergeht, schlafen hier alle ein.«
»Tja, das ist ja wirklich deprimierend, wenn es keine Disco gibt«, heizte ich noch ein bißchen ein.
»Genau. Und mit dem Wagen in die Stadt geht auch nicht, weil man dort wieder keinen Parkplatz bekommt. Taxis verirren sich nicht hierher, vielleicht boykottieren sie die Gegend auch, wer weiß. Hier ist man von allem abgeschnitten. Seit wir eingezogen sind, wollen wir wieder weg, aber niemand wollte mit uns tauschen.«
»Ich bin, wie gesagt, interessiert«, bestätigte ich noch einmal und versuchte, meine Stimme gleichgültig klingen zu lassen.
Matte schaute auf seine Rolex.
»Okay, dann fahren wir zu deiner Wohnung und schauen uns die mal an. Wenn sie uns gefällt, machen wir gleich alles klar. Ich habe den Wagen in der Garage auf der anderen Straßenseite. Die kannst du, wenn du willst, auch mit übernehmen.«
Offensichtlich pflegten die jungen Leute, schnell zu entscheiden und zu handeln. Ich dagegen war daran gewöhnt, in einem Jahr eine Schreibmaschine zu beantragen, um dann im nächsten einen frisch gespitzten Bleistift zu erhalten. Lilja griff sich einen Aktenkoffer aus braunem Leder, und ich merkte, wie meine Brieftasche vor Scham schrumpfte.
In der Garage stand ein Porsche. Vickan schwang sich auf den Rücksitz, und ich schnallte mich auf die Beifahrerschale. Es war ein Auto, das es mit einer Rakete aufnehmen konnte, aber Matte fuhr überraschend ruhig.

»Ordnungshalber muß ich fragen, ob du eine feste Anstellung und keine Schulden hast«, sagte ich.
Es war immer noch zu schön, um wahr zu sein. Vielleicht war er schon elfmal in Konkurs gegangen und war jetzt wieder auf dem besten Weg.
»Ich arbeite seit drei Jahren bei einer Computerfirma. Ich wollte mich vor kurzem selbständig machen, aber dann bot man mir eine Beteiligung an dem Unternehmen an. Ich verdiene wirklich nicht schlecht.« Er nannte sein Einkommen, das das des Staatsministers etwa um das Dreifache überstieg.
»Vickan ist Teilhaberin eines Schönheitssalons in der Hamngatan. Sie ist gelernte Maniküre und erprobt neue künstlerische Methoden zur Gestaltung von Fingernägeln.«
»Warum kauft ihr euch eigentlich keine Wohnung? Geld genug müßt ihr doch haben.«
Er schüttelte den Kopf und sagte ernst: »Solche Geschäfte lehnen wir ab. Wir lieben es, Geld zu haben und damit zu arbeiten, aber an Wohnraum sollte man sich nicht bereichern. Das sind dreckige Geschäfte.«
Mit energischen Schritten überquerten sie den Hof und stapften die Treppen zu meiner Wohnung hinauf. Ich hatte mich innerlich darauf vorbereitet, es ihnen gleichzutun und alles schlechtzumachen, ließ es dann aber sein und hielt den Atem an.
»Genau das haben wir gesucht«, sagte Matte, und Vickan nickte eifrig. »Genau im Zentrum der Stadt. Hier schlägt der Puls der Zeit!«
»Wie dick sind die Wände?« wollte Vickan wissen. »In unserer Grabkammer darf man nämlich nicht einmal die Stereoanlage ein bißchen aufdrehen.«

»Hier gibt es rundherum nur Firmen. Abends könnt ihr die Bässe dröhnen lassen, bis sich die Balken biegen.«
Sie schauten sich an und waren vor Glück ganz selig. Länger konnte ich nun nicht mehr warten. Die Wahrheit mußte heraus, auch wenn dadurch aus dem Tausch nichts wurde.
»Da ist noch eine Sache, die ihr wissen solltet«, sagte ich so leichthin, wie ich vermochte. »Ihr habt in der Zeitung vielleicht von dem Mord in der Drottninggatan gelesen?«
»Der Typ, der zerhackt wurde?«
Ich zeigte in Richtung Kinderzimmer.
»Da drinnen wurde er gefunden. Von mir.«
Alles hätte ich erwartet, nur nicht diese Reaktion.
»Aber das ist ja Spitze!« rief Matte, und seine Frau fiel ein: »Geil! Wir verkaufen Eintrittskarten an unsere Clique! Fantastisch! Eine Wohnung, wo ein richtiger Mord stattgefunden hat!«
Ich wischte mir schnell den Schweiß von der Stirn und sagte herzlich: »Wenn ihr einverstanden seid, bin ich es auch.«
»Ja, ja, klar«, beeilte sich Matte. »Wir fahren schnell zu unserem Hauswirt. Er ist ein Verwandter von Vickan und weiß Bescheid.«
Alles ging traumhaft schnell. Wir fuhren nach Östermalm. Als wir fast angekommen waren, fragte Lilja: »Und wieviel willst du?«
»Ich?«
»Versteht sich, daß wir zahlen. Es ist uns klar, daß kein Mensch eine solche Wohnung ohne ein paar Scheinchen nebenbei abgibt. Also, an wieviel hattest du gedacht?«
Ich überwand die Versuchung und log: »Ich habe eine Menge geerbt. Geld spielt für mich keine Rolle. Meinen Job betreibe

ich als Hobby. Irgendwas muß man ja tun, damit der Tag vergeht.«

Bei dem Hausbesitzer ging es schnell. Ich hatte mich kaum gesetzt und meine Papiere hervorgekramt, da lag mir auch schon der unterschriftsreife Vertrag vor. Mit einer Kopie in der Tasche fuhren wir anschließend zu meinem Bauunternehmen. Der Frosch empfing uns, und ich bewunderte Matte Liljas Verhandlungstaktik.

Nach einer halben Stunde hatte er seinen Mietvertrag unterzeichnet, und ich konnte meinen wegwerfen.

Als wir wieder im Porsche saßen, schüttelte ich den Kopf, um die Gedanken wieder an ihren richtigen Platz zu bringen. Hatte ich das wirklich erlebt, oder würde ich bald aus einem Traum erwachen? Lilja reichte mir ein paar Schlüssel.

»Der paßt zum Tor, und der gehört zur Wohnungstür.«

»Nur noch elf Tage bis zum ersten Juni«, sagte ich.

»Daran läßt sich nichts ändern. Wir ziehen jedenfalls sofort aus. Unsere paar Möbel kommen auf einen Speicher, und wir wohnen so lange im Hotel, bis du deinen Umzug bewerkstelligt hast. Ruf uns an, wenn wir die Schlüssel bekommen können. Können wir dich irgendwohin fahren?«

»Ja, zum Polizeigebäude. Ich muß meinem Hobby noch etwas frönen.«

Ein wenig taumelig kletterte ich aus dem Porsche und begab mich in mein Büro. Da ich mich einsam fühlte, lief ich wie in Trance zu Simons Zimmer. Erst sah ich nur einen gewaltigen Aktenberg, dann entdeckte ich auch meinen besten Freund. Er hatte den Kopf auf die verschränkten Arme gelegt und schnarchte leise vor sich hin. Ein kleines Schläfchen auf Kosten des Steuerzahlers hielt ich für durchaus verzeihlich und

wollte mich schon wieder diskret zurückziehen, da hob er den Kopf und gähnte ausgiebig. Dann fiel sein Blick auf mich.
»Was ist los?«
»Der Arbeitstag ist zu Ende. Du schläfst besser zu Hause weiter.«
»Ist was passiert?«
»Ja! Alles ist perfekt. Ich ziehe nach Kungsholmen, in eine Wohnung, um die mich ein persischer Fürst beneiden würde.«
»Ach so, ich dachte schon, es wäre etwas wirklich Wichtiges. Setz dich. Ich kann es nicht leiden, wenn jemand steht und ich sitze.«
Er schloß die Augen und gähnte noch einmal herzhaft.
»Verdammt, es wird immer schlimmer. Bald werden wir das ganze schwedische Volk auf der Fahndungsliste haben. Es sind schon wieder zwei Mordfälle dazugekommen.«
»Gibt es eine Verbindung zu ›unseren‹ Morden, um es einmal so auszudrücken?«
»Das glaube ich nicht. Eine Prostituierte wurde mit achtzehn Stichen niedergemacht, und einen arbeitslosen Maurer hat man erschlagen aufgefunden, in einer Gegend, wo sich immer dunkle Existenzen herumtreiben. Die Ermittlungen, die über die ausländischen Botschaften laufen, binden eine Menge Leute, die uns an anderer Stelle fehlen.«
Das war nichts Neues, und er erwartete auch keinen Kommentar von mir. Ich überlegte noch, ob ich ihm von dem schönen Badezimmer erzählen sollte, da kam er mir zuvor und hielt mir ein Foto hin. Es zeigte eine Frau in mittleren Jahren, mit groben Gesichtszügen.
»Erkennst du sie wieder?«
Ich studierte das Bild aufmerksam und schüttelte den Kopf.

»Wir haben es zu Hause bei Inger Olsson gefunden. Sie kann oder will nicht sagen, wer es ist. Das muß nichts zu bedeuten haben, aber es wäre ebenso möglich …«
Er wurde vom Klingeln des Telefons unterbrochen und meldete sich mit seinem munteren »Hier Kommissar Palm«. Er lauschte einen Augenblick, dann schaltete er schnell den Lautsprecher zu. Eine gequälte Stimme war zu hören, ein Mann, der fast besinnungslos vor Angst zu sein schien.
»Das … ich … sie sind … oooh … bald haben sie … umzingelt … komme nicht heraus …«
»Wer spricht da?« fragte Simon scharf.
»Kalster … blutet … Sandra ist … niedergeschlagen … rettet mich! In Gottes Namen, rettet mich!«
Die angsterfüllte Stimme reduzierte sich auf ein schwaches, zitterndes Flüstern.
»Sie … wollen mich verbrennen … bei lebendigem Leibe!«

18.

Das war für mich die zweite Wahnsinnsfahrt innerhalb weniger Tage, aber diesmal handelte es sich um einen Polizeieinsatz. Das Blaulicht kreiste und das Signal gellte, als sich der Wagen einen Weg durch den Verkehr bahnte, um zum Roslagsvägen zu gelangen. Wir saßen auf dem Rücksitz und konstatierten, daß die Leute unsere Alarmzeichen beachteten und uns Vorfahrt einräumten.

Es hatte nur wenige Minuten gedauert, bis Simon einen Wagen organisiert und angewiesen hatte, die Polizei in Vaxholm zu benachrichtigen. Die Kollegen sollten direkt zu Kalsters Villa fahren, denn es ging offenbar um Leben oder Tod.

»Lebendig verbrennen!« grollte Simon. »Damit hatten sie ja gedroht, wie uns Sandra Ryan mitteilte. Los, fahr zu! Hast du deinen Führerschein im Lotto gewonnen? Wir haben es eilig!«

Der Chauffeur antwortete nicht, aber es sah so aus, als bekäme er rote Ohren. Simon ärgerte sich, die Beherrschung verloren zu haben, beugte sich vor und klopfte ihm beruhigend auf die Schulter.

»Entschuldige, es war nicht böse gemeint. Du kannst fahren, so schnell du willst, und gegen alle Regeln verstoßen, nur darf keiner dabei zu Schaden kommen.«

Der Polizist gab sich nun sichtlich alle Mühe; offenbar ging

doch Zuckerbrot vor Peitsche. Simon verschränkte die Arme vor der Brust und starrte geradeaus.
»Hat Sune den Jungen erwischt?« fragte ich.
»Ich habe lieber Pelle geschickt. Sune kann nicht mit Kindern umgehen. Ja, Pelle hat mit ihm gesprochen. Der Junge konnte sich an nichts erinnern. Vielleicht hat sein Gehirn wirklich bereits Schaden genommen. Was für ein Zuhause! Pelle sagte, es sei das Schlimmste gewesen, was er je gesehen hätte, und wir sind ja eigentlich einiges gewohnt.«
Die Straßen waren inzwischen weniger belebt, aber wir ließen das Alarmsignal sicherheitshalber weiter in Betrieb. Ich hielt meine Papiere umklammert, als hätte ich Angst, jemand könne mir meinen neuen Mietvertrag stehlen.
»Wie war es denn zu Hause bei unserer Mata Hari?«
»Verdammter Idiot! Merkt der nicht, daß wir vorbei wollen? Notier dir die Nummer! Den zeigen wir an! Der denkt wohl, weil er viel Geld für seine Karre bezahlen mußte, gelten für ihn andere Gesetze!«
Endlich schwenkte der Mercedes provozierend langsam auf die rechte Fahrspur hinüber. Simon drohte mit der geballten Faust, seine Lippen formulierten überdeutlich, was er von dem Fahrer hielt.
»Was sagtest du? Ach so, Ingers Wohnung. Tja, eigentlich haben wir nichts gefunden. Ich glaube nicht einmal, daß sie wirklich dort wohnt, auch wenn sie es dreist behauptet. Aber ein Mann muß sich da zuletzt aufgehalten haben, den Spuren nach zu urteilen. Sie behauptet, es sei eine zufällige Liebesbeziehung gewesen, und will den Namen nicht preisgeben.«
»Der Joker vielleicht?«
»Wir werden sehen. Es gibt da noch einiges, was wir über sie

herausfinden müssen. Hat sie Bankfächer? Wenn ja, bei welchen Banken? Auf welche Namen? Öhman arbeitet daran, zusammen mit ein paar von Nords Leuten. Viele, viele kleine Mosaiksteinchen.«

Der Wagen tutete die Straße nach Vaxholm entlang. Mein Einsatz bei den Ermittlungen war peripher. Das störte mich überhaupt nicht. Das Polizeigebäude war ein summender Bienenstock, von dem ich mich lieber fernhielt. Dieser Balkon … Dort sitzen und den Sonnenaufgang genießen! Elin auf einem kleinen Stühlchen, mit einem Bilderbuch in der Hand. Virena hält eine Kaffeetasse in der Hand und bewundert den Hausherrn, wie er das wieder hingekriegt hat. Vielleicht.

Als wir die Stadtgrenze passierten, schaute ich auf die Uhr. Achtzehn Minuten waren vergangen, seit wir das Polizeigebäude verlassen hatten. Simon schwieg, und allmählich wurde ich durch seine deutliche Nervosität angesteckt. Was für ein Drama spielte sich dort in Kalsters Villa ab? Vielleicht war es schon gelaufen?

Simon lotste den Fahrer auf den kürzesten Weg. Er hatte das Jackett aufgeknöpft, um schnell die Pistole ziehen zu können, und ich folgte seinem Beispiel.

Auf dem Parkplatz vor dem Haus stand bereits ein Polizeiauto. Eine Uniform entdeckten wir im Garten, der zweite Mann saß am Funktelefon.

Wir eilten hin und wiesen uns aus. Der Polizist auf dem Grundstück war bleich und nickte in Richtung des kleinen Gartenhauses. Die Tür stand offen, und als wir hineinschauten, sahen wir einen verkohlten Menschenkörper. Obwohl auch das Gesicht verbrannt war, erkannten wir doch Kalster.

»Wir sind gerade erst eingetroffen«, informierte uns der Polizist mit gepreßter Stimme. »Wiberg gibt gerade den Bericht durch. Der Kommissar wird bald hier sein. Wir geben auch Alarm.«
»Vergeßt die Straßenkontrollen nicht. Habt ihr etwas zum Absperren dabei?«
»Ja, für den Tatort. Denn es scheint sich ja um Mord zu handeln.«
Das, was von Kalsters Gesicht noch übriggeblieben war, zeigte die Angst, die auch durch das Telefon zu spüren gewesen war. Sie hatte sich buchstäblich eingebrannt. Simon hockte sich nieder und legte seine Handfläche vorsichtig auf den Körper.
»Immer noch heiß. Er kann erst seit ein paar Minuten tot sein.«
»Warum fing das Gartenhaus kein Feuer?«
»Weiß nicht.«
Ich machte einen Schritt, aber er hob die Hand, um mich zu stoppen, und wies auf eine Blutspur im Gras. Er tippte mit dem Finger in einen Blutstropfen.
»Ganz frisch.«
Wir folgten der Spur. Sie führte uns hinüber zum Haus. Die Tür stand offen. Drinnen fanden wir einen verkohlten Haufen. Als wir ihn näher untersuchten, entdeckten wir, daß es sich um die Reste eines hellblauen Kleides handelte, von dem nur noch die völlig zerrissene Rückenpartie übriggeblieben war.
»Los, Rolle!«
Wir hasteten die Treppe hinauf in die Verlagsräume, immer der Blutspur folgend. Auf dem Fußboden vor einem Fenster lag Sandra Ryan auf der Seite, den einen Arm ausgestreckt.

Sie trug einen halb zerfetzten Unterrock mit großen, schmierigen Flecken. Das Haar war am Hinterkopf blutgetränkt. Unterarme und Beine wiesen Brandflecken auf. Simon rief den Polizisten, die gerade die Absperrung aufbauten, zu: »Schnell, wir brauchen die Ambulanz und einen Arzt!«

Einer von ihnen rannte zum Wagen. Wir widmeten uns wieder der Blutspur. Sie begann in einer kleinen Pfütze mitten im Zimmer.

Überall roch es nach Benzin. Simon kniete nieder und schnüffelte an den Dielen.

»O verdammt! Daß mir um Gottes willen keiner raucht hier drinnen!«

Inzwischen kamen immer mehr Fahrzeuge heran und brachten Polizisten, Experten und Fotografen, kurzum alle, die sich nach einem Gewaltverbrechen am Tatort aufzuhalten pflegen. Der Arzt stellte fest, daß Sandra noch am Leben war, und die Ambulanz brachte sie ins Krankenhaus.

Wir hatten hier eigentlich nichts mehr verloren, denn es war nicht unser Fall. Simon berichtete dem zuständigen Kommissar aus Vaxholm alles, was er wußte, und da sich die beiden aus früherer Zusammenarbeit kannten, verlief das Gespräch ruhig und sachlich. Ich hatte Simons Angaben lediglich zu bestätigen.

Unser Chauffeur durfte auf dem Rückweg ganz normal fahren, und er war dankbar dafür. Wir schwiegen beide, und jeder versuchte, in Gedanken zu rekonstruieren, was in Kalsters Villa geschehen war.

Simon äußerte sich zuerst: »Warum hat es nicht gebrannt?«

»Obwohl das Material doch entflammbar war ...«

»Seltsam ...«

»Vielleicht. Wir sollten aber zuerst versuchen, die Frage zu beantworten, warum Kalster umgebracht wurde. Wußte er zuviel? Oder handelte es sich um eine Bestrafung? Ging es vielleicht um die versteckte Diskette?«
Wir gingen davon aus, daß die Tat von Neonazis begangen worden war. Nach dem, was wir inzwischen von ihnen wußten, waren sie hauptverdächtig.
»Ich denke vor allem an diese Instrukteure, die Gewalt und Terror predigen. Spektakuläre Aktionen sind doch das beste Mittel, junge Leute auszubilden. Ich glaube, sie wollten Kalster für seine Bücher bestrafen und gleichzeitig ein Exempel statuieren.«
Er trommelte mit den Fingern gegen die Scheibe und murmelte: »Das Haus sollte doch bestimmt niedergebrannt werden. Warum brannte es nicht? Warum brannte Kalsters Gartenhaus nicht?«
Menschen lebendig zu verbrennen gehörte also zu den gewöhnlichen Strafmethoden der Neonazis. Kalster hatte sich durch ihre Drohungen nicht einschüchtern lassen, und ich mußte daran denken, daß sie mich nach meinem Auftritt auch nicht wie ein Schoßhündchen behandeln würden.
»Mir fällt gerade ein, daß sie mich heute früh anrufen wollten. Ich habe ganz vergessen, das Telefon anzuschließen.«
Ich erzählte von dem Brief, und Simon ermahnte mich ernst: »Rolle, wir dürfen diese Leute keinen Augenblick unterschätzen. Wir haben es hier nicht mit gewöhnlichen Kriminellen zu tun. Sie führen einen Krieg gegen uns, in dem sie keine Mittel scheuen. Als alter Humanist möchte ich sagen, es geht hier um einen Kampf Gut gegen Böse.«
»Wir in Weiß gegen die in Schwarz?«

»Schwarz ist noch nicht finster genug.«
Und wir, in Weiß, in der Farbe der Unschuld? Waren wir so ganz unschuldig? Wenn man Unschuld mit Ahnungslosigkeit übersetzte, vielleicht. Diese gutorganisierten Neonazis zeigten, daß sie alle Regeln, die uns wichtig waren, rücksichtslos mißachteten. Das machte ihre Stärke aus. Gewalt ist oft ein anderes Wort für Macht, primitive Kraft, rauhe Wildheit. Was hatten wir ihnen entgegenzusetzen? Nur das, was Simon alten Humanismus genannt hatte, und die Hoffnung, daß sich die Leute an die Vergangenheit erinnerten und deshalb Widerstand wagten?
»Wir verfügen in diesem Falle nicht über die gewöhnlichen Kanäle. Es gibt in diesem Bereich keine Informanten, die für Geld arbeiten, weil es ihnen am Notwendigsten fehlt. Wir haben uns ja daran gewöhnt, die Neonazis als eine kleine Gruppe von Irren zu betrachten, wie andere Sekten auch. Das geht nicht länger. Die werden inzwischen von Profis gesteuert. Wir müssen sie ernst nehmen, bevor es zu spät ist. Plötzlich kann es 1933 sein, ohne daß wir so recht begreifen, was passiert ist. Und dann stehen wir da und schauen zu, wie unsere Freunde und Verwandten öffentlich mißhandelt werden.«
Er wandte sich mir zu, nahm mich bei den Schultern und rüttelte mich. Es war eine Geste der Hilflosigkeit.
»Rolle, wir müssen ihre neue Organisation zerstören! Mit Stumpf und Stiel ausrotten! Sonst weiß der Teufel …«
Der Wagen fuhr auf den Hof, und wir trennten uns. Simon begab sich zu Kommissar Nord, um ihn zu informieren, und ich mich in mein Büro. Meine Telefonanlage verriet mir, daß jemand mehrfach versucht hatte, mich zu erreichen. Mit

Leuten, die Buchverleger lebendig verbrannten, wollte ich allerdings nie wieder ein Wort wechseln.
Statt dessen rief ich verschiedene Speditionen an und bat um Angebote für einen Umzug von der Drottninggatan nach Kungsholmen, mit allem Drum und Dran. Einige Firmen waren uninteressiert, ein paar wollten zuerst die Wohnungen besichtigen, aber die meisten ließen sich die Angaben durchsagen, wobei sie sich extra bestätigen ließen, daß ich kein Klavier besaß. Es handelte sich um einen Standardumzug, ich konnte damit rechnen, die Offerten am nächsten Tag im Briefkasten zu haben.
Früher hatte man sich ein paar Freunde eingeladen und alles selbst zusammengepackt. Man saß auf einer Kommode, trank Bier, aß Würstchen von Papptellern und erzählte sich Geschichten. Inzwischen waren die Freunde älter und bequemer geworden und mochten keine Pappteller mehr. Und die meisten Geschichten waren sowieso schon erzählt.
Ich mußte Virena anrufen und ihr von unserem Glück berichten, aber ich zögerte. Hatte ich etwa Angst, meine eigene Frau anzurufen? Warum?
Sie meldete sich mit einer warmen, freundlichen Stimme, die aber offensichtlich für jemand anderen reserviert war, denn kaum hatte sie begriffen, daß ich am Apparat war, da klang sie wieder wie der große Eisberg beim Zusammenstoß mit der Titanic.
»Alles klar, Virena! Wir bekommen die Wohnung auf Kungsholmen!«
»Mm.«
Als ob ich ihr den Kauf eines neuen Staubtuches mitgeteilt hätte.

»Eine wunderbare Wohnung. Ich könnte jubeln vor Freude, und du wirst genauso begeistert sein und Elin auch! Wir alle werden im Chor jubeln!«

»Ah ja.«

Als hätte ich von meinem neuen Spülmittel berichtet. Ich hielt es nicht länger aus, sondern schrie verzweifelt: »Virena, verdammt, du mußt dich doch freuen! Es wird wunderbar werden, das verspreche ich dir!«

»Versprechen? Du?«

»Ja, ich. Der Vertrag ist schon unterschrieben, und den Umzug organisiere ich für Anfang nächster Woche.«

»Mm.«

Als hätte ich von der reparierten Klospülung gesprochen. Das Herz rutschte mir in die Hose. Ich schluckte, und Tränen traten mir in die Augen. Es war nicht mehr schön. Nichts war mehr schön.

»Ich komme am Samstag oder Sonntag nach Skebo und erzähle mehr über die Wohnung.«

Sie antwortete nicht, und als ich den Hörer gegen das Ohr preßte, konnte ich ihre leichten Atemzüge hören, Atemzüge, die ich so oft gehört hatte, wenn sie schon eingeschlafen war und ich noch wach lag.

»Das muß nicht sein«, sagte sie schließlich.

»Wie meinst du das? Muß nicht sein? Wieso muß das nicht sein?«

»Wie ich es gesagt habe.«

»Ich will euch doch treffen, dich und Elin. Ich … ich sehne mich doch nach euch! Ist das so schwer zu verstehen?«

»Vielleicht werden wir hier sein.«

»Vielleicht? Willst du dich davonmachen, weil ich komme?«

Sie antwortete mit einem gepreßten Laut, den ich nicht deuten konnte. Das Herz rutschte mir jetzt bis zu den Hacken hinunter. Ich hatte nicht mehr die Kraft zu einem längeren Gespräch. Mit mühsam beherrschter Stimme verabschiedete ich mich: »Tschüs dann. Wir sehen uns bald. Gebt auf euch acht. Einen dicken Kuß für Elin!«
»Mm.«
O Gott, wieder dieses gleichgültige ›Mm‹. Ich blieb noch eine Weile sitzen und starrte an die Decke. Wie konnte es so weit kommen? Hatte sie einen anderen Mann kennengelernt? War das, was geschehen war, nur der auslösende Faktor gewesen? Hatte sie gezweifelt und sich jetzt endgültig entschieden? Scheidung? Ein Stiefvater für Elin? Einer, der ihr etwas vorlesen und sie an die Hand nehmen und mit ihr lachen würde?
Simon kam herein, mit einem Stapel Papiere in der Hand. Ich reagierte nicht, sondern starrte weiterhin die Decke an. Er setzte sich mir gegenüber. Ich merkte, daß mir Tränen aus den Augen rollten, aber ich kümmerte mich nicht darum. Alt und müde und verbraucht und am Ende und einsam und verstoßen, so fühlte ich mich. Bereit, den Rest meiner Tage als Penner auf der Parkbank zu verbringen, mit einer Zeitung zum Zudecken.
»Das Leben ist nicht immer eitel Sonnenschein«, sagte Simon leise.
Ich schneuzte mich und wischte mir die Augen aus.
»Ein paar Sonnenstrahlen dürften es ab und zu mal sein.«
»Es gibt Menschen, die kennen nur dicke dunkle Wolken. Ich möchte, daß du Punkt drei Uhr in das Beratungszimmer kommst. Du wirst dort eine Frau treffen, die …«
Er unterbrach sich und tat so, als spuckte er auf den Boden.

»Im Auto habe ich auf der Rückfahrt gesagt, daß wir alle Kräfte aufbieten müssen, bevor es zu spät ist. Das war vielleicht falsch formuliert.« Erregt fügte er hinzu: »Rolle, wenn das stimmt, was mir die Frau am Telefon erzählt hat, dann … dann ist es vielleicht schon zu spät!«

19.

Mehr sagte er nicht, sondern reichte mir einen Zettel.
»Ich habe keine Ahnung, ob es sich lohnt, aber könntest du zu diesem Mann fahren und mit ihm reden? Er wohnt in Hässelby Villastad. Sein Name stand auf einem Papier, das wir in Inger Olssons Wohnung fanden.«
Ich ließ mir auch dieses Fundstück zeigen. Alf Linden. Unter den Namen hatte jemand einen Totenkopf gezeichnet.
»Öhman hat mit ihm telefoniert. Er behauptet, wichtige Informationen über sie zu haben. Besucher empfängt er aber nur vor zwei Uhr am Tage.«
»Wieso, geht er dann arbeiten?«
»Ich weiß nicht. Befrage ihn zu Inger.«
»Was sagt sie über ihn?«
»Sie habe den Namen noch nie gehört. Das Papier hat sie noch nie gesehen, und was ein Totenkopf ist, weiß sie auch nicht. Also, wenn du Zeit hast …«
»Das ist das einzige, was ich habe, als Junggeselle.«
Er strich sich mitfühlend über die Glatze und tröstete leise: »So schlimm kann es doch nicht sein.«
»Doch. So schlimm. Ich bin unmusikalisch und nicht gewohnt, die zweite Geige zu spielen.«
Ich war ihm dankbar, daß er nicht noch Sprüche wie ›Es wird schon wieder werden‹ oder ähnliches abließ. Das Evangelium

unserer Zeit – Cholera, Pest, Atomkrieg, es wird schon wieder werden. Bestimmt gab es einen ›Verband der Geschiedenen‹. Dort würde ich mich als Mitglied anmelden. Das klang so gemütlich.

»Nimmst du dein Auto, oder sollen wir dir einen Wagen stellen?«

»Meinen. Ich brauche das Kilometergeld, um finanziell über die Runden zu kommen.«

Nach einem kurzen Imbiß in der Kantine fuhr ich nach Hässelby, wo früher einmal ein Gewächshaus am anderen gestanden hatte. Heute war alles, was mit Gärtnerei zu tun hatte, beseitigt. Mit Linden zu reden war eine ruhige und leichte Arbeit, für die ich noch zu gebrauchen war. Die anderen jagten inzwischen Joker Akermark und andere Desperados und riskierten ihr Leben. Ich dagegen würde einen Kaffee trinken und ein wenig plaudern. Andererseits hatte ich mein Quantum Leichen gehabt. Man soll nicht unverschämt sein in seinen Forderungen, aber nun, da ich nicht länger auf eine Familie Rücksicht nehmen mußte, konnte ich mir beruflich doch einiges erlauben.

In der allermiesesten Stimmung trottete ich die schmalen Wege entlang. Ich war mir klar darüber, daß meine Gedankengänge mehr als albern waren, aber ich meinte, ein Recht auf sie zu haben. Wenn mir das einer streitig machen wollte, hätte ich ihn vor den europäischen Gerichtshof gezerrt.

Die Villa war alt, aus Holz und hatte zwei Stockwerke. Sie hätte schon vor zehn Jahren neu gestrichen werden müssen und war vielleicht damals schon der Schandfleck der Gegend gewesen. Früher war sie offensichtlich einmal gelb gewesen, jetzt herrschte der schmutziggraue Ton gealterten Holzes vor.

Auch im Garten war jahrelang nichts gemacht worden, so daß das Grundstück sich so weit in einen Dschungel verwandelt hatte, wie es in Schweden nur möglich ist.
Jemand hatte ein Schild an die verrottete Haustür genagelt: ›Keine Besuche nach 14.00 Uhr‹. Ich klingelte, und sogar dieser Ton klang nach Rost. Ein fünfundsechzig bis siebzig Jahre alter Mann öffnete. Er schaute mich aus kornblumenblauen Augen freundlich an.
»Bist du von der Polizei?«
Ich zeigte meine ID-Karte, und er prüfte sie sorgfältig.
»Hassel, aha. Ich hatte mal einen Schüler, der so hieß. Wie alt bist du?«
»Zu alt.«
»Nein, das kannst du auch gar nicht gewesen sein. Jetzt ist es fünf nach halb zwei. Du hast also fünfundzwanzig Minuten. Komm rein. Die Füße brauchst du dir nicht abzutreten.«
Ich betrat einen großen, kalten Raum. Es gab einen großen Fernseher, ein Videogerät und einen riesigen Sessel mit Fußstütze. Hinter dem Sessel stand eine Bodenlampe älteren Modells und daneben ein runder Tisch. Neben dem Fernsehapparat stapelten sich die Videobänder. Auf dem Tisch standen mehrere Flaschen billigen Rotweins mit Schraubverschluß, ein Glas und ein großes Tablett mit Käsewürfeln.
»Einen Augenblick bitte, ich hole die Besucherbank. Die kommt sehr selten zu Ehren.«
Er holte einen gepolsterten Hocker für mich und ließ sich selbst in den Sessel fallen. Obwohl es mitten am Tag war, trug er einen verschlissenen Morgenrock, unter dem ein gestreifter Flanellpyjama hervorsah. Auch die schiefgelatschten Pantoffeln hatten ihre besten Tage schon lange hinter sich.

»Bist du krank?« fragte ich.

»Krank? Mein Lieber, ich bin mein Leben lang nicht krank gewesen. Nun ja, vor elf Jahren hatte ich eine leichte Erkältung, man soll ja nicht schwindeln, aber ansonsten erfreute ich mich stets bester Gesundheit.«

Er hatte einen kleinen, runden Kopf. Die verbliebenen Haarsträhnen ringelten sich bis auf den Rücken hinab. Seine Haut war glatt und rosig, er hatte eine Stupsnase und einen runden Mund mit dicken Lippen. Mit anderen Worten, er war, was er zu sein behauptete, ein kerngesunder Herr, der es sich gutgehen ließ.

»Du bist bekleidet, als wolltest du gerade zu Bett gehen«, äußerte ich.

»Bald beginnt ja auch mein schönes tägliches Ritual. Ich bin ein Mensch mit festen Gewohnheiten. Pedant haben sie mich genannt, als ich noch unterrichtete. Nach vierzehn Uhr bin ich für die Welt nicht mehr erreichbar.«

»Was ist das für ein Ritual?« wollte ich wissen.

Die Fragen, die ich eigentlich stellen wollte, waren sicher in zwei Minuten beantwortet. Er goß sich von dem Rotwein ein und hob das Glas für einen kurzen, prüfenden Blick gegen das Licht. Dann nickte er zufrieden und stellte es wieder auf den Tisch.

»Ich habe nichts zu verheimlichen. Nein, ich habe eben nur meine Art zu leben gefunden und falle niemandem zur Last. Mein Leben lang bin ich Lehrer gewesen. Ich bin in Östersund geboren und kam nach der Wehrpflicht als Zwanzigjähriger nach Stockholm. Ich war Schreiber bei einem Stab. Heller Kopf, habe viel gelesen und studiert, dann Lehrerausbildung, Geschichte, Religion und Geographie, war dann Volksschullehrer und nach der Reform an der Gesamtschule. Ich war weder populär noch verhaßt. Man tolerierte mich und kümmerte sich im übrigen nicht sehr um mich. Ich war auch nicht besonders gut, hatte es eher schwer, die Schüler zu begeistern. Tja, so ist das eben. Man sollte nicht so viel darüber nachdenken. Das Leben nimmt seinen Lauf.«

»Und deshalb trägst du nur noch Pyjamas?«

»Mein lieber Hassel, es gibt Ursachen, und es gibt Wirkungen. Ich habe immer sparsam gelebt und lieber alles in die Altersvorsorge gesteckt. Mit sechzig war ich pensionsberechtigt, und ich habe keinen Tag länger gearbeitet. Es hat mich allerdings auch keiner darum gebeten. Das war vor sieben Jahren. Ich wußte genau, was ich wollte.«

Er nahm sich ein Stück Käse, roch mit geschlossenen Augen genießerisch daran, und legte es dann auf das Tablett zurück.

»Was wolltest du denn?«

»Damals begann das gerade mit dem Video, und ich erkannte, welche Möglichkeiten sich dadurch boten. Ich beschloß, meinen Tag in eine notwendige aktive und eine angenehme passive Hälfte zu teilen. Morgens stehe ich um sechs Uhr auf, kleide mich an, esse ein einfaches Frühstück und fahre dann in die Stadt. Ich spaziere umher, besuche die Stadtbibliothek, lese die Östersundsposten, für die ich immer noch ein gewisses Faible habe, und manchmal treffe ich einen Bekannten, mit dem ich einen Kaffee trinken kann. Dann esse ich irgendwo zu Mittag und begebe mich zu meinem Videohändler.

»Das klingt allerdings so, als hättest du feste Gewohnheiten.«

»O ja. Er gewährt mir einen Sonderrabatt, weil ich sein bester Kunde bin. Jeden Tag bekomme ich fünf neue Filme und liefere die alten ab. Er hat auch sonntags geöffnet. Ungefähr um

eins bin ich wieder zu Hause. Ich stelle mir dann Wein und Käse zurecht, und Punkt zwei Uhr flimmert der erste Film über den Schirm.«
Ich erhob mich und besah mir die Kollektion. Es war eine ziemlich bunte Mischung.
»Interessierst du dich denn für das alles?«
»Es spielt überhaupt keine Rolle, was für Filme es sind. Leute bewegen sich auf der Mattscheibe, Landschaften sind zu sehen, man wechselt Worte und so weiter. Manchmal ist es lustig, manchmal dramatisch. Frauen reiten, und Männer schießen, dann wieder ist Krieg auf einer Südseeinsel, oder jemand erlebt Abenteuer in einer Großstadt.«
»Du hast ja sogar *Saturday Night Fever.* Das ist doch so ein Tanzfilm mit Popmusik, wenn ich mich recht erinnere. Ist das auch dein Geschmack?«
»Warum nicht? Die zappeln und strengen sich an, da macht es doch noch mal so viel Spaß, hier in aller Ruhe zu sitzen, Käse zu knabbern und Wein zu schlürfen. Ich fühle mich jedenfalls gut unterhalten.«
»Entschuldige, wenn ich frage, aber kann das nicht auch ganz schön anstrengend werden?«
Er nickte zustimmend.
»Du meinst den Wein. Na klar, der wirkt natürlich irgendwann. Aber das dauert eine Weile, wenn man in Übung ist. Ich halte dann den Film über die Fernbedienung an und mache ein Nickerchen.
Manche Filme begreife ich beim erstenmal überhaupt nicht, aber das macht nichts, denn ich kann sie mir ja später noch einmal ansehen. Ich kann mir jedenfalls kein schöneres Leben denken und würde nicht einmal mit dem König tauschen wol-

len. Der Ärmste verbringt seine Tage damit, bei irgendwelchen Einweihungen und Eröffnungen weiße Bänder durchzuschnippeln.«
»Hast du nie daran gedacht zu heiraten?«
Ein Ausdruck tiefsten Schreckens überzog sein rosiges Gesicht.
»Aber, mein Lieber, was für ein verrückter Gedanke! Was sollte ich mit einer Dame anfangen? Nein, Frauen haben mich nie interessiert. Ich verstehe sie nicht, und wenn man so viele Filme wie ich gesehen hat, wird einem doppelt klar, wieviel Ärger das sogenannte schöne Geschlecht in die Welt bringt. Einmal, ich war gerade dreiunddreißig, ließ ich mich doch dazu verleiten, eine ganze Woche lang mit einem Mädchen in einer Berghütte zu verbringen. Was für ein gräßliches Erlebnis! Es gab kein Entkommen. Nein, gib mir Wein und Käse und ein paar schöne Filme, und das Leben hat seinen Sinn.«
Das war vielleicht gar kein so schlechter Gedanke, wenn man dabei war, wieder zum Junggesellen zu werden. Emmentaler, Rosenthaler Kadarka und lustige Zeichentrickfilme.
»Mein lieber Hassel, inzwischen ist es neun vor zwei. Nur zu deiner Information. Welcher Film liegt ganz oben?«
»Ein Horrorfilm: ›Der schreiende Totenschädel‹.«
»Mm, das klingt nicht schlecht.«
»Es geht um Inger Olsson. Kannst du mir etwas über sie erzählen?«
»Ich hatte sie in der siebenten, achten und neunten Klasse. Unbegabt, aber pfiffig, wenn du weißt, was ich meine. Sie verstand es blendend, andere auszunutzen. Immer waren Jungen um sie herum, und manch einen ließ sie auch ganz nahe an sich heran. Sie verfügte, wie man so sagt, über eine große

Anziehungskraft auf das andere Geschlecht. Ein Chemielehrer verlor den Kopf. Verheiratet, drei Kinder; er war vielleicht der einzige Freund, den ich je hatte. Ich ertappte sie eines Tages in einem Klassenzimmer. Sie dachten, es wäre abgeschlossen. Das Weib lachte sogar noch. Erland war ganz ernst. Ich sagte, ich hätte nichts gesehen. Er glaubte mir nicht. Zwei Wochen später, einen Tag nach Schuljahresende, warf er sich vor einen Zug. In seinem Abschiedsbrief stand, er habe die Schande nicht mehr ertragen können, fremdgegangen zu sein. Ich rief Inger an und erzählte es ihr. Sie lachte sogar noch. Deshalb …«

Er sog das Aroma des Rotweines ein. Seine Züge wurden entspannt und friedvoll. Dann fuhr er fort: »… begann ich, sie zu hassen. Sie ist der einzige Mensch, den ich je gehaßt habe. Ich halte sie für gefährlich.«

»Erzähl weiter.«

»Die Zeit verging. Ich verlor sie aus den Augen. Ließ mich pensionieren und gewöhnte mich an das angenehme Leben. Vor einem halben Jahr sah ich sie wieder. In der Gesellschaft eines Mannes, den ich wiedererkannte. Ein widerlicher Typ. Ich wußte, daß er verheiratet war und Kinder hatte. Es war nicht schwer, ihre Telefonnummer herauszubekommen und anzurufen. Ich sagte, sie solle ihn in Frieden lassen. Sie lachte nur. Da rief ich seine Frau an. Damit hatte sie nicht gerechnet. Eine Woche später rief sie mich an und drohte, ich solle mich in acht nehmen. Diesmal lachte ich.«

»Inwiefern war er widerlich?«

»Weißt du, vormittags interessiere ich mich durchaus dafür, was in der Welt vor sich geht. Besonders verfolge ich die Lebenswege meiner ehemaligen Schüler. Ich lese viel in der

Zeitung und schnappe so manches auf. Die Braunen waren schon ein seltsames Pack.«
»Die Braunen? Meinst du die Nazis?«
»Dreizehn Uhr und neunundfünfzig Minuten. Natürlich meine ich die Nazis. Schreckliche Leute.«
Er erhob sich, ging zum Video hinüber, schob den ersten Film ein und schaltete den Fernsehapparat zu. Mit Blick auf den Sekundenzeiger der Uhr ließ er sich wieder in den Sessel fallen und legte den Daumen auf die Starttaste der Fernbedienung.
»Du meinst, er war ein Nazi?«
»Ich denke ja.«
»Wie heißt er?«
»Urban Schajk. In Religion war er schlecht, und von Geographie hatte er nicht die blasseste Ahnung.«
»Weißt du, wo er sich aufhält?«
»Vierzehn Uhr!«
Er drückte auf den Knopf. Die Lautstärke war voll aufgedreht und füllte den Raum. Ich war nicht länger existent. Von nun an widmete er sich voll und ganz dem Geschehen auf der Mattscheibe. Er nahm einen großen Schluck Wein und kaute die ersten Käsewürfel. Als ich ging, zeigte er nicht die geringste Reaktion. ›Der schreiende Totenschädel‹ beanspruchte ihn voll und ganz. Man konnte regelrecht neidisch werden.
Ohne Eile machte ich mich auf den Weg zurück in die Stadt. Der Name Urban Schajk sagte mir nichts. Und an einen so ungewöhnlichen Namen hätte ich mich auf alle Fälle erinnert.
Jedenfalls hatten wir einen Namen. Eine neue Spur, der wir folgen konnten. Vielleicht verlief sie im Sande. Möglicherweise aber kreuzte sie sich mit einer anderen. Eines ergibt das

andere. Der Haß eines pensionierten Lehrers auf das Mädchen, das in gewisser Weise seinen einzigen Freund auf dem Gewissen hat, konnte uns neue Anhaltspunkte liefern. Urban Schajk, Neonazi, Bekannter der Mata Hari, was tat er, in welcher Organisation war er, welchen Umgang pflegte er und so weiter und so weiter.

Auf dem Rückweg kehrte ich in ein trostloses Café ein und trank einen Tee. Pünktlich um drei saß ich dann im Beratungsraum. Simon und Nord hatten ungefähr zwanzig Polizisten aus beiden Abteilungen zusammengerufen, darunter fünf Frauen. An einem Tisch auf dem Podium saß eine ungefähr fünfunddreißigjährige Frau.

Trotz ihres blonden Haares wirkte sie aufgrund ihrer schweren, wie gemeißelten Züge wie eine Italienerin. Sie strahlte Ruhe, Kraft und Entschlossenheit aus. Ihr Kleid war sehr dezent und sicher teuer gewesen.

»Ich darf euch Frau Lillemor Wester vorstellen«, ergriff Simon das Wort. »Wester ist ihr Mädchenname. Sie hat sich an Kommissar Nord gewandt und angeboten, uns einiges mitzuteilen, was allerdings unter uns bleiben muß. Wir dürfen ihre Informationen für unsere Arbeit nutzen, aber so, daß Frau Wester nicht mit ihnen in Verbindung gebracht werden kann. Haben das alle verstanden?«

Er schaute uns ernst an. Das war sicher ein wenig übertrieben, aber es geschah wohl, um Frau Wester zu überzeugen.

»Also absolutes Stillschweigen. Ich bitte euch.«

Sie fuhr sich mit der Hand durchs Haar und schien zu überlegen, wo sie beginnen sollte. Sie hatte eine dunkle Altstimme, die an die selige Zarah Leander denken ließ, obwohl diese Assoziation vielleicht nicht ganz angebracht war.

»Ich habe erst jetzt erfahren, daß Paul Kalster ermordet und seine Nichte Sandra Ryan verletzt worden ist. Das schmerzt mich tief. Sie haben viel für unseren Kampf gegen den Neonazismus getan. Ihr dürft mich übrigens gern unterbrechen, wenn ihr Fragen habt. Es ist immer besser, wenn man ins Gespräch kommt. Ich bin also Mitglied in einer Gesellschaft oder Vereinigung, ihr könnt es nennen, wie ihr wollt, die es sich zum Ziel gesetzt hat, mit aller Konsequenz gegen die Neonazis vorzugehen. Wir müssen unsere Namen geheimhalten, sonst würden wir nicht mehr lange zu leben haben. Wir wissen mehr, als Kalster durch seine verlegerische Arbeit erfahren konnte. Er war ein idealistischer Theoretiker. Wir sind realistische Praktiker. Auf irgendeine Art und Weise sind wir alle Betroffene.«
Sie wollte einen Schluck Mineralwasser trinken, aber die Flasche war noch verschlossen. Simon half ihr mit einem Öffner. Sie trank und machte eine kleine Pause, bevor sie fortfuhr: »Vielleicht habt ihr gelesen, was der Beauftragte für Probleme der Diskriminierung in Schweden vor kurzem geäußert hat? Er sagte, er hätte nie gedacht, daß rassistische Denkweisen bei uns so verbreitet und bereits im Volk verankert seien. Für uns war diese Erkenntnis allerdings nicht neu. Die Neonazis haben gelernt, wie man Gift so serviert, daß es wie süßer Saft schmeckt. Was die Propaganda betrifft, sind sie sehr erfolgreich.
Wußtet ihr, daß über hundert rassistische Witze an den Schulen zirkulieren? Sie werden von den Nazis verbreitet. Jedes Schulkind, das über einen dummen Griechen, Türken oder Schwarzen lacht, hat etwas von der Naziideologie aufgenommen. Es sind eigentlich die alten Judenwitze von vor dem

Krieg, die hier abgestaubt und aktualisiert wieder zur Anwendung kommen. Wer zuhört und darüber lacht, hat den ersten Schritt dahin getan, selbst Rassist zu werden.«

Sie hatte recht. Wie viele solcher Witze hörte man nicht im Laufe der Jahre? Nach dem Krieg waren vor allem die Norweger Zielscheiben des Spotts gewesen, und ich hatte junge Leute getroffen, die tatsächlich glaubten, alle Norweger seien leicht schwachsinnig.

»Neonazis gibt es überall. Nicht nur unter den Jugendlichen, sondern auch in der Staatsverwaltung und unter den Lehrern und Polizisten.«

Das war eine bewußte Provokation, und einer aus der Fahndung reagierte irritiert: »Das wird immer wieder vorgebracht. Es gäbe unter uns Rechtsextremisten und so weiter. Ich glaube das nicht.«

»Nein? Kannst du für alle sechzehntausend schwedischen Polizisten die Hand ins Feuer legen?«

»Nein, aber ...«

»Kannst du garantieren, daß keiner von ihnen Neonazi ist?«

»Nein, natürlich nicht. Aber wir haben etwas dagegen ...«

»Du glaubst nicht, daß es Nazis unter den Polizisten gibt, weil du es nicht glauben willst. Aber es gibt sie. Es gibt überall Menschen, die der Faszination von Macht, Gewalt und Herrenmenschentum erliegen. Wie kommt es, daß sich diese Ideologie so ungehindert verbreitet? Wie können wir zulassen, daß in diesem Land täglich Menschen erniedrigt, gedemütigt und mißhandelt werden? Wie können wir akzeptieren, daß gefährliche und verderbliche Botschaften verbreitet werden, die einer noch gemeineren Propaganda den Weg bereiten?«

Sie machte eine beschwichtigende Geste.
»Versteht mich bitte nicht falsch. Ich klage niemanden an. Der Grund ist, daß wir zu nett, gutgläubig und ahnungslos sind. Auch ich habe mich lange Zeit geweigert zu akzeptieren, daß das Böse existiert. Wir bilden uns ein, daß wir einen bösen Menschen durch Worte bekehren können, daß es reicht, auf ein gutes Beispiel zu zeigen, und schon verschwindet das Böse aus der Welt.«
Ein älterer Kollege aus der Abteilung Gewaltverbrechen wandte ein: »Willst du damit sagen, daß der eine als guter, der andere als schlechter Mensch auf die Welt kommt? Daß sozusagen von vornherein feststeht, welchen Weg ein jeder einschlägt? Das scheint mir eine allzu gewagte These zu sein. Die Theologen zum Beispiel würden die Hände über dem Kopf zusammenschlagen.«
»Das ist keine theologische, sondern eine moralische Frage. Ich glaube, daß wir von Geburt an beides in uns haben, das Gute und das Böse, und daß die Umgebung, das Milieu, wichtiger ist als eventuelle Erbanlagen. Aber unter gewissen Voraussetzungen kann das Böse so übermächtig werden, daß das Gute unterliegt und abstirbt. Dann herrscht das Böse allein. Der betroffene Mensch entwickelt eine andere Art von Moral, die Moral des Bösen. Aus seiner Sicht sind alle seine Taten moralisch gerechtfertigt und entschuldbar. Hier unter uns können wir doch Klartext reden. Wer von euch ist denn dem absolut Bösen noch nicht begegnet?«
Wieder hatte sie recht. Wir alle konnten nicht nur ein Beispiel anführen, das ihre Theorie unterstützte. Ein junger Polizist muß als erstes lernen, sich gegen das abzuschirmen, womit er in Ausübung seines Berufes täglich konfrontiert wird. Sonst

könnte er zu der Überzeugung gelangen, die ganze Welt sei so negativ wie der Bereich, mit dem er zu tun hat. Viele schaffen das nicht. Sie blenden die schönen, angenehmen und freundlichen Seiten des Lebens aus. Übrig bleiben Elend, Ausbeutung, Härte. In dieser Welt betrügt einer den anderen, wird Güte als Schwäche angesehen und ausgenutzt, herrscht das Böse überall. Sie werden bitter, vergrämt und schwermütig, Opfer ihres Berufes.

»Ich möchte ein paar Beispiele anführen. Die Neonazis lesen Familienanzeigen und Klatschspalten in Tageszeitungen und Magazinen. Männer, die eine nichtarische Frau heiraten oder mit einer solchen zusammenleben, werden auf verschiedene Weise schikaniert. Ebenso Frauen, die nichtarische Männer haben. Ich selbst bin Kauffrau und betreibe ein Unternehmen in der Lehrmittelbranche. Kein großes Geschäft, aber es lohnt sich und wirft einen guten Gewinn ab. Anläßlich eines längeren Aufenthaltes in Genf traf ich einen Mann, in den ich mich verliebte. Er erwiderte meine Gefühle. Ich war noch nie so glücklich gewesen. Ein wunderbarer Mensch. Er stammt aus Ghana und hat deshalb eine sehr dunkle Haut.«

Sie trank vom Mineralwasser und ließ ihren Blick über uns schweifen. Glaubte sie, daß deshalb jemand auf Distanz gehen würde? Rechnete sie damit, abschätzigen Blicken zu begegnen? Sah sie solche Zeichen?

»Er ist Kinderarzt und Forscher. In seiner Freizeit übersetzt er klassische Dichtungen in seine Heimatsprache. Er ist also kein Klischee-Neger, der mit den Augen rollt.«

Vor uns konnte oder wollte sie eine gewisse Bitterkeit nicht verbergen, die sie sich sonst wohl kaum anmerken ließ.

»Er zog zu mir nach Stockholm, und wir verlobten uns. Er be-

kam einen Forschungsauftrag. Als wir eine Verlobungsannonce in die Zeitung setzten, begann das mit den Briefen. Ihr könnt euch selbst überzeugen.«
Sie reichte uns einen Stapel Kopien, die wir verteilten. Nord und Simon kannten die abscheulichen Schreiben schon und seufzten nur. Wir anderen schlossen uns an. Es handelte sich um so widerwärtige Texte und Zeichnungen, daß die Kolleginnen die Blätter schnell wieder weglegen mußten.
»Ich kümmerte mich nicht besonders darum. Kranke Menschen gibt es überall, dachte ich. Dann kamen Anrufe mit Drohungen, was alles geschehen würde, wenn ich die Beziehung nicht abbräche. Ich heiratete ihn. Die Anzeige stand wiederum in der Zeitung. Wir gingen auf eine kürzere Hochzeitsreise. Nach einer Woche waren wir wieder zu Hause. Am neunten Tag …«
Sie holte tief Luft, wie um Kraft zu schöpfen.
»Wir wohnen in einem kleinen Haus in Danderyd. Mein Mann war zur Arbeit gegangen, während ich mir freigenommen hatte, um zu Hause einiges zu erledigen. Es klingelte an der Tür, und als ich öffnete, stürmten acht junge Männer herein. Sie waren zwischen zwanzig und fünfundzwanzig. Sechs von ihnen hatten kahlrasierte Schädel. Sie erklärten mir, ich würde nun bestraft werden. Ich konnte nicht entkommen. Sie vergewaltigten mich alle. Alle acht. Sie ließen sich Zeit. Drei Stunden.«
Es wurde so still im Raum, daß es in den Ohren weh tat.
Schließlich murmelte eine der Frauen: »Wie hat dein Mann es aufgenommen?«
»Er weiß nichts davon. Sie hatten mir vorsorglich erklärt, was geschehen würde, sollte ich Anzeige erstatten. Wenn ich es

ihm erzählt hätte, wäre er zur Polizei gegangen. Dann hätten sie ihn so zugerichtet, daß er kein Mann mehr gewesen wäre. Als er abends nach Hause kam, ließ ich mir nichts anmerken. Aber ich war nicht mehr dieselbe Frau.«

Die Polizistin sah plötzlich ganz elend aus. Aufgebracht rief sie: »Du hättest sie anzeigen müssen! Vier Jahre Gefängnis hätten sie bekommen, alle miteinander. Es ist unerträglich, daß solche Typen frei herumlaufen!«

»Du hast kein Recht, mich zu kritisieren. Du weißt nicht, wie ich denke und was ich empfinde. Wenn du das Leben deines Mannes riskieren würdest, damit andere bestraft werden können, ist das deine Sache. Ich aber habe dazu eine andere Auffassung. Also sage mir bitte nicht, was ich tun und lassen sollte.«

Meine Kollegin biß sich auf die Lippen, senkte verschämt den Blick und murmelte: »Ich will dich ja nicht kritisieren. Aber es macht mich ganz verrückt, daß solche … Gruppentäter einfach so davonkommen sollen.«

»Es ist die Frage, ob man damit leben kann oder daran kaputtgeht. Wenn man stark genug ist, so wie ich, dann wird man damit fertig. Anderen fällt es nicht so leicht. Ich werde euch andere Beispiele nennen. Was ich sage, ist die Wahrheit. Ihr werdet vielleicht sagen, daß so etwas bei uns nicht möglich ist. Aber es kann geschehen, und es geschieht.«

20.

»Die Neonazis machen vor allem Jagd auf moslemische Frauen, die als Flüchtlinge herkommen oder ihren Familien nachfolgen und noch kein Asyl erhalten haben. Man beobachtet sie, und bei der ersten besten – beziehungsweise schlimmsten – Gelegenheit zerrt man sie in ein Auto und bringt sie in ein Versteck, wo sie von einem oder mehreren Nazis mißbraucht werden. Das geschieht auch, um andere davon abzuschrecken, hierher zu kommen.«
Die Polizistin, die sich schon ein paarmal geäußert hatte, konnte wiederum nicht an sich halten: »Das ist ja schrecklich!«
Lillemor Wester nickte.
»Ja, das ist schrecklich. Die Vergewaltiger sehen sich selbst noch als Helden, die das ihre getan haben, um die Nichtarier zu bekämpfen, so wie ihre alten Idole, die SS-Männer. Für die betroffenen Frauen ist das Leben zu Ende. Ein moslemisches Mädchen, das nicht unberührt in die Ehe geht, hat keinen Wert mehr. Dabei spielt es keine Rolle, wie es seine Unschuld verloren hat. Sie wird ausgestoßen und zur Paria. Die Familie kümmert sich nicht mehr um die Betroffene. Ein eventueller früherer Verlobter wendet ihr den Rücken.«
Um Protesten vorzubeugen, fügte sie rasch hinzu: »Wir haben kein Recht, das zu kritisieren. Jede Religion hat ihre Sitten

und Bräuche. Wir dürfen uns nicht zu Richtern aufschwingen.«

»Können wir denn überhaupt nichts tun?« fragte einer meiner Kollegen.

»Nein. Wie gesagt, selbst wenn sie mit dem Leben davonkommt, ist sie doch eine Schande für die ganze Familie. Ihr Schicksal würde verschwiegen werden. Normalerweise könnte eine Blutrache die Schande tilgen, aber wen soll man strafen? Den Neonazis geht es ja nicht um dieses eine Mädchen, und deshalb lassen sie sie danach meist in Ruhe. Es führt keine Spur zu den Tätern, und wie soll eine junge Frau, die gerade erst in ein fremdes Land gekommen ist, ihr völlig unbekannte Männer beschreiben?«

Die vier Polizistinnen sahen sich betroffen an. Sie dachten wohl mit Abscheu an die wilden Tiere, die ihre unbekannten Schwestern überfielen und ihnen die Menschenwürde nahmen.

»Mehr Beispiele will ich gar nicht nennen. Glaubt mir, die Gewalt breitet sich immer mehr aus. Ich sammle Informationen über die Neonazis und ihre verschiedenen Gruppierungen. Das gesamte Material habe ich Kommissar Nord übergeben.«

Nord, der gerade seine Pfeife stopfte, nickte bestätigend.

Simon fügte hinzu: »Wir sind gerade dabei, es zu sichten und auszuwerten. Vielen Dank, Lillemor Wester, für deine wertvolle Hilfe.«

Sie nickte, war aber offensichtlich noch nicht fertig.

»Etwas möchte ich noch sagen. Mein Mann wurde bedroht, weil er die Frechheit besaß, eine weiße Frau zu heiraten. Vorgestern wurde er auf offener Straße mißhandelt. Sein Kiefer

ist gebrochen, ein paar Rippen eingedrückt. Aber er lebt. Vielleicht haben wir jetzt eine Weile Ruhe, nachdem wir beide unseren Teil bekommen haben.«
Wir fühlten uns ziemlich mies, als wir auseinandergingen. Ich folgte Simon in sein Zimmer und berichtete über das Gespräch mit Linden. Ohne Kommentar notierte er sich den Namen von Mata Haris Bekanntem.
»Wir sind gerade bei einer ersten Durchsicht von Kalsters Akten. Inzwischen haben wir grünes Licht und werden morgen früh um sechs zuschlagen. Wir versuchen, alle Nazigruppen auf einen Schlag zu erwischen. Alle Personen werden registriert und eventuelle Unterlagen beschlagnahmt. Wir werden sehen, was dabei herauskommt.«
»Hast du mich mit eingeplant?«
»Nein. Du bleibst am Telefon, falls noch einmal jemand anruft. Du hast ja inzwischen Routine darin, ein Gespräch in die Länge zu ziehen. Wir müssen jede Chance nutzen. Vielleicht machen sie einen Fehler, und wir kriegen den Anrufer.«
An diesem Abend rief niemand an. Kein Mörder, keiner, der Verleger verbrannte, aber auch keine Ehefrau, die sich gerade in Skebo aufhielt. Ich fühlte mich einsam. Auch das Fernsehen konnte mir nicht helfen, im Gegenteil. Ich ging ins Bett. Das Alleinsein war richtig ungemütlich.
Am nächsten Vormittag kam die Post ziemlich zeitig, und ich riß die Umschläge mit den Offerten der Möbelspeditionen auf. Zehn Angebote standen zur Auswahl, aber wenn ich die Endsummen betrachtete, hatte ich den Eindruck, die wollten mir ihre gesamten Unternehmen verkaufen. Neun Preise waren fast identisch, und jede Firma versprach einen Service, von dem ich noch meinen Enkeln vorschwärmen würde. Das

zehnte Schreiben log ebenfalls das Blaue vom Himmel herunter, aber die mußten sich mit der Kalkulation vertan haben, denn die doppelt unterstrichene Zahl ganz unten gefiel mir schon bedeutend besser. Natürlich rief ich sofort an und bestellte den Umzug für Dienstag früh. Wir einigten uns, bereits um sechs Uhr zu beginnen, wenn die Drottninggatan noch relativ menschenleer war.

Gegen halb elf spazierte ich die Bergsgatan hinauf und traf am Eingang mit Pelle Pettersson zusammen, der gerade auf dem Weg war, nach einer Person zu suchen. Da ich diese Person zufälligerweise gut kannte, blieben wir stehen und unterhielten uns eine Weile. Das ist das Gute daran, Staatsangestellter zu sein. Du nutzt jede Chance, um ein bißchen herumzuquatschen, so daß die Arbeitszeit schnell vergeht, und schwuppdiwupp kommt die erlösende Pension. Langsam schlenderten wir in Richtung Kronobergsgatan.

»Sei vorsichtig mit Knallis«, riet ich ihm. »Meist ist er ja friedlich, aber manchmal zieht er unverhofft das Messer.«

»Danke für den Tip. Ich dachte, ich hätte ein frommes Lamm abzuholen. Da wird es wohl das beste sein, wenn ich nicht allein gehe.«

Genau über uns knatterte ein Polizeihelikopter, und wir mußten die Stimmen heben, um uns verständigen zu können.

»Du siehst müde aus«, schrie ich.

Pelle verzog das Gesicht, und dieses Grinsen kannte ich von unzähligen frühen Morgenstunden, als wir noch zusammengearbeitet hatten.

»Gullan und ich, wir haben gestern abend ein feines Fläschchen Wein geleert und so weiter.«

Was dieses ›und so weiter‹ bedeutete, mußte er nicht erläutern. Wir alle wußten, wie gut sich die beiden verstanden. Er gähnte zufrieden und schaute zu dem Helikopter hinauf. Der flog eine kleine Schleife und kehrte dann zu ungefähr derselben Stelle zurück.
»Bist du schon mal mit so einem Ding geflogen?« rief er.
»Nein«, schrie ich zurück.
»Das mußt du mal machen. Nimm Elin mit. Die Stadt ist wie ein Märchenbuch, wenn man so knapp über den Dächern schwebt.«
Der Helikopter verlor langsam an Höhe, wie eine Hummel, die sich auf einer Blume niederlassen will. Reflektierte Sonnenstrahlen tanzten unter dem Dach des Polizeigebäudes. Pelle runzelte die Stirn und fuhr sich mit den Fingern durch das kupferrote Haar. Er rief mir etwas zu, was ich nicht verstand, aber ich fühlte auch so, daß etwas nicht stimmte. Der Helikopter war nur noch wenige Meter von der Hauswand entfernt. Seit wann durften Hubschrauber so tief fliegen? Handelte es sich um eine Übung? Das war die einzige Erklärung. Aber … Die Rotorschwingen schnitten wie gewaltige Schwerter durch die Luft, und die Maschine ging noch einen Meter tiefer.
Ein Polizeihelikopter … Er war beschriftet wie jeder andere auch, aber trotzdem stimmte etwas nicht. Lag es an der Farbe?
Pelle beugte sich zu mir herüber und brüllte mir ins Ohr: »Was zum Teufel geht hier vor?«
Ich zuckte mit den Schultern. Gemeinsam starrten wir auf das ungewöhnliche Schauspiel. Es schien, als schleiche der Hubschrauber an der Wand entlang. Ich überlegte. Was waren das

für Räume dort oben unter dem Dach? Plötzlich fiel es mir ein.
Ich zog Pelle zu mir und schrie: »Verdammt! Das Gefängnis! Die Zellen! Lauf und gib Alarm! Das ist ein Befreiungsversuch!«
Pelle rannte zur Wache am Eingang. Ich blieb zurück und beobachtete das Geschehen. Eine Luke an der Unterseite des Helikopters öffnete sich. An einem Seil wurde ein Mann herabgelassen, der auf einer Art Schaukel saß. Er trug einen schwarzen Overall und einen Sturzhelm. In der rechten Hand hielt er eine Maschinenpistole, in der linken eine Ledertasche. Pelle und ich zogen unsere Dienstpistolen und gaben einige Warnschüsse ab. Der Mann schwenkte herum und gab einen Feuerstoß ab. Die Kugeln klatschten zwischen uns aufs Pflaster. Mir war, als erhielte ich einen elektrischen Schlag in die rechte Hand, der mir die Waffe entriß.
Pelle warf sich hinter ein Auto, und ich folgte seinem Beispiel. Ich starrte auf meine Hand. Kein Blut, keine Wunde war zu sehen, aber sie war wie gelähmt. Eine Kugel hatte die Pistole getroffen und unbrauchbar gemacht.
Pelle legte mir die Hand auf die Schulter und schüttelte den Kopf. Es sollte eine Warnung sein, nicht zu versuchen, in das Polizeigebäude zu gelangen. Es war wirklich zu riskant.
Das Gefängnis besteht aus einer Anzahl Arrestzellen, die sich wie Tortenstücke um den Mittelteil gruppieren, wo der Wachtposten sitzt. Die Zellen sind durch Mauern voneinander getrennt, aber nach hinten zu, zum Beispiel in Richtung der Straße, auf der wir uns befanden, besitzen sie vergitterte Fensterluken.
Der schwarzgekleidete Mann pendelte gegen das Fenster, wo

vorhin der Sonnenfleck getanzt hatte. Mit den Füßen stützte er sich auf eine Querstrebe des Gitters und gab einige Schüsse ab, die offenbar dem Wärter galten. Dann reichte er die schwarze Ledertasche durch die Fensterluke.
Pelle legte die Unterarme auf das Wagendach, nahm die Pistole in beide Hände und zielte sorgfältig. Aber der Mann schien auch im Rücken Augen zu besitzen, denn er gab blitzschnell einen weiteren Feuerstoß auf uns ab. Die Kugeln prasselten auf das Auto nieder.
Pelles Schuß verfehlte sein Ziel um einige Meter. Der Schwarzgekleidete machte ein Zeichen, woraufhin er ein Stück nach oben gezogen wurde. Aus dem Zellentrakt waren Schüsse zu hören. Der Gefangene machte von einer Maschinenpistole, die sich offenbar in der Ledertasche befunden hatte, Gebrauch.
Wir beobachteten, wie Hände von innen etwas am Gitter befestigten. Vier Sekunden vergingen, und es gelang Pelle, noch einen weiteren Schuß abzugeben, der um einige Dezimeter danebenging. Ich hatte mir die Hand massiert, bis ich sie wieder fühlen konnte. Jetzt fischte ich mir meine Waffe von der Straße, aber sie war unbrauchbar, genau wie ich vermutet hatte.
Da gab es plötzlich eine kräftige Detonation unter dem Dach. Metallsplitter schwirrten durch die Luft. Wir sahen, daß ein großes Loch in das Gitter gesprengt worden war. Ein Mann kletterte heraus, in der rechten Hand eine MP. Der Schwarzgekleidete wurde wieder hinuntergelassen, und der andere Mann klammerte sich über ihm mit den Beinen und der linken Hand am Seil fest, wobei er immer wieder Feuerstöße in das Gebäude und auf uns abgab. Wir konnten unsere Deckung nicht verlassen.

Endlich kamen weitere Polizisten aus dem Gebäude, aber alles war so schnell gegangen, daß sie kaum begriffen, was eigentlich passierte. Der Helikopter gewann schnell an Höhe. Pelle tauchte auf und gab rasch zwei Schüsse ab. Er verfehlte die Männer, traf aber das Seil, und wir konnten sehen, wie es aufdröselte. Auch die anderen Polizisten schossen jetzt, aber der Helikopter entfernte sich in Richtung Kronobergsparken, und es war schwer, das bewegliche Ziel zu treffen.
Der Gefangene erreichte die Luke des Helikopters und wurde hineingezogen. Der Schwarzgekleidete hatte es nicht so leicht. Er entdeckte, daß das Seil nicht mehr lange halten würde und versuchte, nicht erst zu warten, bis man ihn hinaufzog, sondern selbst aktiv zu werden. Wir sahen, wie sich ihm viele Hände entgegenstreckten. Der Helikopter stand einen Moment still, um ihm das Klettern zu erleichtern.
Meine Kollegen schossen, was die Rohre hergaben, aber der Hubschrauber war bereits zu weit entfernt. Schon streckte der Mann die Hand nach der Luke aus, da riß der letzte Strang des Seiles.
Seine Finger griffen ins Leere. Einen Augenblick lang schien der Körper frei in der Luft zu schweben. Dann fiel er aus fast fünfzig Meter Höhe wie ein Stein zur Erde. Noch im Fallen gab er Feuerstöße ab, als wolle er sich auf seine Art verabschieden. Wo er auf den Boden aufschlug, war nicht zu sehen. Der Helikopter schwenkte kurz auf den Park hinunter, stieg dann aber steil hinauf und knatterte in südlicher Richtung davon. Ein paar Polizisten rannten in das Gebäude zurück, wir anderen liefen in den Park. Der gut durchtrainierte Pelle eroberte schnell die Spitze, dann kamen die anderen, ich bildete die Nachhut.

Wir mußten nicht lange nach dem Körper suchen. Vor einem hohen Baum hatten sich bereits einige Leute versammelt, die aufgeregt nach oben zeigten. Der schwarzgekleidete Mann hing in einer Astgabel. Sein Kopf baumelte herab wie eine reife Frucht. Nicht weit entfernt standen ein paar kleine Jungen, die heftig winkten.

Sie umstanden die Maschinenpistole, deren Lauf sich tief in die Erde gebohrt hatte.

Zwei junge, sportliche Polizisten kletterten hinauf und balancierten bis zu der Astgabel. Das mußte sein. Falls der Mann noch lebte, würde ihm unmittelbar ärztliche Hilfe zuteil werden.

Einer der beiden beugte sich über ihn und fühlte nach der Hauptschlagader. Dann probierte es der andere. Schließlich schüttelten sie beide den Kopf.

Dann packten sie den Körper, bugsierten ihn am Stamm entlang hinab und legten ihn auf den Rücken. Die neugierigen Zuschauer drängten heran. Pelle mußte sie anbrüllen. Als das auch nicht half, drängten wir sie gemeinsam zurück.

Ein großer schwarzer Wagen fuhr vor. Nord quälte sich aus dem Fahrerhaus, während zwei Männer eine Bahre brachten. Der Kommissar schaute den Toten an. Dann beugte er sich hinunter und nahm ihm den schwarzen Helm ab.

»Kennt ihr ihn?« fragte er.

Es war das Gesicht eines relativ jungen Mannes mit scharfen Zügen und ein wenig schrägstehenden Augen, die schon zu brechen begannen. Die Haare waren superkurz geschnitten. Der Mund war halboffen und stand voller Blut. Wir schüttelten die Köpfe. Wir kannten ihn nicht. Er wurde auf die Bahre gelegt. Der Wagen fuhr zum Polizeigebäude zurück.

»Mein Gott«, murmelte Pelle.
Seite an Seite liefen wir zurück. Er hielt Daumen und Zeigefinger hoch.
»Um so ein kleines Stück hat er mich verfehlt. Ein paar Zentimeter nach rechts, und Gullan wäre jetzt Witwe. Mein Gott!«
Ich leckte mir die Lippen und merkte jetzt erst, wie ausgetrocknet mein Mund war.
»Da habt ihr ja heute abend wieder was zu feiern, Gullan und du«, versuchte ich zu scherzen.
»So ein kleines Stück! Um Haaresbreite. Mein Gott, war das knapp. Das ist doch nicht normal!«
Da hatte er recht, hier war einiges nicht normal. Eine Befreiung aus dem sichersten Gefängnis Schwedens. Pelle starrte immer noch auf Daumen und Zeigefinger, als begreife er erst jetzt, was für ein Glück er gehabt hatte.
»Ich wäre jetzt tot. Teufel ... Jemand hätte Gullan auf der Arbeit anrufen und sie benachrichtigen müssen. Simon natürlich. Sie wäre verrückt geworden. Ich kenne sie. So ein kleines Stück, Rolle. So klein ist der Unterschied zwischen Leben und Tod!«
Wir mußten uns durch die Menge drängeln, die sich auf der Bergsgatan gebildet hatte. Die Presse war schon da und haschte nach Kommentaren, während wir stumm den Einlaß passierten und zu unserer Abteilung hinaufstiegen. Simon war auf dem Korridor und winkte uns in den Beratungsraum. Dort saßen bereits alle Fahnder, die nicht draußen unterwegs waren, sowie Nords Mannen. Wir hatten einen neuen Staatsanwalt namens Hielm, der zwar von nichts wußte, aber eine souveräne Persönlichkeit zu sein schien.

»Wir haben diese Konferenz so kurzfristig einberufen, damit alle erst einmal informiert sind. Bisher wissen wir allerdings nur, daß es sich bei dem befreiten Gefangenen um die Person handelt, die sich Heller nannte, deren wahre Identität bisher aber nicht zu ermitteln war.«

Ich erinnerte mich, wie zweideutig er gelächelt hatte, als wir über die zu erwartende lange Gefängnisstrafe sprachen. Er wußte, daß seine Kumpane alles tun würden, um ihn zu befreien. »Die Befreiung geschah mit Hilfe eines Helikopters, wie ihr ja alle wißt. Wo der abgeblieben ist, wissen wir noch nicht, aber wir werden ihn bald haben. Die Sprengung wurde professionell vorbereitet und ausgeführt.«

Er sprach trocken und knapp, und das war in dieser von Emotionen aufgeheizten Situation richtig.

»Bei der Befreiungsaktion wurden die Wachhabenden Elof Ljung und Kare Andersson getötet beziehungsweise schwer verletzt. Ljung wurde höchstwahrscheinlich von Heller getötet, während Andersson von der anderen Person angeschossen wurde. In einer Dreiviertelstunde veranstalten wir eine Pressekonferenz, wo alles, was mit diesem Fall zu tun hat oder zu tun haben kann, der Öffentlichkeit bekanntgegeben wird. Gibt es Fragen?«

»Woher kam der Helikopter?« fragte jemand.

»Wir bekommen gerade die Nachricht, daß es sich offenbar um eine Militärmaschine handelt, die vorgestern in Norwegen gestohlen wurde. Über die Grenze zu fliegen ist ja kein Risiko.«

»Aber irgendwo muß er ja wohl zwischengetankt haben?«

»Das ist möglich. Darüber wissen wir noch nichts. Es ist uns bisher auch noch nicht bekannt, ob bei dem Diebstahl jemand zu Schaden gekommen ist. Die Täter müssen den Helikopter gestern umgespritzt und mit den entsprechenden Aufschriften versehen haben. Wo das geschehen ist, wird die Ermittlung zeigen.«

»Welche Verbindungen gibt es zu …«

»Einen Augenblick bitte. Ich referiere hier nur Fakten. Kommissar Nord und ich werden auch vor der Presse keinerlei Hypothesen aufstellen. Ihr werdet kontinuierlich auf dem laufenden gehalten. So, damit wäre ich am Ende.«

Er erhob sich und verließ rasch den Raum, gefolgt von Kommissar Nord, der seitens der Polizei die Hauptverantwortung trug. Simon nickte mir und den anderen aus seiner Gruppe zu, und wir versammelten uns in seinem Büro. Pelle zeigte Öhman mit Daumen und Zeigefinger, wie nahe er dem Tode gewesen war. Öhman zog ein mitfühlendes Gesicht. Dann begann das große Seufzen. Eine Befreiung aus dem Polizeigefängnis ist eine schlimme Niederlage, bringt einen enormen Prestigeverlust mit sich. Wieder einmal hatten die Neonazis bewiesen, daß sie sich rücksichtslos durchzusetzen verstanden.

Bevor Simon die Probleme mit uns diskutieren konnte, klingelte das Telefon.

Er lauschte und machte sich dann und wann eine Notiz. Ein leichtes Grunzen deutete dem Gesprächpartner an, daß er aufmerksam zuhörte. Dann legte er auf und schaute mich an.

»Da haben wir ihn ja.«

»Wen haben wir?«

»Der Befreier wurde ins Leichenhaus gebracht. Wie zu erwarten, hatte er keinerlei Gegenstände bei sich, die zu einer Identifizierung hätten beitragen können. Aber zufällig er-

kannte ihn einer der Assistenten, der mal mit ihm im selben Haus gewohnt hat.«
Alle warteten gespannt, aber nur ich konnte mit dem Namen etwas anfangen.
»Er hieß Urban Schajk!«

21.

Der Arzt war ein jüngerer Mann, und er schien seinen Beruf völlig verfehlt zu haben. Seine polternde Art und seine dämlichen Witze qualifizierten ihn für ein drittklassiges Varieté. Er entsprach so gar nicht dem Bild vom Halbgott in Weiß, den Schwester Märta und Schwester Maria vor, während und nach der Operation anhimmeln. Wären sie etwa auf die Idee gekommen, ihm im OP den Schweiß von der Stirn zu wischen, hätte er wohl gefragt, ob sie ihm in Zukunft auch noch den Hintern putzen wollten.

»Ja, ja, die Alte macht sich. Da ist noch Saft drin.«

»Die Dame ist doch eigentlich noch recht jung«, wandte Simon ein.

»Ach was. Wenn sie erst mal über zwanzig sind, ist alles zu spät. Die Zellen beginnen zu altern, das ist klinisch bewiesen. Ihr habt doch auch alte Zellen im Gefängnis, oder?«

»Was hat sie alles abbekommen?« erkundigte sich Simon.

»Also, da hätten wir Brandwunden an Griffeln und Stelzen. Wahrscheinlich läuft es auf eine Hauttransplantation hinaus, aber das können wir ja besonders gut. So was erledigt bei uns die Putzfrau.«

»Lieber Doktor Alm, uns interessiert ausschließlich ihr Gesundheitszustand. Wir wären Ihnen sehr dankbar, wenn Sie sich auf relevante Informationen beschränken könnten.«

Alm deutete scherzhaft eine Verbeugung an.
»Sehr zu Diensten. Also, als nächstes werden wir sie baden. Baden ist wichtig für die Gesundheit. Wer nie badet ...«
»Hören Sie ...«
»Okay, okay. Tja, da hätten wir noch die Sache mit der Rübe. Jemand hat ihr eins über den Schädel gezogen, mit einem stumpfen Gegenstand, wie der selige Sherlock Holmes zu sagen pflegte. Ich habe alle Bücher über ihn gelesen. Arbeitet ihr auch noch mit der Lupe? Na, jedenfalls ist die Birne heil geblieben, bis auf eine leichte Gehirnerschütterung ist nichts passiert. Natürlich gab es ein kleines Loch, und die rote Brühe rann heraus, aber wir haben ihr neue eingepumpt, ohne Preisaufschlag. Mal sehen, ob sie anfängt, einen anderen Dialekt zu sprechen. Dann wißt ihr, woher der Spender kam.«
»Wir würden gern mit ihr reden.«
»Nur zu! Das bessert ihre Stimmung garantiert, besonders im Hinblick auf die Grützwurst, die es heute zum Mittag gibt. Im großen und ganzen ist die Braut in guter Verfassung. Als Auto würde sie bei der technischen Überprüfung garantiert keine Probleme haben. Sie braucht vielleicht ab und zu noch eine Durchsicht, und wenn sie die Hautflecken stören, kommt sie um eine Transplantation nicht herum. Aber wenn Sie mich fragen – eine Frau ist mit dreißig doch sowieso schon reif fürs Altenheim.«
Simon sah ihn angeekelt an.
»Wie haben Sie nur das Examen geschafft?«
»Arschkriecherei und Bestechung. Eigentlich bin ich Installateur.«
Er schlenderte weiter. Simon packte eine vorbeieilende Krankenschwester am Ärmel und nickte dem Doktor hinterher.

»Ist der wirklich Arzt, oder habt ihr ihn von Monty Python?«
Sie lachte leise und zuckte entschuldigend die Achseln.
»Doktor Alm stammt aus einer berühmten Arztfamilie. Er hat sich eine volkstümliche Art zugelegt, um zu zeigen, daß er mit den Traditionen gebrochen hat. So protestiert er gegen seine Erziehung, die sehr autoritär gewesen sein muß. Trotzdem, auch er wird als Professor enden. Er ist hyperintelligent.«
Daran zweifelte Simon ganz offensichtlich, aber wir hatten keine Zeit, über Akademikerschicksale nachzudenken, sondern begaben uns in das Krankenzimmer. Sandra Ryan lag in einer denkbar unbequemen Stellung im Bett. Arme und Beine ruhten auf Stützen, der Kopf war durch eine Kapuze verhüllt. Wir grüßten, und sie dankte mit einem kleinen Lächeln, das nicht einmal ihre bekümmerten Augen erreichte.
»Setzt euch«, forderte sie uns auf. »Ich habe euch schon erwartet. Es war mir klar, daß ihr kommen würdet.«
Wir zogen uns zwei Stühle heran und nahmen zu beiden Seiten des Bettes Platz.
»Du weißt, was mit deinem Onkel passiert ist?«
»Ja, ich weiß. Ich habe es ja gesehen.«
»Später wird noch ein anderer Kollege kommen und dich gründlich befragen. Wir wollen eigentlich nur, daß du uns alles erzählst, woran du dich erinnerst. Traust du dir das zu?«
»Ja, ich denke schon. Ich bin hart im Nehmen. Also, ich saß da und arbeitete am Computer, und mein Onkel las Korrekturfahnen. Da hörten wir, wie ein Wagen vor dem Grundstück hielt. Wir glaubten, daß es der Mann aus der Druckerei wäre, mit dem wir noch etwas zu besprechen hatten. Deshalb schauten wir auch nicht aus dem Fenster.«

»Wir haben die Reifenspuren sichergestellt. Erzähl weiter.«
Sie dachte nach, um alles in die richtige Reihenfolge zu bringen. Wir wollten schon früher mit ihr reden, aber ein anderer Arzt, der nicht so ein Witzbold war wie Doktor Alm, hatte es uns untersagt.
»Vier Männer stürmten herein. Nein, erst waren es drei, der vierte folgte erst später. Sie trugen Masken und weiße Handschuhe. Einer trug eine große Pistole und bedrohte uns damit.«
»Das war ein Revolver«, warf ich ein. »Den habe ich auch schon aus der Nähe betrachten können. Was geschah dann?«
»Das war ganz seltsam. Keiner von ihnen sagte ein Wort. Mein Onkel fragte, was sie wollten. Da zog einer ein Messer und rammte es ihm einfach in den Bauch. Einfach so in den Bauch! Bitte, gib mir etwas zu trinken.«
Simon hielt ihr das Glas an die Lippen. Brandwunden trocknen den Körper aus.
»Ich sprang auf, aber ich wurde festgehalten, und der eine Mann schlug mir die Pistole oder den Revolver, was auch immer der Unterschied sein mag, über den Kopf. Ich wurde ohnmächtig. Als ich wieder aufwachte, sah ich, daß mein Onkel gerade den Telefonhörer auflegte. Er stand ganz gekrümmt da und preßte die Hand vor den Bauch, aber zwischen den Fingern sickerte das Blut durch. Ich rief ihn an, aber er reagierte nicht, sondern schwankte die Treppe hinunter. Vermutlich versuchte er zu fliehen. Dann wurde ich wieder ohnmächtig.«
Simon gab ihr ohne Aufforderung zu trinken, und sie lächelte dankbar.
»Noch einmal wachte ich auf und hörte Schreie aus dem Garten. Ich schleppte mich mühsam zum Fenster. Sie hatten mei-

nen Onkel erwischt und stachen wieder auf ihn ein. Dann schleiften sie ihn in das Gartenhäuschen. Einer kam mit einem Benzinkanister und schüttete ihn über ihm aus. Ein anderer warf ein brennendes Streichholz auf den Körper. Er … o Gott … er stand sofort in Flammen!«

Sandra versuchte, die Arme zu bewegen, aber es ging nicht. Wir verstanden sie auch so.

»Ich hatte solche Angst, daß ich nicht wußte, was ich tun sollte. Sie hatten es jetzt eilig, wahrscheinlich befürchteten sie, der Brand könne Leute anlocken. Der mit dem Kanister kam heraufgestürmt und schüttete das Benzin über mich, den Fußboden und die Möbel. Dann warf er ein brennendes Streichholz auf mein Kleid und rannte die Treppe hinab. Irgendwie wuchsen mir neue Kräfte, denn ich schaffte es, mir das Kleid vom Leibe zu reißen und es wegzuschleudern. Der Fußboden brannte, und ich versuchte, die Flammen auszutreten. Es war wohl ein Glücksfall, daß die flüchtig verspritzten Benzinpfützen untereinander nicht verbunden waren. So blieb die Einrichtung verschont, und das Haus brannte nicht nieder, hat mir Doktor Alm erklärt. Dann fiel ich wieder in Ohnmacht. Als ich erneut zu mir kam, wart ihr da.«

»Wie kam es, daß das Gartenhaus kein Feuer fing?«

»Vor drei Jahren hatten wir einen betrunkenen Schriftsteller zu Gast, der mit brennender Zigarette einschlief und einen beträchtlichen Schaden verursachte. Das war meinem Onkel eine Lehre. Er ließ Fußboden und Wände feuerfest verkleiden.«

»Aha. Eigentlich solltet ihr wohl beide im Haus verbrannt werden.«

Sie nickte, was ihr offensichtlich Schmerzen verursachte.

»Das ist mir klar. Sie wollten uns beide zusammen mit den Büchern und Manuskripten verbrennen.«

»Wir haben alle Materialien sichergestellt. Welche Pläne hast du für die Zukunft?«

Sie überlegte lange und sagte schließlich leise: »Zuerst war ich fest entschlossen, das Land zu verlassen, aber ... Ja, ich denke an meinen Onkel. Sein Tod soll nicht vergebens gewesen sein. Wenn es möglich ist und ich mich dazu in der Lage fühle, werde ich versuchen, da weiterzumachen, wo er aufgehört hat. Die nötigen Kenntnisse und Verbindungen habe ich.«

»Der Kollege, der später kommt, wird dir eine ganze Namensliste vorlesen. Ich möchte mich auf wenige beschränken. Hast du einmal von einer Inger Olsson gehört, oder hat dein Onkel mal von ihr gesprochen?«

Nachdenkliches Schweigen.

»Ich kann mich nicht erinnern. Das ist so ein Allerweltsname.«

»Georg Akermark, genannt ›Joker‹?«

Wieder überlegte sie.

»Nein, nie gehört.«

»Urban Schajk?«

Diesmal war die Pause noch länger, und wir konnten sehen, daß sie unsicher war.

»Ich glaube, diesen Namen hat mein Onkel einmal erwähnt. Er könnte der Führer von einer dieser neuen rassistischen Organisationen sein, aber ich weiß nicht, von welcher.«

Sie lächelte entschuldigend.

»Entschuldigt. Ich bin müder, als ich dachte. Das muß an diesen vielen schmerzstillenden Medikamenten liegen.«

Wir verließen sie und begaben uns in die Cafeteria des Krankenhauses. Ich nahm wie immer einen Tee, Simon den üblichen Kaffee, der aussah, als habe er schon einen halben Tag auf der Warmhalteplatte hinter sich. Er hatte es ziemlich eilig, nahm sich aber doch ein paar Minuten, um zwischen den Schlachten auszuruhen.
»Ich bin müde, obwohl ich keine Medikamente genommen habe«, teilte er mir mit.
»Wie läuft es denn insgesamt?« fragte ich.
Wie so oft in letzter Zeit fühlte ich mich als Außenstehender. Man hatte mir Schonzeit verordnet und mir nur einfache Ermittlungen überlassen, aber ich war nicht böse darüber. Ich hatte immer noch genug zu tun, und außerdem war es ganz angenehm, den großen Zirkus mit Razzien und Massenverhaftungen und Großeinsätzen nicht mitmachen zu müssen, der immer veranstaltet wurde, wenn ein Polizist im Dienst getötet wurde. Obwohl ich zufälligerweise die Hauptperson des Falles war, hatte ich eine Art Beobachterstatus.
»Schajk lebte in Scheidung, seine Frau wußte nicht, was er trieb. Sie wohnten schon lange nicht mehr zusammen. Für sie war es wie eine Erlösung. ›Endlich bin ich den Teufel los‹, das waren ihre Worte. Er hatte sie oft mißhandelt. Wo er zuletzt gewohnt hat, wußte sie nicht; wir ermitteln noch. Er bekam seine Briefe postlagernd, aber das Fach ist leer. Eigentlich nur eine Frage der Zeit, bis wir seinen Schlupfwinkel entdecken. Wir haben alle Antennen ausgefahren.«
Er versuchte krampfhaft, Optimismus zu verbreiten, wie ein Sektenprediger, der seiner Herde mitteilt, daß am Samstag der Weltuntergang stattfindet, daß sie ihn aber gegen ein kleines Entgelt in seinem Stall überleben würde.

»Was ist mit dem Helikopter?«

»Den fanden wir in einem Waldgebiet in Södertörn, durch eine Sprengung in sämtliche Einzelteile zerlegt. Dort müssen Autos bereitgestanden haben, mit denen sie ihre Flucht fortsetzen konnten. Übrigens ist auch Andersson an seinen Verletzungen gestorben. Er hatte noch drei Tage bis zur Pensionierung und wollte mit seiner Frau nach Värmland ziehen. Tja, Rolle, was soll man sagen? Ich komm da einfach nicht mehr mit. Das ist zuviel für mich.«

»Denk daran, was Kalster gesagt hat. Sie führen eine Art Krieg.«

Er trank seinen Kaffee aus.

»Dann sind sie derzeit also in der Offensive. Sie stürmen unsere Stellungen, während wir noch nicht einmal die Zelte aufgeschlagen und die Ausrüstung ausgepackt haben.«

»Churchill hat es einmal ungefähr so ausgedrückt: England darf jede Schlacht verlieren, nur nicht die letzte.«

»Churchill hat viel gesagt. Das mit Blut, Schweiß und Tränen paßt wohl eher zu unserer Situation.«

Er nickte tiefsinnig.

»Dieser Fall hat jedenfalls mit Strömen von Blut, Litern von Schweiß und Ozeanen voller Tränen zu tun.«

»Was hat die Razzia bei den Neonazis gebracht?«

»Eigentlich nichts. Die Befreiungsaktion hat uns einen kleinen Strich durch die Rechnung gemacht, wir mußten unsere Einsatzkräfte neu gruppieren. Aber dann schlugen wir zu. Wir fanden ein paar wertlose Papiere, sinnlose Zeitungen, alte Fotos von Nazigrößen und so weiter. Ein paar Namen haben wir notiert, aber die waren das Papier nicht wert. Entweder hatten wir sie bereits verscheucht …« Er goß sich Kaffee nach.

»… oder sie wurden gewarnt und haben euch ins Leere laufen lassen«, vollendete ich den Satz.
»Ja, oder sie wurden gewarnt«, wiederholte er tonlos. »Jemand, der von der Razzia wußte, muß sie informiert haben. Wenn wir den erwischen, also ich möchte dann nicht in seiner Haut stecken.«
»Morgen vormittag fahre ich nach Skebo«, sagte ich und versuchte, glücklich auszusehen.
»Ich weiß. Alles ist vorbereitet. Heute nachmittag bekommst du deine Instruktionen.«
»Wenn das noch notwendig ist. Glaubst du nicht, daß sie Karstens Diskette längst gefunden und sich deshalb nicht wieder bei mir gemeldet haben? In diesem Falle bin ich für sie nicht mehr interessant. Ich bin kein Feind mehr, sondern ein Bulle wie jeder andere.«
Er leckte sich die Oberlippe.
»Ehrlich gesagt, ich weiß nicht so recht. Deine Theorie hat etwas für sich. Klar ist, wenn sie die Diskette gefunden haben, bist du außer Gefahr, und ich wünsche dir ja auch ein sorgenfreies Leben. Aber wenn sie sie gefunden haben, dann bedeutet das auch, daß wir ganz von vorn anfangen müssen. Noch mehr Blut, Schweiß und Tränen.«
»Du meinst also, die Entscheidung könnte lauten: mein Leben oder das von vielen anderen Unschuldigen? Geht es darum?«
Er knabberte an einem Keks und antwortete in neutralem Ton: »Wir schützen dich, Rolle. Mit allen unseren Möglichkeiten. Du kannst sagen, das sei nicht genug, und in Anbetracht der Vorkommnisse der letzten Tage hast du wohl auch irgendwie recht. Aber du hast kein Recht, die Frage so zu formulieren.«

»Ich weiß, daß es ein Fehler war. Aber verdammt noch mal, es geht um mein Leben!«
In Uppsala suchte ich nach dem mir angegebenen Platz in der zweiten Etage des Parkhauses und stellte den Wagen ab. Ein Lieferwagen blinkte. Ich hastete hinüber und schwang mich auf die Ladefläche. Es ging kreuz und quer durch die Stadt, bis wir südlich vom Stadtkern auf einem Parkplatz hielten. Ich bekam einen Autoschlüssel zugesteckt, und jemand raunte: »Schwarzer Volvo rechts von uns. Die Tür ist offen. Stell ihn hinter deinem Japaner in dem Parkhaus ab, wenn du fertig bist. Schließ ab und leg den Schlüssel auf das rechte Hinterrad. Und fahr bloß vorsichtig!«
Ich bedankte mich leise bei meinen Kollegen aus Uppsala. Dann kroch ich zu dem Volvo hinüber, setzte mich hinters Steuer und zog mir die Mütze weit ins Gesicht. Einem Außenstehenden mußte die Maskerade lächerlich erscheinen, aber hier ging es um die Geheimhaltung von Virenas und Elins Versteck. Schnell fuhr ich auf die 282. In Knutby hielt ich an und ließ den folgenden Verkehr vorbeiziehen. Ich wollte sichergehen, daß ich nicht verfolgt wurde.
Eine Viertelstunde später bog ich auf die nach Norden führende Küstenstraße ein und war bald in Skebobruk. Die alte Erzgrube war seit Jahren stillgelegt, aber viele der alten Arbeiterhäuser standen noch, und vor allem das alte Herrenhaus der Grubenbesitzer. Es war ein imposantes, zweiflügeliges Gebäude im klassischen Stil, das in der Maisonne wunderschön aussah. Die gelbe Farbe harmonierte vortrefflich mit dem frischen Grün rundum. Langsam ging ich auf den Haupteingang zu und atmete die reine, frische Luft tief ein.
Als ich das Haus betreten hatte, befand ich mich plötzlich in

einer anderen Welt. Die Räume waren schwer und gediegen möbliert, und es herrschte ein Schweigen, das in die Zeit vor Rock, Pop und Werbespots gehörte. Zur Linken saß eine Dame an der Rezeption, und ich fragte nach Virena. Sie hieß mich willkommen, zeigte mir die Treppe und nannte mir die Zimmernummer. Auch sie schien aus einer anderen Zeit zu stammen.

Ich versuchte, ruhig und gelassen auszusehen, aber in Wirklichkeit hatte ich ein ganz flaues Gefühl im Magen, und Bienen summten in meinem Kopf. Mir war, als stünde ich vor einer der wichtigsten Entscheidungen in meinem Leben.

Virena öffnete auf mein Klopfen und trat schnell einen Schritt zurück. Vielleicht fürchtete sie sich vor einem Begrüßungskuß.

Elin dagegen flog mir entgegen, und ich preßte mein Gesicht an ihren Hals und flüsterte ihr Dummheiten ins Ohr. Sie lachte und kicherte, als ich sie im Zimmer herumschwenkte.

Sie durfte auf meinem Arm sitzen bleiben, als ich mich umsah.

»Nettes Zimmer«, sagte ich und meinte es auch so.

Sie stand starr und steif und eisig und so abweisend da, daß ich es fast nicht mehr aushielt.

»Vielleicht gehen wir besser hinaus«, murmelte ich. »Es ist so schönes Wetter.«

Ohne ein Wort ging sie voraus, und ich folgte, mit Elin auf dem Arm. Sie berichtete ununterbrochen von all ihren kleinen Abenteuern, und ich reagierte mit »fein« und »prima« und »toll«.

Als wir draußen waren, wollte sie hinunter und sprang umher wie eine junge Katze. Alles interessierte sie.

»Würden Gnädigste mir auf einen Spaziergang zum See folgen?« schlug ich vor.
Kein Wort, und von ihrem Körper brauchte man keine Skulptur mehr zu machen, denn er war bereits versteinert. Wie zu jedem richtigen Herrenhaus gehörte auch hier ein Park dazu. Am Ufer des kleinen Sees lagen abfahrbereite Kanus, und Wege führten um das Wasser herum und in den Wald. Das Sonnenlicht glitzerte auf dem Wasser, und ich fühlte mich wie im biblischen Paradies. Ich war Adam und Virena Eva, aber wenn ich ihr das gesagt hätte, wäre ich von ihr mit einem Ast erschlagen und ertränkt worden.
»Hier ist es herrlich, findest du nicht?« versuchte ich es noch einmal.
Der Marmor schwieg.
»Ich möchte deine Meinung hören. Ist es nicht herrlich hier?«
»Was geht dich das an?« brach es aus ihr heraus.
»Was mich das angeht? Eine ganze Menge!«
»Ach ja?«
Elin kam mit einem flachen Stein, aber es gelang mir nicht, ihn über das Wasser hüpfen zu lassen. Nicht einmal das konnte ich mehr. Sie rannte zum Ufer hinunter, um ein paar lustige Insekten zu studieren. Ich seufzte tief.
»Warum kannst du das nicht verstehen?«
»Äh!«
»Was habe ich dir eigentlich getan?«
Sie warf mir einen Blick zu, der Rambo hätte erzittern lassen.
»Manchmal verstehe ich euch Kerle nicht! Ihr seid wie Kinder!«
»Wir werden nie älter als elf Jahre«, gab ich ihr recht. »Ein

paar Optimisten behaupten zwölf, aber in Wahrheit sind es nur elf.«
»Ja, natürlich. Mach dich wieder nur lustig. Typisch. Das ist das einzige, was du kannst.«
»Ein bißchen mehr kann ich schon, aber wenn ich nicht mehr mit dir scherzen darf, ist es aus zwischen uns. Finito. Und mir scheint es beinahe, als hätten wir diesen Punkt erreicht.«
Sie antwortete nicht. Plötzlich schien alles einfach, und das flaue Gefühl verschwand aus meinem Magen, und die Bienen hörten auf, in meinem Kopf zu summen.
»Wenn du frei sein willst, weil du einen anderen Mann getroffen hast, werde ich mich nicht querstellen, solange Elin keinen Schaden nimmt. Außer, daß ich dem Kerl eine kräftige Abreibung verpassen werde.«
»Ein anderer Mann? Wie bist du denn darauf gekommen?«
»Ich weiß nicht, wie ich darauf gekommen bin, aber du kannst deinem Anwalt sagen, daß ich, was die Scheidung betrifft, mit allem einverstanden bin. Elin soll nicht leiden müssen. Du bekommst auch die Wohnung. Ich werde schon etwas Neues finden und kann solange bei Freunden übernachten.«
Bloß nicht in ein Junggesellenheim! Für die Alk-Strecke war ich noch nicht reif genug. Vielleicht konnte ich eine Gartenlaube mieten, bis ich etwas Besseres fand. Hauptsache, ein einsames Bett und eine Zimmerdecke zum Hinaufstarren.
»Stopp, Roland!«
Der Marmor bewegte sich plötzlich und stemmte die Arme in die Seiten.
»Du kapierst ja überhaupt nichts! Erst wolltest du uns unbedingt loswerden, und jetzt … Was bedeuten wir dir denn schon?«

Ich griff mir an die Stirn. Die Geste mochte theatralisch wirken, aber das war nicht beabsichtigt.
»Wovon redest du? Ich euch loswerden?«
»Ja. Wir bedeuten dir nichts. Wir finden eine ermordete Person in unserer Wohnung, bestialisch zerstückelt. Er …«
»Das kannst du doch wohl nicht mir vorwerfen! Ich habe ihn doch nicht umgebracht!«
»Nein. Das ist es ja. Aber der Anschlag war genauso gegen dich gerichtet. Du warst in Gefahr. Elin und ich mußten hierher fahren, wo wir alle drei zusammen sein wollten, und du bliebst in Stockholm. Du hast lieber dein Leben riskiert, als mit uns zusammenzusein. Dein Job war dir wichtiger als die Familie. Es gibt Tausende Polizisten, die den Fall genausogut lösen können wie du und nicht so in Gefahr waren, aber das interessierte dich nicht. Für uns hattest du keinen Gedanken mehr übrig, nur noch für deinen Job. Einen Job, der dich umbringen kann. Daß wir dann allein bleiben, ist dir egal. Aber mach nur so weiter! Tu Dinge, die du nicht tun mußt. Laß dich umbringen. Sollen wir uns noch Gedanken darüber machen?«
Es war, als öffne sie alle Schleusen, um die angestaute Bitterkeit hinauszulassen.
»So siehst du das also?« fragte ich leise.
»Wie soll man das sonst sehen?«
»Virena, vielleicht sollten wir uns eine Weile auf die Bank setzen. Die hier ist breit genug, du kannst also auch einen Meter von mir abrücken.«
Sie nahm am äußersten Ende Platz. Ich versuchte, ihr zu erklären, wie schwer es mich getroffen hatte, daß sie sich Elin als Opfer ausgesucht hatten, daß sie hätte Schaden fürs Leben nehmen können. Virena hörte mir zu, und ich wußte nicht,

welche Gedanken ihr durch den Kopf gingen. Als ich mit meiner Erklärung fertig war, blieb sie eine Weile schweigend sitzen.

»Rachegefühle also«, sagte sie leise. »Das ist primitiv.«

»Sicher, aber so bin ich nun mal. So primitiv. Es gibt sicher bessere Männer, die souverän mit den Schultern zucken, wenn ihre Kinder seelisch mißhandelt werden, und anderen die Arbeit überlassen. Aber ich gehöre nun mal nicht zu der Sorte. Ich habe Angst, wenn ich in der Stadt bin, aber wenn ich nicht all meine Kraft daransetzen würde, den oder die zu kriegen, die Elin so etwas antun wollten, dann könnte ich nicht mehr ruhig schlafen.«

Hilflos fügte ich hinzu: »Du mußt doch verstehen, daß … Wenn ihr mir nicht soviel bedeuten würdet, hätte ich sicher aufgeben können, aber ich konnte nicht.«

Wieder schwieg sie geraume Zeit. Sie lehnte sich zurück und legte die Ellenbogen auf die Rückenlehne. Mit geschlossenen Augen sog sie den Duft von Gras und See und Erde ein.

»Ja, es ist herrlich hier. Man wird ein anderer Mensch. Wir fasten ja hier keineswegs, sondern essen gute vegetarische Küche. Elin gefällt es, sie hat sich mit allen angefreundet. Der Swimmingpool im Haus kann fast rund um die Uhr genutzt werden. Manchmal werden abends Vorträge, Lesungen, Konzerte oder Liederabende veranstaltet. Ich habe gesehen, wie gut hier auch die Kranken betreut werden. Man vollbringt wahre Wunder. Es würde dir hier gefallen.«

Das Eis war getaut, und ich wagte kaum zu atmen, um den Schmelzprozeß nicht zu unterbrechen.

»Wir fahren noch einmal hierher. Dann aber wirklich gemeinsam.«

»Wie lange müssen Elin und ich noch hierbleiben?«
»Ein Weilchen noch. Ich kann nichts Bestimmtes sagen, aber lange kann es nicht mehr dauern.«
»Mein Urlaub ist bald zu Ende.«
»Nimm frei. Wir werden das irgendwie klären.«
Sie schaute zum Himmel hinauf, der hier blauer zu sein schien als in der Stadt. Vielleicht war das aber auch nur eine optische Täuschung.
»Ich habe die Zeitungen gelesen und Radio gehört. Ich will nicht wissen, inwieweit du mit der Sache zu tun hast, aber mir ist klar, daß da Schlimmes im Gange ist.«
»Ja. Und es ist noch nicht ganz geklärt.«
»Seltsam. Wenn man hier ist, kann man sich gar nicht vorstellen, daß es solche Scheußlichkeiten überhaupt gibt. So wie hier sollten alle Menschen leben.«
»Wir tun, was wir können.«
Sie erhob sich und ging zögernd zum Haus zurück. Ich blieb an ihrer Seite. Endlich schob sie ihren Arm unter meinen und lächelte mich an.
»Erzähl mir jetzt von der neuen Wohnung«, bat sie.

Am Dienstagmorgen hatte ich es eilig. Zuerst fuhr ich nach Kungsholmen und sah nach, ob die Wohnung ordentlich geräumt war.
Ein paar Minuten lang stolzierte ich durch die Zimmer und entdeckte jede Menge weiterer willkommener Überraschungen.
Obwohl der Vertrag mit TL-Transport vorsah, daß sich die Firma um den gesamten Umzug kümmern würde, stopfte ich am Sonntag und Montag schon jede Menge Dinge in Kartons. Dabei wunderte ich mich immer wieder, wie sich soviel Müll

hatte ansammeln können. Ein ums andere Mal wanderte ich schwerbeladen zu den Mülltonnen.
Punkt sechs Uhr klingelte es an der Tür. Draußen standen zwei kräftige junge Männer in Jeans und T-Shirts. Beide hatten lange Haare und trugen Bärte, der eine war blond, der andere brünett. Sie hatten ihre zusammengerollten Trageseile unterm Arm.
Ich rannte ziellos umher und zeigte auf diesen und jenen Karton, bis mich der Blonde unterbrach: »Okay, fangen wir an. Am besten, du stehst uns nicht im Wege herum.«
»Ich dachte, ich könnte vielleicht die leichteren Sachen …«
»Wir müssen darauf bestehen, nach unserer Art schalten und walten zu können. Sonst wird der Versicherungsschutz nicht wirksam.«
»Okay, dann werde ich lediglich ein paar Sachen aus der Küche in meinen Wagen bringen. Butterbrote und etwas zu trinken findet ihr im Kühlschrank.«
»Wir werden schätzungsweise drei Fuhren machen müssen. Du hattest es ja so verdammt eilig mit deinem Umzug, daß wir einen Lieferwagen anmieten mußten. Unsere großen Lastzüge sind alle über Monate ausgebucht.«
Meinetwegen konnten sie machen, was sie wollten. Ich trug ein paar Kartons runter in meinen Mazda und hatte plötzlich das Gefühl, etwas Richtiges zu tun. Die Drottninggatan und ich, wir waren fertig miteinander. Das Umzugsauto war mit einer Plane gedeckt, die hinten hochgerollt war. Auf der Ladefläche sah ich zwei Matten und eine Menge Packkisten.
Um halb sieben war ich wieder in der Baltzar von Platensgatan und vollzog das Ritual, zu dem ich mich entschlossen

hatte. Ich kochte mir den ersten Kaffee und setzte mich auf den Balkon, um die Aussicht über Riddarfjärden zu genießen. Virena und ich waren wieder mehr als Freunde, Elin ging es gut, und hier würden wir also zusammen wohnen. Wenn ich nicht glücklich war, wer war es dann?

So verbrachte ich eine angenehme Stunde, indem ich plante, wie wir die Möbel stellen würden. In bester Laune fuhr ich zurück zu der Wohnung, die nicht länger die meine war. Wie konnte man nur freiwillig mitten in der Stadt wohnen wollen? Die Leute mußten nicht ganz dicht sein.

Auf halbem Wege änderte ich meinen Entschluß und fuhr zum Polizeigebäude. Ich hatte am Montag keine Gelegenheit gehabt, mit Simon zu reden, und ich hatte doch große Neuigkeiten für ihn. Virena und ich waren wieder zusammen! Das war etwas anderes, als umherzurennen und nazistische Mörder zu jagen.

Er saß an seinem Schreibtisch und blätterte ein paar Zeitungen durch. Immer wieder schüttelte er den Kopf. Dann schob er mir ein paar herüber. Ich hatte solche Machwerke schon früher gesehen, und diese hier waren nicht besser in ihrem Haß auf Andersdenkende, ihrer Anbetung von Gewalt und ihrer Verachtung für die Schwachen. Dazu kam noch die schwulstige Sprache.

»Die hier kommt aus England und stammt aus der Druckerei der *National Front*«, sagte Simon. »Sie wird in ganz Europa vertrieben. Hast du schon einmal etwas Widerwärtigeres gesehen? Diese Bilder! Der Zeichner muß reif sein für die Klapsmühle. Und diese schwedische Zeitung hier. Entzükkend, was? Bringt eine genaue Anleitung, wie man Leuten den Kopf abschneidet.«

»Darin sind sie ja Experten. Denk nur mal an Karsten Lund. Du, Simon, ich war doch am Samstag in Skebo …«
»Komm mit. Ein bißchen weiter sind wir gekommen. Gestern abend schnappten wir einen Herrn, mit dem wir viel zu bereden haben. Das Verhör hat schon begonnen.«
Im Vernehmungsraum saßen Kreuger und der Zeuge des Verhörs zusammen mit einem Mann, der sehr geschäftsmäßig aussah. Schwarzes, ordentlich gekämmtes Haar, gleichmäßig gebräunte Haut, dunkler Schnurrbart und goldgefaßte Brille. Er trug einen modischen italienischen Anzug, und obwohl er eine Nacht in der Zelle zugebracht hatte, war sein Hemd tadellos weiß, und sein Schlips sah aus, als koste er soviel wie ein mittelgroßes Klavier.
»Man erkennt dich ja kaum wieder, Joker«, sagte ich bewundernd.
»Warum habt ihr mich verhaften lassen?« fragte er Simon, den er sofort als den Verantwortlichen erkannt hatte. »Was soll ich denn getan haben?«
»Erzähl uns doch zunächst einmal etwas über deine Beziehungen zu Karsten Lund«, schlug Simon vor.
»Karsten? Ich kannte ihn flüchtig. Das habe ich nie geleugnet. Er wollte ein paar Tips von mir, und die hat er bekommen.«
»Was für Tips?«
»Nun, er wollte wissen, wie man Mitglied einer politischen Organisation wird. Was dann daraus geworden ist, weiß ich nicht.«
»Einer neonazistischen Organisation?«
»Nationalsozialistisch, ja. Das stimmt.«
»Bist du inzwischen selber Nazi?«
Er setzte sich gerade hin und antwortete würdevoll: »Meine

politische Überzeugung ist klar. Ich denke national und teile die nationalsozialistische Lebensanschauung. Das ist nicht verboten.«
»Verdammt, du hast aber gelernt, dich auszudrücken. Früher kanntest du doch lediglich den Paarungsruf der Gorillas«, mischte ich mich ein.
Er gab dazu keinen Kommentar.
»Womit beschäftigst du dich denn jetzt, Joker?« erkundigte sich Simon.
»Ich mache Geschäfte. Ganz legal. Die Buchführung ist perfekt.«
»Du hast also aufgehört, Leute gegen Bezahlung zu mißhandeln?«
»Meine Verfehlungen sind gesühnt. Ich habe eine Importfirma übernommen, die seit achtzehn Jahren als ehrbares Unternehmen im Handelsregister steht. Ihr könnt mich nicht festsetzen, ihr verdammten Schweine!«
Zuletzt war er wieder auf seine alte Ausdrucksweise verfallen, aber unsere liberalen Gesetze ließen es nicht zu, ihn deswegen anzuklagen.
»Warum hast du dich versteckt? Warum steht Hansen an deiner Wohnungstür?«
»Ich wohne zur Untermiete, aber ich habe eine Villa in Upplands Väsby in Aussicht. Wenn mir bekannt gewesen wäre, daß ihr mich sucht, hätte ich mich bei der Polizei gemeldet. Aber ich bin ja kein Gedankenleser.«
Simon lächelte ihn fast zärtlich an.
»Wir werden noch oft und lange Gelegenheit haben, uns zu unterhalten. Jetzt hast du erst mal Zeit, dir ein paar Lügen für das nächstemal auszudenken.«

»Mein Anwalt wird bald hier sein. Ihr werdet es nicht schaffen, mich noch einmal unschuldig hinter Gitter zu bringen.«
Als wir in Simons Büro zurückgingen, murmelte er: »Der Haftbefehl wird vielleicht aufgehoben werden. Wir haben faktisch keine Beweise gegen ihn. Das wird heute wieder ein harter Tag.«
»Du hättest sehen sollen, wie ich Virena in Skebo traf und sie ...«
»Rolle, komm bitte noch einen Augenblick mit hinein. Dann muß ich dich bitten, dich wieder um deinen Umzug zu kümmern.«
Aus seinem Schrank holte er eine selbstgebastelte Deckenlampe und reichte sie mir.
»Hier, das ist unser Einweihungsgeschenk. Die Jungens und ich haben sie gebastelt. Solche Lampen sind jetzt wieder modern. Außerdem sollte man es mit Goethe halten, der meinte, man könne nie genug Licht bekommen.«
Ich dankte ihm gerührt. Das hatte ich nicht erwartet. Aber mehr Zeit konnte er mir nun nicht mehr widmen, und so erfuhr er noch nicht, daß die Hassels wieder lieb zueinander waren. Mit der Lampe in der Hand ging ich hinunter zum Auto. Ich plazierte das gute Stück vorsichtig auf dem Rücksitz und fuhr in die Drottninggatan.
Die Leute strömten jetzt zur Arbeit, aber die beiden Typen von der Spedition hatten den Bürgersteig abgesperrt, so daß die Fußgänger einen kleinen Umweg machen mußten. Die Lampe war mir während der Fahrt schon ein paarmal beinahe vom Sitz gefallen, und ich beschloß, sie mit auf den Transporter zu laden. Ich stieg über die Absperrung und ließ die verstellbare Rampe zur Ladefläche hinauffahren.

Sie waren schon ganz schön weit gekommen. Da standen die Sitzecke, der Fernsehapparat und die Küchenmöbel. Das Doppelbett hatten sie hochkant gestellt. Wo sollte ich die Lampe verstauen?
In der Ecke standen einige Packkisten. Ich schaute in die erste hinein. Sie war voller Bücher. Auch die zweite war vollgepackt und bot keinen Platz mehr. Blieb noch die dritte Kiste. Sie war nur halbvoll und enthielt Decken und Stoffreste, deren Muster ich nicht kannte. Hier würde die Lampe den Transport gut überstehen. Ich schob die Textilien zur Seite, um mehr Raum zu schaffen.
Ein kleiner weißer Finger wurde sichtbar zwischen den Lumpen. Aha, die Gipsfigur, die Virena von Verwandten geerbt hatte. Aber waren deren Finger denn schon immer so groß gewesen? Ich legte die Lampe zur Seite und zog eine Handvoll Stoffetzen aus der Kiste. Eine Hand mit gespreizten Fingern. Gips? Ich faßte sie an.
Kalt, aber weich. Das war kein Gips, sondern …
Ich riß die Lumpen aus der Kiste und warf sie auf den Boden. Die Hand. Dann ein Arm, Haarsträhnen, ein Ohr. Die letzte Decke. Ich erstarrte mitten in der Bewegung. Ich kannte sie. Ich hatte sie gekannt, als sie noch lebte.
Helga Lund!

22.

Ein leises Geräusch ließ mich herumfahren. Die beiden jungen Männer standen nebeneinander am Ende der Ladefläche. Einer von ihnen löste den Riemen, der die aufgerollte Plane hielt. Gleich darauf wurde es dunkel um mich herum. Dunkel, aber nicht ganz finster. Die beiden näherten sich mir, vorgebeugt und mit ausgebreiteten Armen. Eine Erklärung war nicht nötig. Sie wußten, daß ich gesehen hatte, was ich nicht sehen sollte. Automatisch griff ich nach meiner Dienstwaffe, aber sie war nicht da.

Gab es eine Fluchtmöglichkeit? Ich sah mich schnell um. Nein.

Hinter mir war das Fahrerhaus. Die Plane war an den Seiten mit Lederriemen festgezurrt. Die Lücken waren zu klein, um sich hindurchzuzwängen.

Es gab nur einen Weg, aber den versperrten die beiden Typen. Die Dunkelheit ließ sie größer erscheinen, als sie waren. Von draußen war Straßenlärm zu hören, Tausende Schritte scharrten den Bürgersteig entlang. Wenige Meter von mir entfernt gingen Menschen vorbei, die gerade an ihren Job dachten oder daran, was sie nach Feierabend machen wollten. Und ich stand da mit einer Toten und ihren mutmaßlichen Mördern.

»Warum habt ihr sie umgebracht?« fragte ich.

Sie gaben keine Antwort, und ich hatte eigentlich auch keine erwartet. Langsam schlichen sie auf mich zu. Sie waren hinter mir her, und sie würden mich niemals entkommen lassen. Wenn ich eine Waffe gehabt hätte, diesmal …

Die Lampe! Der einzige lose herumliegende Gegenstand, mit dem man Angreifer abwehren konnte. Ich griff zu und wirbelte sie über dem Kopf herum. Gleichzeitig stürmte ich vor.

Aber sie waren gut trainiert. Ich kam nicht bis zur Rampe. Sie packten mich und drehten mir die Arme auf den Rücken. Ich schrie mit aller Kraft: »Hilfe! Die bringen mich um! Hil …«

Eine schwielige Hand verschloß mir den Mund und erstickte den Hilferuf. Dann bekam ich einen Hieb in den Magen, der mir die Luft nahm, und zwar so vollständig, daß ich gar keine Lust mehr hatte, jemals wieder zu atmen. Sie ließen mich los. Ich fiel auf die Knie und krümmte mich.

Sie rollten mich auf die Seite und fesselten mich mit einem Lederriemen. Ich hatte solche Schmerzen, daß ich keinen Widerstand leisten konnte. Dann knebelten sie mich mit einem Stoffetzen, daß ich würgen mußte. In wenigen Minuten war ich zu einem hilflosen Paket geworden.

Stimmen draußen vor der Plane. Jemand lachte leise. Die Leute gingen so nahe an dem Transporter vorbei, daß ich sie hätte berühren können. Unsanft zerrten mich die Typen zu der Kiste mit der Toten. Sie stopften mich geradezu hinein. Gleich darauf fuhr der Wagen an.

Helgas kalte Hand drückte gegen meine Stirn. Wir lagen Wange an Wange. Es war stockdunkel in der Kiste, aber ich meinte, ihren gebrochenen Blick spüren zu können. Der Wagen schaukelte die Straße entlang, aber ich lag ja bequem auf weichen Decken und einer Frauenleiche. Das Sprech-

funkgerät, das stets zu tragen ich versprochen hatte, lag im Mazda, da es mir beim Beladen des Wagens hinderlich gewesen wäre.
Niemand hatte mich gesehen. Ein Speditionsauto wird beladen und fährt los. Das ist nichts Ungewöhnliches. Sie konnten mit mir machen, was sie wollten. Und ich konnte mir schon denken, was das war. Ich würde wohl Helgas Schicksal teilen. Wenn sie aus mir herausgepreßt hatten, wo sich die Diskette befand … und das konnte eine Weile dauern, denn ich hatte ja nicht die blasseste Ahnung. Sie mußten sich allerdings auch nicht beeilen. Es konnte Stunden dauern oder Tage. Sie waren Profis auf diesem Gebiet.
Ich beneide dich, Helga. Du hast es hinter dir. Du bist bereits tot, dir können sie nichts mehr tun. Ich wünschte, wir könnten tauschen. Es gab einmal eine Zeit – sie liegt schon eine ganze Viertelstunde zurück –, da glaubte ich, ich wäre glücklich. Da war ich voller Elan und wollte ein neues Leben beginnen. Ich hatte wohl auf Sand gebaut.
Helga, ich fühle, daß ich bald ganz bei dir sein werde. Ich bekomme kaum noch Luft. Ich schaukelte gegen ihren Körper und schaukelte gleichzeitig in eine unendliche Finsternis hinein …
Plötzlich ein scharfes, blendendes Licht. War ich schon über die Grenze, kam jetzt das Jüngste Gericht? Dann hatte ich keine Chance mehr. Wieder Dunkelheit. Mein Hals war auf einmal ganz trocken. Ich würgte. Das grelle Licht wurde schwächer, aber es verschwand nicht.
»Welcome back. We have longed for you, indeed we have.«
Seit wann sprach man im Reich der Toten englisch? Wer waren die, die sich so nach mir gesehnt hatten? Die Stimme

kannte ich doch! Voller Jovialität und guter Laune. Klang sie nicht auch ein bißchen nach Tod?
Ich begann, wieder zu sehen und zu fühlen. Ein kalter, kleiner Raum mit braungestrichenen Holzwänden. Ich versuchte aufzustehen, fiel aber sofort wieder auf den Rücken zurück, denn die Riemen, mit denen ich angebunden war, ließen mir nur wenige Zentimeter Spielraum. Man hatte mich an ein Bettgestell gefesselt, die Matratze fehlte. Meine Hände lagen vor dem Körper und trugen Handschellen, die vom privaten Markt stammen mußten. Bei denen, die wir dienstlich verwendeten, saßen die Handgelenke nicht so eng beisammen. Mir wurde klar, daß sie mir eine Sonde in den Magen gesenkt hatten. Daher also das Gefühl der Übelkeit. Das Spotlight wurde von meinem Gesicht weg auf den Tisch am Fußende des Bettes gerichtet. Dort stand eine große Karaffe, randvoll mit Wasser.
Heller setzte sich auf die Bettkante, und seine Augen funkelten. Er tätschelte mir die Wangen. Leider gelang es mir nicht, ihn zu beißen. Ich atmete schnorchelnd. Der Schlauch in meinem Hals schien immer dicker zu werden.
»Du hast dich schon besser gefühlt, das wirst du wohl zugeben, aber noch hast du keine größeren Probleme. Was ist schon ein Hieb in den Magen? Was ist schon dabei, wenn man mal für eine Weile ohnmächtig wird? Das geht vorüber. Eigentlich geht es dir blendend. Ich möchte dich nur darauf hinweisen.«
Er hatte nicht unrecht. Aber wie ich ihn kannte, würde das nicht lange so bleiben.
»Du weißt, was wir wollen, und du wirst uns die Information geben. Das ist der letzte Dienst, den du deinem Land erweisen

kannst. Willst du wissen, wie wir dich zum Reden bringen werden? Na?«
Er beugte sich über mich und lachte leise. Ich gurgelte ein »go to hell«. Bestimmt keine sehr geistreiche Replik, aber etwas anderes fiel mir nicht ein. Heller amüsierte sich. Er war ja schnell in Stimmung zu bringen. Es reichte schon, wenn er eine Schwangere oder einen jungen Polizisten erschießen konnte, und schon fühlte er sich pudelwohl.
»Glaube mir, ich halte nicht viel vom Foltern. Das lohnt sich selten. Gewiß, es gibt Ausnahmen, aber ich glaube mehr an die Wirkung einer Belohnung. Es kommt allerdings darauf an, die Belohnung so attraktiv wie möglich erscheinen zu lassen.«
Mit einem verschmitzten Lächeln hielt er das Ende des Schlauches und eine Flasche mit einer trüben Flüssigkeit in die Höhe. Als er sie schüttelte, schwappte das gefährlich aussehende Zeug hin und her.
»Tja, weißt du, diese Kochsalzlösung hier ist stärker konzentriert als die, die in den Zellen des menschlichen Körpers enthalten ist. Viel stärker. Was meinst du, was passiert, wenn du sie geschluckt hast? Richtig, die Zellen müssen den Salzüberschuß ausbalancieren. Dazu nutzen sie das Zellwasser. Und was bedeutet das? Entschuldige, daß ich wie ein Pauker rede, aber ich möchte, daß du mich verstehst. Schließlich sind wir ja alte Freunde. Also, du trocknest aus. Deine Kräfte verlassen dich, und du wirst müde. Wenn du nicht bald in ärztliche Behandlung kommst, mußt du sterben. Aber das kann dauern.«
Er roch genüßlich an der Flasche, als enthielte sie einen guten Bordeaux.

»Auf einen wichtigen Nebeneffekt möchte ich dich noch hinweisen. Der Wassermangel in deinem Körper wird dazu führen, daß du Durst bekommst. Einen Durst, so groß, daß du es dir gar nicht vorstellen kannst. Du wirst dich nach etwas Trinkbarem sehnen. Und du sollst etwas bekommen. Das wird deine Belohnung sein. Du darfst alles Wasser aus der Karaffe in dich hineinschütten, und wenn du mehr haben willst, wirst du mehr bekommen. Alles, was du tun mußt, ist, uns das Versteck zu verraten.«

Er erhob sich, steckte einen Trichter auf den Schlauch und nahm die Flasche mit der Salzlösung wieder zur Hand.

»Wir lassen dich jetzt eine Weile allein. Aber es gibt ein Mikrofon hier im Raum. Wenn du mit uns reden möchtest, dann rufe uns oder gurgele oder äußere dich auf eine andere Art und Weise, wir nehmen es da nicht so genau. Dann wird jemand kommen und nach dir sehen. Leider werde ich es nicht selbst sein können, denn ich werde an einem anderen Ort gebraucht. Dem erzählst du dann, wo sich die Diskette befindet, und schon erhältst du deine ersehnte Belohnung. Das verspreche und garantiere ich als Offizier und Gentleman.«

Ich würgte nochmals ein »go to hell« heraus, bevor er die teuflische Flüssigkeit in den Trichter goß. Dabei summte er vor sich hin und amüsierte sich über meine Versuche, der Folter zu entgehen. Die Salzlösung gelangte ja direkt in meinen Magen. Ich biß auf den Schlauch, aber der war hart und widerstandsfähig.

»So, das soll für den Anfang reichen. Du mußt wissen, daß wir selbst ein wenig überrascht sind, dich schon bei uns zu haben. So sollte es eigentlich gar nicht laufen, aber als du Helgas Leiche gefunden hattest, gab es keine andere Möglichkeit

mehr. Sie glaubte, uns erpressen zu können, mit einer Ware, über die sie gar nicht verfügte. Das wäre ein Spaß geworden, wenn du sie in deiner neuen Wohnung entdeckt hättest! Aber vielleicht ist es so besser. Eine Fügung des Schicksals, sozusagen. So sparen wir Zeit. Bald bist du reif!«
Er verbeugte sich ironisch und verließ das Zimmer durch eine schwere Metalltür. Wenige Sekunden später spürte ich, wie die Salzlösung zu wirken begann. Mir war, als schlängelten sich dicke Würmer durch meine Adern, Würmer, die alle Flüssigkeit aufsaugten und absolute Trockenheit hinterließen. Schon nach kurzer Zeit begann ich, mich nach dem Wasser in der Karaffe zu sehnen. Sie stand im Schein des Spotlights und glänzte verführerisch.
Ich döste vor mich hin und verlor langsam das Zeitgefühl. Erst als der blonde junge Mann mehr von der trüben Flüssigkeit nachschenkte, erwachte ich wieder. Er gab mir ein paar Ohrfeigen, um mich bei Besinnung zu halten. Dann war ich wieder allein. Die Salzwürmer bohrten sich auf der Jagd nach Wasser bis in die entlegensten Winkel meines Körpers. Mein Mund war trocken wie Sandpapier. Ich spürte, wie meine Haut schrumpfte. Mit jedem qualvollen Atemzug wurde ich zehn Jahre älter. Da stand sie. Die Karaffe. Ich wand mich in meinen Fesseln, aber es nutzte nichts.
Wieder verlor ich das Bewußtsein. Ich erwachte mit dem Gefühl, innerlich und äußerlich endgültig verschrumpelt zu sein. Kein Blut mehr, kein Schweiß und keine Tränen – alles ausgetrocknet.
Wasser! Wasser! Die Karaffe ansetzen und trinken! Da stand sie und wartete auf mich. Frisches, kaltes Wasser. Und ich konnte es nicht bekommen, weil ich ihnen ja nichts zu geben

hatte. Ich würde einfach verdursten. Ich war eine Wüste ohne Oase.
Wieder versuchte ich, mich freizumachen, aber es nutzte nichts.
Die Salzwürmer waren überall. Noch einmal wurde der Trichter aufgefüllt, und ich verlor jedes Zeitgefühl.
Meine Wangen rissen, meine Lippen sprangen auf, die Zähne fielen mir aus dem Mund. So fühlte ich mich. Trocken … ausgetrocknet …
Die Salzwürmer krochen jetzt sogar bis in meine Haarwurzeln, sie fraßen sich von innen in meine Augäpfel und Ohren. Ich konnte nichts mehr hören, alles war trocken, trocken!
Wasser! Ich keuchte, und die Zunge lag wie ein dickes Stück Filz in meinem halboffenen Mund, und ich sehnte mich nach Wasser, nur noch nach Wasser, dieser kostbaren, unvergleichlichen Flüssigkeit! Der blonde junge Mann kam herein und stellte sich neben das Bett.
»Gibst du auf?«
Ich brachte irgendeinen Laut heraus, und er beugte sich über mich.
»Was sagst du? Gibst du auf?«
›Go to hell‹ hieß auf schwedisch ›fahr zur Hölle‹. Jemand mußte diese Worte gesagt haben. Wahrscheinlich ich. Er ließ sich nicht aus der Ruhe bringen, sondern begann sein eigenes Spiel. Erst hielt er die Flasche mit der Salzlösung hoch, dann blies er in den Schlauch, und schließlich goß er sich aus der Karaffe einen Trinkbecher Wasser ein und trank ihn in genießerischen kleinen Schlucken.
»Mm, frisch und kalt. Es wird dir schmecken.«
Er verließ das Zimmer, und ich schloß die Augen. Sie waren

völlig trocken und würden bald aus ihren Höhlen rollen. Er hatte Wasser im Mund gehabt, und es war ihm durch den Hals geflossen und hatte seinen Durst gelöscht. Ich war hilflos, und ich würde vertrocknen, bis nur noch Knochen von mir übrig waren. Für mich zählte nichts mehr auf der Welt als das Wasser in der Karaffe. Mein Gehirn schrumpfte zu einem kleinen Apfel, in dem keine Gedanken mehr Platz hatten. Nur ein einziger noch: Wasser!

Wasser war alles, war das Universum, war Gott.

Die Haut schrumpfte zwischen meine Rippen, die vertrockneten Körperteile konnten nur noch ein paar Gramm wiegen. Nur Wasser konnte mir noch helfen, lebenspendendes Wasser!

Wie lange sollte ich das noch aushalten? Nicht mehr lange. An das Wasser, das wunderbare Wasser, kam ich nicht heran, und also würde es bald aus sein mit mir. Vielleicht war ich schon tot, und das heftig klopfende Herz hatte nur noch nicht mitbekommen, daß die Lungen schon lange vertrocknet waren?

Meine Bewegungen wurden immer schwächer, und die Knochen rasselten. Ich wollte die Augen schließen, aber die Lider ließen sich nicht mehr über die vertrocknete Regenbogenhaut bewegen. So mußte ich den Anblick der teuflischen Karaffe weiter ertragen.

Wieder erschien der junge Mann. Weiße, feuchte Zähne grinsten aus seinem Gesicht.

»Na, wie steht's?«

Ich bekam keinen Ton heraus, und er beugte sich über mich und legte sein Ohr an meinen Mund.

»Aber ja! Du bekommst dein Wasser. Ich werde noch ein paar Eiswürfel hineingeben.«

Ein trocken-heiseres Flüstern, ein Krächzen. Ich wußte nicht, was ich sagte, aber es war wohl nicht das, was er hören wollte. Wieder verließ er den Raum. Sacht glitt ich in das Dunkel hinüber, das mir als letzter Ausweg geblieben war. Nun mußte ich nicht länger an Wasser denken. Über den Styx ging es ins Reich des Hades. Styx war ein Fluß, ein kalter, herrlicher Fluß. Warte, würde ich dem Fährmann Charon zurufen, ich will mich vorher noch an dem herrlichen Wasser laben. Du hast doch Zeit, lies solange Zeitung oder spiel mit dem Hund, bis wir übersetzen …

Ein seltsamer Gedanke entstand auf einmal in meinem geschrumpften Hirn. Er rief mir etwas zu, das ich zuerst nicht verstehen konnte, weil es in den ausgetrockneten Windungen meines ehemaligen Intelligenzzentrums so hallte. Aber dann begriff ich plötzlich.

Ich wußte, wo sich die verschwundene Diskette befand!

23.

Pflichtgefühl … Vielleicht lag es daran, daß der Fährmann noch warten mußte. Die Pflicht. Ich war aufgewachsen mit Luther und Ling und Per Albin Hansson und Baden-Powell. Lesebuch der Volksschule. Arbeite im Schweiße deines Angesichts. Ging nicht. Was Schweiß war, hatte ich längst vergessen.

»Gib mir!«

Hatte da jemand gerufen? Konnte jemand dieses trockene Krächzen hören? Der erhobene Zeigefinger. Gott sieht alles. Sei rein in Gedanken, Wort und Tat. Beim Essen spricht man nicht. Hände auf den Tisch. Die Erbsünde. Unerlaubtes Sprechen. Eintragung. Hausaufgaben vergessen. Eintragung.

»Gib mir!«

Was sagt das Gewissen? Es spricht zu dir. Der breite Weg führt in die Hölle. Allzuviel ist ungesund. Sei nicht so zimperlich. Den Rücken gerade und die Hände an die Hosennaht. Sag es frei heraus. Ehrlich. Vom Lügen bekommt man eine schwarze Zunge. Ging auch nicht. War bereits schwarzgetrocknet.

»Gib mir!«

Goldmedaille. Schulterklopfen. Gnädiges Nicken. Nimm dich vor ihm in acht. Schlechte Gesellschaft. Faß mit zu. Ein Klaps auf den Hintern hat noch keinem geschadet. Was man

liebt, das züchtigt man. Lieber Jesus. Freund aller Kinder. Vor Gott sind alle gleich. Denk an ihn, du! Er starb am Kreuz, du! Für unsere Sünden, du! Vergiß das nicht, du!
»Giiiib mir!«
Vielleicht war es nur ein Flüstern, das keiner hören konnte. Du schummelst doch wohl nicht? Brave Jungen schummeln nicht! Vor Mädchen nimm dich in acht. Du schaust dir doch nicht etwa solche Zeitungen an? Nimm dich in acht! Ferkeleien. Lieber Sport treiben. Lauf. Spring. Schieß. Du kannst mehr. Du kannst immer mehr. Sei fleißig. Fleiß zahlt sich immer aus. Spare. Man soll immer ein Ziel vor Augen haben. Blick geradeaus. Du mußt …
»Hast du etwas gesagt?«
Er stand am Bett und grinste.
»Gib mir!«
»Ich verstehe nicht richtig. Was hast du gesagt?«
Er beugte sich über mich und tat so, als verstünde er nicht. Wahrscheinlich machte es ihm Spaß, sich dumm zu stellen. Vielleicht hatte er das Los gezogen, mich anschließend zu töten.
»Wasser … Wasser …«
»Wasser bekommst du, wenn du uns sagst, was wir wissen wollen.«
»Ich werde … gib mir … Wasser …«
»Na also, dann laß mal hören.«
»Erst Wasser.«
Er runzelte die Stirn und grinste noch dreckiger.
»So haben wir nicht gewettet. Erst wirst du reden.«
»Halbe Adresse … dann Hälfte trinken … dann Rest … alles austrinken … sterbe bald … will erst trinken …«

Die Situation war neu für ihn. Er hatte eigene Entscheidungen zu treffen. Wenn ich recht hatte und bald abkratzen würde, wäre es seine Aufgabe, mir Informationen zu entlocken, bevor meine Seele in die ewigen Jagdgründe entschwebte.
»Okay. Spuck's aus. Halbe Adresse – halbe Karaffe.«
Ausspucken! War der verrückt? Früher einmal, vor Urzeiten, hätte ich ausspucken können. Verschiedene Adressen flatterten wie Fledermäuse durch mein Schrumpfgehirn. Torkels väg? Torrestavägen? Dann hatte ich eine Eingebung, und ich flüsterte: »Brunnsgatan ...«
»Ich halte dir die Karaffe hin.«
»Nein ... will sitzen ... Karaffe selbst halten ... binde mich los ...«
Er war jung, stark und durchtrainiert. Ich dagegen hatte den Punkt überschritten, wo ich noch für irgend jemanden ein Risiko sein konnte. Aber selbst wenn ich in Hochform gewesen wäre, hätte er mich wohl kaum als einen ebenbürtigen Gegner angesehen.
Vielleicht sah er auch intuitiv ein, daß ein großer Teil des Trinkgenusses darin besteht, den Zustrom des köstlichen Nasses selbst regulieren zu können.
»Keine Dummheiten, rate ich dir!«
»Ich sterbe ...«
Er löste die Lederriemen und zerrte mich in eine sitzende Stellung. Die Handschellen beließ er, vielleicht hatte er keinen Schlüssel. Dann stellte er die Karaffe in meine Reichweite. Ich preßte die Handflächen gegen das kühle Glas. Langsam führte ich den Hals der Karaffe an die Öffnung, die einmal mein Mund gewesen war.
Der erste Schluck blieb im Halse stecken, dann aber rann das

Wasser wie ein Strom in die Wüste. Er belauerte mich und achtete darauf, daß ich ja keinen Tropfen zuviel trank. Interessant, daß der siebente Himmel durch den Hals einer Karaffe zu erreichen war.
»Stopp! Das reicht. Jetzt die Hausnummer in der Brunnsgatan und eine exakte Beschreibung, wo die Diskette versteckt ist.«
Ich brachte ein Nicken zustande, wobei meine ausgetrockneten Halswirbel knackten. Meine filzige Zunge leckte die letzten Tropfen von den gesprungenen Lippen. Das Wasser hatte nur so lange gewirkt, wie ich trank. Der Durst übermannte mich erneut, die Salzwürmer krochen wieder durch meine Adern.
»Fünfzehn ...«
»Aha, Brunnsgatan 15. Und wo genau?«
Ich rappelte mich ein wenig auf und tastete nach der Karaffe. Dann flüsterte mein Mund ein paar Worte, die er nicht verstand.
»Lauter! Wo?«
Ich drehte den Körper ein Stück zur Seite und grinste böse. Sein Kopf war nur einen halben Meter von mir entfernt. Meine Bewegungen waren langsam und träge. Jetzt mußt du explodieren, Hassel, ein einziges Mal! Dein Adrenalinspiegel steigt, du verfügst plötzlich über die Kraft eines Giganten. Ich räusperte mich, als versuchte ich, den Hals freizubekommen. Er lauschte gespannt.
Ich legte alles, was ich an Kraft und Haß aufbringen konnte, in diesen Schlag. Die Bodenkante der Karaffe traf ihn genau an der Schläfe. Glas splitterte, Wasser spritzte in alle Richtungen. Der junge Mann stand auf, taumelte einige Schritte und sank dann zu Boden.

Er würde nicht lange bewußtlos bleiben.
Ich wälzte mich auf den Boden und schleppte mich zur Tür. Sie war nur vier Meter entfernt, aber es schienen mir vier Meilen zu sein. Ich schaffte es nicht. Der Körper weigerte sich. Er wollte einfach nur schlafen. Außerdem war die Tür verschlossen, und es würde mir noch mehr Mühe bereiten, sie aufzubekommen. Eigentlich lohnte nicht einmal der Versuch. Lieber wälzte ich mich zum Bett zurück, so daß ich hinter ihm zu liegen kam. Aus einer Wunde an der Schläfe sickerte Blut, und das freute mich. So wenig braucht man manchmal, um glücklich zu sein. Ich legte meine Arme um seinen Hals und preßte die Handschellen gegen seine Gurgel. Wenn er aufwachte, würde ich mein möglichstes tun.
Das war meine einzige kleine Hoffnung. Ganz tief drinnen in meinem Schrumpfkopf wußte ich allerdings schon, daß ich keine Chance hatte. Er mußte lediglich meine Unterarme packen und konnte mich wie einen Sack trockenen Strohs über die Schultern schleudern. Aber irgendeine Hoffnung braucht der Mensch eben, und meine bestand darin, einen jungen Menschen in der Blüte seiner Jahre erwürgen zu können.
Er stöhnte, und seine Glieder begannen zu zucken. Ich preßte die Handschellen gegen seinen Hals und stemmte mein Knie in seinen Rücken. Er schnaufte wie ein Nashorn und stand auf. Ich hing wie ein Rucksack auf seinem Rücken.
Plötzlich wurde die Tür aufgestoßen, und sein Kamerad stürmte herein. Ach ja. Nun war es also aus. Von draußen waren Stimmen, Schreie und Schritte zu vernehmen. Der andere junge Mann sprang hinter das Bett, bückte sich und tauchte mit einer Eisenstange in der Hand wieder auf.

»Stehenbleiben! Fallen lassen! Die Hände hoch!«
Die gute alte Waltherpistole! Noch nicht gegen Sig Sauer ausgetauscht. Der sie in der Hand hielt, war ein Kollege aus der Abteilung Gewalt. Hinter ihm drängelten sich zwei seiner Kollegen ins Zimmer, danach kam Pelle Pettersson. Alle waren bis an die Zähne bewaffnet. Der junge Mann ließ die Eisenstange fallen und hob langsam die Hände. Pelle löste mich von meinem Widersacher und schubste ihn aufs Bett. Ich klammerte mich an ihn und flüsterte: »Bewacht das Haus. Laßt euch nicht sehen. Heller könnte zurückkommen.«
»Was zum Teufel haben sie mit dir angestellt?«
»Kochsalzlösung ... Ich trockne aus ...«
Möglicherweise rannte er mit mir in den Armen davon, aber ich bekam nichts mehr mit. Meine Kräfte waren restlos aufgebraucht, und in der salzig-trockenen Dunkelheit, die mich umfing, brauchte ich auch keine mehr.

Erstaunt betrachtete ich meine Arme. Sie trugen Pflaster an mehreren Stellen. Merkwürdig. Mein Blick glitt über weiße Gardinen, ein leeres Krankenhausbett, ein Waschbecken und Papierhandtücher.
Schließlich entdeckte ich Simon, der neben mir saß. Er lächelte breit. Wenn man seinen Unterkiefer mit Wasser füllen würde, könnte man ihn als Swimmingpool nutzen. Wasser ... Ich griff nach dem Glas und nahm einige Schlucke. Es schmeckte nach nichts, nur nach Wasser. Die Zeit des siebenten Himmels war vorbei.
»Du warst auf der Intensivstation und hast eine Menge Spritzen bekommen«, berichtete er. »Jetzt bist du wieder okay.

Der Salzhaushalt im Körper ist wieder ausgeglichen, damit ist das Schlimmste überstanden.«

»Was haben wir heute für einen Tag?«

»Donnerstag nachmittag.«

Zwei Tage also. Ich stopfte mir eine der obligatorischen Weintrauben in den Mund und saugte an ihr, bevor ich hineinbiß. Es war nur eine Weintraube und kein lieblicher Oasentraum. Alles war wieder in Ordnung, die Vöglein sangen und Duke Ellington spielte in der Seele.

»Erzähle. Aber kurz und knapp, wie beim Rapport«, forderte ich ihn auf.

»Was willst du zuerst wissen?«

»Erklär mir, wie mich Pelle und die Jungs gefunden haben. Woher kam das falsche Speditionsauto? Woher wußten sie, wann ich umziehen würde?«

Sein Lächeln wurde fast zärtlich. So lächelt ein Vater seinen störrischen, aber heißgeliebten Sohn an.

»Ich habe dir doch ein paarmal versichert, daß du unter meinem persönlichen Schutz stehst. Hast du wirklich geglaubt, wir würden dich auch nur einen Moment aus den Augen lassen? Wir haben dich durch unsere besten Leute beschatten lassen.«

Ich hätte es eigentlich ahnen müssen.

Simon wußte, was ich wert war, und er ließ mich bewachen wie ein Kronjuwel.

»Einer unserer Männer folgte dem Umzugswagen im Auto und gab über Funk Alarm. Die Fahrt ging zu einer Villa in Trollbäcken, und als sie eine große Kiste ins Haus trugen, vermutete er schon, daß du darin lagst. Er wollte aber sichergehen und erst die Ladefläche untersuchen. Das dauerte eine

Weile, und auch unsere Einsatzkräfte konnten nicht sofort zur Stelle sein.«

»Wie lange war ich auf Salzdiät?«

»Anderthalb Stunden.«

»Was? Ich hätte schwören können, daß es mehrere Tage waren!«

»Viel länger hättest du es auch nicht durchgehalten. Die Rettung kam in letzter Minute. Pelle ist gerast wie ein Irrer.«

»Und Heller?«

»Den haben wir geschnappt. Er kam ahnungslos in die Villa zurück. Als wir ihn verhafteten, lachte er nur. Vielleicht denkt er, daß das Spiel in eine neue Runde geht.«

Ich griente. Heller und seine beiden Schläger waren also in Gewahrsam. Das war immerhin etwas.

»Ich lag in der Kiste zusammen mit Helga Lund«, brummte ich. »Ihr habt sie sicher gefunden.«

»Wahrscheinlich haben sie sie nach der Diskette gefragt. Sie tat so, als wüßte sie etwas und wollte einen Vorschuß kassieren. Sie kamen ihr auf die Schliche und brachten sie um.«

»Sie wollten mir die Leiche in die neue Wohnung legen und mich psychisch fertigmachen. Pfui Teufel, Simon! Wo ist Viola?«

»Das Sozialamt kümmert sich erst mal um sie. Armes Mädchen!«

Sie würde wohl ihr Leben lang schwer daran zu tragen haben, daß ihr Vater und ihre Mutter ermordet worden waren. War sie psychisch stark genug? Die Zukunft würde es zeigen.

»Erkläre mir, wieso ein falsches Speditionsauto bei mir aufgetaucht ist.«

Simon konnte sich nicht beherrschen und naschte von den Weintrauben, die er mitgebracht hatte.
»Wir hatten dein Telefon angezapft, um eventuelle Anrufer aufzuspüren. Das erfolgte über unsere Zentrale, wie du weißt. Wie dir ebenfalls bekannt ist, gibt es auch noch andere Möglichkeiten, jemanden abzuhören. Zum Beispiel, indem man einen Miniatursender in den Hörer montiert, der von der menschlichen Stimme aktiviert wird.«
»Du meinst, ich wurde …«
»Ja. Als sie bei dir zu Hause waren und deiner Tochter die Leiche ins Bett legten, haben sie dein Telefon manipuliert. Sie konnten alle deine Gespräche mithören. Als sie somit erfuhren, daß du für Dienstag einen Umzug bestellt hattest, riefen sie am Montag TL-Transport an, bestellten die Firma ab und kamen selbst.«
Das waren ja nette Neuigkeiten. Die ganze Zeit hatten sie also an meinem komplizierten Privatleben teilgehabt. Es überlief mich plötzlich siedendheiß.
»Simon! Dann haben sie doch die ganze Zeit gewußt, wo Virena und Elin sind! Wenn sie nun …«
»Beruhige dich. Wir haben drei unserer besten Leute in dem Kurheim postiert. Die Leute dort wissen Bescheid, Virena allerdings nicht. Sie und Elin werden ständig beobachtet. Vielleicht macht Albrektsson bei der Gelegenheit gleich eine Abmagerungskur. Er hätte es nötig.«
Simon hatte die ganze Zeit in einem lockeren Plauderton gesprochen. Nun aber ließ er die Maske fallen und seufzte:
»Alles scheint so sinnlos, Rolle! Wir haben ein paar Nebenfiguren nebst Heller hinter Gitter gebracht, aber einer Lösung des Problems sind wir keinen Schritt näher gekommen. Die

Nazis sind noch genauso gefährlich wie vorher, und wir haben ihnen immer noch nichts entgegenzusetzen. Es wird weitere Befreiungsversuche geben, und du bist ebenfalls keineswegs aus der Gefahrenzone.«

Ich lehnte mich in das Kissen zurück und schloß die Augen.

Verdammt, woran hatte ich nur gedacht, bevor ich ohnmächtig wurde? Ja ...

»Ich bin wieder okay, sagst du?«

»Nicht ich, der Medizinmann behauptet es. Beinahe jedenfalls.«

»Besorg mir meine Sachen. Ich glaube, ich weiß, wo wir die Diskette finden können!«

Barbro Stridh empfing uns mit ihrem freundlichen Lächeln, und ich kam gleich zur Sache.

»Karsten hat dir verschiedenes zur Aufbewahrung übergeben, nicht wahr?«

»Ja, du hast ja gesehen.«

»Ich würde gern noch einen Blick darauf werfen. Kommissar Palm ist ebenfalls neugierig.«

Sie führte uns in ihre kleine Privatkapelle und zeigte auf die Bischofstracht, aber ich unterbrach sie.

»War da nicht auch eine Familienbibel?«

»Das ist eine Rarität. Sei bitte vorsichtig.«

Ich trug das kostbare Buch zum Tisch und blätterte es schnell durch. Auf den ersten Blick konnte ich nichts Ungewöhnliches feststellen. Sollte ich mich getäuscht haben? Ich zwang mich, jede Seite noch einmal einzeln umzuwenden. Richtig, plötzlich schien etwas nicht zu stimmen. Mehrere Blätter

klebten innen aneinander, während der Rand ganz normal aussah.
Zweifellos hatte jemand das Buch als Versteck präpariert.
Vorsichtig löste ich die oberste Seite. Und dann hielt ich sie endlich in der Hand, die so lange gesuchte schwarze Diskette!

24.

Das Mädchen in dem Computershop legte die Diskette in das Laufwerk ein und drückte auf einige Tasten. Auf dem Monitor erschienen Zahlen- und Buchstabenkombinationen, die mir nichts sagten.

»Aha, die Datei heißt KL.1. Na, dann wollen wir mal sehen.« Wieder drückte sie auf ein paar Knöpfe, und bald begann der Drucker zu rattern. Eine Papierbahn kroch aus dem Gerät. Simon hob das Blatt hoch, und wir lasen zusammen. Nach ein paar einleitenden Floskeln an Kalster schrieb Lund weiter:

Ich habe deren absolutes Vertrauen gewonnen. Ich zähle zu den Eingeweihten. Nachdem sie mich durch und durch überprüft haben, kann ich ihre Propagandatexte schreiben, und sie sind sehr zufrieden mit mir. Die Organisation ist geheim und hat die Aufgabe, freistehende neonazistische Zellen zu schaffen, die Chaos und Gewalt verbreiten sollen. Sie wird durch ein internationales Organ finanziert, das sich ›Kommando Heß‹ nennt. Der Chef heißt Maximilian Staub und wohnt in Hamburg. Damit Sie sicher sein können, daß ich Ihnen kein Märchen auftische, nenne ich Ihnen die Nummern der zwölf Konten bei Banken in der Schweiz, in Luxemburg und Belgien, wo die Fonds der Dachorganisation deponiert sind.

»Wer hätte das gedacht!« rief Simon. »Niemals mehr werde ich Lund einen Münchhausen nennen.«

Die Organisation operiert international, wird aber in jedem Land einzeln aufgebaut, mit lokalen Führern und Unterführern. Sie versteht sich als eine absolute Eliteeinheit. Während einer Übergangszeit werden erfahrene Instrukteure nach Schweden geschickt, die die hiesigen Anhänger zu Terroristen ausbilden. Diese geschulten Neonazis bilden dann die Kernpunkte der zu bildenden Zellen. Das Ziel ist, eine Gewaltherrschaft nach SS-Muster aufzubauen. Dabei werden auch bereits bestehende Parteien und Gruppierungen unterstützt und heimlich mit finanziellen Mitteln versehen. Abweichler werden unbarmherzig bestraft. Es geht darum, Schrecken zu verbreiten.

Hier ist eine Liste mit dreizehn Mordfällen. Hinter den Namen ist vermerkt, was mit den Körpern geschehen ist. Die andere Liste gibt an, welche Personen schwer mißhandelt wurden. Sie haben Angst, Anzeige zu erstatten.

Die dritte Liste enthält Brandanschläge und andere Gewalttaten.

Pedantisch waren Namen, Orte und Ergebnisse benannt.

Ich verfüge noch über bedeutend mehr Material, aber dies soll erst einmal genügen, um Ihr Interesse zu wecken. Folgende Personen haben an den Morden und anderen Verbrechen teilgenommen und sind von der Organisation dafür ausgezeichnet worden ...

Nun folgten Namen über Namen. Unser Bekannter Joker kam auf drei Morde, ein paar Brandanschläge und jede Menge Mißhandlungen. Die anderen kannten wir nicht, aber da die Adressen angegeben waren, würden wir kaum Schwierigkeiten haben.

Viele Verbrechen werden sozusagen als Examen angesehen, um den Instrukteuren Tauglichkeit zu beweisen, aber das reicht nicht. Sie wollen mehr, und ich habe große Angst vor der Zukunft. Es ist nicht schwer, Chaos anzurichten und bewaffnete Konflikte zu provozieren. Das Kommando Heß hatte acht Instrukteure in Schweden, davon sind noch drei im Lande. Die anderen machen jetzt in Frankreich weiter.

Auch mit diesen fünf Namen konnten wir nichts anfangen.

Die drei in Schweden Verbliebenen heißen Peter Molge, Clarence Hill und Vaclav Hodek. Hodek ist Terrorexperte und Gruppenführer. Er ist Tscheche und wohnt offiziell in Paris. Oft nennt er sich Heller.

»Da haben wir ihn ja«, schmunzelte Simon.

Dann folgten mehrere Seiten, auf denen verschiedene Aktionen des Kommandos in mehreren Ländern beschrieben waren. Alles wirkte sachlich und gut recherchiert. Die letzten Abschnitte allerdings waren in einem anderen Stil verfaßt.

Ich habe unerhörte Risiken auf mich genommen, um an das Material heranzukommen, und ich habe das Gefühl, daß man mir mißtraut. Besonders Hodek scheint etwas zu ahnen. Trotzdem werde ich weiter versuchen, Informationen zu sammeln. Die Nazis dürfen nicht noch mehr an Boden gewinnen. Wenn das Buch erscheint, muß ich untertauchen und in ein anderes Land fliehen. Jeder Nazi auf der ganzen Welt wird hinter mir her sein. Mein früheres Leben habe ich vergeudet, aber vielleicht kann ich hiermit vieles wiedergutmachen.

»Entschuldige, Karsten«, sagte Simon und machte eine Art Ehrenbezeigung.

Noch zwei Fakten, die Sie von meiner Seriosität überzeugen sollen. In einer Filiale der SE-Bank gibt es ein Bankfach auf den Namen Tomas Pettersson oder Persson. Dort liegen weitere Materialien, die ich noch näher erforschen will. Der oberste Führer des schwedischen Kommandos ist nur seinen nächsten Mitarbeitern bekannt, aber ich weiß, wer es ist. Ich wurde beinahe ertappt, als ich es herausfand, aber ich entkam ihnen. Wie, das werde ich im Buch beschreiben. Es handelt sich offenbar um einen Ausländer, jedenfalls klingt der Name so.

Simon riß die Augen auf und packte mich am Arm.

»Rolle! Sieh nur!«

Die Maschine spuckte weiterhin Papier aus, aber uns interessierten nur wenige Worte: *Er heißt Zandor (Sandor? Sandri? Zandrov?) Ryan.*

Sie sah jetzt ganz anders aus. Kälter, bissiger, härter. Um ihre Mundwinkel spielte ein überlegenes Lächeln.

»Du wirst in unser Krankenhaus überführt«, teilte ihr Simon mit. »Doktor Alms hat zugestimmt.«

»Das interessiert mich nicht.«

»Das sollte es aber. Wir wissen fast alles über deine Organisation und das Kommando Heß.«

»Was ihr wißt, deckt einen halben Fingernagel.«

»O nein. Wir haben die Namen und kennen die Finanziers, die Kontonummern und das Bankfach. Unter anderem.«

Ihr kleines, überlegenes Lächeln verschwand nicht.

»Und weiter, was dann?«

Simon verlor selten die Beherrschung, aber jetzt zeigte er mit dem Finger auf sie und zischte: »Dann werden wir dich und deine Mördersekte vernichten!«

»Du kannst uns nicht vernichten. Genieße deinen kleinen Tri-

umph. Auf die Dauer wirst du verlieren. Die Zukunft gehört uns.«
Er holte tief Atem, um sich zu beruhigen. Zwei Stunden lang hatten Simon und Nord und die gesamte Chefetage der Polizei Heerscharen in Bewegung gesetzt, um den Fall umfassend anzugehen.
Interpol war eingeschaltet, ausländische Polizeibehörden wurden direkt kontaktiert. Kurz und gut, das Ganze lief auf einem Niveau weiter, das ich gar nicht kennenlernen wollte.
»Für deinen Onkel zu arbeiten, war die perfekte Tarnung für dich. Sein Verlag war ein bekanntes antifaschistisches Zentrum in Europa. Du hast wie eine Giftspinne im Netz gesessen und alles über die erfahren, die etwas gegen dich und Deinesgleichen unternehmen wollten. Die Informationen hast du dann an deine Schlächter weitergegeben.«
»Ja, der Verlag war sehr nützlich für uns.«
»Warum hast du ihn umgebracht?«
»Ich war ein wenig unvorsichtig mit einigen Papieren. Er begriff, welche Rolle ich spielte. Ich stach ihn nieder, und ein paar zuverlässige Männer besorgten den Rest. Die Stimme dieses Schwächlings am Telefon zu imitieren war kein Problem. Für uns gibt es keine Probleme. Kraft und Entschlossenheit sind auf unserer Seite.«
»Du hast dich selbst angezündet und zusammenschlagen lassen, nur um uns zu täuschen?«
»Was kümmern mich ein paar Brandwunden! Memmen wie du würden zögern. Wir zögern nie!«
Simon schaute auf die Uhr. Bald würde sie abgeholt werden. Hier war nicht der richtige Ort für ein Verhör, und sie mußte nicht antworten. Trotzdem fragten wir weiter.

»Ich glaube, du täuschst dich«, sagte ich. »Der Fall wird große Aufmerksamkeit erregen. Jede Zeitung wird über euch verdammte Nazis schreiben. Im Fernsehen wird es Beiträge geben. Jeder wird merken, wie wahnsinnig ihr seid!«

Sie lachte, und dabei floß ihr der Geifer aus dem Mund.

»Alles, was publiziert wird, ist für uns von Vorteil. Die Jugendlichen mögen Stärke und Mut. Wir haben gewagt zu tun, wovon sie nur träumen. Wir wollen die weiße Macht, und das wollen die Jungen auch. Wenn sie Filme über den Zweiten Weltkrieg sehen, glaubst du, daß sie sich mit den Schwächlingen identifizieren, die umherirren wie die Kaninchen und auf den Tod warten? Nein, sie bewundern die SS-Männer in den schmucken schwarzen Uniformen und den glänzenden Stiefeln. Dort ist Stärke und Macht und Roheit. Die anderen zittern vor ihren Blicken. Die gesunde Jugend will lieber Löwe als Kaninchen sein.«

Ihre Stimme bekam einen Klang, der bewies, daß sie an das, was sie sagte, auch glaubte.

»Sperrt uns doch ein! Das macht uns nichts aus. Wir werden zu Märtyrern für eine große Sache, und wir geben ein Beispiel für Tausende und Abertausende von Jugendlichen. Sie schreiben Gedichte für uns, sie ehren uns und lesen Messen für uns. Und die Zeit des Löwen wird kommen, und wir werden unsere Gegner vernichten, wie es das Recht des Löwen ist, und wir werden alle unterlegenen Rassen ausrotten, die schuld daran sind, daß unsere Nation verdirbt, denn es ist auch des Löwen Recht, für Reinheit zu sorgen. Stärke und Macht und unsere Ideale geben uns das Recht des Löwen.«

Sie sah uns an und schnaubte.

»Ihr beiden! Ihr glaubt, daß ihr etwas erreicht habt. Daß ihr

uns geschadet habt. Aber auf die Dauer habt ihr uns einen großen Dienst erwiesen. Ihr seid weniger wert als Kaninchen. Ihr seid wie kleine Flöhe!«
Zwei Männer brachten eine Trage herein, um sie wegzubringen.
»Flöhe beißen«, sagte Simon. »Ich hoffe, daß es lange juckt.«
Wir saßen wieder in der Cafeteria des Krankenhauses und schwiegen lange. Keiner wollte zugeben, daß ihn die Haßtiraden erschreckt hatten. War alles, was sie gesagt hatte, falsch? Oder hatte sie in gewissen Punkten recht? Würde die unverhüllte Ideologie der Gewalt noch mehr Jugendliche anziehen, wenn sie durch den kommenden Prozeß in die Medien gelangte?
»Ach, zum Teufel, ich glaube an die Vernunft. Woran soll man sonst glauben? Kommst du mit ins Büro?«
»Nein. Ich habe jetzt Urlaub. Muß noch ein bißchen in der Wohnung herumbasteln. Ich danke dir, daß du in der Zwischenzeit meinen Umzug erledigt hast.«
»Der Rest, also das, was in dem falschen Speditionsauto gelandet ist, folgt morgen. Übrigens, was meinst du mit Urlaub?«
»Ich bin noch lange nicht okay. Ich bin so müde, daß ich kaum noch weiß, wie ich heiße. Morgen früh ruhe ich mich aus, und am Samstag fahre ich nach Skebo, um mich ein paar Tage zu erholen. Dann nehmen Virena und ich unser neues Heim in Besitz. Ist das kein Grund, Urlaub zu machen?«
Als ich in die Wohnung kam, ließ ich alles liegen, wie es war, und setzte mich auf den Balkon. Ein leichter Wind kühlte mir die Stirn. Ich war tatsächlich furchtbar müde, aber es war eine

angenehme, entspannte Müdigkeit. Ich lebte, und ein neues Kapitel sollte beginnen.
Ich war dem Tod ziemlich nahe gewesen. Wäre beinahe in Ausübung meiner Pflicht gefallen, wie es so schön hieß. Gestorben im Dienst. Großes Begräbnis und ergreifende Reden. Man hätte mich vielleicht zu einem Märtyrer für die gute Sache gemacht. Aber das wäre nicht in meinem Sinne gewesen. Es spielte keine Rolle, ob die Sache gut oder schlecht war. Ich mochte keine Märtyrer.

Pamela Thomas-Graham

Dunkelrot ist der Tod

Der Bestseller aus Amerika

Eine hohe Beamtin der ehrwürdigen Harvard University liegt tot am Fuße der Treppe, und keiner kann glauben, dass sie einfach gestürzt sein soll. Rosezella Fisher musste sich ihre Karriere gegen rassistische Widrigkeiten erkämpfen, und Erfolg bedeutet viele Feinde. Die junge Wirtschaftsdozentin Nikki Chase ist alarmiert: Sollte die tote Rosezella korrupten Machenschaften auf die Spur gekommen sein ...?

Bühne frei für die Campus-Krimis einer absoluten Insiderin!

Knaur